CW01072334

Sagenhaftes, Mythen, Märchen und Legenden

aus deutschen Landen und der Welt

gesammelt und bearbeitet von

Walter W. Braun

Impressum

Bibliografische Information der Deutschen Nationalbibliothek:
Die Deutsche Nationalbibliothek verzeichnet diese Publikation in
der Deutschen Nationalbibliografie; detaillierte bibliografische
Daten sind im Internet über http://dnb.dnb.de abrufbar.

Fotos: Eigene oder aus lizenzfreien, kostenlosen Quellen wie
pixelio und anderen, Coverbild: KI

Die gesammelten Märchen und Geschichten wurden öffentlichen
Medien entnommen und wo bekannt, mit Quellenhinweis versehen

ISBN: 978-3-7597-9247-1

Verlag: BoD · Books on Demand GmbH, In de Tarpen 42,
22848 Norderstedt
Druck: Libri Plureos GmbH, Friedensallee 273, 22763 Hamburg

Inhaltsverzeichnis

4 **Rheinland-Pfalz, Hessen, West- und Norddeutschland**

Vorwort

Zu allen Zeiten begeisterten Märchen Groß und Klein. Die Großmütter saßen am Bett ihrer Enkel oder im gemütlichen Ohrensessel und lasen ihnen uralte Geschichten von den Gebrüder Grimm und anderen Märchenerzähler vor.

In jener alten Zeit, in denen Fernsehen, die Sozialen Medien und Smartphons noch keine Zeitfresser waren, versammelten sich die Familien und manchmal auch mit den Nachbarn, Freunden und Bekannten in der mit Petroleum erhellten Stube, nahe am wärmegebenden Kamin oder prächtigen Kachelofen und sie lauschten den Sagen und Erzählungen von fantasiebegabten Menschen. Oder sie vernahmen gebannt die schaurigen Geschichten und Erzählungen aus dem Dorf, dem Tal, der Region, die seit Generationen von Mund zu Mund weitererzählt und immer wieder neu ausgeschmückt worden sind.

Noch ohne die moderne Technik und dem Segen der Elektrizität und anderer Einrichtungen war der Mensch noch mehr dem Wechsel der Jahreszeiten ausgeliefert. Die Natur war durchdrungen von allerlei Geheimissen, die dunklen Wälder erfüllt von Geräuschen, die man nicht zuordnen konnte und unerklärliche Phänomene und Ereignisse regten die Fantasie an. Die Kirche versuchte die nicht des Lesens und Schreibens kundigen mit Bildern ihre Botschaften nahezubringen. So entstanden zahlreiche Spukgeschichten und Sagen, Mythen und unglaubliche Erzählungen, die uns heute begeistern und zum Schmunzeln anregen.

Lesbar sind sie allemal, die alten Märchen wie das vom „Rotkäppchen und dem Wolf" oder „Hans im Glück", um nur zwei Beispiele zu nennen.

Kennen sie die schöne Lau aus dem Blautopf? Haben sie schon einmal etwas vom Schicksal des Peter Munk gehört? Sicher ja.

Geschichten sind auch Reisen der Fantasie; lassen sie sich dabei von ihnen durchs „Ländle" führen. Denn wie überall auf der Welt haben auch in Baden-Württemberg Landschaften, Orte und Menschen ihre eigenen Geschichten und Märchen.

Die Geschichten erzählen von Lebendigem und Vergangenem, von Einstigem und Zukünftigem. Lange wurden Märchen, Sagen und Legenden mündlich überliefert. Erst im 19. Jahrhundert begannen Volkskundler und Sprachforscher sie aufzuschreiben. Berühmtestes Beispiel sind die Gebrüder Grimm, die sammelnd durch die deutschen Lande gezogen sind. Heute gibt es nur wenige Menschen, die alte Geschichten noch fesselnd zu erzählen wissen.

In den Volkserzählungen tauchen immer wieder die gleichen Motive auf: Könige und Prinzessinnen, Geister und Ritter, Feen und weiße Frauen, der Teufel, der Seelen kaufen will, und gute Geister, die zu Glück und Reichtum verhelfen. Es gibt wundersame Errettungen aus Not und Bedrängnis, genauso wie die rätselhafte Vernichtung des Bösen. Auch kluge Einfaltspinsel und dumme Schlauberger, die über das Glück stolpern wie über ihre eigenen Füße, finden sich immer wieder. Einzigartig und besonders werden solche Erzählungen, wenn sie sich mit der Landschaft und den Menschen verbinden. So bekommen Berge und Täler, Seen und Flüsse durch die Geschichten ein Gesicht und der Charakter von Städten und Dörfern, von großen und kleinen Leuten wird durch die Erzählungen lebendig.

1

Baden und Schwarzwald

Die Sage von der Burg Windeck oder Hennegrabe-Sage

Unfern der Burg Windeck oberhalb der Zwetschgenstadt Bühl im Kreis Rastatt liegt eine Meierei, „der Hennegrabe" genannt. Zwischen den sattgrünenden Weinreben und den mächtigen Kastanienbäumen sind noch die Spuren eines tiefen Grabens zu erkennen, welcher einst wie ein gewaltiges Bollwerk um das Schlosses verlief.

Man hatte im Jahr 1370 den Dekan des Straßburger Münsters auf der Burg Windeck gefangen gehalten. Seine verwaiste Nichte und ihr Bruder, die er bisher väterlich versorgt hatte, wollten den Windecker um die Freilassung ihres Onkels bitten. Auf dem Weg zur Burg begegneten die beiden im Wald einer geheimnisvollen alten Frau. Diese erzählte ihnen von einem bevorstehenden Angriff durch die Straßburger am nächsten Morgen auf die Burg.

Zur gleichen Zeit, in der der Dechant von der Straßburger Domkirche auf Windeck gefangen saß, wohnte unten im Wolfshag, in einer aus Baumrinde und Moos verfertigten Hütte, eine hochbetagte Frau, die in der Bevölkerung und von den Nachbarn nur das Waldweiblein genannt wurde. Sie kannte tatsächlich viele verborgene Dinge und auch die geheimen Heilkräfte der Pflanzen und die wilden Tiere des Waldes taten ihr nichts zu Leide, sondern näherten sich ihr demütig und gehorchten willig ihrer Stimme.

Der ganze Reichtum des betagten, grauen Mütterleins bestand in einigen weißen Hühnern von ungewöhnlicher Größe, die sich selbst ihr Futter im Walde suchten.

Eines Abends saß die Alte vor ihrer Hütte, da kamen zwei wunderschöne Knaben des Weges daher. Sie waren müde und niedergeschlagen und fragten nach dem nächsten Pfad, der zur Burg Windeck führt. Die Alte hieß sie freundlich willkommen und erquickte sie mit Waldfrüchten und weißem Brot. Der Jüngere, etwa dreizehn Jahren alt, ließ sich's trefflich munden, allein der Ältere, der ungefähr siebenzehn Lenze zählen mochte, berührte keine der süßen Beeren, sondern sah traurig zu Boden. Nach und nach schlichen auch Tränen über seine Wangen, was er jedoch zu verbergen suchte und deshalb an einem nahen Felsbrünnlein sich die Augen mit dem klaren frischen Wasser auswusch. Wie die vom Morgentau feuchte Rose, so glänzten jetzt seine Wangen wieder im blühenden Jugendrot und das Waldweiblein schaute ihn wohlgefällig an und sagte: „Ei du kleiner Schalk, sicherlich bist du kein Knabe, sondern ein Mägdelein. Aber habt nur Vertrauen zu mir, ihr Kindlein Gottes, und sagt mir, wo eure Eltern wohnen und was für ein Begehren ihr auf Windeck anzubringen habt?"

Nun fingen die Beiden zu weinen an und das ältere versetzte nach einer Weile: „Wohl bin ich ein Mägdlein und heiße Imma von Erstein, und dieser ist mein Bruder. Unser Oheim, der Dechant von Straßburg, der uns bis jetzt so väterlich erzogen hat und wohlgesinnt war, liegt nunmehr gefangen dort oben auf der Windeck. Wir wollen zu ihm und den Burgherren bitten, dass er ihn freigebe." „Bringt ihr denn Lösegeld?", wollte die Alte wissen. „Ach", erwiderte die Jungfrau, ein mit Diamanten besetztes Kreuzchen aus dem Busen ziehend, „ich besitze nichts als dieses Kleinod, eine Reliquie von meiner seligen Mutter. Aber wir wollen den Windecker bitten, dass er uns Beide als Geißeln behalte, bis der Ohm sich gelöst haben wird." „Seid nur getrost, meine Lieben", sagte das Waldweiblein, der Jungfrau die Locken aus dem Gesichte streichelnd, „ich selber will den Dechant loskaufen. Hört mich,

Kinder: Die Straßburger werden bald anrücken und die Burg Windeck belagern. Das habe ich in der vergangenen Nacht zweien Kundschaftern abgelauscht, die sich hier im Dickicht versteckt hielten. Sie hatten die Umgebung der Burg vollständig ausgespäht und besonders die schwache Seite bemerkt, drüben am Tannenwald, wo das steinerne Todeskreuz steht. Geht nur hinauf zum Junker Reinhard, dem Sohne des Windeckers, und sagt ihm, er solle dort an jener bloßgegebenen Stelle einen tiefen Graben aufwerfen lassen, und das noch heute so schnell als möglich, denn ich fürchte, die Feinde möchten schon in dieser Nacht heranziehen." „Aber wird der Ritter auch unsern Ohm freigeben?", fragten die Kinder. „Ich geb' euch ja ein Lösegeld mit", erwiderte die Alte und klatschte dreimal in die hageren Hände. Siehe, da kamen von allen Seiten ihre weißen Hühner herbeigeflogen und getrippelt. Sie ergriff eine von ihnen und gab sie dem Mädchen mit den Worten: „Diese Henne da bring' dem Ritter Reinhard auf Windeck, dann wird er den Dechant freigeben."

Die Kinder schauten sie verwundert an. „Tut nur nach meinem Geheiße", fuhr die Alte fort, „der Ritter soll die Henne, sobald die Sonne heut' untergegangen ist, bei dem Kreuze niedersetzen, am Ort, an dem die Feinde den ersten Angriff zu machen beabsichtigen. Die Leute auf seiner Burg sind doch nicht ausreichend, den Graben in so großer Schnelligkeit tief und breit genug aufwerfen zu lassen. Meine wackere Henne wird dies aber schon zu Stande bringen."

Bei diesen Worten streichelte sie das Tier und sang dazu in leisen, kaum vernehmlichen Tönen:

„Hör' was ich dir sag':
Wenn sich neigt der Tag,
Wenn das Käuzlein schreit,
Musst du graben tief und breit,
Musst scharren die Erd' heraus,
Bis zu des Toten Haus,
Bis zu des Helden Schwert,
Welches kein Rost verzehrt.

Geh', und vor Mitternacht
Sei noch dein Werk vollbrach."
Imma blickte nicht ganz ohne unheimliches Gefühl auf die weiße
Henne. Die Alte war aber dabei so freundlich und treuherzig, dass
die Jungfrau doch wieder Zutrauen zu ihr fasste. Ihr Bruder zeigte
nicht die mindeste Furcht und freute sich sogar schon im Voraus auf
das wunderbare Schauspiel, welches ihm die Henne gewähren
sollte. So schieden beide Kinder von der ihnen wohlgesinnten Alten.
Doch kaum hatten sie die Hälfte des Berges erstiegen, auf dessen
Kuppe Windeck liegt, als ihnen der junge Ritter entgegenkam.
Er war von hoher edler Gestalt, ein tiefer Ernst überschattete aber
sein wohlgebildetes Antlitz, doch der milde Ton seiner Stimme
benahm den Geschwistern bald ihre Besorgnis.
„Wer seid ihr, liebe Kinder, und was sucht ihr auf meiner Burg, denn
dahin geht ja euer Weg, nicht wahr?"
„Ja, gestrenger Herr Ritter", erwiderte Imma mit hochgeröteten
Wangen und zu Boden geschlagenen Augen.
„Wir wollen euch geziemend bitten, unsern Oheim, der bisher an
uns armen elternlosen Waisen Vaterstelle vertrat, freizugeben und
dafür uns als Geißeln zu behalten, bis er sich löst."
Der Ritter konnte seine Rührung nicht verbergen. Er betrachtete die
den Knaben und das Mädchen eins um das andere, am längsten die
schöne Imma, die reizend verlegen vor ihm stand, bis sein Blick
wieder auf die weiße Henne fiel, die sie trug. Auf seine Frage, was es
damit für eine Bewandtnis habe, erzählte sie, was wir bereits wissen.
Der Windecker hörte ihr aufmerksam zu. Seine Blicke wurden immer
forschender und steigerten nur die Verwirrung der Jungfrau, so dass
ihrer Worte Faden selbst in Verwicklung geriet. Ihr Bruder lächelte
und wollte einhelfen: „Ei, Imma, so sagte es die alte Frau ja nicht."
Imma's Antlitz erglühte bei dieser Rede, wie mit Flammen
übergossen, doch der Ritter fasste ihre Hand und sprach mit einem
Tone des innigsten Gefühls:
„Edle Jungfrau, in Gottes Geleite seid ihr hierhergekommen und im
Schutze meines Armes sollt ihr auf Burg Windeck bleiben, solange

es euch nicht gelüstet, wieder heimzukehren. Doch kommt nun, meine Lieben, und bereitet euerem Oheim eine freudige Überraschung."

Mit diesen Worten geleitete der Junker die Geschwister auf seine Burg, wo er sie sogleich zum Dechant führte, sodann unverzüglich die Verteidigungsanstalten traf. Der Weisung des Waldweibleins zufolge trug er wirklich die Henne, sobald die ersten Sternlein am Himmel aufblinkten, zu dem steinernen Kreuze, welches die Ruhestätte seines im Zweikampf gefallenen Großvaters bezeichnete. Mit dem Schlage der Mitternachtsstunde begab er sich abermals dahin und fand, zu seiner größten Überraschung, einen tiefen und breiten Graben samt fester Brustwehr, und im Sternenschein leuchtete ihm das Schwert seines Großvaters entgegen, welches man dessen Leiche mit ins Grab gegeben hatte. Die weiße Henne war verschwunden.

Nachdem dann gegen Morgen die Straßburger in drei Haufen, wie die Alte vorausgesagt hatte, zu jener sonst so schwachen Seite heranrückten und sich zum Sturm rüsteten, scheiterten all' ihre Kräfte an der Tiefe des Hennegrabens und sie wurden von den Windeckern mit großen Verlusten zurückgeschlagen.

Einige Wochen später legte der würdige Dechant, dessen Freilassung Imma durch Schenkung ihres Herzens an den jungen Ritter von Windeck ausgewirkt hatte, im Straßburger Münster die Hände des liebenden Pärchens ineinander.

Der Hennegraben hat bis auf heutigen Tag den Namen beibehalten.
Nach Aloys Schreiber

Das Seemännlein im Glaswaldsee

Im Glaswaldsee, tief versteckt oben im Wald bei Bad Rippoldsau-Schappach im hinteren Kinzigtal, hielten sich in früheren Zeiten Seemännlein auf. Klein wie Kinder, glich ihre Gestalt der eines Menschen. Ihre untere Hälfte war jedoch den Fischen ähnlich. Auch konnten sie sich unsichtbar machen. Eines jener Seemännlein war mit den Leuten vom Seebenhof befreundet. Der lag eine

Viertelstunde weiter unten am Berg, und dieser Hof ist dem Seewesen fast zur zweiten Heimat geworden. Jeden Morgen weckte es die Hofbewohner und blieb bis zum Abend bei ihnen. Danach musste es in den See zurückkehren. Den ganzen Tag über arbeitete das Seemännlein fleißig für die Seebenhofler. Besonders lag ihm das Vieh am Herzen, das dadurch schöner als je gedieh.

Wenn dem Männlein eine Arbeit aufgetragen werden wollte, galt es folgende Worte zu sprechen: „Nicht zu wenig und nicht zu viel." Sagten sie das nicht, tat das Männlein entweder viel zu viel oder viel zu wenig. Täglich bekam es auf dem Hof sein Frühstück, Mittag- und Nachtessen, das ihm unter die Treppe gestellt werden musste, an dem es, alleinsitzend, alles mit gutem Appetit verzehrte.

Obschon sein Anzug als auch sein Schlapphut stark abgetragen und seine Jacke obendrein zerrissen war, hielt es doch den Bauern stets ab, ihm andere Kleidungsstücke anzuschaffen. Endlich ließ der Bauer im Winter ein neues Röcklein machen und gab es dem Männlein. Da sagte dieses: „Wenn man ausbezahlt wird, muss man gehen; ich komme von morgen an nicht mehr zu euch." So sehr der verdutzte Bauer auch versicherte, dass der Rock kein Lohn sei, sondern nur ein Geschenk, konnte er doch das Männlein seines Vorsatzes nicht mehr abbringen.

Darüber erboste sich eine Magd so arg, dass sie dem Männlein kein Nachtessen mehr serviert hat. So musste es mit leerem Magen von dannen ziehen. Am anderen Morgen war die Magd fort und ward nie wieder gesehen und auch das Seemännlein hat sich kein einziges Mal mehr auf dem Hofe blicken lassen.

Quelle: Bernhard Baader, Volkssagen aus dem Lande Baden und den angrenzenden Gegenden. Karlsruhe 1851, Nr. 99.

Die Sage vom hilfreichen Glasmännlein

Über das hilfreiche Glasmännlein gibt es viele Erzählungen und es finden sich auch einige Abwandlungen der Sage. Ganz zu schweigen von all den Märchen, die vom Glasmännlein inspiriert wurden. Im Grunde handelt es sich um nichts anderes als um ein kleines

Männchen, das den Menschen hilft oder gar ihre Wünsche erfüllt. Das hilfreiche Glasmännlein kommt unter anderem in dem berühmten Märchen „Das kalte Herz" von Wilhelm Hauff vor. Die Hauptfigur des Märchens ist Peter, der sein hartes und entbehrungsreiches Leben als Köhler satthatte. Sein Wunsch war, lieber angesehen und reich wie der Flößer Ezechiel zu sein.

Als er im Wald das Glasmännlein findet, werden ihm drei Wünsche gewährt. Zum Ärger des Glasmännleins wünscht sich Peter nichts anderes als Reichtum. Er bekommt ihn, aber kann nicht damit umgehen. Aufgrund seines mangelnden Verstands verspielt er seinen ganzen Reichtum. Daraufhin trifft er den berüchtigten Holländer Michel und der bietet ihm für sein weiteres Leben lang Ansehen und Reichtum. Dafür müsse er nur sein schlagendes Herz gegen ein steinernes Herz austauschen. Peter willigt ein und alle seine Wünsche werden erfüllt. Er heiratet sogar das schönste Mädchen aus dem weiten Umkreis. Wegen seines steinernen Herzens kann er es aber nicht lieben. Später verstößt er sogar seine eigene Mutter und erschlägt seine Frau. Am Ende nimmt die Geschichte doch noch ein Happy End: Gemeinsam mit dem Glasmännlein überlistet er den Holländer Michel und erhält sein fleischernes Herz zurück. Seine warmen Gefühle erwecken sogar seine Frau wieder zum Leben. Nun ist er zwar arm, aber dafür fortan glücklich und zufrieden.

Der Teufelstein von St. Ulrich

Der Legende nach wurde der rote Sandsteinblock für das Brunnenbecken im Kloster St. Ulrich im Möhlintal südlich von Freiburg vom Teufel höchstpersönlich geliefert. Die Brunnenschale aus dem 11. Jahrhundert wird daher auch Teufelsstein genannt. Nach überschlägiger Berechnung dürfte das Gewicht des Steins heute bei etwa 6,5 Tonnen liegen.

Der heilige Ulrich hatte sein kleines Kloster im Möhlingrunde ausgebaut (ein Cluniazenser Reformkloster 1087 n. Chr.) und wünschte nun noch einen steinernen Trog zu dem Brunnen. Vor Ort konnte er keinen tauglichen Stein auffinden und wegen der Enge des Tales anderswoher keinen heranbringen lassen. Eines Nachts schlief er im Freien und erblickte im Traum auf dem Meeresgrund einen runden Sandsteinblock, der zu einer Brunnenschale wie gemacht schien. Nach dem Erwachen am Morgen erschien ein Jäger und sprach mit ihm. Als er von dem Wunsche des Heiligen nach einem Steinblock gehört hatte, erbot er sich, diesen noch vor Abend herbeizuschaffen, wenn Ulrich ihm dafür seine Seele verschriebe. Da wusste dieser, mit wem er es zu tun hatte, und sagte zu dem Jäger: „Um neun Uhr will ich Messe lesen. Wenn du den Stein vor der Wandlung zum Kloster schaffst, will ich nach meinem Tode dein eigen sein; bringst du ihn aber erst nach der Wandlung, so gehört der Stein mir und ich gehöre nicht dir."

Mit diesem Vorschlag war der Teufel zufrieden und eilte hinweg. Zur festgesetzten Zeit las der Heilige die Messe und bat darin Gott um seinen Beistand. Unterdessen schwebte der Teufel mit dem Steinblock auf dem Kopf heran; aber in der Ferne tönte ihm schon das erste Läuten zur Wandlung entgegen, und bei seiner Ankunft auf dem Berg Geiersnest erklang das zweite. Da warf er voller Wut den Stein in das Tal hinab und fuhr brüllend davon. Mit Freuden sah Ulrich, als er aus der Kirche kam, den Block beim Kloster liegen. Nun ließ er von seinen Mönchen das kunstreiche Becken gestalten.

Der Balzer Herrgott

Der Balzer Herrgott – auch Winkelherrgott genannt – ist eine in eine Weidbuche eingewachsene steinerne Christusfigur im mittleren Schwarzwald in Baden-Württemberg. Er steht in einem Waldgebiet zwischen der Hexenlochmühle und dem Weiler Wildgutach östlich des Oberlaufs der Wilden Gutach im Gebiet der Gemarkung Gütenbach oder genauer: zwischen Wildgutach und Neukirch-Fallengrund. Der Baum und die Christusfigur aus Sandstein sind das Ziel vieler Wanderer und Spaziergänger. Den Baum kennt man schon seit mehreren Jahrzehnten und die Buche ist zu einem viel besuchten Pilgerort geworden. Sie gelten einigen als Wallfahrtsort.

Die Entstehung der Verbindung und die Herkunft der Statue sind allerdings bis heute nicht vollständig geklärt. Es gibt über die Herkunft des Balzer Herrgotts unterschiedliche Geschichten, die sich zum Teil widersprechen. Auch für den Namen werden verschiedene Erklärungen genannt. Am wahrscheinlichsten ist es, dass er auf den Namen eines Bauern zurückzuführen ist (Balzer = Balthasar).

Die in eine Buche eingewachsene Christusfigur stammt vermutlich aus spätgotischer Zeit, doch bereits die Angaben zum ursprünglichen Kruzifix variieren stark. Manche sagen, das Kreuz sei aus Eisen, andere meinen es sei aus Holz, dritte, es sei wie die Christusfigur selbst aus Stein gefertigt gewesen.

Für die erste Version spricht die Darstellung von Fritz Hockenjos, dem damaligen Leiter des benachbarten Forstamtes Sankt Märgen, der 1960 in seinen Wäldergeschichten unter anderem zum „Balzer Herrgott" erwähnt: es ist noch keine dreißig Jahre her, dass die Eisenarme des Kreuzes aus dem Holz herausstanden, welche der Forstmeister von Furtwangen habe absägen lassen. Außerdem hätte das Christushaupt früher über der Dornenkrone noch einen Strahlenkranz aus Blech getragen. Darauf könnten die drei kleinen, viereckigen Vertiefungen hinweisen, die zu beiden Seiten und auf dem Scheitel eingehauen sind. Der Korpus wurde vermutlich in einer Steinhauerei in Pfaffenweiler (bei Freiburg im Breisgau) aus Kalksandstein hergestellt. Man nimmt an, dass sich in seinem Inneren ein Eisenkreuz befindet, das zur Befestigung an seinem ursprünglichen Ort diente.

Theorien zur Anbringung

Viele Sagen und Legenden ranken sich um die Figur und die Erklärungen zu ihrer Verbringung an den jetzigen Standort sind oft widersprüchlich. Eine These besagt, dass ihn Hugenotten auf der Flucht aus Frankreich an dem steilen Hang liegen gelassen hätten. Laut einer anderen soll es sich bei den Franzosen um Royalisten gehandelt haben, die während der französischen Revolution aus Frankreich geflohen seien. Eine Bäuerin aus der Umgebung erzählt jedoch, die Figur stamme aus einem Kloster und sei in Kriegszeiten an der Stelle im Wald versteckt worden. Aus nicht zu klärender Quelle stammt eine vierte Version, nach der die Figur um 1800 aufgrund eines Gelübdes von einem Bauern namens Balzer aus Glashütte (im Hexenlochtal) erstellt worden sei, dieser Bauer sei später nach Amerika ausgewandert.

Der Zustand der Figur ist Gegenstand verschiedener widersprüchlicher Erklärungsversuche: Dass ihr Arme und Beine fehlen, liege daran, dass ein Jäger die Extremitäten aus Wut über entgangene Beute abgeschossen hätte. Laut einer anderen Variante habe Weidevieh dem auf dem Boden liegenden Korpus Arme und Beine abgetreten.

Balzer Hergott, ein Bild im Baum

Wahrscheinlicher ist aber die mündliche Überlieferung, die auf Aussagen von Pius Kern aus Wildgutach (1859–1940) aus den 1930er

Jahren zurückgehen, und die 1993 durch Oskar Fahrländer weitergegeben wurde: Danach stammt der Balzer Herrgott vom Hofkreuz des Königenhofs im Wagnerstal. Dieser Hof wurde am 24. Februar 1844 (man liest stellenweise – fälschlicherweise – auch die Jahreszahl 1700) durch eine Lawine zerstört, wobei die Arme und Beine der Christusfigur abgebrochen sein müssen. Nach der Überlieferung trugen junge Burschen den Torso heimlich in den Wald zum heutigen Platz, wo er zunächst eine Zeit lang in der Nähe der noch jungen Buche auf dem Waldboden lag. Um die Jahrhundertwende befestigten ihn dann zwei Gütenbacher Uhrmachergesellen an dem Baum. [1]

Die Sage vom Brudersloch

Die Legende handelt von einer Höhle namens „Bruderloch" in der Nähe von Kandern im südlichen Schwarzwald. Um diese Höhle rankt sich eine alte Sage. In der Bannbeschreibung von 1688 wird die Höhle als Wohnort eines Einsiedlermönchs beschrieben. Er soll sich von Fisch aus der Kander, die unweit der Höhle vorbeifließt, ernährt haben. Der heutige Flussverlauf lässt darauf schließen, dass die Legende des Einsiedlermönchs sehr lange zurückliegt, da die Höhle heute weit oberhalb des Flussverlaufs thront. Genauere zeitliche Angaben über den Lebenszeitraum des Einsiedlers sind jedoch nicht bekannt. Ebenfalls berichtet die Sage von einem unterirdischen Gang zur Hammersteiner Mühle. Diese liegt mehrere Kilometer vom Brudersloch entfernt in Hammerstein, dem Nachbarort des Kanderner Ortsteils Wollbach. Von diesem Tunnel ist jedoch heute nichts mehr zu sehen, sodass dessen Existenz fraglich ist.
Ein ehemaliger Klosterbruder aus Venedig soll hier gehaust und Gold hergestellt haben. Doch die sagenumwobene Höhle ist nicht leicht zu finden.
Erstmals erwähnt wird das Brudersloch 1688 in einer Bannbeschreibung. Es wird als Höhle beschrieben, in der ein

---

[1]) https://de.wikipedia.org/wiki/Balzer_Herrgott

Einsiedler lebte. Wann genau der Einsiedler in der Höhle gelebt haben soll, geht draus nicht klar hervor. Er soll versucht haben, mit einer absonderlichen Flüssigkeit aus unedlen Metallen pures Gold zu machen.

In das Brudersloch flüchtete er angeblich, weil er verfolgt wurde. Er soll einem Pferd das Hufeisen falsch rum aufgeschlagen haben. Außerdem wurde überliefert, dass der Bruder von einem Schatz wusste, den ein schwarzer Pudel bewacht habe. Der Schatz ist nie gefunden worden. Den Einsiedler wiederum hat man in Basel verhaftet, als er dort versucht haben soll, sein Gold zu verkaufen. Danach hat man ihn nie mehr gesehen.

Die Höhle gibt es immer noch. Sie kann allerdings nur über einen ungepflegten und ungesicherten Pfad erreicht werden. Zudem ist die Chance einen Schatz zu finden gleich null. Diejenigen, die Glücksspiel als Hobby haben, werden eher etwas finden.

Der geheimnisvolle Geheimgang

Doch weiß die Sage noch mehr Absonderlichkeiten zu berichten. So soll – wie erwähnt – einst ein unterirdischer Gang über mehrere Kilometer zur Höhle bei der Hammersteiner Mühle geführt haben. Doch von dem Tunnel ist heute nichts mehr zu sehen. Ob er je existiert hat, bleibt somit fraglich.

Der Weg zum Brudersloch ist nicht explizit ausgeschildert. Zwar findet sich am Westweg (Pforzheim-Basel) ein Wegweiser mit der Aufschrift Brudersloch, doch die Höhle ist an dieser Stelle nicht zu finden oder zu sehen. Man muss einem nicht ausgeschilderten und fast nicht erkennbaren, unscheinbaren Pfad folgen, der unterhalb eines markanten Felsvorsprungs – der sogenannten Teufelskanzel – entlangführt. Dieser Weg wird aber nicht mehr gepflegt und ist auch nicht gesichert

Die Sage vom Mummelsee

Südöstlich von Baden-Baden, nahe der kahlen und sturmumtosten und kahlen Hochfläche der Hornisgrinde, bettet sich ein sagenumwobener, dunkler See in eine tiefe Mulde zwischen hohen, mächtigen Tannen und sich nach Süden öffnendem freiem Blick gen Süden. Dieser wird vom Volke Wundersee oder heute geläufiger: „Mummelsee" genannt. Das Klima auf der Höhe ist rau, seine Ufer lagen einst abgeschieden, bis dann die Schwarzwaldhochstraße gebaut wurde und direkt daran vorbeiführt. Hier kann man sich noch gut vorstellen, wie es in früheren Zeiten gewesen sein muss, als noch kein Laut die Stille unterbrach und Massentourismus sich breit machte.

Der Sage nach stand dort, wo er jetzt sein schwarzes Wasser ausbreitet, eine heilige, Gott geweihte Wohnung. In ihr lebten, in tiefer Abgeschiedenheit vom stürmischen Treiben der Welt, kindlich fromme Seelen in stiller Andacht.

Durch lange Zeiträume herrschte hier heiligste Ruhe, die jetzt aber zum tiefen, schauerlichen Schweigen geworden ist. Denn plötzlich vernichtete des Himmels Zorn diese geweihte Stätte. Vergebens fragst du: warum? Nur mit stillem, mit ehrfurchtsvollem Blick weist der fromme Landmann dich hin auf die unergründlichen Wege der Vorsehung.

Als einst Frühmorgens des Tales Bewohner von Seebach her den steilen Berg aufgestiegen kamen, um an geheiligter Stätte der Andacht zu pflegen, und ihre frommen Gaben zu bringen, und sie nun des Berges Höhe erstiegen hatten, suchte vergebens ihr Blick das Kloster. Keine Spur war mehr davon übrig, an seiner Stelle aber lag ein See, in dessen schwarzem Spiegel sie umsonst die Trümmer des versunkenen Gebäudes zu erspähen sich mühten.

Mit Grauen und Furcht wanderten sie zurück und verkündeten ihren Brüdern dieses schauerliche Ereignis. Einsam blieb seitdem diese Stätte, und selten betreten von einem Förster oder vom Fuße verirrter oder neugieriger Wanderer. Aber noch viele Jahre zeigten sich die wohltätigen Geister des Sees. In die nächsten Wohnungen des Tales kamen sie in der Nacht. Oft, wenn die Hausfrau oder ihre Mägde des Morgens zur Arbeit aufstanden, fanden sie schon die Küche gereinigt, die Geräte blank gescheuert, das Brot gebacken, und dergleichen Arbeiten mehr verrichtet. Auch pflegten sie die

Rinder und Schafe, und machten das Werk des Landmanns gedeihlich. Im weiten Rund auf den Höhen und tief in die Rheinebene hinaus, weideten nirgends schönere Herden, als in den Tälern von Seebach und Achern.

In der Gestalt einer Jungfrau traf einmal eine der geistigen Bewohnerinnen einen Hirtenknaben im Gebirge, und gewann sein Herz durch die Reize ihrer Gestalt. An einer Quelle kamen sie täglich zusammen, und kosten hier in traulichen Gesprächen, bis der Abendstern durch die Tannen flimmerte. Der Knabe spielte in ihren weichen langen Haaren, und sie lehrte ihn viele wunderschöne Lieder. So oft sie sich aber trennten, so warnte sie ihn auch, ihr nie zum See zu folgen, und sie nie dort aufzusuchen, wenn sie auch mehrere Tage ausbleiben sollte.

Einst harrte der junge Hirt ihrer vergebens zwei lange Tage hindurch. In der Frühe des dritten Tages konnte er's nicht länger aushalten. Die Sehnsucht nach der Geliebten zog ihn zum See hin. Alles um ihn herum war still und öde. Er sah nichts. Traurig setzte er sich ans Ufer und rief laut ihren Namen. Da vernahm er ein Ächzen tief unten im Schoße des dunkelschwarzen Gewässers und plötzlich färbte sich dieses blutrot.

Den Knaben ergriff ein kalter Schauder: „Sie ist tot", rief er aus, eilte weinend nach Hause und starb.

Auf Kinder und Kindeskinder pflanzte die Güte der wohltätigen Geister des Sees sich fort, bis einst die Enkel, ohne es zu wollen, sie verscheuchten. Öfter hatten nämlich schon die Bewohner des Tals die nächtlichen Gäste belauscht und sie gesehen, wie sie in ärmlicher Kleidung, die kaum ihre Blöße bedeckte, einherwandelten. Da hielten sie zusammen Rat und wurden eins, zum Danke den freundlichen Geistern neue Kleidung zu schaffen, damit sie stattlicher ihre nächtliche Reise könnten beginnen. Sie hingen zierliche Kleider auf an dem Ort, den die nächtlichen Geister immer besuchten. Aber, zürnend über die Geschenke der beschränkten Talbewohner, obgleich sie gutmütig ihnen geboten waren, und zürnend, dass sie belauscht worden sind in ihrem stillen Wirken, kehrten sie in den See zurück und keines Sterblichen Auge hat sie seitdem mehr gesehen.

Erst nach vielen Jahren, in unsern die Vergangenheit so oft verschmähenden Tagen, gaben sie wieder ihr Dasein zu erkennen. Denn als einst die Mönche eines benachbarten Klosters in dieser wilden Gegend sich mit der Jagd vergnügten, kamen diese auch an des Sees Rand. Der Sage nach spottend, beunruhigten sie die stille Behausung der Geister und schossen in die Wellen. Aber eine zürnende Stimme, gleich dem Brausen des Waldstroms, erhob sich aus der Tiefe des Sees, und es begannen die vorher ruhigen Wellen sich mächtig zu heben, und in furchtbarem Aufruhr schlugen sie an die sie begrenzenden Felsen, dass es nur so weit umher in dem Walde wiederdröhnte. Voller Furcht flohen die Mönche aus dem Gebiet der zürnenden Geister und sie suchten durch Messelesen und Gebet sie wieder zu versöhnen. Noch jetzt betet, auf ihre Verordnung, der Talbewohner in nächtlicher Stille jedes Mal einen Rosenkranz, damit die beleidigten Geister wieder versöhnt werden, und aufs Neue sich mit ihnen befreunden.

(Quelle: Friedrich Gottschalck, Die Sagen und Volksmärchen der Deutschen, Halle 1814)

Weitere Varianten der Mummelsee-Sage:

Mummelsee-Sage

Auf der Höhe und westlichen Seite des nördlichen Schwarzwalds, eine Stunde vom Kurort Baden-Baden entfernt, da liegt versteckt am Berg ein tiefer, unergründlicher wilder See. „So man einen oder mehrere Steine hinunterwirft, trübt sich der heiterste Himmel, ein Ungewitter mit Blitz, Donner und Hagelkörnern entsteht, Sturmwinde brausen auf", sagte man. Die Wassermännlein trugen zudem sofort alle hineingeworfenen Steine sorgfältig wieder heraus ans Ufer.

Wenn man eine ungerade Zahl an Erbsen, Steine oder was anders in ein Tuch bindet und hineinhängt, so verändert es sich in eine gerade

Zahl und wenn man eine gerade Menge hineinhängt, wird es eine ungerade Menge.

Da einst etliche Hirten ihr Vieh nahe dem See gehütet haben, ist ein brauner Stier daraus entstiegen, der sich zu den übrigen Rindern gesellt hat. Alsbald kam ein Männlein nach und versuchte ihn zurückzutreiben. Da er jedoch nicht gehorchen wollte, wurde der Stier verwünscht, bis er gehorsam mitgegangen ist.

Ein Bauer ist zur Winterszeit mit Ochsen und einigen Baumstämmen im Schlepp ohne Schaden über den hartgefrorenen See gegangen, sein nachlaufendes Hündlein aber ist ertrunken, nachdem das Eis unter ihm eingebrochen ist.

Ein Jäger hat im Vorübergehen ein Waldmännlein dort sitzen sehen, seinen Schoß voll mit Geld, mit dem er spielte. Nachdem der Jäger darauf Feuer geben wollen, ist es abgetaucht und hat bald gerufen: „Wenn er es gebeten, so hätte es ihn leicht reich gemacht, so aber er und seine Nachkommen in Armut verbleiben müssen."

Ein anderes Mal ist ein Seemännlein am späten Abend zu einem Bauern auf dessen Hof gekommen, mit der Bitte, ein Nachquartier zu bekommen. Der Bauer, in Ermangelung von Betten, bot ihm die Stubenbank oder den Heuschober an, allein es bat sich aus, in den Hanfräpen (vermutlich Futterkrippe) zu schlafen. „Meinethalben" antwortete der Bauer, „wenn dir damit gedient ist, magst du wohl gar beim Weiher oder am Brunnentrog schlafen."

Auf dieses Einverständnis hat es sich gleich zwischen die Binsen und das Wasser eingegraben, als ob es Heu wäre, sich darin zu wärmen. Frühmorgens kam es heraus mit trockenen Kleidern, und als der Bauer sein Erstaunen über den wundersamen Gast äußerte, hat es erwidert: „Ja, es könne wohl sein, dass seinesgleichen nicht in etliche hundert Jahren hier übernachtet." Von solchen Reden ist es mit dem Bauer tiefer ins Gespräch kommen, dass es ihm verriet: „Ich bin ein Wassermann und habe meine Frau verloren. Ich will sie im Mummelsee suchen. Bitte zeige mir den Weg dorthin." Unterwegs erzählte es noch viel wunderliche Sachen, auch, dass es schon in vielen verschiedenen Seen seine Frau gesucht und nicht gefunden habe. Als sie zum Mummelsee kamen, tauchte es ins Wasser, doch zuvor hat es den Bauer gebeten, so lange auf seine Rückkehr zu warten, oder bis es ihm ein Wahrzeichen senden werde.

Wie er nun ein paar Stunden am See gewartet hatte, so ist der Stecken, den das Männlein bei sich hatte, samt einer Blutlache mitten im See aufgestiegen und etliche Schuh sind hoch in die Luft geflogen. Dabei musste der Bauer wohl abnehmen, dass dieses das verheißene Wahrzeichen gewesen sei.

Später ließ der Herzog zu Württemberg ein Floß bauen und damit auf den See fahren, um dessen Tiefe zu ergründen. Nachdem die Messleute schon neun Zwirnnetz hinuntergelassen und immer noch keinen Boden gefunden hatten, so fing das Floß gegen die Natur des Holzes zu sinken an. Sie mussten eiligst von ihrem Vorhaben ablassen und auf ihre Rettung bedacht sein. Vom Floß sind nur noch Stücke am Ufer zu sehen.

Quelle: Deutsche Sagen, Jacob Grimm, Wilhelm Grimm (Brüder Grimm), Kassel 1816/18, Nr. 59

Oder diese Sage vom Mummelsee

Ein Markgraf von Baden, der mit Geistlichen und Hofleuten den besonderen und damals noch sehr entlegenen See in Augenschein nahm, warf geweihte Kugeln ins dunkle, tiefgründige Wasser und versenkte heilige Sachen. Plötzlich sprang ein fürchterliches Ungeheuer aus dem Wasser, jagte die Verwegenen in die Flucht und sieben Tage lang herrschte stürmisches Wetter.

Der gelehrte Jesuit Athanasius Kircher behauptete im 2. Teile seines „Mundi subterranei" (Edit. Antwerp. 1678 fol.), dass er aus eigener Erfahrung vom Jahre 1666 versichern könne, das Steinwerfen in den Pilatus- und Mummelsee bringe bösen Sturm und viel Gefahr. Dagegen meldet der Badener Jesuit Bernhard Dyhlin in seinem discursu de thermis Badensibus (Rast. 1728. 8.) in dem appendice de famoso Lacu Mummelsee p. 65, er habe so etwas nicht bemerkt, als er 1727 nicht nur mehrere Steine in den See geworfen, sondern auch mehrmals mit der Flinte hineingeschossen habe.

Ein seltsam gestalteter Bewohner des Mummelsees, in einen grauen Rattenpelz gekleidet, holte einst eine Hebamme aus Kappel, damit sie seiner Gattin bei der Niederkunft beistehe. Mit einer Birkenrute schlug er in den See. Sogleich teilte sich das Wasser, und beide stiegen auf einer alabasternen Wendeltreppe in den Abgrund zu einem vergoldeten Prachtzimmer, in dem ein aus Karfunkel zusammengesetzter Thron aufgeschlagen war. Hier hatte die Hebamme ihr Geschäft zu verrichten.

Derselbe rätselhafte Mann führte sie später auf der gleichen Treppe auch wieder zur Oberwelt. Hier angekommen, gab er der Geburtshelferin als Belohnung einen Strohbündel. Voll der herzlichsten Freude, dass sie das Abenteuer glücklich überstanden habe, weigerte sie sich bescheiden, das Geschenk anzunehmen. „Verschone mich", sagte sie, „es ist gern geschehen, auch fehlt es mir zu Hause nicht an Stroh." Durch viel gutem Zureden gelang es schließlich dem mit Rattenpelz gekleideten Mann, dass sie das vermeintliche Stroh-Geschenk doch annahm. Aber kaum hatte er, im Zephyrschritt, sich entfernt, warf sie den Strohbündel achtlos weg. Zu Hause angekommen, bemerkte sie, dass ein Strohhalm, der unversehens an ihr hängengeblieben war, sich in das reinste Gold verwandelt hatte. Nicht wenig grämte sich nun das arme Weib, dass sie das rätselhafte Geschenk so geringgeachtet hatte.

Manche nützliche Hilfe widerfuhr den Dorfnachbarn der See-Nymphen. Während diese der nächtlichen Ruhe plagten, arbeiteten für sie insgeheim die Wasserjungfrauen. Oft, wenn jene erwachten, war die für den kommenden Tag bestimmte Arbeit schon getan – von den Unbekannten. Sogar Haus- und Küchengeschirr waren gereinigt, das Brot gebacken, nur die Betten nicht gemacht. Dass ihre Tugend und Betriebsamkeit auf die Probe gestellt sei, ahndeten die Kurzsichtigen nicht; auch bestanden sie die Probe genauso wenig, wie der schöne Hirtenknabe. Trägheit und Wohlleben, Unzucht und Schwelgerei waren die Klippen, an denen ihre Tugend scheiterte. Mit Abscheu entflohen die Seejungfern dieser Werkstatt der Sünde, wo nun die Gefallenen, ihrer Hilfe beraubt, der Arbeit entwöhnt, unter dem Joch des Lasters dreifach büßen mussten.

Groß war die Zahl dieser Nymphen, die, in grauer Vorzeit, in und unter dem See ihren Wohnsitz hatten. Sie stunden unter der Aufsicht eines sehr alten Mannes, mit einem Karfunkel-Gesicht, und mit langem, schneeweißem Bart. Ein Teil derselben pflegte bei Nacht im Murgtal die Waldung auszustecken und anzubauen. Andere mischten sich in die Tanzgesellschaften der Dorfbewohner, liehen diesen Geld, Getreide und andere Lebensmittel. Noch andere widmeten sich dem menschenfreundlichen Geschäft, die Reisenden in den Einöden des Schwarzwaldes zu geleiten, und die Verirrten auf den rechten Weg zu bringen. Einige von diesen boten sich einst etlichen schönen jungen Männern, die dort wanderten, als Führerinnen an. Man verspätet sich, die Schönen baten die rotbackigen Fremdlinge, unter allerlei Versprechungen, mit ihnen bis zum See mitzugehen und dort zu übernachten. Die Jünglinge weigern sich aber.

„Auf ewig seid ihr verloren, wenn ihr unsere Bitte verschmäht", drohten die Seejungfern. Da siegte die Hartnäckigkeit über das Mistrauen der schamhaften Jünglinge. Sie folgen ihnen.

Kaum am Ufer des Sees angekommen, wunden alle von dem Gebirge verschlungen. Wie auf einen Zauberschlag fielen sie in den Abgrund unter dem See. Dort standen sie mitten in einem sehr großen schwarzen Saal, der mit vielen Spiegeln und einer zahllosen Menge Perlen und Diamanten ausgeschmückt war und von Millionen Lampen erhellt wurde. Der greise Wassergott saß unter einem goldenen Thronhimmel auf dem Richterstuhl und hielt einen schwarzen Stab in der Hand. Hundert schwarze Kobolde und ebenso viele Delphine lagen zu seinen Füssen, Tausende von Nymphen in weißen Gewändern hüpfen um ihn, während unzählige silberne Glöckchen an der Decke des Saals in regelmäßiger Bewegung harmonisch erklingen. Man hielt Gericht über die Verwegenen und die Verführerinnen wurden zum Tode verurteilt.

Die sie begleitenden jungen Männer war hingerissen von Mitleid. Sie warfen sich auf die Knie und flehen um Gnade für die Schönen. Ihre Fürbitte wurde vom Wassergott erhört. „Was euch betrifft" – sagt er zu den bartlosen Gesellen – „so sei der Leichtsinn diesmal eurer Unerfahrenheit verziehen; es sei euch vergönnt, auf die Oberwelt zurückzukehren, aber hütet euch, je einen Stein in den See zu werfen, augenblicklich wird sonst die Rache des Himmels fürchterlich über euch kommen. Hier sind drei Steine, bewahrt sie zum Andenken an diesen unterirdischen Ort, wie der Rache als auch der Gnade. Und merkt euch, sobald ein Fels von einem dieser Steine berührt wird, quillt heißes Wasser daraus hervor."

Kaum hatten sich die leichtsinnigen Jünglinge auf der Oberwelt von dem glücklich bestandenen Abenteuer erholt, als Vorwitz und Neugier sie verleitet, einen Stein in den See zu werfen. Plötzlich erhebt sich Sturm und Ungewitter, so schrecklich, dass sie jeden Augenblick fürchten, der Abgrund werde sich abermals auftun, und sie auf ewig verschlingen. Von der fürchterlichsten Todesangst gequält, eingedenk der warnenden Drohung des Wassergottes, rannten sie, ohne Rast und Pause, doch von dem Ungewitter verfolgt, über Berg, Wald und Tal eiligst davon, bis sie, halbtot vor Angst und Ermattung, am Berg bei der heutigen Stadt Baden-Baden niedersinken und von dem Schlaf überwältigt wurden.

Während sie da sich von der Erschöpfung erholten und schliefen, fiel einer von den drei Steinen aus der Reisetasche auf den Platz, an dem heute die Hauptquelle, der sogenannte Ursprung, fließt. Alsbald öffnet sich der schwarze Felsen und es strömt seither siedeheißes Wasser armdick hervor. Der Stein rollt weiter den Berghang hinunter und es sprudelten überall, wo er den Felsen berührt, heiße Quellen heraus. Dies ist der Ursprung der warmen Heilquellen von Baden-Baden.

Ein paar Köhler, die aus dem nahen Wald das seltsame Ereignis bemerkt hatten, fielen über die rätselhaften Fremdlinge her und drohen sie als vermeinte Zauberer umzubringen. Schon schwebten die Keulen über ihren Häuptern, als der Angstruf, sie anzuhören, noch erhört wurde.

Bebend stammeln sie, was mit ihnen vorgegangen ist, welches Abenteuer sie bestanden haben und welche Todesangst sie hierher und an diesen Berg getrieben habe. Zum Beweis der Wahrheit, boten sie den Köhlern die noch übrigen zwei Wundersteine an. Diese nahmen das steinerne Sühneopfer auch willig an.

Der eine Köhler begab sich in den Weiler Hub oberhalb von Ottersweier. Damit brachte sein Stein dort ebenfalls warmes Heilwasser zum Ausfluss und der Weiler wurde zum Bad. Der andere bewirkte mit seinem Stein das gleiche in Badenweiler. Doch, was noch wundersamer ist, die Erlösung der Nymphen in und um den Mummelsee, scheint auf der Lösung dieser warmen Wasser beruht zu haben; denn seitdem diese Quellen fließen, sind jene Nymphen verschwunden und keine Spuren mehr zu finden. Es sollen aber noch Seefräulein darin hausen, die man nicht nur dort gesehen haben will, sondern die, wie man erzählt, sogar die benachbarten Hütten- und Dorfbewohner besucht haben.

Das Lexikon von Schwaben erzählt: „Am 21. Juli 1756 ist aus einem kleinen Wölkchen, das in der Größe eines runden Huts aus diesem See aufstieg, sich aber nach und nach vergrößerte, eines der entsetzlichsten Gewitter entstanden, welches in diesem Bereich innerhalb von acht Stunden alles zerstört hat. Die nahe wohnenden Seebacher haben schon öfters die Tiefe des Sees mit Seilen zu messen versucht, aber keinen Grund gefunden. Die Tiefe des Wassers lässt sich daraus schließen: Wenn Steine von großem Gewicht hineingewälzt werden, so entsteht nach einer halben Minute eine Blähung des Wassers mit einem Getöse. Dasselbe wirft sich an dem Ort, an dem der Stein gesunken ist, einen Fuß hoch auf, und braust wie siedendes Wasser. Dieses dauert vier bis fünf Minuten lang. In der ersten Hälfte dieses Jahrhunderts, von 1730 bis 1738, machte man einen Versuch, den See aufzuschwallen, um ausreichend Wasser zu erhalten und damit Holz das Tal hinausflössen zu können. Kaum war der Damm fertig, so zernichtete die Gewalt des drückenden Wassers alles. Das Tal unterhalb mit allen am Wasser stehenden Gebäuden und Feldern wurde verwüstet; Kappel, Ober- und Nieder-Achern, mit andern an der Acher liegenden Orten und Feldern, wurden verheert, und ein unbeschreiblicher Schaden angerichtet.

Wenn ich nun auf meiner Homann'schen Karte die Gegend aufsuchte, und mitten auf dem wilden, unbewohnt scheinenden Gebirge den Lacus mirabilis (See der Wunder) antraf, so wünschte ich wohl seiner Zeit diesen unheimlichen Ort zu besuchen, glaubte aber nicht, dass mir dies jemals gelingen würde. Nun war der Jugendwunsch Erfüllung, wie so manches im Verlauf des Lebens erlangt wird, nach dem man ernsthaft strebt, und wohl im Ganzen mehr, als man zu hoffen gewagt. Aber wie ganz anders war die wirkliche Anschauung als das selbstgemachte Bild?

Der Mummelsee ist auf drei Seiten vom Waldgebirge umschlossen und liegt, sozusagen am Hals des Katzenkopfs. Wäre er nicht ganz von Gehölz umgeben, so würde man von seinem Erdwall aus gegen Südwest durch den Ausschnitt des Gebirges in die Ferne gegen die Niederung des Rheintals sehen können. Er mag ungefähr 3000 Fuß über der Meeresfläche liegen (tatsächlich auf 1028,5 m). Ob seine Tiefe je gemessen worden war, kann ich nicht angeben. Wie sich im festen Gebirge ein Trichter senkrecht hinab ins Unendliche ziehen soll, ist nicht einfach zu begreifen. Der Blautopf bei Blaubeuren, der gerade so in der Ecke des Gebirges, nur aber im Tal liegt, galt Jahrhunderte lang ebenfalls für unergründlich. Die Leute trugen sich mit der Sage, man habe einst ein Seil, dreimal um das Städtchen langend, mit einem großen Stein beschwert in den Kessel hinabgelassen, und keinen Grund gefunden. Zwei Messungen, die letzte von 1783, ergaben schließlich eine Tiefe von – 63 Fuß (knapp 20 Meter).

Die Geschichte vom Huzenbacher See

Ein freundlicher Pfarrer aus Simmersfeld hatte uns einmal von seiner im Jahr 1823 in diese Gegend gemachten Reise folgendes erzählt:

In der Leinmiss, einer über dem Tal Zwickgabel liegenden Häusergruppe, habe er den 81-jährigen Jakob Schmieder, der seit fünfzig Jahren mit seinem nicht viel jüngeren Eheweib in dieser Waldeinsamkeit hause, besucht und durch viel Wein gesprächig gemacht, wo ihm dann derselbe manches Märchenhafte, mit was sich die Leute zu unterhalten pflegten, erzählte, unter anderem dies: Der wilde See sei unergründlich – (er liegt zwei Stunden südöstlich vom Mummelsee und ist die Quelle der Schönmünzach. Bei der von einem Herzog befohlenen Messung wurde er 60 Fuß - rund 18 Meter - tief erfunden). Ob sich Seeweiblein (Mümmelchen) drin aufhalten würden, das wisse er nicht. Dass nach Röthenberg, seinem Geburtsort, vordem zwei Erdmännlein gekommen sind, habe ihm aber sein Vater gut hundertmal erzählt.

Bei dergleichen Sagen bleibt immer problematisch, wann das Ereignis sich denn eigentlich zugetragen habe. Die Alten erzählen es den Jungen, als wäre es noch zu ihren Zeiten gewesen, obgleich sie es auch nur aus der Erzählung ihrer Eltern gehört haben. So bleibt eben eine Geschichte leicht ein Jahrtausend frisch.

Sie haben sich stets als wohltätige Geister erzeigt, den Bauern ihr Vieh gefüttert, und es versteht sich, nicht mit gewöhnlichem Futter. Es wurde immer reinlich und glänzend erhalten, so dass den Leuten nichts zu tun übrigblieb, als es zu tränken. Mitunter, wiewohl selten, habe Jemand die hilfreichen Wesen erblickt. Ihr Essen musste man an einen bestimmten Ort hinstellen; dies verzehrten sie und entfernten sich wieder. Sobald man es ihnen nicht recht gegeben, oder etwas davon genommen, oder sich in ihr Geschäft eingemischt habe, seien sie ausgeblieben.

„In Huzenbach im Murgtal" habe der Alte erzählend fortgefahren, und bei solchen einsam wohnenden Leuten hat die märchenhafte Überlieferung schon darum mit der wahren Geschichte gleiches Recht, weil sie poetisch schön und ihrer Einbildungskraft als Stellvertreter der Lektüre notwendig ist.

„In Huzenbach hat sich, wie ich von alten Leuten daselbst nicht nur einmal vernommen, folgendes merkwürdige Ereignis zugetragen: In

dem Gebirge über dem Dorf liegt ein See, der Huzenbacher-See genannt, aus welchem ein Seemännlein und Weiblein oftmals ins besagte Dorf auf Besuch gekommen sind, so dass man ihre Erscheinung, gleich als wären es Wesen unseresgleichen, nach und nach gewohnt war. Doch als nun eines Tages in dem nicht weit entfernten Dorf Schwarzenberg eine Hochzeit gewesen sei, haben zwei Töchter dieses Wasser-Ehepaars Lust bekommen, dort zu erscheinen und sie haben ihre Eltern gebeten, dahin zum Tanz gehen zu dürfen. Den ledigen Burschen, welche sonst diese sonderbaren Wesen doch mit ein wenig Grauen anschauten, ist durch Wein und Freude das Herz für sie aufgegangen, und wenn sie ihnen so als Tänzer nahekamen und ins Auge blickten, so war ihr Blick ganz anders und viel leuchtender, als sie es von den Mädchen vom Dorf kannten. So wurde es ihnen zuletzt ganz warm ums Herz. Es schlug die Stunde, zu der die Seefräulein wieder heimkehren sollten, aber die jungen Leute baten inständig, dass sie doch noch etwas bleiben möchten. Gern hätten diese eingewilligt, denn sie waren nicht kalt wie die Fische, und gefühllos. Insbesondere zwei manierliche und hübsche Burschen hatten bei ihnen ein solches Wohlgefallen erregt, wie sie es bisher noch nicht kannten; aber ein strenges Verbot schien ihnen zu rufen, und sie wurden nach einigem Verweilen so ängstlich, dass ihre Tänzer Mitleid mit ihnen hatten, und sich anschickten, sie an den See zu begleiten, was auch nach Mitternacht geschah. Hinter dem sogenannten Silberbuckel führt ein Weg die Schlucht hinauf, durch welche aus dem See herab ein rasches Bächlein fließt. Hier sagte die ältere Schwester zur Jüngeren mehrmals: „Hörst du die Alten zanken?" „Ach wohl höre ich es", erwiderte diese. Die Begleiter vernahmen aber nichts, als das Rauschen des Bachs in seinem steinigen Bett.
Endlich waren sie nur noch wenige Schritte vom See entfernt. Sie nahmen herzlichen Abschied, und gestatteten jede ihrem Führer drei Küsse. Nachdem aber die Jünglinge unter Händedrücken sie baten, recht bald wieder nach Schwarzenberg zu kommen, sahen die Schwestern einander an und seufzten. „Wartet eine Weile am

See", sagte endlich die Ältere, „und wenn ihr seht, dass er sich rot färbt, so denket nur, dass es uns schlimm ergangen ist, es ist dann unser Blut. Wenn ihr nichts wahrnehmt, so leben wir und kommen vielleicht recht bald wieder zu euch."

Nach diesen Worten verschwanden sie eilig im Schilf des Sees und in einem Augenblick waren sie nicht mehr zu sehen. Die beiden jungen Burschen blickten mit Herzklopfen über den See, der vom Frühlicht schon ziemlich erhellt war. Sie harrten und harrten; als sich aber, so lange man braucht, etwa zehn Vater Unser zu beten, keine Veränderung zeigte, so nahm der eine den andern beim Arm und sagte: „Komm Bruder, ich kann es nicht mehr aushalten; meine Augen gehen mir über. Es steht ja wohl gut mit ihnen, ich bemerke keine Röte." Sein Kamerad starrte aber unverändert über den See hin und ließ sich nicht von dannen bringen. Somit ging der eine allein hinweg, wohl mehr aus Angst, das Wahrzeichen möchte doch noch kommen, als aus der Überzeugung, dass es mit den Seefräulein keine Gefahr mehr habe.

Jener wartete noch eine gute Weile, und wollte eben getrost den See verlassen, als er etwas wie ein Wehklagen aus der Tiefe herauf vernahm und nicht lange hernach das Wasser an einer Stelle unruhig werden und blutrot überwallen sah. Da graute ihm, und er lief dem andern mit zerstörtem Sinne nach.

„Wie steht es?", rief ihm dieser zu. Er gab ihm keine Antwort, totenbleich trat er neben ihn und so liefen sie, ohne ein Wort zu sprechen, aber wohl wissend, dass die Seefräulein den Ungehorsam gegen ihre Eltern mit dem Leben gebüßt haben, ihrem Zuhause zu. Sie maßen sich einen Teil der Schuld zu und blieben vom Andenken an jene Nacht, in welcher ihnen Lieb und Leid im höchsten Masse begegnet ist, viele Jahre lang stille, in sich gekehrte, von allem lautfröhlichen Wesen abgewandte Burschen.

Insofern haben nun wohl beide, der Aberglaube und der Schulwahn, Unrecht, und nur diejenige Ansicht möchte bescheiden verständig auf dem rechten Wege sein, welche das einzelne Wunderbare auf das allgemeine Wunder der Schöpfung zurückführt und selbst in den natürlichen, begreiflichen Erscheinungen der Erdbildung ein unsichtbares Band und einen dunkeln, uns ewig unerforschlichen Grund anerkennt.

Wir liefen an dem See hin und schleuderten Steine hinein, aber kein Aufwallen entstand, kein siedendes Brausen ließ sich vernehmen, wir sahen nicht einmal eine Blase aufsteigen; noch weniger erhob sich ein Nebel und blähte sich zu einem verderblichen Gewitter auf.

Autor: Anton Birlinger

Wie drei warme Quellen entstanden

Ein junger Mann kam auf einer Wanderung durch den Schwarzwald auch an den Mummelsee unterhalb der Hornisgrinde und oberhalb von Seebach im Achertal.

Am Ufer sah er ein Seeweible, das sich bald ihm näherte. Von ihrer Schönheit bezaubert, blieb er mehrere Stunden bei ihr. Bei seinem Abschied gab sie ihm drei scheinbar wertlose Steine, die sie vom Grunde des Sees geholt hatte. Er nahm sie zu sich, warf sie aber später nach und nach gleichgültig weg. Überall nun, wo einer dieser Steine hinfiel, sprudelte eine warme Mineralquelle hervor, und zwar die erste an der Stelle des Erlenbades bei Achern, die zweite in der Hub bei Ottersweier und die dritte in Baden-Baden.

Quelle: Johannes Künzig, Schwarzwald-Sagen, 1930

Der geheimnisvolle Titisee

Der Titisee ist sicher der berühmteste und meistbesuchte See im Schwarzwald. Doch die wenigstens wissen, dass sich auf dem tiefen Grunde die Überreste einer versunkenen Stadt befinden. Wenn wir genau hinhören, dann hört man noch die Glocken läuten, und das am besten an einem klaren, windstillen Tag. Mieten sie sich ein Boot und fahren sie hinaus aufs Wasser, schauen sie in die Tiefe. Mit ein klein wenig Glück sehen sie die Spitze des Turmes des einstigen Klosters der Stadt. Wenn sie dann noch an einem stillen Sonntag da sind, hören sie mit etwas noch mehr Glück sogar den dunklen Chor der Glocken. Da, wo sich heute dessen Wasser ausbreitet, stand nämlich einst eine mächtige Stadt mit dem bereits erwähnten Kloster.

Dass die Stadt in alten Zeiten im Titisee versunken ist, hat man sich in Titisee indes ganz allein selbst zuzuschreiben. Die früheren Bewohner von Titisee lebten in einer florierenden Stadt und sie gehörten wahrlich nicht zu den Ärmsten im Ländle, im Gegenteil, sie waren reich, so reich sogar, dass es ihnen ganz offensichtlich zu wohl geworden und zu Kopf gestiegen ist.

Der See als Strafe

Sie verloren vom wichtigsten Grundnahrungsmittel des Menschen jegliche Ehrfurcht, höhlten die duftenden Brotlaibe aus und benutzten deren knusprige Kruste als Schuhe. Nicht nur das, die Gottesgabe wurde auch noch an das Vieh verfüttert. Irgendwann war es des Frevels dann doch zu viel. Die Stadt und das Kloster wurden von einem mächtigen Wasser, dem heutigen Titisee, überflutet und versanken auf dem Seengrund.

Warten auf den lieben Gott

Beide sollten, so ist überliefert, wieder aus dem See aufsteigen, wenn das nahe Kloster in Friedenweiler untergegangen sein soll. Das ist es inzwischen auch, und zwar seit mehr als 200 Jahren. Doch weder Kloster noch Stadt sind bis heute wieder aufgetaucht. Wir gehen einmal davon aus, dass Gott bislang einfach noch nicht dazugekommen ist, das Wiederauftauchen zu veranlassen.

Der Belchen – König des Schwarzwaldes

Badischer Belchen, Kleiner und Großer Belchen, Jura- und Elsässer Belchen heißen die fünf markanten Berge Dreiländereck Süddeutschland, Schweiß und Elsass. Ist die Namensgleichheit dieser fünf Belchen in der Region mehr als nur eine rein zufällige Übereinstimmung? Zwischen Schwarzwald, Jura und Vogesen geht der Belchismus um.

Der einer Johann-Peter-Hebel-Schrift entnommene Begriff steht für eine Theorie, die darauf basiert, dass sich an der kalendarischen Frühlingswende und der Herbstwende der Sonnenstand in

Beziehung zu vier der fünf Belchen im Dreieckland setzen lässt. „Der Keltische Sonnenkalender kann kein Zufall sein", meinen Walter Eichin (Lörrach) und Andreas Bohnert (Karlsruhe), die Entdecker des von Ihnen sogenannten Belchen-Systems.

Der pensionierte Lehrer und der wissenschaftliche Assistent sind überzeugt, auf ein Geheimnis keltischer Druiden gestoßen zu sein. Danach könnte es so gewesen sein, dass sich Priester der vorgermanischen Siedler, die sich im zweiten vorchristlichen Jahrhundert am südlichen Oberrhein niedergelassen hatten, zur Zeit der Tagundnachtgleiche im März und September sowie an Mittsommer und Mittwinter im Juni und Dezember in den Vogesen auf den 1247 Meter hohen Elsässer Belchen verfügt und anhand der aufgehenden Sonne mit Hilfe eines benachbarten Belchengipfels tagesgenau die jahreszeitliche Wende bestimmt haben. Eichin ist sich sicher: „Bei den korrespondierenden Belchen muss es sich um ein großräumiges Beobachtungssystem für den Sonnenkalender der Kelten gehandelt haben."

Belchen-System im Dreieckland

Die Beobachtungen und Messungen der beiden Privatforscher führten in der Tat zu einem verblüffenden Resultat: Immer vom Elsässer Belchen (Ballon d'Alsace) aus betrachtet, geht die Sonne am 21. März und 23. September über dem Luftlinie 73 Kilometer ostwärts gelegenen Schwarzwald-Belchen (1414 Meter) und am 22. Dezember über dem südostwärts 88 Kilometer entfernten Jura-Belchen (1123 Meter) auf. Sonnenaufgangsfixpunkt am 21. Juni ist der 27 Kilometer nahe Kleine Belchen (Petit Ballon, 1267 Meter). Zum System gehört auch der benachbarte Große Belchen (Grand Ballon, 1424 Meter), über dessen Gipfel sich die Sonne am 1. Mai erhebt und damit just zu einem Tag, an dem schon die Kelten feierten.

Belenus - Lichtgott

Die Namensgleichheit der fünf markanten Mittelgebirgs-erhebungen hatte Eichin auf die Idee gebracht, dass dahinter mehr als eine nur zufällige Übereinstimmung stecken könnte. Wie andere zweifelte er die von Sprachwissenschaftlern besonders seit den dreißiger Jahren bevorzugte Auffassung an, dass der Belchen-Name aus dem Alemannischen stamme, und er griff die These vom keltischen Ursprung auf. Danach sollen die Berge nach Belenus oder Belakus, dem Sonnengott der Kelten, benannt worden sein. Als sich Eichin und sein Co-Autor Bohnert, der die astronomischen Daten berechnet hatte, die Zusammenhänge zwischen Sonnenstand und Kalendermarken enthüllten, war für beide klar: Die Druiden haben die für ihre Zwecke günstig gelegenen Gipfel als Kalenderberge genutzt und mit dem Namen ihres Lichtgottes versehen.

Das Rätselraten geht weiter

Das reizvolle Beziehungsgeflecht zwischen Belchen, Kelten und Sonne ist nicht unumstritten. Kritiker vermissen vor allem handfeste archäologische Beweise, ohne die ihnen das Belchen-System wissenschaftlich nicht vertretbar erscheint. Es gibt aber ebenso überzeugte Belchisten, denen die Belchismus-Theorie einleuchtet. Ihnen neigt auch der Basler Kantonsarchäologe Rolf D'Aujourd'hui zu, der daran erinnert, dass für vergangene Hochkulturen Sonne, Mond und Sterne wichtigste Orientierungspunkte waren. Der Wissenschaftler geht inzwischen der Frage nach, ob sich in das belchenbezogene Visierliniennetz auch prähistorische Fundstellen im Dreiländereck einbeziehen lassen. Erste Hinweise auf die astronomische Ausrichtung früherer Oberrheinsiedlungen nähren die Vermutung.

Quelle: Karl Rammstein - dpa

https://de.wikisource.org/wiki/Schwarzwaldsagen

Der Schatz auf Waldeck

Der Waldecker Hof liegt ungefähr eine Stunde von Teinach im Nagoldtal zwischen Wildberg und Calw. Auf einer waldigen Anhöhe oberhalb des Hofes liegen die Ruinen des alten Schlosses Waldeck, dessen Inhaber in den ältesten Zeiten Vasallen und Truchsessen der Grafen zu Calw waren. Eine noch jetzt im Volke lebendige Sage erzählt, es habe dort einst ein schlimmer Raubritter gehaust, welcher unermessliche Schätze zusammengehäuft und in einem unterirdischen Versteck mitten im Berg verborgen habe. Dieser Schatz liege noch im Berge und werde von einem gespenstischen schwarzen Hund bewacht, erscheine jedoch in der Christnacht jedes Jahr oberhalb der Erde. Auch wandle in den Ruinen und ihren unterirdischen Gängen der Geist der Tochter jenes Raubritters, die „Jungfrau im Schacht" genannt, ihrer Erlösung harrend umher. Öfters schon sei sie Kindern der Bewohner des Waldecker Hofes, bald als Jungfrau, bald als eine schöne zahme Schlange erschienen, habe mit ihnen gespielt und ihnen als Jungfrau eines ihrer langen goldenen Haare oder als Schlange einige ihrer Schuppen geschenkt: das Haar waren goldene Spitzen und Bänder, die Schuppen Goldstücke. Wer die Jungfrau in der Christnacht erlöst, bekommt den Schatz.

Quelle: Müllers Teinach 1834. S. 66.

Die Triberger Wallfahrt

Oberhalb Triberg auf einem hohen Felsen gegen Sonnenuntergang stand eine große Tanne mit mächtig-zackigen Ästen. Hart daran vorbei ging der Fußweg durch wildes Gebüsch und Granitblöcke eingeengt Schonach zu. Seitlich des Weges rann aus hartem Gestein ein klares gesundes Wasser. Kurz Wasser und Baum waren in der Menschenerinnerung, und das mit Recht, denn der Himmel hatte etwas ganz Besonderes damit vor. Eine fromme Hand, niemand weiß, wessen sie war, schnitt in die Tanne eine Öffnung und schob ein pergamentenes Muttergottes-Bildchen hinein. Jeder der es wusste, der lüpfte seinen Hut im Vorbeigehen und bisweilen betete auch jemand davor.

Folgendes trug sich zu: Das Bildchen fiel vom Baume, die kleine Barbara Kierzler vom Städtchen Triberg mit ihrer Mutter hat es gefunden, geputzt und sie küsst es. Danach wollten sie es natürlich mit nach Hause nehmen, was die Mutter zuletzt zugab. „Das Bildlein kömmt wieder an seine Stelle", wurde beschlossen, denn nach mehreren Tagen wollte es sich nicht mehr im Hergotts-Winkel, der Kruzifix-Ecke in der Stube aufhalten, ganz so wie es der Vater vorausgesagt hatte. „Barbara sei krank geworden und ihre Gesundheit habe von der Zurückschaffung des Bildchens abgehangen", wurde im Traum gesagt. Also brachten man es wieder zurück in den Baum.

Der Wallfahrtsdirektor Dr. Degen bezeugte danach die Wiedergenesung des Mädchens. Noch viel schlimmer war der miselsüchtige (altes Wort für schwächlich) Friedrich Schwab von Triberg daran, er ward ins Siechen- oder Gutleuthaus geschafft worden. Er reinigte eines Tages beim Tannenbaum und da fielen die Aussatzschülpen von ihm und ganz Triberg verwunderte sich ob dem Schwab, der wieder gesund wurde.

Der aber ließ aber jetzt zum Dank ein geschnitztes Marienbild anbringen, weil das alte längst unter Wind, Winter und Wetter sehr gelitten hatte. Schwabs Bild kam nachher in die Kirche hinein.

Bald wurde ein eiserner Ring um die Tanne mit dem Opferstock angebracht, aber das wurde leider auch das Opfer des Strauchgesindels.

Die Bildtanne kommt durch einen sonderbaren Gesang wieder zum Vorschein und Hochachtung. Am 20. Dezember 1692, während des österreichischen und französischen Krieges, kehrten drei Soldaten der Kompagnie Nadliani, Tiroler, vom Städtchen in ihre Wachposten aufwärts der Schanze nach dem Rohrhartsberg zurück und vernahmen gegenüber der Schonacherstrasse einen nie gehörten lieblichen Gesang. Dieses sonderbare Ereignis berichteten sie den Kameraden. Der Müller Adam Fröhlich wusste ebenfalls von Wundern zu erzählen, dadurch wurden die Soldaten auf des Alten Aussagen hin nur noch begieriger und die andern wollten es auch hören. Es kamen drei von ihnen an einem anderen Abend herunter, durchliefen den Wald, stiegen diesseits des Berges wieder hinauf und suchten nach der berühmten Tanne. Der Müller entdeckte die Sache, streifte mit dem Seitengewehr das Spinngewebe ab und säuberte die Wunderstelle an der Tanne.

„Es sei ihnen vorgekommen, als ob ein heller Glanz von der Stelle ausgehen würde, und alle wurden zur Andacht gestimmt."

Die Tiroler verkündeten die Märe und darauf kamen immer mehr und mehr Leute von dem Kriegsvolke, selbst Offiziere. Die Bildtanne wurde von den Soldaten zu großem Ansehen gebracht, anno 1693–96 wurde der Ort sogar förmlich zum Wallfahrtort. Zuerst gab es eine kleine Einfriedigung, dann folgte ein Bretterverschlag, bis endlich eine Kirche an diesem Platz gebaut wurde.

Die schon vorhandenen Wallfahrtsorte wurden neidisch und Triberg amtlich von Konstanz angefochten. „Es gibt schon Wallfahrten genug, schroffer Felsen, Abgelegenheit, die Heilungen beschränken sich bis jetzt nur auf Einheimische, auf den leicht- und abergläubischen Pöbel", wurde behauptet. Anno 1713 sagt ein Dokument, sei das Mirakelbild nach Triberg in die Pfarrkirche in Sicherheit gebracht worden, „wobei sehr verwunderlich war, dass die französischen Räuber, so rings herum alles ausgeplündert, Herden fortgetrieben, Hirten erschossen, sobald sie nur von der Höhe die Wallfahrt erblickt haben, gleich als von einem Blitz getroffen wurden und sich wiederum zurückgezogen haben. Die Wallfahrt bei Triberg ist durchaus unverändert geblieben."

Kurze Geschichte der Wallfahrt zu Triberg auf dem Schwarzwalde. Von einem Benediktiner des ehemaligen Stiftes St. Georgen. Rottweil 1820.

Der Blindensee im Schwarzwald

Auf der Hochfläche zwischen Schönwald und Schonach liegt der Blindensee. Vor langen Zeiten drohte er einmal auszubrechen und das Tal zu überschwemmen. Da kam die Mutter Gottes und spannte ein Netz von Fäden vor die Öffnung, wodurch das Wasser wie durch einen Damm zurückgehalten ward. Jedes Jahr aber verfault einer der Fäden und wenn alle verwest sind, dann bricht der See heraus und überschwemmt das ganze Tal. Dies geschieht am Bartolomäustag, wenn in Triberg Jahrmarkt gehalten wird.

Zwei Bauernhöfe, deren Inhaber streitbare Nachbarn waren, sollen einst an der Stelle des heutigen Blindensees gestanden haben. Ein

Blitz vernichtete beide Höfe und die dadurch entstandene Bodensenke füllte sich dann allmählich mit Wasser.

Das Mysterium Kaspar Hauser
und die vielen Theorien

Der aufsehenerregende Kriminalfall im 19. Jahrhundert sorgt heute noch für viele Spekulationen, obgleich viele der damaligen Theorien bereits als widerlegt gelten.

Es war ein Montag, der 26. Mai 1828, da tauchte auf dem Unschlittplatz in Nürnberg ein junger Mann auf, der Stiefel trug, eine Joppe und einen Hut. In der Hand hielt er einen Brief. Der Jugendliche ist wortkarg und scheint geistig zurückgeblieben zu sein. Als man ihn auf der Polizeiwache befragt, spricht der zirka 16-Jährige immer denselben Satz „ein Reiter möcht i werden, wie mein Vater einer war." In dem Brief steht, dass man den Jungen als Findelkind aufgenommen hätte, großgezogen aber nie aus dem Haus gelassen hätte. Ein anderer Brief stammt angeblich von seiner Mutter, die als Geburtsdatum den 30.4.1812 angibt. Spätere Schriftvergleiche zeigen, dass der Urheber der beiden Briefe die gleiche Person ist, jedoch mit verstellter Schrift geschrieben hatte. Als man ihn nach seinem Namen fragt, schreibt der Junge auf einen Zettel: „Kaspar Hauser". Er behauptet jahrelang in einem dunklen Zimmer eingesperrt gewesen zu sein, niemanden gesehen zu haben, nur Wasser und Brot bekommen und keinen Kontakt zur Außenwelt erlebt zu haben. Nach dem Genuss von bitterem Wasser sei er immer eingeschlafen, nach dem Munterwerden war er frisch gewaschen und umgezogen. Das würde auf Opium hindeuten, aber schon damals hatte man ernste Zweifel an der Story gehabt, der körperliche Zustand des Jungen passte nicht zu jahrelanger Einzelhaft bei Wasser und Brot. Die Flucht habe ihm ein geheimnisvoller Mann ermöglicht, der ihn in Nürnberg ausgesetzt habe. Der Strafrechtler Anselm von Feuerbach wurde sein Vormund und ermöglichte Kaspar Hauser eine gute Ausbildung. Der Junge lernte schnell und genoss sichtlich die Aufmerksamkeit der

Öffentlichkeit. Während man heute weiß, dass emotional vernachlässigte Kinder bald sterben (Kaspar Hauser Syndrom), der Junge aber recht gut überlebte, er vermutlich ein guter Schwindler war, glaubte man damals fest an das Schicksal des Teenagers.

Im Gegenteil, es entstand die „Erbprinzentheorie", der Junge wäre angeblich der Erbprinz von Baden, der Sohn von Karl Friedrich von Baden und der Ziehtochter Napoleons, bei seiner Geburt mit einem sterbenden Häuslersohn vertauscht und bei diesem aufgezogen worden. Urheber dieser These ist der Bruder des Herzogs von Baden und dessen Frau. Der banale Grund: die Erbfolge. Das war damals natürlich eine gescheite Gruselstory, die alle Zutaten hatte, um sich zu verbreiten, nämlich ein unschuldiges Baby, verzweifelte Eltern und die ach so böse Verwandtschaft. Heute weiß man durch eine Gen-Analyse mit lebenden Nachkommen, dass diese Geschichte nicht stimmen kann. Aber das Gerücht hält sich trotzdem noch hartnäckig.

Nachdem das Interesse an dem Jungen abzunehmen begann, findet das erste mysteriöse Attentat auf Kaspar statt. Dieser behauptet später, derselbe Mann, der ihn nach Nürnberg gebracht hat, hätte ihn mit einer Waffe verletzt und den Satz „du musst sterben, du darfst nicht aus Nürnberg raus" gesprochen.

Das befeuert natürlich die Anhänger der Prinzen-Theorie, aber wenn man sich den Vorfall genau ansieht, die Blutspurenauswertung im Bericht liest, es keinerlei Zeugen, keinerlei Hilfeschreie gab, die Verletzung nicht schwer war, liegt der Verdacht nahe, dass eine Selbstverletzung vorlag. Wie dem auch sei, eine Zeitlang war Kaspar wieder Gesprächsstoff, er findet sogar in Lord Stanhope einen Gönner, der ihm ein schönes Leben ermöglicht. Doch als sein Ziehvater Feuerbach stirbt, der exzentrische Lord sein Interesse verliert, droht Kaspar wieder in der Versenkung zu verschwinden. Doch wie der Zufall will, gibt es ein weiteres Attentat. Diesmal jedoch ist die Verletzung lebensbedrohlich. Kaspar schleppt sich nach Hause, dort wird er versorgt und von der Polizei vernommen. Er behauptet, unter Spiegelung falscher Tatsachen in den Park gelockt worden zu sein, dort wäre ein Unbekannter aus dem Gebüsch gesprungen und hätte ihn mit einem Messer attackiert. Anschließend hätte er ihm einen lila Damenbeutel überreicht, den er aber fallen gelassen habe. Dieser Beutel wurde tatsächlich gefunden, darin ein Brief, der wieder auf Kaspars Findelkindherkunft hinweist. Spätere Analysen legen den Verdacht nahe, Hauser habe ihn selber geschrieben. Kaspar Hauser stirbt an seinen Verletzungen am 17.12.1833 mit nur 21 Jahren. Die große Frage ist: Gab es diesen geheimnisvollen Attentäter wirklich oder wollte Hauser mit diesem inszenierten Überfall nur wieder im Rampenlicht stehen wie schon beim ersten Angriff zuvor? Dann wäre sein Tod eine ungewollte Folge eines versehentlich zu tiefem Messerstich. Auf seinem Grabstein steht: Hier ruht Kaspar Hauser, ein Rätsel seiner Zeit, unbekannt die Herkunft, geheimnisvoll sein Tod 1833. Aber noch heute ist er ein Geheimnis, über das es viele Spekulationen gibt, das hätte ihm sicher gefallen.

Text: Martina Nemec

Die Kappelgeist-Sage

Direkt an der Abzweigung zum Höhengasthaus "Zum Deutschen Jäger" wurde vor Jahren ein Wanderparkplatz eingerichtet. An dieser Stelle stand einst, einer Sage nach, eine Kapelle, um die sich eine Sage rankt und die hatte der Tennenbronner Erwin Haas zu Papier gebracht. Die Tennenbronner Fastnachtsmaske der „Käppelegoascht" ist auf Grund dieser Sage entstanden.

Schon im frühesten Altertum verlief über den Windkapf die sogenannte „Völkerstraße" zwischen Rhein und Donau. Damals machten noch wilde Tiere, wie Bären und Wölfe, aber auch Räuberbanden diese Straße unsicher. Direkt an der Straße wurde zur Sicherung der Straße ein Gasthaus erbaut. Der Wirt war jedoch der gefährlichste Räuberhauptmann der ganzen Gegend. Wieder einmal hatte der Wirt erfahren, dass ein Wagen mit einer schweren Kriegskasse unterwegs sei.

Er wiegte die Gäste in Sicherheit und plünderte die Wagenladung, eine schwere eisenbeschlagene Eichenkiste gefüllt mit Gold, Edelsteinen, Perlen und Silber. Er vergrub die Kiste im Keller und ließ sie durch seinen gefährlichen Bluthund bewachen. Als die Wagenladung nicht ankam, wurde eine Kompanie mit Soldaten ausgesandt, welche Nachforschungen anstellte. Der Wirt wurde gefunden. Sein plötzlicher Reichtum war verdächtig. Das Versteck der Schatzkiste hat er jedoch nicht verraten und so wurde er zu Tode gefoltert. Das Haus wurde niedergebrannt, und aus der Feuerglut lief der brennende Hund heraus, querte die Straße und verschwand im Erdreich. Dort wuchs alsbald eine Tanne, die heute nach 500 Jahren noch steht. Seit dieser Zeit geistert es in dieser Gegend.

Der Windkapf

Um den Geist zu bannen, erstellte man an dieser Stelle eine Kapelle. Nach dieser Kapelle wurde der Geist und die Sage benannt: "Käpellegoascht". Besonders in Vollmondnächten fällt er einsame Wanderer an und versetzt sie in Schrecken. So überfiel er auch einmal ein verirrtes Mädchen, welches sich in die Kapelle flüchtete. Dort trat ihr der Geist friedlich gegenüber, verriet den Versteck der Schatzkiste und dass ein großer Tannenbaum darüber wachse. Man kann den Schatz in der ersten Vollmondnacht nach der Sommersonnwende bergen, da der feurige Hund die Schatzkiste dann verlässt.

Erst am nächsten Morgen fand das verstörte und verhexte Mädchen nach Hause und wirr erzählte es seine Geschichte. Nach kurzer Zeit verstarb das Mädchen. Seit dieser Zeit wird die Geschichte von Generation zu Generation weitergegeben.

Die Kapelle wurde fortan gemieden und so ist sie allmählich verfallen. Aber auch heute noch spürt man hin und wieder ein Kribbeln und Unwohlsein, wenn man des Nachts über den Platz des Geschehens läuft. Das Höhengasthaus „Zum Deutschen Jäger" liegt nur wenige hundert Meter vom Ort des Geschehens entfernt. Ob der Wirt auf dem Windkapf auch ein Räuber ist? Probieren sie es aus.

Ihr Geldbeutel wird auf jeden Fall leichter sein, wenn sie das Gasthaus nach einer herzhaft guten Vesper und einem erfrischenden Getränk wieder verlassen wollen. Und dann steigen sie am besten schnell ins Auto und fahren weg, sonst kommt der feurige Kappelgeist. Und wenn sie zu Fuß sind? Hoffentlich ist es dann keine Vollmondnacht.

Die Kappelgeister sind eine von mehreren Masken der Tennenbronner Narrenzunft Pfrieme-Stumpe.

Sagen vom Moospfaff

Insgesamt sind drei gängige Sagen vom Moospfaff im Umlauf.

Der mächtige Gebirgsstock der Mooskopf scheidet das Rench- und das Kinzigtal. Sein ausgedehntes Waldgebiet umfasst einige tausend Morgen, und man braucht viele Stunden, sogar Tage, wenn man es nach allen Seiten durchwandern wollte.

In diesen riesigen Tannenwäldern haust ein Waldgeist, der unter dem Namen „Moospfaff" bekannt ist. Ein Abt des Klosters Gengenbach war einst vor das Nordracher Waldgericht geladen, denn es sollte vor Ort über Nutzungsrechte und Waldgrenzen verhandelt werden. Diesmal ging es um ein besonders schönes Stück Wald oberhalb der Kolonie, das die Nordracher Bürger beanspruchten, aber auch der Abt unbedingt für seine Kirche haben wollte. Vor dem Gerichtstermin hatte der Abt seine Stiefel mit Gengenbacher Erde aus dem Klostergarten gefüllt und legte vor Gericht dann folgenden Eid ab: „Ich schwöre bei Gott dem Allmächtigen, dass ich auf Grund und Boden des Gengenbacher Klosters stehe". Das Gericht sprach dem Kloster das umstrittene Waldstück zu und Nordrach verlor dadurch den Wald. Der Abt jedoch war nach seinem Tod dazu verdammt, als ruheloser Geist auf der Moos umherzugehen.

Bis heute kann man sein hämisches Lachen hören, wenn er Wanderer erschrecken und in die Irre führen will.

So erging es auch einmal Holzarbeiter, die am Schwaibacher Eck den ganzen Tag über damit beschäftigt waren, Äste von den gefällten

Tannen- und Fichtenstämmen zu entfernen und die Rinde zu schälen. Zum Schälen benützten sie spezielle, immer sehr scharf geschliffene Schäleisen.

„Der Moospfaff" Quelle: Gemeinde Nordrach

Nach Feierabend bei anbrechender Dunkelheit wollten die von der harten Arbeit müden Männer hinunter ins Tal nach Nordrach, wurden aber vom Moospfaff in die Irre geführt. Zu ihrer Verwunderung kamen sie im anderen Tal beim Schwaibacher Schulhaus an. Bis dahin war es ein weiter Weg und weil sie müde waren, besonders ärgerlich. Doch was blieb ihnen anderes übrig, trotz der Müdigkeit marschierten sie über eine Stunde zurück zum Schwaibacher Eck, um von dort erneut Nordrach zuzuhalten. Wieder landeten sie in Schwaibach, wie sie entsetzt, laut fluchend, und mit den Füßen zornig auf den Boden stampfend feststellten. Nun wurde ihnen das Ganze doch unheimlich. Damit sie nicht erneut in die Irre geführt wurden, machten sie nun den weiten Umweg über Schönberg nach Biberach, Zell und Neuhausen, wo sie, trotz strammen Schrittes, erst gegen vier Uhr morgens zu Hause ankamen. Dort waren die Angehörigen längst in Sorge, hatten ein Unglück befürchtet und sie sehnlichst erwartetet.“

Die andere Variante der Moospfaff-Sage

Noch heute wird oft und gerne die Sage vom „Moospfaff“ erzählt. Eine Sagengestalt, die heute noch ihr Unwesen in Nordrach treibt.
Es ist klar und einleuchtend, dass ein Waldgebiet in der Größe der Moos – es sind immerhin einige Tausend Morgen Wald – auch seine Sagengestalt hat. In unserem Falle ist es der Moospfaff. Dieser Waldgeist ist ein Erdgebundener, der wegen einer begangenen Übeltat im Grabe keine Ruhe finden kann und eben geistern muss.
Vom Moospfaff will man bei uns wissen, dass er Mönch im Kloster Gengenbach war, sich zur Abtswahl stellte, aber das hohe Amt nicht zugesprochen bekam. Aus Verärgerung und Enttäuschung suchte er in der Kinzig den Freitod.

Die dritte Sage

Die Klosterruine Allerheiligen bei Oppenau ist ein verwunschener Ort und wie geschaffen für mysteriöse Geschichten über schurkische und spukende Mönche. Wer die alten Mauern in der Dämmerung oder an einem nebligen Herbsttag erlebt hat, kann sich leicht vorstellen, wie solche Sagen entstehen.
Der Mooskopf, ein markanter Berg zwischen dem Kinzig- und Renchtal in die Rheinebene hineinragend, ist Schauplatz zahlreicher Sagen und Sagenfiguren. Immer wieder taucht die Hauptfigur auf. Sie Sagengestalt „der Moospfaff“ soll einst Pfarrer im Kloster Allerheiligen gewesen sein. Das Kloster liegt oberhalb den beeindruckenden Allerheiligen Wasserfälle, die 66 Meter über sieben Stufen tosend in die Tiefe stürzen. Sie sind die größten

natürlichen Wasserfälle im Nordschwarzwald. Der Moospfaff betreute due Gemeinden der Gegend und war oft zwischen den abgelegenen Orten und Gehöften des Schwarzwaldes unterwegs. Er soll, als er einmal zu einem Sterbenden ging, die letzte Ölung zu spenden, eine Hostie verloren haben. Geschehen sei dies zwischen Oppenau und dem einsamen Moosbauernhof. Seit seinem Tod soll der Geist dieses nachlässigen Pfarrers auf der Suche nach der verlorenen Hostie im Gebiet des Mooskopfs herumgeistern und führt Menschen zur Strafe in die Irre, bis er die Hostie wiedergefunden hat.

Der Moospfaff sitzt manchmal auf einem Stein und schaut den Leuten zu, wie sie arbeiten und vespern. Abends wenn sie nach Hause wollen, kommt es manchmal vor, dass er sie nicht zum Mooswald hinauslässt.

Der Moospfaff wird folgendermaßen beschrieben:
Man sehe eine lange, hagere Gestalt mit bleichem Gesicht. Angetan sei sie mit einem langen Mantel. Auf dem Kopf trage sie einen großen Schlapphut. In der einen Hand halte sie eine Laterne, während sie mit der anderen einen Pudel durch die Gegend führe. Der Moospfaff ist kein bösartiger Geist. Er hat seinen Spaß daran, die Leute in die Irre zu führen oder zu erschrecken. Wer ihm schon in die Hände fiel, will sein hämisches, verspottendes „Hi-hi-hi"-Gelächter vernommen haben."
Quelle: Auszug aus „Das Nordrachtal – Heimatkunde bearbeitet von Sepp Schülj", herausgegeben von der Gemeindeverwaltung Nordrach

Nur wenige Meter unterhalb des Späneplatzes steht direkt am Pionierweg die renovierte Mooswaldhütte. Dort hielt der Gemeinderat früher nichtöffentliche Sitzungen ab, Gemeindearbeiter nutzten den Ort als Wochenendhäuschen. Daneben befinden sich eine historische Holzladerampe und der Moosbrunnen.

Schmuck, aber unbenutzt präsentiert sich dem Wanderer derzeit die Mooswaldhütte direkt am Pionierweg – nur wenige Gehminuten unterhalb des Späneplatzes. »Wo einst der Moospfaff sein Unwesen trieb« – so könnte leicht verklärt die Geschichte um das Häuschen lauten. In der Tat, sagenumwoben ist die Gegend rund um den Mooskopf. Hier soll der Sage nach ein ehemaliger Geistlicher aus dem Kloster Allerheiligen sein Unwesen getrieben haben. Sie besagt, dass der Pater bei seinem Weg über die Moos seine mitgebrachte und geweihte Hostien verloren hat. Als Strafe sucht er ruhelos als „Moospfaff" nach dem heiligen Gepäck und erschreckt dabei so manchen vorbeikommenden Wanderer.

„Die Mooshütte an sich hat aber nichts mit der Sage zu tun, hier ist nur der Schauplatz", erklärt der Durbacher Heimathistoriker Josef Werner. Die Waldhütte wurde erst viel später als Waldarbeiterhütte gebaut. 1956 errichteten die Arbeiter der Forstverwaltung diese Unterkunft für ihre Arbeiter. Aber bereits Ende der 60er-Jahre wurde die Hütte von der Forstverwaltung nicht mehr genutzt, sondern ging an die Gemeinde über.

In den 70er- und 80er-Jahren diente die Mooswaldhütte mindestens zwei Mal im Jahr dem Gemeinderat als Tagungsort für nichtöffentliche Sitzungen. Mehrere Stunden, oft ganze Nächte wurde da oben getagt. Die Räte verstanden es aber auch, ordentlich zu feiern. Mancher Bürgervertreter schaffte es nach der Sitzung nicht mehr ins Tal und übernachtete in der Hütte. Auch als Ausflugsziel für die Mitarbeiter des Bürgermeisteramts wurde die Hütte über Jahre hinweg genutzt. Einige Mitarbeiter des örtlichen Bauhofs nutzten die Mooswaldhütte als Feriendomizil mit ihren Familien. „Auch hat einmal vorübergehend ein Mitarbeiter hier oben gewohnt", erinnert sich Josef Werner.

Investiert wurde in den Aufenthaltsraum mit Dachgeschoss nie, die Hütte kam sichtlich in die Jahre. 1990 kam das Thema »Instandsetzung der Mooswaldhütte« zum ersten Mal vor den Gemeinderat, wurde aber immer wieder verschoben. Dabei wurde auch diskutiert, die im Gemeindebesitz befindliche Hütte zu veräußern. Anfang dieses Jahrtausends war der Zustand derart, dass es hereinregnete und ein Zusammenfall drohte. 2002 wurde schließlich zur Bestandserhaltung das Dach frisch gedeckt. Ein Jahr später bildete sich aus dem Projekt »Bürgerschaftliches Engagement« eine Arbeitsgruppe unter der Regie des damaligen Bauhof-Chefs Heinrich Müller, die sich um den Erhalt des Gebäudes kümmerte. Das Engagement, auch des damaligen Fraktionschefs der Freien Wähler, Franz Zentner, zeigte Früchte: Im Haushalt für das Jahr 2004 waren 4000 Euro für den Umbau verankert.

Es wurden 15.000 Euro investiert und dabei ist es nicht geblieben, allein an Materialkosten sind bis zur Fertigstellung rund 15. 000 Euro investiert worden. Dazu kamen über 700 Arbeitsstunden von Mitgliedern der katholischen Landjugend unter der Regie von Heinrich Müller und Wendelin Hurst. Die Mitarbeiter des Bauhofs unter Johannes Albers packten außerhalb ihrer regulären Arbeitszeit mit an.

2009 wurde die renovierte Hütte eingeweiht. Doch außer zwei Treffen des Gemeinderats und einer Gemeinde-Partnerschaftsfeier ist es seither ruhig geworden um die Mooswaldhütte. Und dies, obwohl sich das Gebäude auch im Jahr 2011 für Klausurtagungen des Gemeinderats eignen würde.

Nur wenige Meter von der Mooswaldhütte entfernt befinden sich der Moosbrunnen und eine historische Laderampe für die Holzabfuhr. Zwangsarbeiter haben die auf Sandstein erbaute Rampe im Zuge der Errichtung des Pionierwegs in den 30er-Jahren erbaut. „Diese Rampe ist leider schon fast zugewachsen und nur noch die wenigsten wissen, was die paar Steine hier mitten im Wald bedeuten", bemerkt Josef Werner.

Der Mühlsteingeist

Im 19. Jahrhundert ging auf dem Mühlstein, dem Pass zwischen Nordrach und dem Harmersbachtal ein Geist um. Er war eine große Plage für die Tiere. Still wurde der Geist erst, als Anfang des 20.

Jahrhunderts eine Kapelle errichtet wurde. Bis dahin wurden die Tiere in den Ställen immer um Mitternacht unruhig. Knechte sahen oft, dass ein Wesen, das einer Katze ähnlichsah, auf den Pferden herumsprang. Meist hielt der Lärm bis zum Morgengrauen an. Es kam auch vor, dass sich die Tiere am Futtergang aufhielten und fraßen, obwohl sie niemand im Stall losgebunden hatte. Und auch in den Wäldern rund um Nordrach sollen sich allerhand dramatische Geschichten abgespielt haben. So wird von einem Schatz am Stollenberg berichtet, über dessen Versteck ein beladener Heuwagen einbrechen soll um anzuzeigen, wo der Schatz einst vergraben war. Oder von merkwürdigen Geräuschen am Linkenberg aus dem Untergrund. Hör mal einen Augenblick hin. Kannst du etwas hören?

Die Bergleute vom Suggental
Über Hochmut und Fall, sowie die Errettung der Unschuldigen
Unweit von Freiburg in einem kleinen Seitental der Elz, dem Suggental, blühte in längst vergangener Zeit der Erzbergbau. Das brachte den Bewohner großen Wohlstand, und das ganze Tal war so dicht mit Häusern bebaut, dass eine Katze von der Elz herauf bis zum obersten Hof bequem von einem Dachfirst zum anderen hätte spazieren können.

Heute stehen nur wenige Häuser um die Kirche und ein paar Höfe weiter oben im Tal. Wie es dazu kam? Den Suggentalern, allen voran der Gräfin im Schloss, war der Reichtum zu Kopf gestiegen. Sie lebten in Saus und Braus und tanzten mit ausgehöhlten Brotlaiben an den Füßen. Als im Schloss einmal wieder ein rauschendes Fest im Gange war, ging der Pfarrer vorbei auf dem Weg zu einem Kranken, um ihn mit der letzten Ölung zu versehen. Als ein paar Festgäste das Glöcklein des Mesners hörten, wollten sie niederknien, aber die Gräfin sprach: „Was kehrt ihr euch nach der Schelle? Jede meiner Kühe hat auch eine."

Als der Kranke gesalbt und der Pfarrer wieder gegangen war, bat der alte Mann seinen Sohn, aus dem Fenster nach dem Wetter zu sehen. Da braute sich eine große, dunkle Wolke über dem Schwarzenberg zusammen. Da ließ sich der Vater von seinem Sohn rasch auf den Luserberg tragen, gerade noch rechtzeitig, bevor ein Regen wie die Sintflut über das Tal hereinbrach und alles mit sich fortriss. Von diesem Unwetter übrig geblieben sind nur die Kirche, der alte Mann mit seinem Sohn und ein kleines Kind. Das schwamm in einer Wiege auf den Fluten, und eine Katze, die bei ihm war, hielt das Schifflein im Gleichgewicht, wenn es schwankte. Die Wiege blieb in einem Baumdolden hängen, und so tragen noch heute die Nachfahren des Findelkindes den Namen Dold.

Das Ende des Dr. Faust
Der Teufelsbündner Dr. Faust, dessen Seele in Goethes literarischer Fassung in den Himmel gelangt, fand der Volkssage nach, sein geheimnisvolles und bitteres Ende im kleinen badischen Städtchen Staufen

Es war im Jahr 1548, da soll der berühmte Doktor Faust als Bibliothekar beim Grafen von Staufen in Dienst gestanden sein. Er logierte im Gasthaus zum Löwen. Eines Abends, es war schon dämmrig, ging ein Bauer mit seinem Buben vom Feld nach Hause. Da zog eine unheimliche Gestalt wie ein riesiger schwarzer Vogel über sie durch die Luft. Von Furcht ergriffen suchten sie am Johanniterkreuz betend Zuflucht.

In der Stadt angelangt, kehrten sie noch beim Löwenwirt ein. Dort saß am Kachelofen ein schwarz gekleideter Herr mit Doktoren-Barett auf dem Kopf und neben ihm einer, der, mit dem Schwert an seiner Seite, wie sein Knecht aussah. „He Bauer", rief der Doktor, „hast du nicht eben einen großen schwarzen Vogel gesehen und bist mit deinem Buben zu den Johannitern gelaufen?" Und der andere sagte: „Die können dir auch nicht helfen, denn die meisten von ihnen gehören mir", und er lachte dabei schrill, dass es einem durch Mark und Bein fuhr.

Gut zehn Tage logierte der Doktor mit seinem Schwager, wie er ihn nannte, im Löwen. Eines Nachts gerieten die beiden auf ihrem

Zimmer in Streit und machten solch einen Lärm, dass alle im Haus davon erwachten. Gerade als der Wirt hinaufgehen und Frieden stiften wollte, war es still. Nachdem aber am anderen Morgen keiner der beiden zur Morgensuppe erschien und man nachsehen ging, fand man im Zimmer nur den Doktor mit blaurotem Gesicht und verdrehtem Hals tot am Boden liegen. Von dem anderen fehlte jede Spur. Nur ein pestilenzartiger Schwefelgestank hing in der Luft. So hat der Teufel die Seele des Doktor Faust in die ewige Verdammnis geholt, als der Pakt mit ihm abgelaufen war.

Das Hornberger Schießen
Der Schwank erzählt, wie es gehen kann, dass man im freudigen Übereifer die Hauptsache verpasst, dafür aber eine noch heute gängige Redewendung schafft.

Vor Zeiten kam einmal der Herzog im schönen Schwarzwald-Städtchen Hornberg zu Besuch. Die Hornberger bereiteten ein großes Fest vor, und ein Empfangskomitee, bestehend aus allen Bürgern des Ortes, stand bereit. Oben auf dem Schlossberg aber positionierte man die zu diesem Anlass extra blankgeputzte Kanonen, um den Ehrengast mit ordentlichem Salut zu begrüßen.

Es war ein warmer Tag, und der Herzog ließ auf sich warten. Den Blumenmädchen begannen schon die Kränze im Haar welk zu werden, alle hatten Durst und schwitzten in ihren Festtagsgewändern. Endlich kam das ersehnte Zeichen. Auf dem Kinzigsteg waren die ersten Reiter gesichtet worden. Die Leute jubelten, und oben auf dem Berg luden die Männer die Kanonen und böllerten, was das Zeug hielt.

Als alles Pulver verschossen war, wollten sie sich eben zum Festplatz begeben und sich endlich am kühlen Bier gütlich tun, da kam ein Bote angerannt und schrie: „Schießt weiter, das war erst die Vorhut." Da war jedoch kein Pulver mehr zu Schießen übrig. Und als der Herzog selbst durchs Stadttor zog, da war es ganz still, denn alle hatten sich bereits in den Schatten und zu den Zapfhähnen begeben.

Noch heute sagt man, wenn ein Ereignis sang- und klanglos im Sand verläuft: „Das ging aus wie's Hornberger Schießen."

Die Sage von Ritter Kuno von Falkensteig

Ritter Kuno von der Burg Falkenstein, oberhalb des unteren Höllentals nahe Freiburg, folgte Anfang des 14. Jahrhunderts dem Ruf vom Heiligen Bernhard von Clairvaux ins Heilige Land, das Kreuz zu predigen. Unter Tränen bat er seine Frau Ida, ihm sieben Jahre die Treue zu halten. Sollte er bis dann nicht wieder zurückgekehrt sein, solle sie ihn als tot betrachten. Zum Zeichen der gegenseitigen Treue zerbrach er seinen Ehering und gab Ida eine Hälfte.

Kuno geriet in türkische Gefangenschaft und unter der Knechtschaft eines Sultans vergingen viele Jahre. Schließlich konnte er fliehen und eines Nachts während der Flucht sah er im Traum seine Frau Ida, die von einem anderen Mann zum Altar geführt wurde. Der Teufel hatte ihm diesen Traum geschickt und schlug Kuno vor, ihn in Gestalt eines Löwen noch rechtzeitig in die Heimat tragen, bevor seine Frau erneut vermählt werden würde. Allerdings müsse Kuno auf dieser Reise wach bleiben, schlafe er ein, sei er ihm, dem Teufel, zu eigen. Kuno willigte ein, doch unterwegs befiel den Ritter eine lähmende Müdigkeit. Da stürzte ein großer Falke aus den Wolken herab, setzte sich auf Kunos Kopf und verscheuchte mit seinen Flügeln und dem Schnabel den Schlaf. Beim ersten Hahnenschrei setzte der Teufel Kuno beim Wirtshaus „Zum Rindsfuß", dem heutigen „Gasthaus Fortuna", in Kirchzarten ab. Als er sah, dass der Ritter wach war, ergriff er rasend einen Stein und wollte ihn töten. Doch der Stein schlug krachend in eine Ecke des Wirtshauses und der Teufel war um seine Beute gebracht.

In der Morgenfrühe kam der Hochzeitszug mit Ida und ihrem künftigen Ehemann Johann von Snewlin auf dem Weg zur St. Gallus Kirche vorbei, wo ein Willkommenstrunk gereicht wurde. Kuno trat verhüllt heran und bat um einen kleinen Schluck. Ida reichte ihm den Kelch, Kuno trank daraus und ließ dann seine Ringhälfte hineingleiten. Ida bemerkte das, warf ihre Hälfte hinzu, und beide

Teile schlossen sich zu einem Ring, als wären sie nie getrennt gewesen. „Die ist mein geliebter Gatte Kuno", wandte sich Ida an Johann. „Ich hielt ihm sieben Jahre die Treue und Gott hat ihn mir in seiner Güte zurückgegeben." Sie führte Kuno zur Kirche zur neuen Besiegelung ihres Bundes.

Der Teufelsstein ist bis heute an der Ecke des „Gasthaus Fortuna" zu sehen, sowie ein Relief, das Kuno mit einem Löwen zu seinen Füßen und einem Falken über seinem Kopf zeigt. Die Grabplatte mit dem gleichen Motiv ist gut erhalten in der St. Gallus Kirche zu betrachten. Nach: „Sagen und Märchen aus dem Schwarzwald" und „Alt-Kirchzarten erzählt"

Hirschsprung-Sage

Ein Ritter der Burg Falkenstein begab sich im Höllental auf die Jagd. Nach einiger Zeit sichtete er einen prächtigen Hirschen und nahm die Fährte auf. Getrieben von Todesangst sprang das Tier mit einem gewaltigen Satz über die Schlucht und entkam dadurch seinem Verfolger.

Angesichts der ursprünglich an der Basis zwar nur 9 Meter breiten, in Höhe des Felsens aber auch damals breiteren Schlucht ist ein solcher Satz schwer vorstellbar.

Kloster Allerheiligen

Bei dem Waldstädtchen Oppenau, weit hinteren im Renchtal und unterhalb dem mächtigen Schliffkopf, da liegt öd und einsam das Kloster Allerheiligen. Von Bergen eingeengt, die ihren kahlen Häuptern, den Grinden, in die Wolken erheben, liegt es, wie von der übrigen Erde abgerissen eingebettet am schattigen Hang, von hohen Tannen umgeben. Es schien, dass hier nie ein Frühling blüht. Im Jahre 1196 wurde es von der Herzogin Uta von Schauenburg gestiftet. Der Sage nach ließ sie, um einen Platz zur Erbauung des Klosters zu finden, in ihrer Burg zu Gaisbach einen Esel mit Geld bepacken, und hingehen, wohin der liebe Gott ihn führen würde. Er ging. Auf der Höhe, wo jetzt noch der Eselsbrunnen mit dem

Monument des Esels steht, schlug das gute Tier mit seinem Huf den Boden, und – eine frische Quelle rieselte hervor. Es löschte seinen Durst daran und schlich weiter bis zur Bergkuppe, auf welcher die Kapelle steht. Hier mochte ihm wohl der schwere Sack zu lästig werden, daher warf er ihn ab, aber er rollte in die jähe Tiefe bis an das Ufer des Nordbachs. Nun war der Ort gefunden, an dem das Kloster erbaut werden musste. Es stieg empor, wurde mit Prämonstratensern aus Erpiboldszell besetzt, und Gerungus, Uta's einziger Sohn, der erste Vorsteher desselben. Jetzt ist die alte Stiftung aufgehoben, und wenige Menschen bewohnen noch diese entlegene Wüste oberhalb der wilden Wasser, die in sieben Kaskaden fast neunzig Meter in die Tiefe stürzen.

Das Villinger Talfräulein

Zwischen Mergentheim und Wachbach liegt das Villinger Tal. Da geht ein Fräulein um, vom Volke das „Villingertalfräule" genannt oder „Fräle". Sie sei eine Gräfin von Wachbach gewesen, wo nachher die von Adelsheim gewesen sein sollen. Dieses „Edelfräulein" sei so unbarmherzig, so geizig, so menschen-plagerisch gewesen, wie sonst niemand in der Welt. Sie habe prächtige Pferde gehabt und die ließ sie tagtäglich mit Wein waschen, wogegen die Dienstboten keinen Tropfen abbekamen. Armen Leuten ließ sie ums Geld stark gewässerte Milch verabreichen und habe allemal gesagt: „Drei Schoppen Milch, ein Schoppen Wasser, gibt auch eine Maß." Auch arg grausam war das „Fräle". Mal fuhr sie durchs Tal Schlitten, da lag jemand gerade im Weg. Der Knecht hielt die Pferde an, es war ein Mann. Seine Herrin rief ihm aber immer zu: „Fahr' zu, fahr' zu." Es war ihr um die schönen Pferde, nicht um den Menschen zu tun. Der Mann wurde überfahren und starb. Die Gräfin starb bald und muss jetzt umgehen. Man hört sie nächtlicherweile oft rufen: „Fahr' fort, fahr' fort". Sie hat auch Freude daran, Leute und ganze Fuhrwerke in Villingerthälisbach zu führen, damit sie ertrinken, denn dort ist ein tiefer Gumpen. Sie kommt als steinaltes Weiblein in altmodischer

Kleidung, ist von mittlerer Größe, redet nie, wenn man ihr begegnet. Im Villinger Talwald neckt sie auch die Leute, führt sie irre und trägt Holzbündel davon.

Quelle: Anton Birlinger / Michael Richard Buck, Sagen, Märchen, Volksaberglauben, Volkstümliches aus Schwaben. Freiburg im Breisgau, 1861, Nr. 335.

Die Schlange und das Kind

In Schwandorf bei Nagold gab eine Mutter ihrem Kinde, sooft sie ins Feld musste, einen ganzen Hafen voll Milch und ließ das Kind damit allein im Garten. Da verwunderte sich die Mutter, wenn sie vom Feld heimkam, dass die Milch jedes Mal rein aufgegessen war, wie groß der Hafen auch sein mochte. Das Kind sagte, es käme immer ein Vöglein und esse mit.

So passte die Mutter eines Tages auf und sah, dass eine Schlange aus der Gartenmauer herauskroch und mitaß. Sooft das Kind einen Löffel voll genommen hatte, steckte die Schlange ihren Kopf in den Hafen und trank und so ging das fort, eins ums andere. Dabei wurde die Schlange nicht böse, als das Kind sie mit dem Löffel auf den Kopf schlug und sagte: „Iss et no Ilch, iss au Ickle". (Iss nicht nur Milch, iss auch Bröckchen.)

Nach dem Essen legte sich die Schlange dem Kind in den Schoß und spielte mit ihm. Als die Mutter nun sah, dass die Schlange dem Kind nichts zuleide tat, ließ sie sie gewähren und gab ihr auch später, als das Kind schon erwachsen war, noch lange Zeit allein täglich ihre Milch.

Quelle: Friedrich Heinz Schmidt-Ebhausen, Schwäbische Volkssagen, 1966

Weiße und schwarze Erdmännlein

In Ebhausen, zwischen Nagold und Altensteig, gab es früher Erdmännle und die sahen schneeweiß aus. Sie arbeiteten in der Nacht für die Menschen, mahlten das Korn, backten das Brot, fütterten das Vieh und dergleichen. In Nagold hat man diese kleinen

Leute „Zwergle" genannt und erzählt, dass sie teils die Menschen sehr quälten, teils im Haus wie auf dem Feld jede Arbeit für sie verrichteten.

Zum Lammwirt in Neubulach kamen bei Nacht immer zwei Erdmännle oder Bergmännle und backten ihm das Brot. Er brauchte abends nur das Mehl hinzustellen, so war am andern Morgen das Brot fertig. Einmal belauschte er sie bei ihrer Arbeit und sah, dass sie ganz nackt waren und große Augen hatten. Ihre Hautfarbe war schwarz wie die eines Mohren. Dem Lammwirt tat dies leid, dass sie so nackt waren und er ließ zwei Kleider für die Erdmännle machen und legte sie ihnen auf die Backmulde. Am folgenden Morgen waren die Kleider zwar fort, aber die Erdmännle auch und sie kamen nie wieder. Er hatte sie ausgezahlt, was sie nicht leiden konnten; denn sie wollten ihre Dienste umsonst tun.

Quelle: Friedrich Heinz Schmidt-Ebhausen, Schwäbische Volkssagen, 1966

Der Mann im Mond

Bei Vollmond kann man dunkle Flecken sehen. Das ist ein Mann, der in den Mond verwünscht worden ist. Er hatte an einem Sonntag im Wald Besenreiser gestohlen und auf dem Rücken heimgetragen. Da begegnete ihm aber im Wald ein Mann und das war der liebe Gott. Der stellte den Mann zur Rede, warum er den Sonntag nicht heilige? und sagte zu ihm:

„Ich muss dich dafür bestrafen. Du darfst dir die Strafe aber selbst auswählen. Willst du in den Mond oder in die Sonne verwünscht werden?"

Darauf sagte der Mann: „Wenn es denn sein muss, so will ich lieber im Mond erfrieren als in der Sonne verbrennen."

Quelle: Friedrich Heinz Schmidt-Ebhausen, Schwäbische Volkssagen, 1966

Über den Mann im Mond gibt es mehrere Varianten von unterschiedlichen Autoren, so das Gedicht von Johann-Peter-Hebel. Es wurden auch Filme zum Thema gedreht.

Das von Bösewichten getötete Mägdelein

Im Jahre 1267 war zu Pforzheim eine alte Frau, die verkaufte bösen Bürgern aus Geiz ein unschuldiges siebenjähriges Mädchen. Diese stopften ihm den Mund, damit es nicht schreien konnte, schnitten ihm die Adern auf und umwanden es, um sein Blut aufzufangen, mit Tüchern. Das arme Kind starb bald unter der Marter und sie warfen es in die Enz, eine Last von Steinen obendrauf. Nach wenigen Tagen reckte Margaretchen ihre kleinen Händchen über dem fließenden Wasser in die Höhe. Das sahen die Fischer und entsetzten sich. Bald lief das Volk zusammen und auch der Markgraf selbst. Es gelang den Schiffern das Kind herauszuziehen, das noch lebte, aber, nachdem es Rache über seine Mörder gerufen hatte, gestorben ist. Der Argwohn traf die Übeltäter, alle wurden zusammengefordert, und wie sie sich dem Leichnam nahten, floss aus den offenen Wunden stromweise das Blut. Die Herzlosen und das alte Weib bekannten sich zu der Untat und wurden hingerichtet. Beim Eingang der Schlosskirche zu Pforzheim, am Ort, an dem man die Glockenseile zum Geläut ziehet, stehet der Sarg des Kindes mit einer Inschrift. Unter der Schifferzunft hat sich von Kind zu Kind einstimmig die Sage fortgepflanzt, dass damals der Markgraf ihren Vorfahren zur Belohnung die Wachtfreiheit, „so lange Sonne und Mond leuchten", in der Stadt Pforzheim und zugleich das Vorrecht verliehen habe, dass alle Jahre beim Fastnachtsmarkt vierundzwanzig Schiffer mit Waffen und klingendem Spiel aufziehen und an diesem Tag Stadt und Markt allein bewachen sollen. Dies gilt bis auf den heutigen Tag.
Kommentar: Thomae Cantipranti Bonum universale de apibus, Duaci 1627, 8, p. 303. Vgl. Gehres Pforzheimer Chronik, S. 18 - 24.
Quelle: Deutsche Sagen, Jacob Grimm, Wilhelm Grimm (Brüder Grimm), Kassel 1816/18, Nr. 353

Ein gewitzter Bauer

Ich wurde einstmals mit einem Trupp der Götzischen Armee, die damals in Neustadt auf dem Schwarzwald lag, in das Schwabenland abkommandiert, da kriegten wir einen Bauern zu fassen, der uns den Weg am Bodensee weisen musste. Diesen fragten wir zum Spaß, ob er schwedisch oder kaiserlichen sei. Er aber dachte bei sich: sagst du kaiserlichen so geben sich die hier für Schweden aus und räumen dir den Buckel ab; sagst du aber schwedisch, so widerfährt dir's umgekehrt. Also antwortete er, er wisse es nicht. Schelm, sagt ein Reiter zu ihm (denn damals waren wenige redliche Leute; die Soldaten nannten die Bauern Schelme, damit sie es hörten - hingegen die Bauern die Soldaten Diebe schalten, wenn sie es nicht hörten), du wirst doch wissen, wem du zugehörst?

Nein, ihr Herren, antwortete der Bauer, dies ist ohne Gefahr nicht auszusprechen, es sei denn, ich wäre auf meinem Mist. Darauf sagte der Offizier: Wenn du mir die Wahrheit bekennst und sagst, wie es dir ums Herz ist, so will ich dich gleich deines Weges laufen lassen; wenn nicht, so musst du im Bodensee, neben dem wir eben vorbeiritten, ohne alle Barmherzigkeit ersaufen. Der Bauer antwortete: „Ich habe mein Lebtag gehört, ein ehrlicher Adelsmann - wie ich euch für einen ansehe - hält sein Wort. Darum will ich ebenso umso mehr auf solche Parolen die Wahrheit sagen - wenn ich deren nur sicher bin - als stillzuschweigen oder gar im See zu liegen und zu versaufen."

„Ein Schelm ist, wer sein Wort nicht hält", antwortete der Offizier. Da sagte der Bauer, „es bleibt dabei; was aber meine Affektion anbelangt, so wollte ich wünschen, die kaiserlichen Soldaten wären eine Milchsuppe so groß wie dieser See, und die Schwedischen wären die Brocken darin, alsdann möchte der Teufel sie miteinander auffressen."

Das gab bei uns ein großes Gelächter und verschaffte dem Bauern wieder seine Freiheit.

Quelle: Grimmelshausen, Des Abenteuerlichen Simplicissimi Ewigwährender Calender, Nürnberg 1670, S. 118, 118, 120

Das Geisterheer im Schwarzwald

zwischen dem Weihnachtsabend und dem Heiligen Dreikönigstag liegen die sogenannten Raunächte. In diesen kalten Nächten braust über dem Schwarzwald eine Geisterschar durch die Luft. Gejohle und Gebrüll begleitet das Heer. Voraus eilt ein Warner und ruft: „aus dem Weg, aus dem Weg", gleich dahinter stürmt auch schon auf einem schwarzen, schnaubenden Pferd der Teufel selbst daher. Ihm folgen das ganze Teufelsvolk und eine Riesenschar kreischender Hexen, die auf Besen und sogar auf Mistgabeln reiten.

Den Abschluss bilden die Tiere: kläffende Hunde, pfauchende Katzen, krächzende Raben und grunzende Schweine.

So fliegen sie hoch in der Luft dahin, über Berge und Schluchten, über Felder und Wälder und Wiesen.

Schlimm ergeht es dem nächtlichen Wanderer, der den Ruf des Warners missachtet. Wer sich nicht gleich mit abgewendetem Gesicht zu Boden wirft, wird von dem wilden Heer mitgerissen und zu Tode gehetzt.

Das Geisterheer

Einen Rastplatz hat die Schar bald gefunden: einen Friedhof, einen Galgenhügel, eine Ruine oder ein verlassenes Haus. Dort lässt sich das seltsame Heer nieder. Die Hexen berichten dem Teufel über ihr

Tun und Treiben. Er lobt oder tadelt sie und gibt Befehle zu bösen Taten. Dann wird gegessen, getrunken, musiziert und getanzt. Das dauert so lange, bis die Sterne am Himmel verblassen. Noch ehe der Morgen kommt, jagt das Geisterheer durch die Luft wieder davon.

Nun geschah es einmal, dass ein Handwerksgeselle durch den Schwarzwald gezogen kam. Gegen Abend traf er auf einem einsamen Bauernhof ein und bat um ein Nachtlager. „Du kannst in der Scheune schlafen", bot ihm der Bauer an. Die war zwar leer und schon halb verfallen, aber der Bursche dankte es ihm trotzdem dafür. Er machte sich in einem Winkel bequem und schlief bald ein.

Um Mitternacht weckten ihn laute Musik und ohrenbetäubender Lärm aus dem tiefen Schlaf. Erschrocken richtete sich der Bursche auf. Die Scheune war hell erleuchtet und es wimmelte von Teufeln und Hexen. Mitten im Raum stand ein langer Tisch mit goldenem Geschirr und kristallenen Bechern. Auf dem Ehrenplatz saß furchterregend und zufrieden der Höllenfürst. An beiden Seiten des Tisches schmausten und tranken die kleineren Teufel und die Hexen um die Wette. Plötzlich hörte der Bursch, wie eine der Hexen ihre Nachbarin fragte: „wollen wir heute noch etwas Besonderes tun?"

Die andere Hexe grinste und erwidert: „ich kenne ein neugeborenes Kind, das noch nicht getauft ist. Wir können es rauben und herbringen."

Schon standen die beiden auf und griffen zu ihren Besen. Geschwind ritten sie zum Scheunentor hinaus. Es dauerte auch nicht lange, da kamen die beiden Hexen mit einem weinenden Baby zurück. Sie zeigten es ihrem Herrn und Meister und der ganzen höllischen Gesellschaft. „Und jetzt wollen wir es töten." riefen sie aus.

Als der Handwerksbursch hörte, was sie mit dem kleinen Würmchen vorhatten, vergaß er alle Vorsicht und Angst. Er sprang aus seinem Winkel und rief: „das verhüte Gott, das verhüte Gott."

In diesem Augenblick wurde es in der Scheune stockfinster. In Windeseile waren die Teufel und Hexen in die Nacht hinausgejagt. Nur der Tisch stand noch da. Auf ihm lag das geraubte Kind und schrie erbärmlich. Der Handwerksbursch hob es vorsichtig auf und trug es ins Haus hinüber.

Den Bauern und seine Frau musste er es aus dem Schlaf wecken. Als die beiden hörten, was sich in ihrer Scheune zugetragen hatte, und als sie auch das Kind sahen, waren sie starr vor Entsetzen.

Erst als es wieder Tag geworden war, wagten sie es, mit dem Burschen in die Scheune zu gehen. Richtig stand dort noch der Tisch, an dem die Hexen und Teufel gesessen hatten, und auch das Geschirr war noch da.

Es bestand jedoch nicht mehr aus Gold und Kristall, sondern aus faulem Holz und schmutzigen Pferdehufen. Statt der köstlichen Speisen lagern jetzt Kuhfladen und Pferdemist auf den hölzernen Tellern.

Viele Tage vergingen, bis es dem Bauern gelang, die Mutter des geraubten Kindes ausfindig zu machen. Sie hatte schon alle Hoffnung aufgegeben, ihr Kleines jemals wiederzusehen.

Das höllische Heer aber zeigte sich seit jener Nacht nie mehr in dieser Gegend.

Das Kalte Herz

Wilhelm Hauff hat das berühmt gewordene Märchen für einen seiner drei „Almanache" verfasst. Die Geschichte vom hilfreichen Glasmännlein und dem teuflischen Holländer Michel, an den der arme Köhler Peter Munk aus dem Schwarzwald sein Herz verkauft, war nicht nur für Kinder gedacht

Der Kohlenmunk Peter hatte es satt, ein armer Köhler zu sein. Er wünschte sich genau so viel Reichtum und Ansehen wie der dicke Flößer Ezechiel. Dann, so meinte er, sei sein Glück vollkommen.

Es ging die Sage vom Glasmännlein, dem „Schatzhauser", der schon so manchen reich gemacht habe. Peter zog in den Wald und fand das Glasmännlein auch. Das versprach ihm drei Wünsche zu erfüllen. Es sollten nur keine törichten sein. Aber Peter hatte nichts anderes im Kopf, als sich Geld zu wünschen. Er bekam es, aber der

Schatzhauser verließ ihn voll Wut, denn das Wichtigste, den Verstand dazu, den hatte Peter vergessen.

So geschah es, dass Peter Munk zwar bald ein reicher Mann war, aber all sein Geld verspielte und schnell vor dem Ruin stand. Da suchte er den anderen auf, der schon öfters seine Dienste angeboten hatte: den ungeheuren Flößer Holländer Michel. Mit ihm vereinbarte er einen Handel. Peter sollte sein Leben lang Geld und Ansehen haben, so viel er wollte, dafür aber müsse er dem Holländer Michel sein lebendig schlagendes Herz geben. Peter willigte ein, denn sein warmes Herz hatte ihm schon manch Ungemach bereitet. Er erhielt stattdessen ein steinernes Herz.

Von da ab fehlte es dem Peter Munk an nichts mehr. Er heiratete das lieblichste Mädchen der ganzen Gegend. Allein, lieben konnte er sie nicht und freuen konnte er sich auch nicht mehr. Er verstieß seine Mutter, die in großer Armut lebte, und am Ende erschlug er gar seine Frau, weil sie einem armen alten Mann zu essen gegeben hatte.

Da packte ihn doch so etwas wie Reue, soweit er sie mit seinem steinernen Herzen empfinden konnte, und er machte sich wieder auf, das Glasmännlein zu suchen. Kein anderer war der alte Mann gewesen, den seine Frau gespeist, und um ihrer Gutherzigkeit Willen erklärte sich der Schatzhauser bereit, Peter zu helfen. Mit einer List gelang es dem Reumütigen, sein schlagendes Herz wieder zurückzubekommen. Und seine warmen Gefühle machten auch seine Frau wieder lebendig. So lebte er noch lange Zeit glücklich als bescheidener, aber beliebter und angesehener Köhler.

Die weiße Frau von Schauenburg

Ein Ritter von der Schauenburg erhoffte sich von seiner Gattin einen Sohn. Als er von der Jagd zurückkehrend die Nachricht erhielt, dass ihm eine Tochter geboren sei, erzürnte er gegen seine Gemahlin. Sie starb aus Kummer, und der Ritter übergab das Kind einer Magd und zog auf Ritterschaft in die weite Welt. Als er nach 20 Jahren auf die Schauenburg zurückkehrte, ließ er nach dem Mädchen forschen und forderte es auf, zu ihm auf die Schauenburg zu kommen und eine

Ehe mit einem reichen Vetter einzugehen. Die Jungfer, unwissend ihrer adeligen Herkunft, hatte sich einem Müllersknecht verheiratet. Sie verließ nun heimlich ihren Gatten, um dem verlockenden Angebot ihres Vaters zu folgen. Nach einigen Jahren, als auf der Schauenburg ein großes Fest war, sah sie beim Tanzen ihren zufällig dorthin gekommenen ersten Gatten wieder und fiel tot um.

Seitdem erscheint sie alle fünfzig Jahre einem Wanderer und bittet um Erlösung. Er muss ihr einen Wunsch erfüllen oder nach drei Tagen sterben. Vor ungefähr hundert Tagen sei sie einem Hirtenbub begegnet. Sie zog einen zierlichen Schuh vom Fuße und deutet auf die Quelle, dass er ihr damit Wasser schöpfen sollte. Aber der Bub lief erschrocken den Berg hinab und starb nach drei Tagen an Fieber. Ein alter Waldhüter erzählte uns, er habe die weiße Dame an einem schönen Sommermorgen über die Burgwiesen wandern sehen und das in einem langen, weißen Schleppgewand, das „dicht von Tau benetzt war". Er habe ihr auf ihre Bitte höflich den Weg nach Oberkirch gezeigt. Da habe sie ihm ein Geldstück gegeben, das längst außer Kurs war und alsbald aus seiner Tasche wieder verschwunden ist. Die Holzhauer im Wald hatten aber niemanden herabkommen sehen und sagten zu ihm: „Du hast bestimmt die weiße Dame gesehen und musst nun sterben". Er ist aber achtzig Jahre alt geworden und glaubt sicher, dass er die weiße Frau erlöst habe.

2

Märchen rund um den Bodensee

Das bessere Gebet

Von einem Einsiedler, der in den helvetischen Landen wohnte - ich weiß aber nicht in welchen Jahren - hab ich mir von einem vornehmen gelehrten Mann erzählen lassen, dass ihn der Weihbischof von Konstanz besucht habe, um zu erfahren, was hinter ihm stecken möge. Da habe er eine pure Einfalt angetroffen, und als er den Einsiedler fragte, was er bete, hätte er geantwortet, er bete nur ein kurzes lateinisches Gebet. Doch nachdem der Weihbischof nachfragte, wie es laute, hätte er geantwortet: „O Domine miserere Die, o Domine miserere Die." Daraufhin meinte der Bischof: „Du betest nicht recht, sondern musst sagen: o Domine miserere mei".

Dann als er seinen Rückweg angetreten und über den Bodensee fuhr, sei der Einsiedler auf dem Wasser dem Schiff nachgelaufen, rufend und bittend, man solle doch ein wenig innehalten, er hätte das Gebet vergessen und wäre wieder auf die alte Redewendung gekommen.

Als der Weihbischof das Wunder sah, schlug er das Kreuz über ihm und sagte: „Gehe hin in Gottes Namen, du kannst besser beten als ich." Darauf sei der Einsiedler wieder umgekehrt und habe sich zufrieden zurück in seine Klause begeben.

Quelle: Grimmelshausen, Des Abenteuerlichen Simplicissimi Ewigwährender Calender, Nürnberg 1670, S. 173

Der Ochs am Bodensee

In Oberschwaben fütterten die Bauern ehedem ihre Ochsen so erfolgreich, dass sie eine ungeheure Größe erreichten. Da behagte es einmal einem solchen Ochsen nicht mehr in seinem Stall; er brach aus und lief fort, bis er an den Bodensee kam. Dort stutzte er eine Weile, besann sich aber nicht lange, sondern spazierte in das Wasser hinein und nahm bei jedem Schritt einen Schluck zu sich, und das ging so fort, bis er den ganzen See durchlaufen hatte und auf der anderen Seite am Schweizer Ufer ankam. So nebenbei hatte er im Gehen den ganzen See leergetrunken. Nun dachte der Ochs, er wolle sich doch auch die Schweiz ein wenig ansehen und ging weiter. Wie er nun einmal stillstand und sich die fernen Berge ansah, kam ein mächtiger Vogel und setzte sich auf das eine Horn des Ochsen. Nach einer Weile schüttelte der Ochs ruhig nur ein wenig seinen Kopf, worauf der Adler fortflog und sich auf das andere Horn setzen wollte. Bis er dies aber erreicht hatte, waren nicht weniger als zwei volle Stunde vergangen. Dabei kann man sich wohl denken, wie unglaublich groß Ochs gewesen sein muss.

Quelle: Johannes Wilhelm Wolf, Erster Band der Zeitschrift für deutsche Mythologie und Sittenkunde. Göttingen 1853, S. 439

Der feurige Fischer

Früher sah man zur Nachtzeit auf dem Bodensee oftmals einen feurigen Mann, den man nur den feurigen Fischer nannte. Der lief auf der ganzen Fläche des Sees umher und neckte die Fischer, welche bei Nacht fuhren, und setzte das oft so lange fort, bis sie ihm ein Band oder ein gewobenes Seil zuwarfen und ihm zuriefen: „Komm Fischer, hier hast du ein Bände". Dann kam er sogleich ans Schiff und nahm das Bändel oder Seil und zündete es an, und manchmal soll er gesagt haben: „Solang dies Bändel brennt, solang darf ich ruhen von meinen höllischen Qualen."

Man hat ihn an allen Orten, die am Bodensee liegen, schon gesehen. Da geschah es dann wohl, dass die Spinnerinnen, die den feurigen Fischer auf dem See erblickten, ihm zuweilen einen lang und dick gesponnenen Faden zum Fenster hinaushielten und ihm zuriefen. Augenblicklich stand er hinter dem Fenster und nahm den Faden, und wenn jener recht lang war, schlug er ein helles Freudengelächter auf und begab sich wieder auf den See und zündete den Faden an.

Quelle: Johannes Wilhelm Wolf, Erster Band der Zeitschrift für deutsche Mythologie und Sittenkunde. Göttingen 1853, S. 43

Poppele neckt einen Müller

Zu einem Müller aus Radolfzell, der abends vom Möhringer Fruchtmarkt heimfuhr, kam unter der Burg Hohenkrähen ein schlechtgekleideter Wanderer daher und bat, ihn bis Singen mitzunehmen, was ihm auch bewilligt wurde. Kurz vor Singen musste der Müller absteigen, wobei er mit Schrecken innewurde, dass der Geldgurt, den er um den Leib hatte, ganz leicht und leer geworden sei. Voll Verdacht blickte er auf den Wanderer, der neben ihm gesessen; aber der sagte ganz gleichgültig: „Ich habe das Geld nicht; geht einmal zurück, vielleicht findet Ihr es wieder."

Da schaute der Müller sich um und sah beim Mondlicht vor sich auf dem Weg einen Taler liegen; unweit davon fand er einen zweiten und einige Schritte weiter einen dritten und so fort. Hierüber lachte der Wanderer laut auf, stieg vom Wagen und verließ den Müller.

Nun merkte dieser, dass er es mit Poppele, dem Spukgeist von Hohenkrähen, zu tun hatte. Schnell stellte er sein Fuhrwerk in Singen ein und ging suchend auf der Landstraße eine Stunde weit zurück. Nach und nach fand er alle seine Taler, den letzten morgens um fünf Uhr an der Stelle, an dem er den Poppele auf den Wagen genommen hatte.

Quelle: Bernhard Baader, Volkssagen aus dem Lande Baden und den angrenzenden Gegenden. Karlsruhe 1851, Nr. 5, S. 2 f.

Teufel kommt vom Konzil

Zur Zeit, als das große Konzil von Konstanz gehalten wurde, gab es in der Stadt eine zahllose Menge schlechter Frauenspersonen, die von allen Seiten dahin strömten. Eines Tages geschah es, dass ein Läufer über Feld bei Winterhaur lief, dem kam ein Weibsbild entgegen, so schön, wie er noch keines gesehen hatte und das ihn verleiten wollte. Der Läufer stellte der Frau die Frage, woher sie käme, und sie sprach: „Ich komme vom Konstanzer Konzil." Als sie sah, dass der Läufer auf einen vollen Geldsack schaute, den sie an der Seite trug, fügte sie noch hinzu: „Und das Gold all habe ich mir mit meinem schönen Körper verdient." Kaum hatte sie aber das gesagt, verschwand sie, gleich einem Dampf, und nun erkannte der Läufer wohl, wen er vor sich gehabt hatte.

Quelle: Johannes Wilhelm Wolf, Deutsche Märchen und Sagen. Leipzig 1845, Nr. 305, S. 429

Zweckentfremdung

Nachdem die Johanniskirche in Konstanz eingegangen war, wurde sie als Stall benützt. Aber alles Vieh ging darin zu Grunde, namentlich wurden den Geißböcken nachts von unsichtbarer Macht die Hälse umgedreht. Da hörte man auf, die Kirche als Stall zu gebrauchen.

Quelle: Bernhard Baader, Volkssagen aus dem Lande Baden und den angrenzenden Gegenden. Karlsruhe 1851, Nr. 1, S.

Das weiße Fräulein

Bei Markdorf am Bodensee stand auf einem Hügel in alten Zeiten ein Schloss, von dem noch Spuren zu sehen sind. Da zeigte sich noch vor einigen Jahren ein weißes Fräulein und lief auf dem Wall hin und her und streute, wie wenn der Landmann Samen aussät, glänzendes Silbergeld auf den Boden, eine Handvoll nach der andern. Wenn man dann tags darauf danach suchte, hat man wohl hie und da noch ein Geldstück gefunden.

Quelle: Johannes Wilhelm Wolf, Erster Band der Zeitschrift für deutsche Mythologie und Sittenkunde. Göttingen 1853

Domherrengespenster

Ungeheuer Wesen ist in den Domherrenhäusern zu Konstanz nicht seltsam und ungewohnt. Nachdem Albrecht von Landenberg, ein sehr alter Domherr zu Konstanz gestorben war, haben etliche ehrbare Personen des Morgens früh, als sie zur Messe gehen wollten, vor dessen Hof an der Mauer einen langen, schwarzen Mann sitzen sehen. Dieser erhob sich und wurde so groß, dass er über die Mauer in den Domherrenhof sehen konnte. Das ist zehn oder zwölf Tage vor seinem Absterben geschehen.

Und nachdem der Domdechant zu Konstanz, Herr Friedrich von Hinweil, tödlich krank gelegen, hat man auch etliche Tage vor seinem Tod, als das Münster oder der Dom abends, wie gebräuchlich, geschlossen wurde, ein solch Getümmel, Klopfen und Schlagen gehört, als ob man alle Schlösser und Türen aufbreche und große Gewalt anwende, dermaßen, dass alle Nachbarn, auch etliche Domherren wie Herr Melchior von Bubenhoffen und andere mit Waffen in der Hand zum Dom eilten.

Da haben sie den ungewöhnlichen Lärm und das Getöse noch hören können und nicht anderes vermuteten, es würden sich Leute und Gesindel im Dom aufhielten und alles brechen (zerstören) wollen. Wie nun der Meßner und andere Zuständige, geweckt und da waren, sowie die Kirche aufgeschlossen hatten, als man in sie betreten konnte, war das Getümmel auf einen Schlag vorbei. Man sah und hörte nichts mehr, es lag nur alles an seinem Ort.

Quelle: J. Waibel und Hermann Flamm, Badisches Sagenbuch. Abt. 1: Sagen des Bodensees, des oberen Rheintals und der Waldstädte. Freiburg 1898, S. 47

Die Insel Reichenau

Sie war ehemals ein wildes Eiland, das in dem Gebiet eines Austrasischen (östlicher Teil von Franken) Landvogts namens Sintlas lag, der auf der nahen Burg Sandeck, oberhalb Bernang am Untersee, wohnte. Von ihm hieß die Insel die Aue, auch die Sintlas-Au.

Sintlas war ein frommer Mann und eifrig um die Verbreitung des Christentums in seinem Gebiet besorgt. Seinen Bemühungen gelang es, den heiligen Pirmin als Apostel für seine Heimat zu gewinnen. Im Jahre 724 kam jener in das Gebiet des Sintlas, der ihn bat, ein Haus der Andacht in der Gegend zu gründen. Der Heilige wählte dazu die nahe Insel, die der See von allen Seiten umfloss; weil sie aber voll gräulicher Würmer war, riet ihm Sintlas davon ab. Pirminus Entschluss blieb jedoch fest. Von einem Schiffer begleitet, fuhr er auf die Insel hinüber, die damals nur finstere Wälder, dorniges Gebüsch und Sümpfe enthielt, in der eine Unzahl Kröten, Schlangen, giftige Insekten und anderes Getier hausten. Als der Heilige südlich von Deichmanns Schlösschen an das Land stieg, entstand wunderbarerweise an der Stelle, wo sein Bischofsstab die Erde berührte, eine Quelle. Die hässlichen Tiere aber flohen und schwammen über den See. Drei Tage und drei Nächte soll ihre Flucht angedauert haben.

Nachdem nun die Insel für immer von dem Ungetier befreit war, reinigte Pirmin mit vierzig seiner Genossen das Eiland von dem wildverschlungenen Gesträuch, und bald war die Insel für Menschen wohnlich. In kurzer Zeit erhob sich durch den Fleiß des heiligen Mannes und seiner Brüder ein Kloster, das bald die Zierde der ganzen Seegegend werden sollte. Leider musste Pirminus schon nach drei Jahren infolge der Streitigkeiten der Alemannen und Franken die Insel wieder verlassen.

Bevor er abreiste, setzte er seinen Schüler Heddo oder Etto als Vorsteher seines Stifts auf der Sintlas-Au ein. Dieser führte die Ordensregel des heiligen Benedikt ein. Ungewöhnlicher Segen begleitete die Stiftung. Könige und Kaiser wetteiferten in ihren Schenkungen an das Kloster. So kam es, dass die Insel Reichenau in den ersten Jahrhunderten nach ihrer Stiftung das begütertste Kloster weit und breit war und mit allem Recht ihren Namen Reichenau führte. Heute noch geht die Sage um, wenn der Abt von Reichenau nach Rom reiste, konnte er jede Nacht auf eigenem Grund und Boden zubringen. Das mag durch den Umstand entstanden sein, dass das Kloster auch bedeutende Besitzungen am Comer See in Italien besaß.

Weithin drang der Ruhm des Klosters, das lange Zeit neben St. Gallen zu einer der ersten Bildungsstätten des südlichen Deutschlands wurde.

Quelle: J. Waibel und Hermann Flamm, Badisches Sagenbuch. Abt. 1: Sagen des Bodensees, des oberen Rheintals und der Waldstädte. Freiburg 1898, S. 57 – 59

Johann von Bodman

Um das Jahr 1308 lebte Johann von Bodman, aus einem uralten adligen Geschlecht, am Bodensee. In seiner Jugend ist er auf wunderliche Weise am Leben geblieben. Dabei hatte sich folgendes zugetragen. Es kam ein fahrender Schwarzkünstler (Zauberer, Schamane) an den Ort, welcher dem Herrn zugesagt und versprochen war und versprach, er wolle durch seine Kunst zuwege bringen, dass forthin in dieser Gegend um den Bodensee herum kein Nebel oder Reif den Weinreben mehr Schaden bringen solle. Das hat man ihm nach vorgehenden Taten mit großer Freude geglaubt.

Als nun das Hausgesinde mitsamt den Junkern fröhlich tanzte, schlug unversehens ein feuriger Strahl - ein Blitz - in das Schloss ein, sodass es an allen Orten anfing zu brennen. Dabei sind sieben Edelmänner mitsamt dem Hausgesinde, Knechten und Mägden jämmerlich umgekommen.

Zu dieser Stunde erbarmte sich die Amme im Turm gar sehr ihres kleinen Kindes, und weil sie keine bessere Lösung fand, nahm sie einen ehernen Hafen (eine Steingutschüssel), setzte das Kind hinein, focht viele Tücher zu einem Ring um das Gefäß herum, damit es gut geschützt sei. So gesichert warf sie es vom hohen Turm über das Schloss hinaus, dass es am Leben erhalten blieb und von dem zulaufenden Volk gefunden und hinweggetragen wurde.

So war Johannes allein von diesem Geschlecht übriggeblieben und in allen Tugenden aufgezogen worden. Nachdem er dann Erwachsen war, zog er dem kaiserlichen Feldlager nach und hat sich dermaßen gut bewährt, dass er zum Ritter geschlagen wurde. Danach kam er zurück und wieder nach Hause, erneuerte seiner Vorfahren Schloss und hielt sich so löblich, dass er von jedermann sehr geschätzt wurde und man ihn allerorten liebte.

Sämtliche Nachkommen hießen Johannes und wurden nach dem Ableben in dem Kloster Salmannsweiler würdig bestattet. Die Historien wurden an eine Tafel gemalt und so für die Ewigkeit festgehalten.

Quelle: J. Waibel und Hermann Flamm, Badisches Sagenbuch. Abt. 1: Sagen des Bodensees, des oberen Rheintals und der Waldstädte. Freiburg 1898, S. 133 f.

Überlinger Wahrzeichen

Der Christophsturm in Überlingen hatte fünf kleine Türmchen, wovon das fünfte, auf der westlichen Mauer, zwischen zwei andern so in der Mitte angebracht war, dass man es bei entfernter Betrachtung des Turms von Nordosten und Süden nicht sehen konnte. So entstand der Ausspruch: „Fünfe ist grad."

Durch den Abbruch des Turmes im Jahre 1813 verschwand dieses alte Überlinger Wahrzeichen.

Wenn ich recht weiß, so gilt die Neckerei „Fünfe ist grad" auch von Mettingen bei Eßlingen und von sonst noch einigen Orten. Man erinnere sich auch des Rätsels: Wo sind fünfe gerade? Antwort: In Straubing, da hat das Rathaus fünf gerade Türmchen.

Quelle: Anton Birlinger, Volkstümliches aus Schwaben. Erster Band: Sagen, Märchen, Volksaberglauben, Freiburg 1861, Nr. 237, S. 153

Der Geist der Gunzoburg

In der Oberstadt Überlingens, dem sogenannten Dorf, steht ein altes Haus, welches die Burg heißt; denn der Alemannenherzog Gunzo soll hier gewohnt haben. Überlingen (Iburinga) war nämlich ursprünglich der Sitz der Herzöge von Alemannien. Über dem Tor des Hauses ist das Bild eines geharnischten Ritters zu sehen mit der

Inschrift: „In dieser Burg residierte im Jahre 641 Gunzo, Herzog von Schwaben und Alemannien."

In früheren Zeiten erschien den Hausbewohnern bisweilen ein großer, über sechs Fuß hoher, schwarzer Ritter mit geschlossenem Visier; er kam plötzlich und verschwand ebenso wieder. Auch manchen Leuten, welche hinter dem Haus das Burggässchen hinaufgingen, begegnete er, verfolgte sie und warf sie in den Stadtgraben hinab. Als aber unter die Dachtraufe an der unteren Hausecke gegen das Gässchen ein Kreuz unter Ziegelsteinen vergraben worden war, konnte der Geist nicht mehr herunterkommen. Im Haus jedoch zeigte er sich noch von Zeit zu Zeit. Vor etlichen Jahren kam er sogar abends in das Zimmer, in dem die Frau des Hausherrn bereits im Bett lag. Die Tür öffnete sich geräuschlos; ein schwarzer, gewaltig großer Ritter mit unkenntlichem Gesicht trat herein, in der Hand ein Kohlengefäß, aus welchem Feuerfunken sprühten. Nachdem er im Zimmer umhergegangen war, beugte er sich über das Bett der Frau und schüttete das Flammengefäß aus, so dass sich das Feuer über das Bett ergoss, ohne jedoch den geringsten Schaden anzurichten. Die Frau aber gebar bald darauf ein Kind mit schwarzen Brandmalen.

Quelle: J. Waibel und Hermann Flamm, Badisches Sagenbuch. Abt. 1: Sagen des Bodensees, des oberen Rheintals und der Waldstädte. Freiburg 1898, S. 95 f.

Die Gründung des Überlinger Schwerttanzes

Die Überlinger mussten einst in den Krieg ziehen und stellten dem Kaiser hundert Mann. Am Morgen des Ausmarsches besuchten alle hundert Krieger den Gottesdienst in der St. Jodok-Kirche und ließen sich segnen, mit Ausnahme eines einzigen Mannes, der nicht in die Kirche ging. Vor dem Eintritt in die Kirche wetzten sie nach altem Brauch an den Steinsäulen des Portals ihre Schwerter, um sie dadurch zu weihen. Noch jetzt sieht man am Portal die Spuren dieses Rituals. Es sind sogenannte Rillen, das heißt napf- und schiffchenförmige Vertiefungen, wie man sie an den Eingängen auch anderer Gotteshäuser manchmal sieht. Im Krieg zeichnete sich die Überlinger Mannschaft aufs rühmlichste aus, und sämtliche Soldaten kehrten wohlbehalten zurück mit Ausnahme desjenigen, der vor dem Ausmarsch die Kirche nicht besucht hatte, er ist im Kampf gefallen. Der Kaiser aber verlieh hierauf den Überlingern für ihre im Feld bewiesene Tapferkeit das Privilegium des Schwerttanzes.

Quelle: Theodor Lachmann, Überlinger Sagen, Bräuche und Sitten. Konstanz 1909, Nr. 10, S. 44

Heiligenberg

Der Name Heiligenberg kommt schon in Urkunden des 10. Jahrhunderts vor.

Vom Hohentwiel wie vom Arenaberg aus, vom Bodensee und Rhein und von den Alpen aus ist der Heiligenberggut sichtbar, das durch mannigfache mittelalterliche Kunst berühmte Schloss des Fürsten zu Fürstenberg.

Was heute diesen Namen führt, ist teils im 13., teils im 16. Jahrhundert entstanden; vorher stand die Burg der Grafen von Heiligenberg eine halbe Stunde westwärts, gegenüber einer Keltenfeste, auf einem Hügel, der, nach allerlei Funden zu schließen, vielleicht das Grab eines keltischen Häuptlings in sich bergen dürfte.

Über die Entstehung dieses „Alt-Heiligenberg" erzählt Thomas Lyrer von Rankweil:

Zur Zeit der Kaiserin Helena kam ein Edelmann aus Trier zu ihr. Diesen bat sie, dass er in deutsche Lande zöge und ihr dort eine Stätte auswählte, wo sie einen Teil der Heiligtümer aus Palästina hinsenden und unterbringen könnte, damit man sie dort verehren könnte. Emerius entstammte dem Geschlecht der Marpach in Trier, er war zu dem gewünschten bereit und zog aus. Unterwegs besah er sich so manchen Ort und zuletzt kam er auch im Schwabenland zu einem Berg, der ihm recht gut gefiel.

Hier baute er zuerst eine Kapelle zu Ehren des heiligen Kreuzes. Danach zog er wieder zur Kaiserin Helena und berichtete ihr, was er in Schwaben vorgefunden und geschaffen habe. Die Kaiserin bat ihn, auch danach zu suchen, ob er jemand findet, der auf dem Berg seine Wohnung nehmen würde. Da antwortete er:

„Könnt ich mit einigem Nutzen euch zu Ehren sein, so wollt ich selbst dort mit Weib und Kindern ziehen, denn es hat mir auf dem Berg außergewöhnlich gut gefallen." Dafür dankte sie ihm und sagte: „Er möge sich nur rüsten."

Bald gab Helena dem Emerius ein großes Stück vom Heiligen Kreuz, auch ein Stück von der Krone, Säule, Geißel, Rute und von dem Essigschwamm, dann Teile vom Haar der Mutter Maria und von dem Mantel und dem Schleier, von Jesu Spottkleid und von dem Stein, auf dem er am Ölberg gebetet hat. Sie gab ihm auch sonst noch mancherlei Heiligtümer und viel Gut an Gold und Silber.

Mit diesen heiligen Sachen und Reliquien zog Emerius wieder aus und baute sich auf dem Berg in Schwaben eine Festung mit schöner Wohnung. Als diese gebaut war, kam ein jämmerlicher Siechtag (Seuche) in die Welt, so dass die Leute nur so niederfielen und viele starben. Auf einem Feld am Bodensee wohnte zu dieser Zeit eine heilige Frau namens Clareta. Diese prophezeite nach einem Traumgesicht, dass die Krankheit dann ein Ende nähme, wenn die Menschen auf den neuen Berg pilgern würden. Von da an war der Zulauf zum Berg groß, der samt der Festung daraufhin der „Heiligberg" genannt wurde. Und fortan haben die Söhne des Emerius den Namen derer „von Heiligenberg" geführt, die wieder unter dem Volk viele Zinspflichtige und Untertanen bekamen.

Der Erfolg und das Emporkommen der Heiligenberger war aber zwei neidischen Herren ein Dorn im Auge. Mit vielen streitbaren Kriegern zogen sie am zwölften Tag des März vor den heiligen Berg. Dort lagerten sie schon vier Tage vor der Burg, da wurde alles Volk mit Blindheit geschlagen. Auf Claretas Rat hin schlossen die Belagerer jedoch Frieden, sie wurden zu den Heiligtümern geführt und durch deren Segenskraft konnten sie von der Stunde an wieder sehen.

Zum Dank übergab der eine der feindlichen Herren seine Tochter dem Sohn des Emerius, der Alban hieß, zur Frau.

Für den aus dieser Ehe entstammende Sprössling hat Emerius später die Burg Waldsee erbauen lassen.

Quelle: J. Waibel und Hermann Flamm, Badisches Sagenbuch. Abt. 1: Sagen des Bodensees, des oberen Rheintals und der Waldstädte. Freiburg 1898, S. 168 - 171

Die gefrorenen Trauben

Anno 1370 in der elftausendsten Mägdenacht (21. Oktober), da gefroren die Trauben an den Reben, dass sie so hart waren wie ein Stein. Im gleichen Jahr fand man noch nach Weihnachten Rebensaft vor, der noch unvergoren war, als ob er erst geherbstet worden wäre. Kurz, man beobachtete, dass Trauben, die man abbrach, so hart waren, dass man sie vor Gefröre nicht zerbeißen konnte, und trotzdem waren sie reif genug. Da warf man sie in einen Kessel mit heißem Wasser, ließ sie darin auftauen und konnte sie so essen. Dieser Wein aber war bis Mitte des Sommers so süß, als liefe er eben erst aus der Kelter.

Quelle: J. Waibel und Hermann Flamm, Badisches Sagenbuch. Abt. 1: Sagen des Bodensees, des oberen Rheintals und der Waldstädte. Freiburg 1898, S. 164

NS: Der Eiswein wurde erst später zu einem Begriff für eine begehrte und teuer bezahlte Spezialität, aber nach dieser Geschichte schon zufällig gefunden.

Das Fass im Klosterkeller von Salem

Den Besuchern der ehemaligen Reichsabtei Salem wird erzählt, dass es um die Fronfasten oder in der Adventszeit nicht richtig im Klosterkeller zugeht, und dass nicht etwa eine neugierige Ratte, sondern ein leibhaftiges Gespenst in Winkeln wie auf Sandalen umherschleiche und an den Fassreifen kratze.

Zur Geschichte des Gespenstes ist aber folgendes zu berichten: Zur Zeit, als der Abt von Salmannsweiler noch nicht gnädiger Herr hieß, sondern ehrwürdiger Vater, war der Pater Großkellner eine fast ebenso angesehene Person wie der Prälat; denn einen guten Wein nach den Horas (ein alter Begriff für die Stunde) trank jeder Mönch gerne, vom Novizen bis zum Prior. Da baute einmal ein Pater Großkellner ein Fass, so groß, dass man den Keller erweitern musste, um es unterbringen zu können und füllte es mit den Zinsweinen und Gülten des besten Jahrganges, der seit langer Zeit eingelagert wurde.

Nur wenn es Duplex (Gründonnerstag vor Ostern) war, in hohen Festzeiten, füllte er daraus die steinernen Krüge der Mönche, aber die Schlüssel zum Keller trug er stets sorgfältig bei sich.

Da traf sich's einmal, als er fest schlief, dass ein trinklustiger Mönch den Schlüssel ihm vom Gürtel löste und in gestohlenes Kirchenwachs abdrückte. Danach machte er einen Haken und schlich nach der Mette oft in den großen Keller, während seine Mitbrüder das harte Lager suchten, und erlabte sich an Gott Bacchus' Gaben.

Doch einmal fand er, vielleicht weil der Großkellner Argwohn hegte, den Hahn durch einen Zapfen ersetzt, den er nicht drehen konnte. Er nahm dann eine Leiter, stieg das Fass hinauf, und siehe da, auf dem ungeheuren Spundloch war die Tür nur angelehnt. Diese öffnete er und zog mit einem Heber so viel des köstlichen Saftes in sich, dass ihm schwindelig wurde. Dabei stürzte er ab und fand im Fass sein nasses Grab.

Nach einigen Tagen verwundert sich der Pater Großkellner über das offene Spundloch; dachte aber kaum mehr an den Mönch, weil der ganze Konvent ihn entsprungen wähnte. Doch als er mit der Stange sondierte, um zu sehen, wieviel noch Wein in dem Fasse, stößt er auf den weichen Körper des Mönchs. Da erfasst der Geizteufel seine Seele, und damit nicht das schöne große Fass als verunreinigt ausgeschüttet werden musste, zog er den ersoffenen Trunkenbold heraus und begrub ihn heimlich.

Erst auf dem Sterbebett gestand er seine Schuld, bevor er aber die Stelle bezeichnen konnte, wo er ihn vergraben, lahmte der Tod seine Zunge. Und ruhelos wandert er seitdem dort im Keller herum, bis durch einen Zufall des Mönches Grab entdeckt wird und er ein ehrliches Begräbnis bekommt.

Quelle: J. Waibel und Hermann Flamm, Badisches Sagenbuch. Abt. 1: Sagen des Bodensees, des oberen Rheintals und der Waldstädte. Freiburg 1898, S. 159 f.

Das Narrengericht in Stockach

Das Hegau, so schildert es der Chronist Rueger, ist zwar ein klein, aber über allen Maßen fruchtbares Gebiet, in dem guter weißer und roter Wein gedeiht, ebenso viel Korn und Obst. Man findet zudem darin eine Menge guten Fisch, Enten und Gänse, sowie allerlei Wildbret. Deshalb findet man dort auch schöne Dörfer und Städte, so unter anderem Stockach, das die vornehmste sein soll.

In dieser Stadt blühte lange Zeit eine fürstlich gestiftete und befreite Narrenzunft, über deren Entstehung Tschudi (alter Begriff für Familie) berichtet: Erzherzog Leopold von Österreich hatte mit seinen Kriegsobersten einen feinen Plan ausgeheckt, wie er den Schweizern ins Land fallen könnte. Nun hatte er einen kurzwilligen Narren, der hieß Kuoni von Stocken und dieser war stets um ihn und auch dabei, wie der Beschluss gefasst wurde. Da sprach der Erzherzog im Scherz: „Kuni, wie g'fällt dir die Sach? Der Narr gab zur Antwort: „Es g'fällt mir nit. ihr hent alle geraten, wie ihr in das Land wöllent kommen, aber keiner hat geraten, wie ihr wieder daraus wöllent."

Der Erzherzog zog mit dem Heer nach Morgarten, wo er am 16. November 1315 geschlagen wurde. Jetzt erinnerte er sich an des Narren kluge Rede und versprach ihm Belohnung. Da erbat sich Kuoni die Erlaubnis des Privilegiums zur Haltung des Narrengerichts in Stockach, seinem Geburtsort. Das wurde ihm gewährt und bestätigt und wird heute noch alljährlich abgehalten und findet landesweit Beachtung.

Quelle: J. Waibel und Hermann Flamm, Badisches Sagenbuch. Abt. 1: Sagen des Bodensees, des oberen Rheintals und der Waldstädte. Freiburg 1898, S. 243

Das zugemauerte Tor oder Zwingtor

Die Stadt Meersburg ist ein gar alter Platz, sagt Stumpf in seiner Schweizer Chronik. Oberhalb der Stadt, in der Nähe der Kirche, stand dereinst das sogenannte Zwingtor oder das „zugemauerte Tor", welches seinen Namen daher hatte, weil außer dem Bischof niemand hindurchgehen durfte.

Einmal wollte nun ein Ritter durch das Tor gehen, ein Bürger aber verwehrte es ihm. Darüber kam es zum Streit, wobei der Ritter den Bürger niederschlug. Dem Unterlegenen eilten Männer zu Hilfe, worauf der Ritter sich in die Burg des Bischofs flüchtete, deren Tor hinter ihm sofort verrammelt wurde.

Die Bürger, über den Tod ihres Mitbürgers sehr empört, und jetzt durch den Schutz, den der Ritter im Schloss fand, noch mehr erzürnt, verlangten die Auslieferung des Mörders, die jedoch verweigert wurde, worauf sie das Schloss erstürmten.

Doch der Bischof hatte sich mit dem Ritter bereits durch einen unterirdischen Gang, der vom Schloss herab durch den Domkapitels-Torkel (Lateinisch Torkel von torquere - winden oder drehen - und in diesem Falle: Weinkelter mit Wohnungen darüber für die Rebleute oder heute die Winzerfamilie), von da durch den hintern Seetorturm zum Kapitelshof (jetzt Gasthof zum „Schiff") und dann an den See führte, geflüchtet und nach Arbon hinüberschiffen lassen.

Der Bischof erklärte hierauf die Stadt in Acht und verlegte seine Residenz nach Konstanz und das Zwingtor wurde zugemauert. Als man im Jahre 1820 das Tor abbrach, fand man mehrere Bündel Armbrustpfeile, von denen noch vier im Stadtarchiv aufbewahrt sind.

Quelle: Theodor Lachmann, Überlinger Sagen, Bräuche und Sitten. Konstanz 1909, Nr. 40, S. 87 f.

Das Neujahrstrommeln

In Meersburg zogen noch vor sechzig Jahren in früher Stunde des Neujahrstages zwei Trommler und ein Pfeifer in der Stadt umher und spielten vor jedem Haus drei Stücke auf. Es soll dies vom Ende der Pest Mitte des 17. Jahrhunderts herrühren. Dieser Brauch ist von einem Trommler und einem Pfeifer aus Markdorf und Ravensburg herkommen, die als die einzigen Personen, die in der Umgegend dieser Orte noch am Leben blieben, auf dem Weg zwischen diesen beiden Städten sich zufälligerweise begegneten. Nun wanderten sie miteinander von Ort zu Ort, um mittels Trommel und Pfeife das Ende des „schwarzen Todes" zu verkünden.

Vor etwa sechzig Jahren wurde der Brauch durch die Polizei abgeschafft.

Vielleicht ist dieser Brauch ein Überbleibsel des Sonnenwendfestes, an dem in den Zwölften (den zwölf Nächten von Weihnachten bis Dreikönig) Umzüge mit Gesang und Tanz gehalten und die Nacht durchwacht und gezecht wurde.

Quelle: J. Waibel und Hermann Flamm, Badisches Sagenbuch. Abt. 1: Sagen des Bodensees, des oberen Rheintals und der Waldstädte. Freiburg 1898, S. 88

Die St. Johannesminne

Im Ravensburgischen bis gegen Markdorf hin wurde früher der Sankt Johannestrunk besonders hochgehalten. Jeder Bauer nimmt seinen Johannessegen, etwa eine Maß, oft noch mehr guten roten Wein mit nach Hause. Dabei muss es roter Wein sein. Kommt man von der Kirche heim, so werden Mutter, Kinder, Knechte und Mägde bis zum einfachsten Hirtenjungen herab zusammengerufen, und alles setzt sich um den Tisch herum. Der Hausvater trinkt zuerst aus dem Becher, und dann macht er die Runde am ganzen Tisch; sogar das Kind in der Wiege muss von dem St. Johanneswein trinken. Den ganzen Tag feierte man und es wurde wenig gearbeitet. Desgleichen ist Sankt Johannissegen im Wirtshaus zu treffen. Der Wirt lässt ziemlich viel Wein zur Kirche tragen, und davon bekamen Nachbarn, Stammgäste und solche ärmeren Leute zu trinken, die sich selber keinen Weinen leisten können.

Quelle: Anton Birlinger, Volkstümliches aus Schwaben. Zweiter Band: Sitten und Gebräuche. Freiburg 1862, Nr. 137, S. 110 f.

Das Schwedenkreuz am Mainausteg

Es gibt Sagen, die erzählen, wie in Dingen der Teufel steckt. Und es gibt Legenden, die berichten von heiligen Gegenständen, deren göttliche Kraft diese lebendig macht. So wie in der folgenden Geschichte vom Bodensee

Als einst der Komtur Werner Schenk von Stauffenberg von einer gefahrvollen Fahrt über das Meer wohlbehalten zurückkam, stiftete er zum Dank drei Kreuze aus Erz, die am Steg zur Mainau hinüber aufgestellt wurden.

Nachdem die Schweden während des Dreißigjährigen Krieges die Insel wieder freigaben und abzogen, rissen sie die Kreuze aus ihrer Verankerung, um sie zu stehlen. Auf einem von zwei Rössern gezogenen Karren ging es Stockach zu. Bei Litzelstetten ging es den Berg hinauf ging, da waren die Rösser aber nicht mehr von der Stelle zu bewegen.

Auch zehn weitere Pferde, die vorgespannt wurden, richteten nichts aus. Verärgert ließen die Schweden den Karren stehen und zogen ab. Anderntags fand ein Litzelstetter Bauer das Gefährt mit den ihm wohlbekannten Kreuzen darauf. Er spannte seine beiden Ackergäule davor und brachte den Karren ohne Mühe wieder zum Mainausteg zurück. Dort wurden das Kruzifix und die beiden Kreuze mit den Schächern zur Rechten und zur Linken wieder aufgestellt. Seitdem heißt die Gruppe: „das Schwedenkreuz".

Graf Ulrich und Wendelgard

Zu Buchhorn am Ufer des Bodensees, dort wo jetzt die Stadt Friedrichshafen liegt, wohnte zur Zeit, als Burkhard Herzog in Schwaben war, Graf Ulrich V. (Udalrich), ein Nachkomme Karls des Großen und gewaltiger Herr im Linzgau. Er war mit der schönen Wendelgard vermählt, einer Gräfin von Eberstein, Enkelin Heinrichs des Voglers, der später Kaiser wurde.

Da geschah es, dass die Ungarn Deutschland verheerten und auch Oberschwaben heimsuchten, im dem Graf Ulrich begütert ansässig war. Er zog deshalb mit vielen Edlen dem Feind entgegen, wurde aber gefangengenommen und nach Ungarn verschleppt. Da er nicht heimkehrte und seine Frau glauben musste, dass er in der Schlacht gefallen sei, begab sie sich nach St. Gallen und ließ sich, weil sie nicht wieder heiraten wollte, in ein Nonnenkloster aufnehmen.

Dies geschah im Jahr 916, als eben auch die heilige Wiborada in ein Kloster eingetreten ist. Dort nun diente Wendelgard mit Fasten und Beten ihrem Gott, ging aber jedes Jahr nach Buchhorn, um dort das Gedächtnis ihres verlorenen Mannes in feierlicher Trauer zu begehen und die Armen zu beschenken.

Im Jahr 919 ging sie in der gleichen Absicht mit Bewilligung des Bischofs wieder einmal nach Buchhorn. Dort drängten sich sehr viele Arme herbei, um von ihr ein Almosen zu empfangen. Unter ihnen war auch einer in zerlumpten Kleidern, der nicht bloß das Almosen von ihr in Empfang nahm, sondern heftig auch ihre Hand drückte und sie wider ihren Willen umarmte und küsste.

Die Umstehenden, denen das nicht gefiel, wollten ihr helfen und den frechen Bettler abhalten und züchtigen; der aber rief: „O lasst mich gehen, ich habe genug Schläge und Elend in der Gefangenschaft ausgestanden. Ich bin Ulrich, euer Graf, welchen Gott aus sonderlicher Gnade von einem grausamen Volk der Magyaren errettet und euch wiedergeschenkt hat."

Alsbald wurde er erkannt und von seiner treuen Gemahlin und allen andern willkommen geheißen und mit großer Freude auf-genommen. Wendelgard ließ sich vom Bischof Salomo von Konstanz ihres Gelübdes, dass sie einsam leben wollte, entbinden, legte ihr Nonnenkleid ab und hielt zum zweiten Mal Hochzeit mit ihrem lieben Gemahl, der dann zum Zeichen seiner Dankbarkeit einige Güter im Rheintal dem Kloster zu St. Gallen vermachte.

Bald darauf wurde Wendelgard schwanger, starb aber kurz vor ihrer Niederkunft. Das Kind indes wurde sogleich aus dem Leib der toten Mutter herausgeschnitten und somit gerettet. Es war ein schöner, zarter Knabe, den man dem heiligen Gallus weihte und im Kloster zu St. Gallen sorgfältig erzog. Dort wurde er später auch Abt. Er hieß Burkhard und erhielt von den Klosterbrüdern den Zunamen: „der

Angeborene" (ingenitus), weil die Mutter gelobt hatte, wenn sie einen Sohn gebäre, ihn dem Kloster weihen wollte.

Quelle: Ernst Meier, Deutsche Sagen, Sitten und Gebräuche aus Schwaben. Erster und zweiter Teil. Stuttgart 1852, Nr. 373, S. 339 - 341

Die große Glocke in Weingarten

In Weingarten ist eine große Glocke, die drei Mann läuten müssen. Diese prächtige Glocke wollten die Sankt Galler einmal kaufen. Sie boten so viel Kronentaler, wie man sie Stück für Stück von St. Gallen nach Weingarten aneinanderlegen könnte. Die Weingartener gaben die Glocke aber nicht heraus. Deshalb kamen die St. Galler heimlich und raubten sie, brachten sie bis Friedrichshafen, aber danach keinen Schritt mehr weiter. Währenddessen schlug ein heftiges Gewitter in Weingarten alles kurz und klein. Die Sankt Gallener hätten deswegen die Glocke so gerne besessen, weil sie glaubten, so oft man in Weingarten die Glocke läute, würden alle Gewitter über den Ort weg ziehen und hin in die Schweiz gehen.

Quelle: Anton Birlinger, Volkstümliches aus Schwaben. Erster Band: Sagen, Märchen, Volksaberglauben, Freiburg 1861, Nr. 227, S. 147

Tanz um das Rathaus

In Weingarten wird am Fastnachtsonntag, Fastnachtmontag und ich vermute auch noch am Dienstagnachmittag um das Rathaus getanzt. Dieser alte Brauch rührt daher, dass früher in Weingarten infolge einer ansteckenden Krankheit alle Einwohner bis auf wenige Paare ausgestorben sind.

Aus lauter Freude, dass nunmehr diese Seuche vorbei war, tanzten die Übriggebliebenen ausgelassen auf dem Rathausplatz. Einige Platzmeister mit Fähnlein und großen Sträußen am Arm gehen vor dem Beginn des Tanzes in den Wirtshäusern umher, tanzen dort und erhalten eine Gabe, worauf sie zum Rathausplatz zurückkehren. Dort warten dann schon die Musikanten, viele Maskenträger und noch mehr Zuschauer. Es werden nun drei Tänze aufgespielt, zu denen die Maskenträger und die Platzmeister tanzen; ihre Tänzerinnen holen sie sich aus der Zuschauermenge.

Quelle: Anton Birlinger, Volkstümliches aus Schwaben. Zweiter Band: Sitten und Gebräuche. Freiburg 1862, Nr. 56, S. 34 f.

3

Württemberg und Schwäbische Alb

Die Sage vom Riesen Heim

Die Burg Reußenstein liegt auf jähen Felsen weit oben auf dem Berg und hat keine Nachbarschaft als nur die Sonne und Wolken oder bei Nacht den Mond. Genau gegenüber der Burg, auf einem Berg, der Heimenstein genannt wird, befindet sich eine Höhle und in der wohnte vor alter Zeit ein Riese. Er hatte ungeheuer viel Gold und hätte herrlich und in Freuden leben können, wenn es noch mehr Riesen und Riesinnen außer ihm gegeben hätte. Da fiel es ihm ein, er wollte sich ein Schloss bauen, wie es die Ritter auf der Alb haben. Der Felsen gegenüber schien ihm gerade recht dazu.

Er selbst aber war ein schlechter Baumeister. Zwar grub er mit den Nägeln haushohe Felsen aus dem Gestein und stellte sie aufeinander, aber sie fielen immer wieder in sich zusammen und wollten kein geschicktes Schloss ergeben. Da legte er sich auf den Beurener Felsen und schrie ins Tal hinunter nach Handwerkern, Zimmerleute, Maurer und Steinmetzen, Schlosser. Alle sollen kommen und ihm helfen, er wolle sie dafür gut bezahlen. Man hörte sein Geschrei im ganzen Schwabenland, vom Kocher hinauf bis zum Bodensee, vom Neckar bis an die Donau, und überallher kamen die Meister und Gesellen, um dem Riesen das Schloss zu bauen.

Da war es lustig anzusehen, wie er vor seiner Höhle im Sonnenschein saß und über dem Tal drüben auf dem hohen Felsen sein Schloss entstehen sah. Die Meister und Gesellen waren flink an der Arbeit und bauten, wie er ihnen über das Tal hinüber zuschrie. Dabei hatten sie allerlei Schwank und fröhliche Kurzweil mit ihm, weil er vom Bauen nichts verstand.

Endlich war der Bau fertig und der Riese zog ein und schaute aus dem höchsten Fenster aufs Tal hinab, wo die Meister und Gesellen versammelt waren und fragte sie, ob ihm das Schloss gut anstehe, wenn er so zum Fenster hinausschaue. Doch als er sich umsah, ergrimmte er; denn die Meister hatten geschworen, es sei alles fertig, aber an dem obersten Fenster, zu dem er herausschaute, da fehlte noch ein Nagel.

Die Schlossermeister entschuldigten sich und sagten, es habe sich keiner getraut, sich vors Fenster zu setzen und den Nagel einzuschlagen. Der Riese aber wollte nichts davon hören und den Lohn nicht eher auszuzahlen, bis auch dieser letzte Nagel eingeschlagen sei.

Nun zogen sie alle wieder in die Burg. Die wildesten Burschen vermaßen sich hoch und teuer, es sei ihnen ein Geringes, den Nagel einzuschlagen. Wenn sie aber an das oberste Fenster kamen und hinausschauten und hinab ins Tal, das so tief unter ihnen lag, und ringsum nichts als Felsen, da schüttelten sie den Kopf und zogen beschämt ab. Zuletzt boten die Meister den zehnfachen Lohn dem, der den Nagel einschlage, doch lange fand sich immer noch keiner.

Es war aber auch ein flinker Schlossergeselle dabei, der hatte die Tochter seines Meisters lieb und sie ihn auch; aber der Vater war ein harter Mann und wollte sie ihm nicht zum Weibe geben, weil er arm war. Dieser fasste sich nun ein Herz und dachte, er könne hier seine Braut verdienen oder muss sterben; denn das Leben war ihm ohne sie verleidet. Beherzt trat er vor den Meister, ihren Vater mit den Worten: „Gebt ihr mir eure Tochter, wenn ich den Nagel einschlage?" Der aber gedachte, seiner auf diese Art loszuwerden, wenn er auf die Felsen hinabstürzte und den Hals brechen würde, und sagte ja.

Der flinke Schlossergeselle nahm den Nagel und seinen Hammer, sprach ein frommes Gebet und schickte sich an, zum Fenster hinauszusteigen und für sein Mädchen den Nagel einzuschlagen.

Laut erhob sich ein aufmunterndes Freudengeschrei unter den Bauleuten, dass der Riese aus dem Schlaf erwachte und nachfragte, was es denn gebe. Und als er hörte, dass sich einer gefunden habe, der den Nagel einschlagen wolle, kam er, betrachtete den jungen Schlosser lange und sagte: „Du bist ein braver Kerl und hast mehr Herz als das Lumpengesindel da; komm, ich will dir helfen."

Kurzum nahm er ihn beim Genick, dass es allen durch Mark und Bein ging, hob ihn zum Fenster hinaus in die Luft und sagte: „Jetzt hau fest drauf zu, ich lasse dich nicht fallen." Und der Knecht schlug den Nagel in den Stein, dass er festsaß; der Riese aber küsste und streichelte ihn, dass er beinahe ums Leben kam, führte ihn zum Schlossermeister und sprach: „Diesem gibst du dein Töchterlein."

Dann begab er hinüber in seine Höhle, holte einen dicken Geldsack heraus und zahlte jeden aus bei Heller und Pfennig.

Endlich kam er auch an den flinken Schlossergesellen; zu diesem sagte er: „Jetzt geh heim, du herzhafter Bursche, hole deines Meisters Töchterlein und ziehe in diese Burg ein, denn sie ist nun dein."

Wilhelm Hauff (29.11.1802 - 18.11.1827)

Kinderwallfahrt

Im Jahre 1448 hat es sich zugetragen, dass zu Schwäbisch-Hall am Donnerstag nach Pfingsten plötzlich der unstillbare Wunsch der Knaben aufkam, nach Sankt Michael in der Normandie zu pilgern und wallfahren. Über zweihundert junge Burschen an der Zahl gingen wider den Willen ihrer Eltern auf einmal davon, denn sie wurden von dem Wunsch schnell und plötzlich erregt und ließen sich nicht einmal von ihren eigenen Müttern mehr abhalten. Einigen, die mit Gewalt zurückgehalten wurden, waren alsbald tot. Bei allem war, wie ein alter Chroniken-Schreiber sagt, eine seltsame und wunderliche Begeisterung.

Da sich die Knaben nicht halten ließen, so gab ihnen der für das Wohl der Stadtkinder besorgte Rat einen Schulmeister und einen Esel zum Geleit mit, damit ihnen nichts Böses zustoßen könne. In so guter

Gesellschaft sollte wohl die weite Reise der Wallfahrt glücklich vonstattengehen.

Im eigenen Lande entstand bald eine große Pest und raffte die Bevölkerung dahin. Vielleicht war Gottes Hand mit den Knaben, dass sie der Pest glücklich entgangen sind.

Es war Wunders genug, dass die Knaben soweit außer Landes gezogen sind und somit bewahrt wurden, denn es gab in Schwaben und auch im benachbarten Franken- und Bayernlande auch zahlreiche berühmteste Wallfahrtsorte, wohin sie hätten ziehen können.

Quelle: Ludwig Bechstein, Deutsches Sagenbuch, Leipzig 1853

Unsere Frau zu den Nesseln

Zu den zahlreichen Wallfahrtsorten und heiligen Plätzen, die es schon in der Mitte des 15. Jahrhunderts im Schwabenlande gab, entstanden im gleichen Jahrhundert noch viele weitere. Im Jahre 1484 ging eine Bäuerin ihres Weges von Heilbronn nach Weinsberg, da sahen sie unweit des Stadtgrabens einen Bildstock mit einem Bild „Unser Frauen" stehen.

Der Bildstock war völlig mit Nesseln und anderem Unkraut überwuchert, davon ward sie bewegt und sprach: „O du reine Jungfrau Maria. Komm, ich will dein schönes andächtiges heiliges Bild mit mir nach Hause in mein Dorf tragen, da würde man sich besser darum kümmern." Sie wollte dann das Marienbild aus dem Bildstock heben, aber das Bild sprach: „Frau, ich will in diesem Nesselbusch bleiben, denn an diesem Ort wird Gott Wunder tun."

Über diese Stimme erschrak sich die Frau so sehr, dass sie in Ohnmacht fiel. Ihr Mann fand sie bewusstlos liegen, der nach ihr des Weges kam, denn er hatte sich in etwas verspätet. Er sprach ihr zu und richtete sie auf und sie kam wieder zu sich. Da erzählte sie ihm alles. Daraufhin berichteten sie überall, was der Frau begegnet war und es entstand ein großer Zulauf zu dem Gottesbild.

Schnell wurden ihm Opfer an Geld, Wachs, silbernem und goldenem Geschmeide dargebracht, auch Kleinode und Kleider. Zudem waren sofort fromme Männer zur Hand, die diese Spenden in Empfang nahmen und sie bauten zur Ehre Gottes und „Unsrer Frauen" am Platz ein Kloster. Das gaben sie den Karmelitern.

Diese ließen das Mirakel (Wunder) durch einen der ihren, der Doktor und Professor der Theologie war, in Druck geben. Das Kloster ließ das Wunderbild in hohem Flur bis ins Jahre 1525 dort stehen. In diesem Jahr waren es aufrührerische Bauern aus dem nahen Weinsberg, die neben ihrer mörderischen Tat auch das Kloster „Unsre Frau zu den Nesseln" einnahmen, es plünderten, zerstörten und frevlerisch verheerten.

Quelle: Ludwig Bechstein, Deutsches Sagenbuch, Leipzig 1853

Die Hexe Verena Beutlin

Auf dem Berg der Teck auf der Schwäbischen Alb, dort beim Gelben Felsen, befindet sich eine Höhle. In dieser soll Verena Beutlin einst mit ihren beiden Knaben in tiefster Armut gelebt haben, ausgestoßen von allen Menschen. Der Vater der Kinder sei ein verheirateter Mann aus Beuren gewesen, dem es nur heimlich vergönnt war, Fürsorge zu zeigen. Ein rotes Tuch am Geäst und ein Feuer, dessen Rauchwolke dann den Berg umgab, signalisierten ihm, wenn Not war und die Vorräte zu Ende gegangen waren.

In dunkler Nacht versorgte er dann unbemerkt die Seinen. Als nun einmal ein harter Winter jegliches Durchkommen unmöglich machte, blieben auch die Notzeichen unbeantwortet. Verena, dem Hungertod nahe, schickte ihre Söhne hinunter ins Städtchen Owen um etwas Brot zu erbetteln. Die Bewohner ließen sich leicht erweichen und gaben den Ausgehungerten etwas zu essen. Jeder fragte aber die Kinder nach dem Woher und Wohin und da brach das Schweigen der Buben.

Wie ein Lauffeuer verbreitete sich die Kunde in Owen. „So konnte nur eine Hexe leben."

Man zerrte Verena hinab vom Gelben Felsen in den Kerker der Stadt. Sie beteuerte ihre Unschuld, doch auf dem Scheiterhaufen wurde das Urteil vollstreckt. Das weitere Schicksal der Söhne und ihres

Vaters liegt heute im Dunkeln. Man sagt aber, dass die beiden Buben in Beuren die Taufe erhalten haben und bald rechtschaffene Männer geworden sind. Die Höhle aber heißt seither das „Verena - Beutlin - Loch".

Der Rulamann

Die karge Hochfläche der Schwäbischen Alb und die bizarre Unterwelt der endlosen Höhlen bieten genug Stoff für zahlreiche Sagen und Legenden, die sich um diese Landschaft und ihre Menschen ranken. Schon vor mehr als 40.000 Jahren schufen Steinzeitmenschen im Lonetal die ersten Kunstwerke der Menschheit. Mit der Erzählung vom Rulaman wurde einem dieser Urmenschen ein literarisches Denkmal gesetzt.

Der Jugendroman Rulaman ist vor dem Hintergrund des seinerzeit erwachenden großen Interesses an der Ur- und Frühgeschichte zu sehen. Im Jahr 1856 wurde das erste Skelett eines Neandertalers entdeckt, ab den 1850er Jahren Pfahlbauten in der Schweiz und in Süddeutschland ausgegraben.

Der Rulaman galt als Sohn des Häuptlings. Mit seinem Stamm lebt er in einer Höhle auf der Schwäbischen Alb in der Umgebung der Schillerhöhle (im Roman heißt sie Tulkahöhle). Er und seine Leute sind dem täglichen Überlebenskampf dieser harten Welt ausgesetzt. Er ist mutig, tapfer und ehrlich und das Vorbild aller. Seine Urgroßmutter ist die alte Parre, die Weise des Stammes. Von ihr lernt er die Geschichte und Bräuche seines Stammes. Auf seinen Streifzügen und auf der Jagd wird er von seinem Wolf Stalpe begleitet. Sein bester Freund ist Obu. Rulaman zeigt großes Interesse an den Kalats und ihrer Lebensweise. Er besucht sie, begleitet sie auf der Jagd und freundet sich mit den Kalats-Geschwistern Kando und Welda an, durch die er viel von den Kalats erfährt und lernt. Obu ist wiederum der Sohn des Häuptlings Rul und gehört dem Stamm der Tulka aus dem Volk der „Aimats" an. Dieser Ausdruck ist wie viele andere in dem Buch dem Samischen entnommen, da man davon ausging, die Samen hätten möglicherweise die Urbevölkerung Europas gestellt und seien von späteren indoeuropäischen Zuwanderern an den Rand des Kontinents gedrängt worden. So kommen im Verlauf der Handlung die auf der Schwäbischen Alb lebenden steinzeitlichen Stämme der Aimats in Kontakt mit den aus dem Osten einwandernden „Kalats", den Kelten. Diese beherrschten schon die Metallverarbeitung, sind den Aimats technisch überlegen und verdrängen die Steinzeitmenschen rasch.

Zudem ist Rul, der Anführer der Tulka, ein ungewöhnlich starker Mann. Als Zeichen seiner Häuptlingswürde trug er einen weißen Wolfspelz als Umhang. Er führte die Tulka auf ihren Wanderungen und Jagdzügen an. Bei einer Auseinandersetzung mit einem feindlichen Stamm kam er ums Leben. Sein Nachfolger als Anführer wird sein jüngster Bruder Repo. Er ist der jüngste Bruder des Anführers Rul und sein Stellvertreter. Ihm gelingt es, den Höhlenlöwen Burria zu besiegen. Er ist freundlich und freigiebig. Als Obu die schöne Ara heiraten will, setzt Repo sich bei Aras Großvater Nargu für sie ein.

Die alte Parre ist die Urgroßmutter von Rulaman. Niemand weiß, wie alt sie ist. Ihre langen weißen Haare fallen fast bis zum Boden, und auf ihren Schultern sitzt meist ihr schwarzer Rabe. Rulaman besucht sie häufig und lauscht ihren Erzählungen aus früherer Zeit. Sie kennt die heilende Wirkung von Pflanzen, prophezeit Dinge über die Zukunft des Tulkastammes und berät die Tulka bei Problemen.

Obu ist vier Jahre älter als Rulaman und sein bester Freund. Auf einem gemeinsamen Jagdzug nach einem Bären treffen sie im Wald auf die schöne Ara aus dem Stamm der Nalli, und Obu verliebt sich in sie. Nach mehreren Auseinandersetzungen zwischen den Nalli und den Tulka schließen die beiden Stämme Frieden, und der Anführer, Aras Großvater Nargu, willigt in die Beziehung von Obu und Ara ein. Als Ara von den Kalats entführt wird, sucht Obu sie tagelang im Wald. Am Sonnenwendfest der Kalats kann er sie befreien.

Angekko ist der Häuptling des Nachbarstammes der Huhka, ein Zauberer und Arzt und bei allen Stämmen bekannt und gefürchtet. Wenn jemand krank oder verletzt ist, wird er zu Hilfe gerufen. Angekko trägt einen langen weißen Wolfspelz und einen Mantel aus Rentierfell. Seine Hütte ist mit Totenköpfen und Rentiergeweihen geschmückt; niemand darf sie betreten. Manchmal verschwindet er in einem der tief in den Berg reichenden Gänge, um dort die Erdgeister zu beschwören. Sein Lieblingsvogel ist ein Uhu, der ihm oft auf den Schultern sitzt.

Nargu ist ein reicher Feuersteinschläger und Händler. Er ist Häuptling des Aimat-Stammes der Nalli und wohnt in der größten Höhle der Gegend, deren Wände er mit Bildern verziert. Seine Enkelin ist die schöne Ara. Nargu spricht die Sprache der Kalats, da seine Mutter eine Kalatsfrau gewesen sein soll. Er verehrt Höhlenbären, kennt ihre Verstecke und bringt ihnen manchmal zu fressen.

Die schöne Ara ist eine Enkelin des reichen Nargu aus dem Stamm der Nalli. Sie ist groß und schlank und von heller Hautfarbe. Anstelle der üblichen Fellkleider trägt sie ein rotes Wollkleid, das sie von ihrem Urgroßvater erhalten hat. Frühmorgens geht sie auf Kräutersuche in den Wald. Als einzige Frau im Stamm trägt sie ein Messer bei sich und kann gut mit Waffen und Werkzeugen umgehen. Sie ist mutig und geht gerne mit Obu und Rulaman auf die Jagd. Auf einem dieser Jagdzüge erlegt sie einen weißen Wolf und erhält dafür als Auszeichnung den Ehrennamen Farkamate (Wolftöterin). Von ihrem Großvater hat sie die Sprache der Kalats gelernt und übersetzt bei den Begegnungen der Völker.

Kando und Welda sind Geschwister und die Kinder des Kalatshäuptlings. Kando ist mutig, gerecht und freundlich und bei allen beliebt. Er schließt Freundschaft mit Rulaman. Welda ist schön, mitfühlend, hilfsbereit und gütig. Auch sie freundet sich mit Rulaman an.

Rulaman findet seine toten Freunde

Die alte Parre stößt die Kalats in den Abgrund. Der junge Rulaman soll der Nachfolger seines Vaters Rul werden. Auf seinem ersten Jagdzug mit den Erwachsenen treffen die Jäger auf einen gefährlichen Höhlenlöwen, der Burria genannt wird. Der Häuptling Rul wird vom Löwen schwer verwundet. Rulaman rettet seinem Vater das Leben, indem er mit seiner Steinaxt auf den Löwen einschlägt, bis dieser von Rul ablässt. Der Schamane Angekko wird gerufen, um Rul zu heilen. Als Belohnung für seine Tapferkeit erhält Rulaman am Burriafest einen Speer als Zeichen, dass er nun als Mann anerkannt ist.

Später hilft er seinem Freund Obu, einen Höhlenbären zu erlegen, damit auch er den Speer erhält. Unglücklicherweise war es ein Bär, der vom reichen Häuptling Nargu beschützt wurde, und es kommt zu einem Kampf zwischen dessen Stamm, den Nalli, und den Tulka. Nach dem Friedensschluss zwischen den beiden Stämmen erhält Obu nun doch die schöne Ara zur Frau, eine Enkelin des Nargu.

Lange hatten die Tulka nur gerüchteweise von den Kalats gehört. Auf einer Jagd im Frühling treffen sie das geheimnisvolle Volk zum ersten Mal. Obwohl die Kalats sehr freundlich scheinen, bleiben die Tulka den Fremden gegenüber misstrauisch. Die alte Parre warnte vor ihnen. Trotzdem freunden sich die Tulka mit den Kalats an und tauschen mit ihnen Wild, Pilze und Geweihe gegen Messer, Pfeilspitzen und Schwerter aus Metall. Sie lernen von ihnen reiten und gehen gemeinsam auf die Rentierjagd. Auf einer Jagd lernt Rulaman den Kalatsjungen Kando und seine Schwester Welda kennen und freundet sich mit ihnen an.

Am großen Sonnenwendfest überlisten die Kalats alle eingeladenen Tulka, Nalli und Huhka, ermorden sie und opfern sie ihren Göttern. Auch alle anderen Tulkas werden später von den Kalats unter der Führung ihres Druiden getötet. Rulaman überlebt und wird verwundet in Sicherheit gebracht. Zusammen mit der alten Parre versteckt er sich in der Staffahöhle, die verborgen und schwer zugänglich in einer steilen Felswand liegt. Später begegnet Rulaman seinem verletzten Freund Kando und bringt auch ihn in die Höhle. Gesund gepflegt geht Kando zurück zu Welda und seinem Stamm, wo er sich aber mit dem Druiden überwirft.

Dieser hat durch Späher herausgefunden, wo sich Rulaman und die alte Parre verstecken und greift die Höhle mit einer Gruppe Kalats an. Parre kann die Angriffe zurückschlagen, indem sie die Leiter der Angreifer umstößt und Vipern nach ihnen wirft. Später stürzt sie sich in den Abgrund und reißt dabei den Druiden mit in den Tod. Früher hatte sie Rulaman einmal prophezeit, er werde dereinst Anführer der Kalats werden. Was mit Ara und Obu geschieht, wird nicht erzählt. Aber da die alte Parre eines Nachts Kampfgeschrei aus der Tulkahöhle hört, muss man annehmen, dass auch sie von den Kalats getötet worden sind.[2])

Der Werwolf in Tumlingen

Sein Urgroßvater war von 1688–1700 Pfarrer des Dorfes Tumlingen bei Dornstetten, heute ein Stadtteil von Waldachtal am Rand des württembergischen Schwarzwaldes.

Er erzählte seinen Nachkommen oft folgende als Beitrag zur Geschichte des langen fortdauernden Wahns der Werwölfe merkwürdige Geschichte, die sich in seiner Pfarrei zugetragen haben soll und deren Wahrheit er auch deswegen verbürgen konnte, obgleich er das Faktum mit anderen Augen als seine Bauern ansähe.

Aus dem Pferch im Ort wurden mehrmals eines der fettesten Schafe von einem Wolfe entwendet, der in der Abenddämmerung einbrach, den Schäfer nicht scheute und – was das auffallendste war, vom Dorfe herkam und mit seinem Raube wieder zum Dorfe eilte.

Der erschrockene Schäfer zeigte die Sache an, aber da war keiner, der über den gleich allgemein regen Glauben an Wolfsmenschen erhaben war und auf eine vernünftige Begegnung der Sache

---

[2]) https://de.wikipedia.org/wiki/Rulaman

gedacht hätte, als der herrschaftliche Jäger, der im Dorfe seinen Sitz hatte.

Dieser legte sich heimlich an mehreren Abenden auf die Lauer, und sah dann einen ihm wohlbekannten Bürger des Orts ankommen, unter einen auf dem Felde befindlichen Heuhaufen alle seine Kleider ablegen und dann zum Wolf werden, der auf den Pferch zulief.

Als nun ein leibhafter Wolf vom Dorfe heraus und auf den Pferch zukam, empfing ihn eine volle Ladung aus des Jägers Jagdbüchse. Verwundet entrann der Räuber, und gefährlich verwundet lag am anderen Morgen einer der Bürger des Orts in seinem Bette. Ob er wirklich an seinen Wunden gestorben ist und wie weit die Sache gerichtlich untersucht wurde, erinnere ich mich, weil ich mir bei den Erzählungen meines Großvaters in meiner jugendlichen Flüchtigkeit solche Nebenumstände damals noch nicht merken konnte.

Zur Mythologie 1047–1050, 3. Ausgabe 1854

Die schöne Lau vom Blautopf

Im Schwabenlande, auf der Alb, bei dem Städtlein Blaubeuren, dicht hinter dem alten Mönchskloster, sieht man nahe einer jähen Felsenwand den großen runden Kessel einer wundersamen Quelle, der Blautopf genannt. Gen Morgen sendet er ein Flüsschen aus, die Blau, welche der Donau zufällt. Dieser Teich ist einwärts wie ein tiefer Trichter, sein Wasser von Farbe ganz blau, sehr herrlich, mit Worten nicht wohl zu beschreiben; wenn man es aber schöpft, sieht es ganz hell in dem Gefäß.

Tief auf dem Grund des Bautopfs saß ehemals eine Wasserfrau mit langen Haaren. Ihr Leib war allenthalben wie eines schönen, natürlichen Weibes, dies eine ausgenommen, dass sie zwischen den Fingern und Zehen eine Schwimmhaut hatte, blütenweiß und zarter als ein Blatt vom Mohn. Im Städtlein ist noch heutzutage ein alter Bau, vormals ein Frauenkloster, hernach zu einer großen Wirtschaft eingerichtet, und hieß darum der Nonnenhof. Dort hing vor sechzig Jahren noch ein Bildnis dieses Wasserweibes, trotz Rauch und Alter noch wohl kenntlich in den Farben. Da hatte sie die Hände kreuzweis auf die Brust gelegt, ihr Angesicht sah weißlich, das Haupthaar schwarz, die Augen aber, welche sehr groß waren, leuchteten azurblau.

Der Blautopf bei Blaubeuren

Beim Volk hieß sie „die arge Lau im Topf", auch wohl „die schöne Lau" Gegen die Menschen erzeigte sie sich bald böse, bald gut. Zuzeiten, wenn sie im Unmut den Gumpen (Weier oder kleiner See) übergehen ließ, kam Stadt und Kloster in Gefahr, dann brachten ihr die Bürger in einem feierlichen Aufzug oftmals Geschenke, um sie zu begütigen. Das waren Gold- und Silbergeschirr, Becher, Schalen, kleine Messer und andre Dinge, dawider zwar, als einen heidnischen Gebrauch und Götzendienst, gegen das die Mönche redlich eiferten, bis derselbe auch endlich ganz abgestellt worden war. So feind darum die Wasserfrau dem Kloster war, geschah es doch nicht selten, wenn Pater Emeran die Orgel drüben schlug und kein Mensch in der Nähe war, dass sie am lichten Tag mit halbem Leib heraufkam und zuhorchte; dabei trug sie zuweilen einen Kranz von breiten Blättern auf dem Kopf und auch dergleichen um den Hals.

Ein frecher Hirtenjunge belauschte sie einmal in dem Gebüsch und rief: „Hei, Laubfrosch, git's guat Wetter?" Geschwinder als ein Blitz und giftiger als eine Otter fuhr sie heraus, ergriff den Knaben beim Schopf und riss ihn mit hinunter in eine ihrer nassen Kammern, wo sie den ohnmächtig gewordenen jämmerlich verschmachten und verfaulen lassen wollte. Bald aber kam er wieder zu sich, fand eine Tür und kam, über Stufen und Gänge, durch viele Gemächer in einen schönen Saal. Hier war es lieblich, glusam (stiller Charakter) mitten im Winter. In einer Ecke brannte, indem die Lau und ihre Dienerschaft schon schliefen, auf einem hohen Leuchter mit goldenen Vogelfüßen als Nachtlicht eine Ampel. Es stand viel köstlicher Hausrat an den Wänden herum, und diese waren samt dem Estrich ganz mit Teppichen staffiert, Bildweberei in allen Farben. Der Knabe nahm hurtig das Licht vom Stock herunter, sah sich in Eile um, was er noch sonst erwischen möchte, und griff aus einem Schrank etwas heraus, das steckte er in einen Beutel und der wurde mächtig schwer, deswegen dachte er, dass es Gold sei; lief dann und kam vor ein erzenes Pförtlein, das mochte in der Dicke gut zwo Fäuste sein, schob die Riegel zurück und stieg eine steinerne Treppe hinauf in unterschiedlichen Absätzen, bald links, bald wieder rechts, gewiss vierhundert Stufen, bis sie zuletzt ausgingen und er auf ungeräumte Klüfte stieß; da musste er das Licht zurücklassen und kletterte unter Gefahr seines Lebens noch eine Stunde lang im Finstern hin und her, dann kam er mit dem Kopf auf einmal aus der Erde an die Oberfläche.

Es war tief Nacht und dichter Wald umher. Als er nach vielem Irregehen endlich in der ersten Morgenhelle auf begehbare Pfade kam und von dem Felsen aus auf das Städtlein unterhalb blickte, verlangte ihn am Tag zu sehen, was in dem Beutel wäre; da war es weiter nichts als ein Stück Blei, ein schwerer Kegel, spannenlang, mit einem Öhr an seinem oberen Ende, weiß vor Alter. Im Zorn warf er den Plunder weg und ins Tal hinab, und sagte nachher weiter niemand von dem Raub, weil er sich dessen schämte. Doch kam von ihm die erste Kunde von der Wohnung der Wasserfrau unter die Leute.

Nun ist wichtig zu wissen, dass die schöne Lau nicht immer hier am Ort zu Hause war; vielmehr war sie, als eine Fürstentochter, und zwar, mütterlicherseits halbmenschlichen Geblüts, mit einem alten Donau-Wassermann am Schwarzen Meer vermählt. Ihr Mann verbannte sie, darum, weil sie nur tote Kinder gebar. Das aber kam wegen ihrer ständigen Traurigkeit, für die es keine besondere Ursache gab. Die Schwiegermutter hatte ihr geweissagt, sie möge eher nicht ein lebendes Kind bekommen, bis sie fünfmal von Herzen gelacht haben würde. Beim fünften Male müsste etwas sein, das dürfe sie nicht wissen und auch der alte Nix, ihr Vater, nicht.

Es wollte aber damit niemals glücken, soviel auch ihre Leute diesbezüglichen Fleiß anwendeten. Schließlich mochte sie der alte König nicht mehr an seinem Hofe leiden und sandte sie hierher an diesen Ort, unweit der oberen Donau, wo seine Schwester hauste.

Die Schwiegermutter hatte ihr zum Dienst und Zeitvertreib etliche Kammerzofen und Mägde mitgegeben, das waren muntere und kluge Mädchen, die auf Entenfüßen gingen (denn was von dem gemeinen Stamm der Wasserweiber ist, hat echte Entenfüße); die zogen sie, rein aus Langeweile, sechsmal des Tages anders an - denn außerhalb des Wassers ging sie in köstlichen Gewändern, aber barfuß. Sie erzählten sich ihre alten Geschichten und Mären, machten Musik, tanzten und scherzten vor ihr.

In jenem Saal, in dem der Hirtenbub gewesen ist, war der Fürstin ihr Gaden oder Schlafgemach, von dem eine Treppe in den Blautopf ging. Dort lag sie manchen lieben langen Tag und in mancher Sommernacht, der Kühlung wegen. Auch hatte sie allerlei lustige Tiere, wie Vögel, Küllhasen (Kaninchen) und Affen, vornehmlich aber einen possigen Zwerg, durch welchen vormals einem Oheim (Bruder der Mutter) der Fürstin von ebensolcher Traurigkeit geholfen worden war.

Sie spielte alle Abend Damenziehen, Schachzagel (Schachspiel) oder Schaf und Wolf mit ihm; sooft er einen ungeschickten Zug getan, schnitt er alle Arten von Grimassen, keines dem andern gleich, nein, immer eines ärger als das andere, dass auch der weise Salomo das Lachen nicht hätte unterdrücken können, geschweige denn die Kammerjungfern oder du selber, liebe Leserin, wärst du dabei gewesen; nur bei der schönen Lau schlug eben gar nichts an, kaum, dass sie ein paarmal den Mund verzog.

Es kamen alle Jahre zum Winteranfang Boten von daheim, die klopften mit dem Hammer an der Halle und die Jungfern frug:

„Wer pochet, dass einem das Herz erschrickt?"

Und jene sprachen:

„Der König schickt!

Gebt uns wahrhaftigen Bescheid,

Was Guts ihr habt geschafft die Zeit."

Und sie sagten:

„Wir haben die humorvollsten Lieder gesungen

Und haben feurige Tänze gesprungen,

Gewonnen war es um ein Haar!

Kommt, liebe Herren, übers Jahr."

So zogen sie wieder nach Haus. Die Frau war aber vor der Botschaft und darnach stets noch trauriger.

Im Nonnenhof war eine dicke Wirtin, Frau Betha Seysolffin, ein frohes Biederweib, christlich, leutselig, gütig; zumal an armen reisenden Gesellen bewies sie sich als eine rechte Fremdenmutter. Die Wirtschaft führte zumeist ihr ältester Sohn, Stephan, welcher verehlicht war; ein anderer, Xaver, war Klosterkoch, zwei Töchter war noch bei ihr. Sie hatte einen kleinen Küchengarten vor der Stadt und nahe Blautopf. Nachdem sie im Frühjahr einst am ersten warmen Tag dort war und ihre Beete richtete, den Kappis (Kohl), den Salat zu säen, Bohnen und Zwiebel zu stecken, besah sie sich neugierig und mit rechtem Wohlgefallen wieder das schöne blaue Wasser überm Zaun, mit Verdruss aber daneben einen alten garstigen Schutthügel. Dieser schändete das Bild und den sonst schönen Ort. Sie nahm also, als sie mit ihrer Arbeit fertig war und das Gartentürlein hinter sich zugemacht hatte, die Hacke noch einmal, riss flink das gröbste Unkraut aus, erlas etliche Kürbiskerne aus ihrem Samenkorb und steckte hin und wieder einen in den Haufen. Der Abt im Kloster, der die Wirtin, als eine saubere Frau gern sah - man hätte sie nicht über vierzig Jahr geschätzt, er selber aber war gleich ihr ein starkbeleibter Herr - stand just am Fenster oben und grüßte herüber, indem er mit dem Finger drohte, als halte er sie zu seiner Widersacherin. Die Wüstung grünte nun den ganzen Sommer, dass es eine Freude war, und dann hingen im Herbst große gelbe Kürbisse an dem Abhang bis hinunter an den Teich.

Jetzt ging einstmals der Wirtin Tochter, Jutta, in den Keller, woselbst sich noch von alten Zeiten her ein offener Brunnen mit einem steinernen Kasten befand. Beim Schein des Lichts erblickte sie darinnen mit Entsetzen die schöne Lau, schwebend bis an die Brust im Wasser. Voller Angst rannte sie davon und sagte es der Mutter; die fürchtete sich aber nicht und stieg allein hinunter. Sie duldete auch nicht, dass ihr der Sohn zum Schutz nachfolgte, weil das Weib im Brunnen nackt war. Der wunderliche Gast sprach diesen Gruß:

"Die Wasserfrau ist kommen
Gekrochen und geschwommen,
Durch Gänge steinig, wüst und kraus,
Zur Wirtin in das Nonnenhaus.
Sie hat sich meinethalben gebückt,
Mein' Topf geschmückt
Mit Früchten und mit Ranken,
Das muss ich ihr danken."

Sie hatte einen Kreisel aus wasserhellem Stein in ihrer Hand, den gab sie der Wirtin und sagte: "nehmt dieses Spielzeug, liebe Frau, zu meinem Angedenken. Ihr werdet guten Nutzen davon haben. Denn kürzlich habe ich gehört, wie ihr in eurem Garten der Nachbarin klagtet, euch sei schon auf die Kirchweih Angst, an der immer die Bürger und Bauern in Streit gerieten und Mord und Totschlag zu befürchten sei. Aus diesem Grund, liebe Frau, wenn wieder die betrunkenen Gäste bei Tanz und Zeche Streit beginnen, nehmt den

Topf mit dem Kreisel zur Hand und dreht ihn vor der Tür des Saals im Öhrn (Hausflur), das wird man im ganzen Haus hören als ein mächtiges Getöne, sodass alle gleich die Fäuste werden sinken lassen und guter Dinge sind, denn augenblicklich ist jeder wieder nüchtern und gescheit geworden. Ist es dann so, müsst ihr nur eure Schürze auf den Topf werden, da wickelt sich der Kreisel alsbald ein und lieget wieder still."

So redete die Wassernixe. Frau Betha nahm vergnügt das Kleinod samt der goldenen Schnur und dem Halter von Ebenholz, rief ihre Tochter Jutta herbei, die stand nur hinter dem Kratzfuß an der Treppe, zeigte ihr das Geschenk, dankte und lud die Frau, so oft die Zeit ihr langweilig wäre, freundlich zu einem weiteren Besuch ein. Darauf verschwand das Weib und fuhr hinab in ihr Reich.

Es dauerte auch nicht lange, dann wurde offenbar, welchen Schatz die Wirtschaft an dem Topfkreisel gewonnen hatte. Denn nicht allein, dass er durch seine Kraft und hohe Tugend die üblen Händel allezeit in einer Kürze dämpfte, er brachte auch dem Gasthaus bald erstaunlichen Zulauf zuwege.

Wer in die Gegend kam, ob einfache oder vornehme Person, ging ihm zulieb dorthin. Insonderheit kam bald auch der Graf von Helfenstein, von Württemberg und etliche große Prälaten; ja sogar ein berühmter Herzog aus dem Lombardenland, der bei dem Herzoge von Bayern zu Gast war und auf dem Weg nach Frankreich reiste. Dieser bot vieles Geld für das gute Stück, wenn es die Wirtin ihm überlassen würde. Gewiss auch war in keinem anderen Land seinesgleichen zu sehen oder zu hören.

Erst, wenn er anfing sich zu drehen, ging es doucement (sanft) her, dann klang es stärker und stärker, so hoch wie tief, und immer herrlicher, als wie der Schall von vielen Pfeifen, der quoll und stieg durch alle Stockwerke bis unter das Dach und bis in den Keller, dergestalt, dass alle Wände, Dielen, Säulen und Geländer davon erfüllt zu sein schienen, zu tönen und zu schwellen. Doch wenn ein Tuch auf ihn geworfen wurde und der Kreisel ruhig lag, hörte gleichwohl die Musik so bald immer noch nicht auf, es zog vielmehr der ausgeladene Schwall mit starkem Klingen, Dröhnen, Summen noch wohl bei einer Viertelstunde als Echo hin und her.

Bei uns im Schwabenland heißt so ein Kreisel Topf aus Holz gemeinhin eine Habergeis (hüpfende Person). Aber der Frau Betha ihrer ward nach seinen vornehmsten Geschäften insgemein der Bauren-Schwaiger (Kreisel) genannt, denn er war aus einem großen Amethyst gemacht, dessen Name besagen will: „wider den Trunk, weil er den schweren Dunst des Weins geschwinde aus dem Kopf vertreibt, ja schon von Anbeginn dawider tut, dass einen guten Zecher das Selige berühre; darum ihn auch weltlich und geistliche Herren sonst häufig pflegten, einen Ring mit dem Amethyst am Finger zu tragen."

Die Wasserfrau kam jeden Mond einmal, auch je und je unverhofft zwischen der Zeit, weshalb die Wirtin eine Schelle oben im Haus anbringen ließ, mit einem Draht, der lief herunter an der Wand beim Brunnen, damit sie sich alsbald anzeigen konnte. Also ward sie je mehr und mehr zutunlich (freundlich) zu den wackeren Frauen, der Mutter, samt deren Töchter und der Söhnerin (Schwiegertochter).

Es war einstmals an einem Nachmittag im Sommer, da eben keine Gäste da waren, da ist der Sohn mit den Knechten und Mägden hinaus in das Heu gefahren, dich die Frau Betha ließ mit der Ältesten im Keller den Wein ab, da mag die Lau im Brunnen Kurzweil gehabt haben und sah neugierig diesem Geschäft zu. Die Frauen plauderten erst ein wenig mit ihr, dann wollte die Wirtin von ihr wissen: „Mögt ihr euch denn nicht einmal in meinem Haus und Hof umsehen? Die Jutta könnte euch auch von ihren Kleidern etwas geben; ihr seid von der gleichen Größe." „Ja"«, sagte die Lau, „ich wollte schon lange gerne einmal eine Wohnung der Menschen sehen und schauen, was alles sie darin tun, spinnen, weben, angleichen, auch wie eure Töchter Hochzeit machen und ihre kleinen Kinder in der Wiege schwenken."

Da lief die Tochter fröhlich und mit Eile hinauf, ein reines Leintuch zu holen. Das brachte sie alsbald und half der Lau aus dem Kasten steigen. Das tat sie mit viel Mühe und lachenden Mundes. Flugs schlug ihr die Tochter das Tuch um den Leib und führte sie an ihrer Hand eine schmale Stiege hinauf in der hintersten Ecke des Kellers, da man durch eine Falltür gleich in die Kammer der Töchter gelangte. Zunächst ließ sie sich trockenreiben, saß dann auf einem Stuhl, damit ihr die Jutta auch die Füße trocknen konnte. Wie diese ihr nun an die Fußsohle kam, fuhr sie zurück und kicherte.

„War das nicht gelacht?", frug sie selbst sogleich.

„Nichts anderes?", rief das Mädchen und jauchzte: „gebenedeit sei uns der Tag, es ist ein erstes Mal geglückt."

Die Wirtin hörte in der Küche das Gelächter und die Freude, kam herein, begierig zu wissen, wie es zugegangen ist. Doch als sie die Ursache hörte, dachte sie: „du armer Tropf, das wird ja schwerlich gelten." Sie ließ sich indes nichts merken, und Jutte nahm etliche Kleider aus dem Schrank, das Beste, was sie hatte, um damit die neue Freundin zu kleiden. „Seht", sagte die Mutter: „sie will wohl aus euch eine Susann Preisnestel (aufgeputztes Mädchen) machen."

„Nein, nein" rief die Lau in ihrer Fröhlichkeit, „lasst mich ein Aschenputtel sein in deinem Märchen", nahm einen schlechten runden Faltenrock und eine Jacke; nicht Schuh noch Strümpfe litt sie an den Füßen, auch hingen ihre Haare ungezöpft (mit offenem Haar) bis auf die Knöchel nieder.

So strich sie durch das Haus von unten bis zu oberst, durch Küche, Stuben und Gemächer. Sie verwunderte sich der vielen Gerätschaften und ihres Gebrauchs, besah den rein gefegten Schenktisch und darüber in langen Reihen die zinnenen Kannen und Gläser, alle gleich gestürzt, mit hängendem Deckel, dazu den kupfernen Schwenkkessel samt der Bürste und mitten in der Stube an der Decke der Weber Zunftfahne mit Seidenband und Silberdraht geziert, in einem Kästlein aus Glas.

Plötzlich erblickte sie ihr eigen Bild im Spiegel, blieb betroffen davorstehen und erstarrte eine ganze Weile. Als darauf die Söhnerin (Schwiegertochter) sie mit in ihre Stube nahm und ihr einen neuen kleinen Spiegel, drei Groschen wert, verehrte, da meinte sie ein

Wunder zu erleben; denn unter allen ihren Schätzen fand sich nichts dergleichen.

Bevor sie aber Abschied nahm, geschah es, dass sie hinter den Vorhang des Alkovens (Bettschrank) schaute, woselbst der jungen Frau und ihres Mannes Schlafstätte, sowie der Kinder ihrer war. Dort saß ein Enkelkind mit rotgeschlafenen Backen, hemdig und einen Apfel in der Hand, auf einem runden Stühlchen von guter Ulmer Hafnerarbeit, grünverglaset (Potschamber – Nachttopf). Das gefiel dem Gast außerordentlich, sie nannte es einen zierlichen Sitz, rümpfte aber die Nase dabei. Da die drei Frauen begannen zu lachen, vermerkte sie es und fing auch hell zu lachen an. Die ehrliche Wirtin hielt sich den Bauch, indem sie sprach: „diesmal fürwahr hat es gegolten, und Gott schenk' euch auch so einen frischen Buben, als mein Hans das ist."

Die Nacht darauf, an dem sich das zugetragen hatte, legte sich die schöne Lau getrost und wohlgemut, wie schon in langen Jahren nicht mehr, im Grund des Blautopfs nieder, schlief gleich ein, und bald erschien ihr ein närrischer Traum.

Ihr kam es so vor, als dass es die Stunde nach Mittag ist, wo in der heißen Jahreszeit die Leute auf der Wiese sind und mähen, die Mönche aber sich in ihren kühlen Zellen eine Ruhepause machen, daher es noch einmal so still im ganzen Kloster und rings um seine Mauern war. Es ging es aber nicht lange und der Abt kam herausspaziert, um zu sehen, ob nicht etwa die Wirtin in ihrem Garten sei.

Dieselbe aber saß als eine dicke Wasserfrau mit langen Haaren im Blautopf, in der sie der Abt bald entdeckte, begrüßte und ihr einen Kuss gab, so mächtig, dass es vom Klosterturm nur so widerschallte, und schallte es auch der Turm ans Refektorium, das sagt' es der Kirche, und die sagt's dem Pferdstall, und der sagt's dem Fischhaus, und das sagt's dem Waschhaus, und im Waschhaus da riefen's die Zuber und Kübel sich zu.

Der Abt erschrak bei solchem Lärm; ihm war, wie er sich so nach der Wirtin bückte, ist ihm sein Käpplein in den Blautopf gefallen; sie gab es ihm geschwind zurück und er watschelte hurtig davon.

Da kam aus dem Kloster auch unser Herrgott heraus, um zu sehen, was es gebe. Er hatte einen langen weißen Bart und einen roten Rock und frug den Abt, der ihm just in die Hände lief:

„Herr Abt, wie wurde denn euer Käpplein so nass?"

Dieser antwortete:

„Es ist mir ein Wildschwein am Wald verkommen, vor dem hab' ich Reißaus genommen; ich rannte sehr und schwitzte bass (sehr gut), davon ward wohl mein Käpplein nass."

Da hob unser Herrgott unwirs (ungehalten) ob der Lüge, seinen Finger auf, winkte ihm und ging voran, dem Kloster zu. Der Abt sah hehlings (heimlich) sich noch einmal nach der Frau Wirtin um, und diese rief: „ach liebe Zeit, ach liebe Zeit, jetzt kommt der gut' alt' Herr in die Prison (Gefängnis)."

Dies war der schönen Lau ihr Traum. Sie wusste aber beim Erwachen und spürte es noch an ihrem Herzen, dass sie im Schlaf sehr gelacht hatte, und ihr hüpfte auch wachend noch die Brust, dass der Blautopf oben Ringlein schlug.

Weil es den Tag zuvor sehr schwül war, kam ein Gewitter auf, es blitzte jetzt in der Nacht. Der Schein erhellte den Blautopf völlig und da spürten sie auch am Grund, dass es weit weg donnere. So blieb sie mit zufriedenem Gemüte noch eine Weile ruhen, den Kopf in ihre Hand gestützt, und sah dem Wetterleuchten zu. Danach stieg sie auf, zu sehen, ob der Morgen etwa gekommen wäre. Allein es war noch nicht viel über Mitternacht. Der Mond stand glatt und schön über dem Rusenschloß (minderbedeutende Burg) und die Lüfte waren voll vom Würzgeruch der Mahden (gemähte Wiesen).

Sie meinte fast, nicht die Geduld zu haben, bis zur Stunde, wo sie im Nonnenhof ihr neues Glück verkünden durfte, ja es fehlte wenig und sie hätte sich jetzt mitten in der Nacht aufgemacht, um vor Juttas Türe zu kommen (wie sie es einmal, des Trostes wegen, in übergroßem Jammer nach der jüngsten Botschaft aus der Heimat getan hatte), doch sie besann sich anders und tat es zu einer günstigeren Zeit. Frau Betha hörte ihren Traum gutmütig an, obwohl er ihr ein wenig ehrenrührig schien. Bedenklich aber sagte sie darauf: „Baut nicht auf solches Lachen, das im Schlaf geschah; der Teufel ist ein Schelm. Wenn ihr auf solches Trugwerk hin die Boten mit der fröhlichen Botschaft entließet, und die Zukunft strafte euch dann Lügen, könnte es euch schlimm daheim ergehen."

Auf diese ihre Rede ließ die schöne Lau die Mundwinkel hängen und sagte: „Frau Ahne hat der Traum verdrossen", nahm kleinlauten Abschied und tauchte hinunter.

Es war um die Mittagszeit und der Pater Schaffner rief im Kloster dem Bruder Kellermeister zu: „Ich merke, es tut sich etwas im Gumpen, die Arge will euch wohl eure Fass wieder einmal schwimmen lehren. Tut schnell eure Läden schließen, vermacht alles wohl."

Nun aber war des Klosters Koch, der Wirtin Sohn, ein lustiger Vogel, welchen die Lau wohl leiden mochte. Der gedachte ihren Jäst (Zorn) mit einem Scherz zu stillen, lief nach seiner Kammer, zog die Bettscher' aus der Lagerstätte und steckte sie am Blautopf in den Rasen, dort, wo das Wasser auszutreten pflegte, und stellte sich mit Worten und Gebärden als einen viel getreuen Diener an, der mächtig Ängste hätte, dass seine Herrschaft aus dem Bette fallen und etwa Schaden nehmen möchte. Da sie nun sah das Holz so recht mit Fleiß gesteckt und über das Bächlein gespreizt, kam ihr in ihrem Zorn das Lachen an, und sie lachte so überlaut, dass man es im Klostergarten noch hörte.

Als sie hierauf am Abend zu den Frauen kam, da wussten sie es schon vom Koch und wünschten ihr mit tausend Freuden Glück. Die Wirtin sagte: „der Xaver ist von Kindesbeinen an wie ein Zuberklaus gewesen, jetzt kommt uns seine Torheit zustatten."

Nun aber ging ein Monat nach dem andern herum, es wollte sich zum dritten- oder vierten Mal nicht wieder schicken. Martini war vorbei, noch wenig Wochen, und die Boten standen wieder vor der Tür. Da ward es den guten Wirtsleuten selbst bang, ob heuer noch etwas zustande käme, und alle versuchten zu tröst. Je größer deren Angst, war je weniger war zu hoffen.

Damit sie ihres Kummers eher vergesse, lud sie Frau Betha zu einer Lichtkerzenrunde ein, da nach dem Abendessen ein halbes Dutzend muntere Dirnen und Weiber aus der Verwandtschaft in einer abgelegenen Stube zusammenkamen. Die Lau kam jeden Abend in Juttas altem Rock und Kittel dazu und ließ sich weit vom warmen Ofen weg in einem Winkel auf den Boden nieder und hörte dem Geplauder von Anfang an als ein stummer Gast zu. Bald wurde sie aber zutraulich und mit allen bekannt. Um ihretwillen machte sich Frau Betha eines Abends die Mühe, ihr Weihnachtskripplein für die Enkel beizeiten herzurichten: die Mutter Gottes mit dem Kind im Stall, bei ihr die drei Weisen aus Morgenland, ein jeder mit seinem Kamel, darauf er hergereist kam und seine Gaben brachte. Dies alles aufzuputzen und das zu leimen, was etwa lotter (locker) geworden war erforderte viel Fleiß. Die Frau Wirtin saß am Tisch beim Licht und mit ihrer Brille, die Wasserfrau mit fröhlichem Ergötzen sah ihr interessiert zu. Nebenbei vernahm sie gerne, was ihr dabei von heiligen Geschichten erzählt wurde, doch nicht, dass sie dieselben dem rechten Verstand auch begriffen oder zu Herzen genommen hätte, so wie die Wirtin es wollte.

Frau Betha wusste ferner viele lehrreichen Fabeln und Denkreime, auch spitzweise (spitzfindig) Fragen und Rätsel; die gab sie nacheinander zu raten, weil sonderlich die Wasserfrau von Hause aus dergleichen liebte und immer gar zufrieden schien, wenn sie es ein und das andre Mal traf (das doch nicht allzu leicht geriet). Eines derselben gefiel ihr vor allen, und was damit gemeint ist, nannte sie ohne Besinnen:

> „Ich bin eine dürre Königin,
> Trag' auf dem Haupt eine zierliche Kron',
> Und die mir dienen mit treuem Sinn,
> Die haben großen Lohn.
> Meine Frauen müssen mich schön frisiern,
> Erzählen mir Märlein ohne Zahl,

Sie lassen kein einzig Haar an mir,
Doch siehst du mich nimmer kahl.
Spazieren fahr' ich frank und frei,
Das geht so rasch, das geht so fein;
Nur komm' ich nicht vom Platz dabei.
Sagt, Leute, was mag das sein?"

Darüber sagte sie, etwas fröhlicher denn zuvor: „wenn ich dereinstens wieder in meiner Heimat bin und kommt einmal ein schwäbisch Landeskind, zumal aus eurer Stadt, auf einer Kriegsfahrt oder sonst durch der Walachen Land an unsere Gestade, so ruf' er mich bei Namen, dort wo der Strom am breitesten hineingeht in das Meer. Etwa zehn Meilen einwärts in dieselbe See erstreckt sich meines Mannes Reich, soweit das süße Wasser sie mit seiner Farbe färbt. Dann will ich kommen und dem Fremdling zu Rat und Hilfe sein. Damit er aber sicher sei, ob ich es bin und keine andere, die ihm schaden möchte, so stelle er dies Rätsel. Niemand aus unserem Geschlechte außer mir wird ihm darauf antworten, denn dortzulande sind solche Rocken und Rädlein, als ihr in Schwaben führet, nicht gesehn, noch kennen sie dort eure Sprache; darum mag dies die Losung sein."

Auf einen anderen Abend ward erzählt vom Doktor Veylland und Herrn Konrad von Württemberg, dem alten Gaugrafen, in dessen Tagen es noch keine Stadt mit dem Namen Stuttgart gab. Im Wiesental, da wo dieselbe später entstand, gab es nur ein stattliches Schloss mit Wassergraben und Zugbrücke, von Bruno, dem Domherrn von Speyer, Konradens Oheim, erbaut, und nicht gar weit davon ein hohes steinernes Haus.

In diesem wohnte einst ganz allein ein sonderlicher Mann mit einem alten Diener, der war in natürlicher Kunst und in Arzneikunst sehr gelehrt und mit seinem Herrn, dem Grafen, weit schon in der Welt herumgereist, in heißen Ländern, von wo er manche Seltsamkeit an Tieren, vielerlei Gewächsen und Meerwundern heraus nach Schwaben brachte. In seinem Öhrn (Flur) sah man eine Menge fremder Sachen an den Wänden herumhängen, so die Haut vom

Krokodil, Schlangen und fliegende Fische. Fast alle Wochen kam der Graf einmal zu ihm; mit anderen Leuten pflegte er aber wenig Gemeinschaft. Man behauptete, er mache Gold; gewiss ist, dass er sich unsichtbar machen konnte, denn er verwahrte unter seinem Kram einen Krakenfischzahn. Einst nämlich, als er auf dem Roten Meer das Bleilot niederließ, die Tiefe zu erforschen, da zuckte es unter Wasser, dass das Tau fast riss. Es hatte sich ein Krakenfisch (Tintenfisch - Oktopus) im Lot verbissen und zwei seiner Zähne drin gelassen hat. Sie sind spitz wie eine Schusterahle und glänzend schwarz. Der eine stak sehr fest, der andre ließ sich leicht ausziehen. Da nun ein solcher Zahn, etwa in Silber oder Gold gefasst und bei sich getragen, besagte hohe Kraft besitzt und zu den größten Gütern, die man für Geld nicht kaufen kann, gehört, der Doktor aber dafürhielt, es zieme eine solche Gabe niemand besser als einem weisen und wohldenkenden Gebieter, damit er überall, in seinen eigenen und Feindes Landen, sein Ohr und Auge habe, so gab er einen dieser Zähne seinem Grafen, wie er dies ohnedies schuldig war. Von diesem Tage an erzeigte sich der Graf dem Doktor gnädiger als allen seinen Edelleuten oder Räten und hielt ihn recht als seinen lieben Freund. Er überließ ihm auch gern und ohne Neid das Lot, in dem noch der andere Zahn steckte, doch unter dem Gelöbnis, sich dessen ohne Not nicht zu bedienen, auch ihm es vor seinem Ableben entweder wieder ihm, dem Grafen, erblich zu verlassen oder auf eine geeignete Weise vor der Welt zu verstecken oder endgültig zu vertilgen. Der edle Graf starb aber zwei Jahre eher als der Doktor Veylland und hinterließ das Kleinod nicht seinen Söhnen. Man ist der Meinung, er hab es mit in das Grab genommen oder sonst verborgen.

Wie nun der Doktor auch am Sterben lag, so rief er seinen treuen Diener Kurt zu ihm ans Bett und sagte: „Lieber Kurt, es geht diese Nacht mit mir zum Ende, so will ich dir noch für deine guten Dienste danken und etliche Dinge befehlen. Dort bei den Büchern, in dem untersten Fach in der Ecke, das liegt ein Beutel mit hundert Imperialen (Geldeinheit), den nimm sogleich zu dir; du wirst auf

Lebenszeit genug daran haben. Zum zweiten, das alte geschriebene Buch in dem Kästlein verbrenne jetzt vor meinen Augen hier in dem Kamin. Zum dritten findest du ein Bleilot dort, das nimm, verbirg's bei deinen Sachen, und wenn du aus dem Hause gehst in deine Heimat, gen Blaubeuren, lasse es dein erstes sein, dass du es in den Blautopf wirfst."

Hiermit war er darauf bedacht, dass es, ohne Gottes besondere Fügung, in ewigen Zeiten nicht mehr in irgendeines Menschen Hände komme. Denn damals hatte sich die Lau noch nie im Blautopf blicken lassen und man hielt den See für unergründlich.

Nachdem der gute Diener alles teils auf der Stelle ausgerichtet, teils versprochen hatte, nahm er mit Tränen Abschied von dem Doktor, welcher noch vor Ende des Tages das Zeitliche gesegnete.

Nachdem danach eine Gerichtsperson kam und allen kleinen Besitz aufnahm und versiegelte, da hatte Kurt das Bleilot zwar beiseitegebracht, den Beutel aber nicht versteckt, denn er war nicht von den Schlauesten. Somit musste er den dort belassen und bekam keinen Deut davon, und kaum, dass die schnöden Erben ihm den Jahreslohn noch ausbezahlten.

Ein solches Unglück ahnte ihm schon, als er, auch ohnedem betrübt genug, mit seinem Bündel in seiner Vaterstadt einzog. Jetzt dachte er an nichts, als seines Herrn Befehl vor allen Dingen zu vollziehen. Weil er seit dreiundzwanzig Jahren nicht mehr dort gewesen war, kannte er die Leute nicht, die ihm begegneten, und da er gleichwohl einem und dem andern Guten Abend wünschte, gab's ihm niemand zurück. Die Leute schauten sich, wenn er vorüber kam, verwundert um, wer denn gegrüßt werden wollte, denn niemand konnte den Mann sehen. Dies kam daher, weil ihm das Lot in seinem Bündel auf der linken Seite hing. Ein anderes Mal, wenn er es rechts trug, wurde er von allen gesehen. Er aber sprach zu sich selbst: „zu meiner Zeit sind dia Blaubeuramar so grob ett gwä."

Beim Blautopf fand er seinen Vetter, den Seilermeister, mit seinem Sohn bei der Arbeit, indem er längs der Klostermauer, rückwärtsgehend, Werg aus seiner Schürze spann, und der Sohn drehte die Schnur mit dem Rad. „Gott grüaß di, Vetter Seiler", rief der Kurt und klopfte ihm auf die Achsel. Der Meister sah sich verdutzt um und erbleicht ließ er seine Arbeit aus den Händen fallen und lief davon, so schnell seine Beine ihn trugen. Da lachte Kurt und sagte erstaunt:

„Der denkt, mei' Seel, i wandele als Geist. D'Leut hant g'wiß mi für tot hia g'sagt, anstatt meines Herra – do legsch di nieder."

Jetzt ging er zu dem Teich, knüpfte sein Bündel auf und zog das Lot heraus. Da fiel ihm ein, er möchte doch auch wissen, ob es wahr sei, dass der Gumpen keinen Grund noch Boden habe. Er war auch ein wenig ein Spiriguckes (Wunderfiz), so wie es sein Herr gewesen ist. Da er zuvor in des Seilers Korb drei große starke Schnürbünde hatte liegen sehen, holte er diese heraus und band das Lot an den einen. Es lagen gleichzeitig auch eine Menge frischgebohrte Teichel (Wasserröhren) im Wasser, die bis zur Mitte des Sees reichten. Darauf konnte er sicher Platz nehmen und ließ er das Gewicht hinunter, indem er immer ein Stück Schnur an seinem ausgestreckten Arm abmaß, drei solcher Längen auf ein Klafter rechnete und laut abzählte: „ 1 Klafter, 2 Klafter und so weiter" Bei zehn ging der erste Schnurbund aus und er musste den zweiten an das Ende knüpfen, maß wiederum ab und zählte bis auf zwanzig. Da war auch der andere Schnurbund am Ende. „Heidaguguk, ist dees a Tiafe", und band den dritten an und fuhr fort mit dem Zählen. „Höll-Element, mei' Arm will nimme, jetzt guat Nacht, 's messe hot a End. Do heißt's halt, mir nex, dir nex, rappede kappede, so isch usganga." Er schlang die Schnur, bevor er aufzog, um das Holz, auf dem er stand, um ein wenig zu verschnaufen und urteilte bei sich: „der Topf ist währle bodalaus (wirklich bodenlos)."

Indem eine der Spinnerinnen diesen Schwank erzählte, tat die Wirtin einen schlauen Blick zur Lau hinüber, welche lächelte; denn freilich wusste sie am besten, wie es gegangen war mit dieser Messerei; doch sagten beide nichts.

Die schöne Lau lag jenen Nachmittag in der Tiefe auf dem Sand und ihr zu Füßen, ruhte die Kammerjungfer Aleila, die ihr die liebste war.

Diese beschnitte ihr in guter Ruh die Zehen mit einer goldenen Schere, wie es von Zeit zu Zeit nötig war.

Da kam langsam aus der klaren Höh' ein schwarzes Ding hernieder, das aussah wie ein Kegel, und im Anfang beide sehr verwunderten, bis sie erkannten, was es sei. Wie nun das Lot mit neunzig Schuh den Boden berührte, ergriff die scherzlustige Zofe die Schnur und zog gemach mit beiden Händen, zog und zog, so lang, bis sie nicht mehr nachgab. Alsdann nahm sie geschwind die Schere und schnitt das Lot hinweg. Sie nahm eine dicke Zwiebel, die erst gestern in den Topf gefallen war und fast die Größe eines Kinderkopfes hatte, und den band sie an die Schnur, damit der Mann staunen würde, wenn er ein anderes Lot findet, als er es abgelassen hatte.

Derweil aber hatte die schöne Lau mit Freuden und Verwunderung den Krackenzahn im Blei entdeckt. Sie wusste um seine Kraft, und obwohl zwar sie für sich und die Wasserweiber oder -männer nicht viel darnach gefragt wurde, so gönnten sie den Menschen doch diesen großen Vorteil und Nutzen nicht, zumal sie das Meer und was sich darin findet von Anbeginn als ihre Pacht und Lehn beanspruchen.

Sie gedachte aber mit dieser besonderen Beute dereinst, wenn sie wieder einmal Hause wäre, beim alten Nix, ihrem Gemahl, Lobs zu bekommen. Doch wollte sie den Mann, der oben stund, nicht ohne Entgelt lassen. Sie nahm etwas von dem, was sie eben auf dem Leibe trug, nämlich die schöne Perlenschnur an ihrem Hals, schlang sie um die große Zwiebel, die gerade begann nach oben zu schweben. Das war der schönen Lau aber noch nicht genug. Sie hing zuteuerst (sogar) auch noch eine goldene Schere daran und sah mit hellem Aug', wie das Gewicht hochgezogen wurde. Die Zofe aber, neubegierig, wie sich die Menschen gebärden, stieg hinter dem Lot mit in die Höhe und weidete sich zwo Spannen unterhalb des Wasserspiegels an des Alten Schreck und seiner Verwirrung.

Zuletzt fuhr sie mit ihren beiden aufgehobenen Händen viermal in der Luft herum, die weißen Finger als zu einem Fächer ausgespreizt. Es waren aber schon zuvor auf des Vetters Seilers Geschrei viele

Leute aus der Stadt herausgekommen, die standen um den Blautopf herum und sahen dem Abenteuer zu, bis die grausigen Hände erschienen; da stob die Menge entsetzt von dannen.

Der alte Diener aber war von dieser Stunde an ganz sieben Tage irrsch (nicht recht bei Sinnen) im Kopf und er sah der Lau ihre Geschenke überhaupt nicht an, sondern blieb bei seinem Vetter hinterm Ofen sitzen. Tagsüber sprach er wohl hundertmal ein altes Sprüchlein vor sich hin, über das kein Gelehrter in ganz Schwabenland sagen konnte, woher und wie oder wann erstmals es unter die Leute gekommen ist. Denn von ihm selbst hatte es der Alte nicht. Den Spruch gab man schon lange vor seiner Zeit, gleichwie noch heutigentags, den Kindern scherzweis auf, wer es ganz hurtig nacheinander ohne Fehler am öftesten hersagen könne. Sie Worte lauten: „'s leit a Klötzle Blei glei bei Blaubeura, glei bei Blaubeura leit a Klötzle Blei."

Die Wirtin nannt' es einen rechten Leirenbendel (langweiliges Einerlei) und sagte: „wer hätte auch den mindesten Verstand da drin gesucht, geschweige eine Prophezeiung."

Als endlich der Kurt am siebten Tag seinen rechten Verstand wieder hatte und ihm der Vetter die kostbaren Sachen zeigte, die sein rechtliches Eigentum wären, da schmunzelte er doch, tat alles in einen sicheren Verschluss und ging zum Seiler, um Rat zu fragen, was er damit anfangen soll. Sie achteten alle es für das Beste, er soll mit Perlen und Schere gen Stuttgart fahren, wo eben Graf Ludwig sein Hoflager hatte, und dort es zum Kauf anbieten. So tat er es dann auch.

Der hohe Herr war auch nicht zögerlich und gleich bereit, diese seltene Zier nach Schätzung eines Meisters für seine Frau zu nehmen; nur als er von dem Alten hörte, wie er dazu gekommen ist, fuhr er auf und drehte sich voll Ärger auf dem Absatz um, im Wissen, dass ihm der Wunderzahn verloren sei. Ihm war vordem etwas von diesem kund geworden, und er hatte dem Doktor, bald nach seines Vaters Tod sehr darum geforscht, doch es war nun umsonst.

Dieses war nun eine weitere Geschichte, über die damals die Spinnerinnen plauderten. Doch ihnen war das Beste daran unbekannt. Eine Gevatterin, die auch bei ihnen saß, hätte noch gar gern gehört, ob die schöne Lau das Lot wohl noch habe, auch was sie damit zu tun gedenke. Sie redete weiter darauf hin; da gab Frau Betha ihr nach ihrer Weise einen kleinen Stich und sprach zur Lau: „Ja, gell, jetzt macht Ihr euch bisweilen unsichtbar, geht umher in den Häusern und guckt den Weibern in die Töpfe, was sie zu Mittag kochen? Es ist eine schöne Sache, so ein Lot, für wunderwitzige Leute."

Inmitten der Frauen fing eine von ihnen an, halblaut das närrische Gesetzlein (Sprüchlein) herzusagen; die anderen taten es nach und jede wollt' es besser können, doch keine brachte es zum dritten oder vierten Mal glatt aus dem Mund; dadurch entstand viel Lachen. Zum letzten Mal musste es auch die schöne Lau probieren. Sie wurde rot bis an die Schläfe, doch hub sie an und klugerweise etwas langsamer: „'s leit a Klötzle Blei glei bei Blaubeuren."

Die Wirtin rief ihr zu, so sei es keine Kunst, es müsse wie geschmiert gehen. Da nahm die Lau einen neuen Anlauf, kam aber auch alsbald vom Pfad ins Stoppelfeld, fuhr buntüberecks (verkehrt) und wusste nimmer gicks noch gacks. Jetzt, wie man denken konnte, gab es lautes Gelächter in der Stube, das hättet ihr nur hören sollen, und mittendrin war der schönen Lau ihr Lachen zu hören, so hell wie ihre Zähne.

Doch unversehens, mitten in dieser Fröhlichkeit und Lust, entstand ein mächtiges Erschrecken. Der Sohn vom Haus, der Wirt, kam gerade mit dem Wagen von Sonderbuch heim und fand die Knechte verschlafen im Stall vor. Er sprang hastig die Stiege herauf, rief seine Mutter vor die Tür und sagte, dass es alle hören konnten: „Um Gottes willen, schickt die Lau nach Haus. Hört ihr denn nicht im Städtlein den Lärm? Der Blautopf läuft über, die untere Gasse ist schon unter Wasser, und in dem Berg am Gumpen ist ein Getöse und Rollen, als wenn bald die Sündflut käme."

Während er so sprach, schrie im Haus die Lau: „Das ist der König, mein Gemahl, und ich bin nicht daheim." Schon fiel sie ohnmächtig von ihrem Stuhl zu Boden, sodass die Stube zitterte. Der Sohn war wieder verschwunden, die Spinnerinnen liefen jammernd heim, die andern aber wussten nicht, was sie mit der armen Lau anfangen sollten, die wie tot da lag. Eine öffnete ihr das Kleid, eine anderes strich sie an, die dritte riss die Fenster auf, und doch schafften alle miteinander nichts.

Da streckte unverhofft der lustige Koch den Kopf zur Tür herein und sprach: „Ich habe es mir gedacht, dass sie bei euch wäre. Doch, wie ich sehe, geht's nicht allzu lustig her. Macht, dass die Ente in das Wasser kommt, so wird sie schwimmen." „Du hast gut reden", sagte die Mutter mit Beben: „hat man sie auch im Keller und im Brunnen, kann sie sich unten nicht den Hals abstürzen im Geklüft?" „Was im Keller", rief der Sohn: „Was Brunnen, das geht ja freilich nicht, lasst mich nur machen. Not kennt kein Gebot, ich trag' sie in den Blautopf." Und damit nahm er, der starke Kerl, die Wasserfrau auf seine Arme. „Komm, Jutta, nicht heulen, geh mir mit der Laterne voran." „In Gottes Namen", sagte die Wirtin, „doch nehmt den Weg hinten herum durch die Gärten, es wimmelt die Straße mit Leuten und ihren Lichtern." „Der Fischmensch hat sein Gewicht", sprach er im Gehen, schritt aber festen Tritts die Treppen abwärts, ging über den Hof und links und rechts, zwischen Hecken und Zäunen hindurch.

Am Gumpen, dem Blautopf, fanden sie das Wasser schon merklich gefallen, gewahrten aber nicht, wie die drei Zofen, mit den Köpfen dicht unter dem Wasserspiegel, ängstig hin und wieder schwammen, nach ihrer Herrin Ausschau halten. Das Mädchen stellte die Laterne ab, der Koch entledigte sich seiner Last, indem er sie behutsam mit dem Rücken an den Kürbishügel lehnte. Da raunte ihm sein Schalk ins Ohr: „Wenn du sie küsstest, freut dich's dein Leben lang, du könntest doch sagen, dass du einmal eine Wasserfrau geküsst hast." Aber eh' er es recht dachte, war's auch schon geschehen. Ein Wasserstrahl aus dem Topf löschte plötzlich das Licht aus und es wurde stockdunkel umher. Dabei tat es dann nicht anders, als wenn ein ganz halb Dutzend nasser Hände auf ein paar kernige Backen trafen und wo sie sonst hin trafen. Die Schwester rief: „Was gibt es denn?" „Maulschellen, heißt man's hier herum", sprach er, „Ich hätte nicht gedacht, dass sie am Schwarzen Meer sowas auch kennen würden. Während er dies sagte, stahl er sich schon eilends davon, doch weil von drüben am Kloster auf Mauern und Dächern und Wänden es von den Maulschellen widerhallte, stund er bestürzt, wusste nicht recht wohin, denn er glaubte den Feind vorn und hinten und allen Seiten umzingelt. Solch einer Witzung (Warnung) brauchte es, damit er sich nicht rühmen konnte, dass er die schöne Lau geküsst hatte, für sie unwissend zwar, doch zu ihrem Schutz.

Während dieses argen Lärms hörte man nun die Fürstin in ihrem Tiefschlaf so innig lachen, wie sie es damals im Traum getan hatte, als sie den Abt springen sah. Der Koch vernahm es noch von weitem, und ob er's schon auf sich zog und den Grund kannte, schloss er gern daraus, nicht weiter Last mehr mit der Frau haben zu wollen.

Bald kam auch die Jutte heim, die Kleider, den Rock und das Leibchen im Arm, das heute die schöne Lau zum letzten Mal getragen hatte. Von ihren Kammerjungfern, die sie im Blautopf in empfingen, erfuhr sie gleich zu ihrem großen Trost, dass der König noch nicht gekommen sei, doch dürfte es nicht mehr lange gehen, denn die große Wasserstraße sei schon sehr angefüllt. Dies nämlich war ein breiter hoher Felsenweg, tief unterhalb der menschlichen Wohnstätten, schön grad und eben mitten durch den Berg gezogen, gut zwei Meilen weit und geht bis an die Donau, wo des alten Nixen Schwester ihren Fürstensitz hatte.

Dieser waren viele Flüsse, Bäche, Quellen in diesem Gebiet zu nutzen; sie schwellten an, wenn der Auftrag an sie erging. Diese besagten Wasser stiegen in kurzer Zeit so hoch an, dass sie mit allem Seegetier, Meerrossen und Wagen befahren werden konnten. Dies geschah zu festlichen Gelegenheit zuweilen als ein schönes Spektakel mit vielen Fackeln und Musik mit Hörnern und Pauken.

Die Zofen eilten jetzt schnell mit ihrer Herrin in das Putzgemach, um sie zu salben, zu zöpfen und köstlich anzuziehen; das sie auch gern zuließ und selbst mithalf, denn in ihrem Innern fühlte sie, es seien nun die fünf Bedingungen erfüllt, davon der alte Nix und sie nicht wissen durfte.

Drei Stunden wohl, nachdem der Wächter Mitternacht gerufen hatte und im Nonnenhof schon alles schlief, erscholl die Kellerglocke zweimal mächtig, zum Zeichen, dass es Eile habe, und hurtig waren auch die Frauen und die Töchter auf dem Platz. Die Lau begrüßte sie wie sonst vom Brunnen aus, nur war diesmal ihr Gesicht von der Freude verschönt, und ihre Augen glänzten, wie man es bisher nie an ihr sehen konnte.

Sie sprach: „Wisst ihr, dass mein Ehegemahl um Mitternacht gekommen ist? Die Schwiegermutter hat es ihm im Voraus kürzlich verkündigt, dass sich in dieser Nacht mein gutes Glück vollenden soll. Darauf ist er ohne Säumen mit viel Geleit der Fürsten, seinem Onkel und meinem Bruder Synd und vielen weiteren Herren ausgezogen. Jetzt am Morgen reisen wir zurück. Der König ist mir hold und gnädig, so als wäre ich von heute an erst sein Gespons (seine Geliebte). Sie werden sich gleich vom Mahl erheben, sobald sie den Umtrunk gehalten haben. Ich aber schlich auf meine Kammer und danach hierher, um noch meine Gastfreunde zu grüßen und zu herzen. Ich sage Dank, Frau Ahne, liebe Jutta, euch Söhnerin und Jüngste dir. Grüßet die nicht zugegen sind, die Männer und die Mägde. In jedem dritten Jahr werdet ihr Botschaft von mir erhalten; auch mag es wohl geschehen, dass ich noch früher selber komme. Dann bring' ich auf diesen meinen Armen ein lebendes Merkmal mit (ein Kind), darum dass die Lau bei euch gelacht. Das wollen euch die Meinen allezeit danken, wie ich selbst es auch tue. Für jetzt, wisset, liebe Wirtin, ist mein Sinn, diesem Haus einen Segen zu stiften für viele seiner Gäste. Oft habe ich vernommen, wie ihr den armen wandernden Gesellen Gute getan habt, mit freier Kost und Herberge. Damit ihr solches weiterhin tun könnt und weitere Handreichungen, werdet ihr beim Brunnen hier einen steinernen

Krug voll guter Silbergroschen finden. Davon gebt nach Gutdünken weiter, ich will das Gefäß, bevor der letzte Pfennig ausgegeben ist, immer wieder füllen. Zudem will ich noch alle hundert Jahr fünf (denn dies ist meine holde Zahl) Glückstage stiften, mit unterschiedlichen Geschenken, also, dass, wer von den reisenden Gesellen als erster an dem Tag über eure Schwelle tritt, der mir das erste Lachen brachte, der soll ein besonderes Geschenk empfangen, aus eurer oder eurer Kinder Hand. Ein jeder, der diesen Preis gewinnt, gelobe aber, nicht Ort noch Zeit dieser Bescherung zu verraten. Ihr findet dieses Geschenk jedes Mal hier direkt beim Brunnen. Diese Stiftung, so wisset, mache ich für alle Zeit, solange ein Glied eures Stammes die auf der Wirtschaft betreibt."

Nach diesen Worten redete sie noch manches leise mit der Wirtin und sagte zuletzt: „Vergesset nicht das Lot, der kleine Schuster soll es nimmermehr bekommen." Da nahm sie nochmals Abschied und küsste eine jede Person.

Die beiden Frauen und die Mädchen weinten sehr. Sie steckte dann Jutten noch einen Fingerreif mit grünem Schmuckstein an und sprach dabei: „Ade, Jutta, wir haben zusammen besondere Holdschaft (Freundschaft) gehabt, die müsse fernerhin bestehen." Danach tauchte sie hinunter, winkte und verschwand.

In einer Nische hinter dem Brunnen fand sich tatsächlich der Krug samt den verheißenen Schätzen. Es war in der Mauer ein Loch mit eisernem Türlein eingebaut, von dem man bisher nichts wusste und auch nicht weiß, wohin es führt. Das stand jetzt offen und es war ersichtlich, dass die Sachen durch dienstbare Hand auf diesem Weg hergebracht worden sein musste, deshalb ist auch alles trocken geblieben. Dabei lag ein Würfelbecher aus Drachenhaut, mit goldenen Buckeln beschlagen, ein Dolch mit kostbar eingelegtem Griff, ein Weberschifflein aus Elfenbein, ein schönes Tuch von fremder Weberei und dergleichen mehr. Zusätzlich lag ein Kochlöffel aus Rosenholz mit langem Stiel dabei, von oben herab fein gemalt und vergoldet. Die Wirtin war angewiesen, den dem lustigen Koch zum Andenken zu geben. Auch keins der andern wurde vergessen.

Frau Betha hielt bis an ihr Lebensende die Ordnung der guten Lau heilig, und ihre Nachkommen nicht minder. Dass die schöne Lau später mit ihrem Kind im Nonnenhof zum Besuch erschienen ist, davon zwar steht nichts in dem alten Buch, das diese Geschichten berichtet, doch es kann gut sein. [3] Von Eduard Mörike

Die Sage vom Hirschgulden

Auf der Burg Zollern lebte ein grimmiger, stets mürrischer Graf, der kaum mehr sagte als: „weiß schon, dummes Zeug", es sei denn, er fluchte, und das tat er sehr oft.

Trotzdem liebte ihn seine Frau Hedwig, die durch ihr freundliches, mildtätiges Wesen vieles wieder gut machte, was sich ihrem Gemahl Schlechtes nachsagen ließ. Als sie ihm einen Sohn schenkte, beachtet er das Kind zunächst wenig, doch im Alter von drei Jahren machte er mit dem kleinen Kuno einen ersten Austritt im Wald.

Der Graf hat den Jungen auf ein eigenes Pferd gesetzt, das er lediglich an den Zügeln hält. Das Pferd ging durch, der Graf hört den Jungen laut weinen und findet schließlich er das Pferd ohne Kind. Er glaubt schon, seinen Sohn nicht mehr lebendig wiederzusehen, da fand er ihn wohlbehalten in den Armen eines alten Weibes. Sie hatte ihn gerettet, nachdem er, den Fuß noch im Bügel hängend, vom durchgegangenen Pferd mitgeschleift worden ist.

Die Alte meinte, ein Hirschgulden sei ein angemessener Lohn für ihre gute Tat. Doch der Graf verweigert diesen und wollte sie mit höhnischen Worten und drei Kupferpfennigen abspeisen. Die Erwiderung der Alten wurde zu einer Prophezeiung: „Man werde schon noch sehen, was von seinem Erbe ein Hirschgulden Wert sei. Die drei Kupfermünzen schnippt sie in des Grafen Geldsäckel zurück.

---

[3]
https://www.sagen.at/texte/sagen/deutschland/baden_wuerttemberg/von derschoenenlau.html

Wegen dieses unerklärlichen Kunststücks kam ihm die Alte fast wie eine Hexe vor.

Nach diesem Zwischenfall erlosch des Grafen Interesse an seinem Sohn völlig, er hielt ihn für einen Weichling. Hedwig, die ihrem Mann immer alle Grobheiten verziehen hatte, wurde darüber vor Kummer krank und starb. Den Knaben Kuno hat danach seine Amme und der Schlosskaplan erzogen. Der Graf verheiratet sich wieder und seine neue Frau bekam Zwillinge, es waren zwei Söhne. Dies waren wild und grob wie ihr Vater und sie fielen vor allem bei ihrem ersten Ausritt nicht vom Pferd. Kuno wurde in seiner Familie damit endgültig zum Außenseiter und er freundete sich stattdessen mit der Feldheimerin an, der Alten, die ihn damals gerettet hatte. Sie erzählte ihm oft von seiner zu früh verstorbenen Mutter und er lernte von ihr die wunderbarsten Dinge kennen, so Heilmittel für kranke Pferde, eine Lockspeise für Fische und andere nützliche Zaubereien. Kuno achtet nicht auf das Gerede, wonach die Feldheimerin eine Hexe sei, zumal der Schlosskaplan ihm versichert hat, dass es Hexen nicht gibt.

Kunos Stiefmutter brachte ihren Gatten dazu, dass Kuno im Testament arg benachteiligt wurde. Nachdem der Graf dann gestorben war, erbte Kuno deshalb nicht die Burg Zollern (die ihm als Erstgeborenen zugestanden hätte und wo auch seine leibliche Mutter begraben liegt) sondern die Burg Hirschberg. Einer der Stiefbrüder bekam die Burg Zollern, der andere eine dritte Burg, die Schalksburg.

Kuno holt bald darauf den alten Schlosskaplan und die noch ältere Feldheimerin nach Hirschberg in seine Gesellschaft, damit sie dort auf angenehme Weise ihren Lebensabend verbringen dürfen. Die Stiefmutter und seine Stiefbrüder hofften auf das baldige Ableben von Kuno, damit sie an dessen Erbteil auch noch bekommen und vor allem den wertvollen Schmuck seiner Mutter dazu. Kuno unternahm indessen mehrere Versuche, normale verwandtschaftliche Beziehungen herzustellen, wurde aber immer wieder enttäuscht. Nachdem ihm auch noch zu Ohren gekommen ist, dass die

Stiefbrüder verabredet haben, im Falle seines Ablebens Freudeschüsse aus ihren Kanonen abzufeuern, machte er die Probe und ließ seinen Tod vermelden. Die daraufhin prompt einsetzenden Böller zerrissen schließlich das letzte Band zur Familie seines Vaters. Bald darauf starben seine alten Freunde, der Schlosskaplan und die Feldheimerin. Ihm selbst ist ebenfalls nur ein kurzes Leben beschieden gewesen, er ist mit nur achtundzwanzig Jahren gestorben. Zuvor jedoch hatte er jedoch sein Erbe auf eine Weise geregelt, mit der die gierige Verwandtschaft nicht gerechnet hatte. Sein Land, zu dem die Stadt Balingen und die Burg gehörten, hatte er an Württemberg verkauft und das für nur einen Hirschgulden gefordert. Das war dann alles, was es zu erben gab, denn der Schmuck seiner Mutter, wurde nach seinem Willen dafür verwendet, dass in Balingen ein Armenhaus gebaut wurde.

Ein Märchen von Wilhelm Hauff
https://www.schwaebischealb.de/.../die-sage-vom-hirschgulden)

Der Ulmer Spatz

Oder wie ein vermeintlich dummes Tier uns Wichtiges lehren kann und so zum Wahrzeichen einer Stadt wurde

Als die Ulmer anno 1377 begannen ihr Münster mit dem höchsten Turm im Land zu bauen, trug sich folgende Begebenheit zu: Für das Baugerüst waren die längsten und kräftigsten Stämme in den Wäldern gefällt worden und man hatte sie vor das Stadttor geschafft. Dort aber merkte man, dass das Tor viel zu schmal war, um die Stämme hindurchzubringen.

Die klugen Ulmer beratschlagten hin und her und hätten gar schon das Tor samt dem schönen Turm darauf eingerissen, da zeigte einer von ihnen, der gerade in die Luft geguckt hatte, nach oben und rief: „Ich hab's." Die Männer sahen einen kleinen Spatzen, der ihnen sonst ganz unnütz dünkte, da er nur die Körner auf dem Feld wegfraß, wie er einen langen Halm in seine Nisthöhle schleppte. Aber anstatt quer mit ihm hängen zu bleiben wie die Ulmer mit den Baumstämmen am Stadttor, zog er ihn längs durch das kleine Loch.

Da taten die Ulmer ihm nach und konnten ihr Münster doch noch fertig bauen.

Zur Erinnerung an das kluge Tier setzten sie ihm ein goldenes Denkmal hoch oben auf dem First des Münsterdachs. Dort kann man den Ulmer Spatz auch heute noch blinken sehen. Die Ulmer tragen seitdem den Spitznamen „Spatzen".

Wo der Name Württemberg herkommt

Wundersam erzählt die Sage den Ursprung des hohen königlichen Hauses Württemberg. Wie der alte Barbarossa nahe dem Kyffhäuser seine Rothenburg hatte, deren Trümmer noch stehen, so war auch im Lande Schwaben ein Rothenberg und in dessen Nähe hielt der Kaiser Hofhalt mit seiner Prinzessin und seinen Wappnern. Da geschah es, dass die Prinzessin einen Dienstmann liebgewann und er sie entführte. Er hielt sie verborgen, bis der Kaiser hinweggezogen war. Danach bauten sie sich an am Berge, wie jener Grafensohn im Lahngau, der mit einer nicht ebenbürtigen Maid eine Missheirat eingegangen war, und wirtschafteten am Bergesfuß, und der Kaiser konnte nimmer erfahren, wohin sein Kind gekommen.

Nach Jahr und Tag kam er wieder einmal in selbige Gegend und kehrte bei dem Wirt am Berge ein. Der Tochter bebte das Herz, doch hielt sie sich unerkannt, bereitete aber des Kaisers Lieblingsspeise, die er so lange entbehrt, und die niemand weiter gerade so zu bereiten verstand wie sie.

Dem Rotbart war es sehr weh ums Herz und gedachte mit neuem Schmerz der entschwundenen Tochter und meinte, sie müsse da sein, nur sie könne das Essen also bereitet haben, und rief aus: „Ach, wo ist denn meine liebe Tochter?" Da sind ihm die Übeltäter aus Liebe flehend zu Füßen gefallen, dass er ihnen verzeihe, und ging es gerade wie bei Karl dem Großen und Eginhard und Emma, von denen die gleiche Sage geht. Der Kaiser war froh, dass er die Tochter am Leben fand, und verzieh ihnen. Zudem schenkte er seinem Schwiegersohn den ganzen Rothenberg, erhob ihn zu einem hohen Grafen, doch solle er den Namen Wirt am Berg fortführen.

Da erbaute der Wirt am Berg auf den Berggipfel hinauf eine stattliche Feste und ward der Urheber des württembergischen Stammes.

Quelle: Bechstein, Ludwig (1853): Deutsches Sagenbuch

Das Herrgöttle von Biberach
Die Sage von einem guten Waldgeist, der den Liebenden hilft, und eine Legende vom praktischen Sinn schwäbischer Andacht

Im Burrenwald auf dem Weg von Biberach nach Riedlingen war es einst nicht ganz geheuer. Dort trieb das Burrenmännle sein Wesen. Die Guten hatten nichts zu befürchten, den Bösen jedoch leuchtete es oft heim und führte sie des Nachts in die Irre. Seinen besonderen Schutz aber genossen die unglücklich Verliebten. Ihnen half das Burrenmännle wo es nur ging, damit sie doch zusammenkommen konnten.

Auch einer Bauerntochter und dem Knecht des Hofs, die innige Liebe zueinander gefasst hatten und sich sehnlichst ein Kind wünschten, verhalf er zur glücklichen Hochzeit mit dem Segen des Brautvaters. Als dem jungen Paar ein Knabe geboren wurde, ließen sie auf der Lichtung im Burrenwald, wo sie sich einst heimlich getroffen hatten, eine Kapelle mit einem steinernen Kruzifix bauen, so wie sie es dem guten Männlein hatte versprechen müssen.

Bald pilgerten viele Menschen zum Kruzifix, denn wer dem Herrgott die Füße küsste und seine Bitten vorbrachte, der wurde oftmals erhört. So kam auch ein armer Schneider mitten im Winter herbei. Seine Frau hatte bis jetzt kein Kind geboren, doch nichts als dies war ihrer beider sehnlichster Wunsch. Ganz genau hatte der Schneider sich die Worte zurechtgelegt, die er dem Heiland sagen wollte. Aber als er seine Lippen auf den kalten Stein drückte, entfuhr es ihm: „Oh du liabs Herrgöttle von Biberach, hoscht du kalte Fiaß." So wurde der Ruf: „Liebes Herrgöttle von Biberach" zum Begriff für einen überraschten Ausspruch.

Die Teufelsglocke
und wie ein frommer Bauer aus Rottenburg den Teufel austrickste und warum die Glocke der „Todris" scheppert

In Rottenburg lebte einst ein frommer Bauer. Wenn er draußen beim Pflügen war, und er hörte die Glocke der nahen Sülchenkirche zur Messe rufen, ließ er die Arbeit stehen und ging ins Gotteshaus, um zu beten. Nachdem er zurückkam, sah er, dass jemand für ihn zu Ende gepflügt hatte. Da dachte er, nur Gottes Engel könnte das gewesen sein. Zum Dank ließ er an seinem Feld eine Kapelle bauen, die dem heiligen Theodor geweiht wurde. Die „Todris" steht heute noch an der Straße von Rottenburg nach Seeheim.

Der Bauer wollte auch noch ein Glöcklein stiften, es fehlte ihm aber das Geld dazu. Darüber war er sehr traurig. Doch es erschien ihm eines Nachts der Teufel und bot an, eine Glocke aus Rom zu holen. Der Bauer erkannte gleich, mit wem er es zu tun hatte, und stellte die Frage nach dem Preis. Der Teufel forderte, die erste Seele, die in die Kapelle komme, die solle ihm gehören. Der Bauer willigte ein, stellte aber die Bedingung, dass die Glocke aufgehängt sein müsse, ehe die erste heilige Messe zu Ende sei.

Der Teufel sauste los, aber der fromme Bauer bat den Pfarrer, eilends in der „Todris" die Messe zu feiern. Der Teufel war gerade über dem Bodensee, da entriss ihm Petrus die geraubte Glocke und warf sie in den See, so dass sie der Teufel nicht mehr finden konnte. Kurzerhand stahl er die Glocke vom Ravensburger Mehlsackturm, kam aber zu spät, die Messe war längst zu Ende. Voller Wut schleuderte er die Glocke gegen den Kirchengiebel, dass sie einen Sprung bekam. Wenn man sie heute läuten hört, so kann man es deutlich vernehmen, sie scheppert.

Die Siebenschwaben
Es waren einmal sieben Männer, die hatten sich aus verschiedenen Gauen Schwabens zusammengefunden, um heldenhaft das Ungeheuer vom Bodensee zu besiegen. Das waren der Allgäuer, der Seehas von Überlingen, der Nestelschwab aus der Freiburger

Gegend (oder vielleicht kam er auch ganz woanders her, das wusste er selbst nicht mehr so genau), der Spiegelschwab aus Memmingen, der Knöpfleschwab aus dem Ries, der Blitzschwab aus Ulm und der Gelbfüßler aus Bopfingen.

In Augsburg wollten sie sich Waffen besorgen, aber anstatt, dass jeder sein eigenes Schwert getragen hätte, ließen sie sich einen einzigen gewaltigen Spieß machen, der sieben Mannslängen maß. „Wie alle sieben für einen, so für alle sieben nur einen", war ihr Motto.

Die sieben Schwaben, Quelle: Wikipedia

So gerüstet zogen sie denn, einer hinter dem anderen an ihrem Wiesbaum schleppend, auf einigen Umwegen zum Bodensee.

Auf dem Weg gab es natürlich mancherlei Abenteuer zu bestehen. Unter anderem versperrte ihnen ein mächtiger Bär den Weg. Gott sei Dank aber war das Tier schon tot. So war's ein Leichtes, ihm das Fell über die Ohren zu ziehen.

Endlich kamen sie denn allesamt glücklich zum Bodensee. Dort im Wald trafen sie das Untier, einen Hasen. Der Hase machte Männchen, und als er der sieben schlotternden Männer ansichtig wurde, suchte er das Weite. So hatten sie doch das Seeungeheuer in die Flucht geschlagen. Damit sie aber triumphierend in Überlingen einziehen konnten, gaben sie der Einfachheit halber das Bärenfell als Siegestrophäe aus. Damit wurde ihre Tat berühmt, denn die Überlinger erbauten zum Dank eine Kapelle, und in ihr wurde der Spieß und die Bärenhaut ausgestellt. Das Kirchlein haben später die Schweden zerstört, die Geschichte aber von den sieben lustigen Schwaben ist bis heute erhalten geblieben.

Das Käthchen von Heilbronn

Heinrich von Kleists „großes historisches Ritterschauspiel" wurde 1810 in Wien uraufgeführt. Seitdem ist das Käthchen von einer literarischen Figur zur sagenhaften Gestalt und zur Repräsentantin von Heilbronn geworden. Ihre Geschichte erzählt von schicksalhafter Liebe und einem Happy End

Der Waffenschmied von Heilbronn hatte eine wunderhübsche und sittsame Tochter, das Käthchen. Die träumte eines Nachts von einem wunderbaren Ritter, der um ihre Hand anhalten würde, und beinahe hatten sie sich im Traum schon vermählt, als sie erwachte.

In derselben Nacht wälzte sich der Graf Wetter vom Strahl in Fieberträumen auf seinem Bett. Da erschien ihm ein Engel, der führte ihn in die Kammer eines schönen Mädchens und sprach, dies sei die Tochter des Kaisers, seine Braut. Der Graf wurde gesund und hatte das Gesicht bald vergessen.

Eines Tages kam er nach Heilbronn und ließ sich beim Waffenschmied den Harnisch ausbessern. Doch wie erschrak das Käthchen, als sie in Graf Wetter vom Strahl, ihren geträumten Bräutigam, erblickte. Nachdem dieser sich jedoch nicht um sie kümmerte und wieder abreiste, wurde das schöne Mädchen verzweifelt. Sie stürzte sich aus dem Fenster, lag lange todkrank darnieder, und als sie doch wieder gesund geworden war, verließ sie das Haus ihres Vaters und ging an den Hof des Grafen Wetter.

Dort hielt sie sich immer in seiner Nähe auf, tat die niedersten Dienste, nur um immer ihm nahe sein zu können. Dem Grafen wurde das Mädchen mit der Zeit etwas lästig und er wollte sie wieder zu ihrem Vater schicken. Aber weder freundliche Worte noch Drohungen konnten das Käthchen von seiner Seite vertreiben.

Eines Abends fand er sie schlafend unter einem Holderstrauch. Als sein Blick so auf sie fiel, begann sie im Schlaf zu sprechen und erzählte ihr ganzes Geheimnis. Da stieg im Grafen die Erinnerung an jenen Fiebertraum herauf, und als er die Schlafende näher betrachtete, erkannte er jenes holde Antlitz seiner Braut, zu der ihn der Engel einst geführt hatte. So beschloss er, sie auch über die Standesgrenzen hinweg zu heiraten. Dann aber, als die beiden vor Käthchens Vater hintraten, da gestand dieser, dass das Mädchen nur seine Ziehtochter sei. In Wirklichkeit sei sie die Tochter des Kaisers und der Prinzessin von Schwaben. Nun stand dem Glück des jungen Paares nichts mehr im Wege.

Am Markt von Heilbronn steht noch heute das „Käthchenhaus", in dem das treue Mädchen mit ihrem Ziehvater einst gewohnt haben sollen.

Die Weiber von Weinsberg
Eine Sage, die erzählt, wie wahre Klugheit und Treue der Frauen sich als die besseren Waffen erweisen

Man schrieb das Jahr 1140, als der Stauferkönig Konrad im Krieg mit dem Bayerischen Herzog Welf lag. Da zog Konrads Heer vor die Burg Weinsberg und belagerte sie, denn die Weinsberger Bürger waren dem Bayern treu ergeben. Schon nagte der Hunger in den Bäuchen der Belagerten, aber noch immer waren sie nicht bereit, aufzugeben.

Konrad drohte, am nächsten Morgen die Feste einzunehmen und allesamt zu töten. In der Nacht vor dem Sturm schlich sich eine junge

Weinsbergerin ins feindliche Lager, um Konrad um Schonung zu bitten. Weil die junge Frau so hübsch anzusehen war, ließ sich der König gnädig stimmen und gewährte allen Weibern, vor der Eroberung die Burg zu verlassen und dabei mitnehmen zu dürfen, was sie tragen konnten.

Am nächsten Morgen staunte Konrad nicht schlecht: Durchs Burgtor den Berg herab kam ein langer Zug von Frauen, und eine jede trug ihren Mann auf dem Rücken. Da musste der König über die List der Frauen lächeln, und als sein Neffe Friedrich Einspruch erheben wollte, sagte er: „Lasst sie in Frieden ziehen. Am Wort des Königs soll man nicht drehen und deuteln!"

Wohl ist die Burg später doch einmal zerstört worden, aber ihre Ruine heißt immer noch „die Weibertreu".

Auch Justinus Kerner, der Autor der Württemberg-Hymne „Der reiche Fürst", verarbeitet die Weiber von Weinsberg in seinem Gedicht „Weinsberger Weiberlist".

Die Gründung des Klosters Maulbronn

Das Kloster Maulbronn gehört heute zu den berühmtesten Baudenkmälern Deutschlands und zum UNESCO-Weltkulturerbe. Die Sage erzählt, wie ein Esel und die List der erbauenden Mönche zu seinem Entstehen führten

Als der fromme Ritter Walter von Lomersheim seinen Tod nahen fühlte, wollte er für sein Seelenheil noch ein Kloster stiften. Doch weder er noch die Mönche wussten, welches dafür der passende Ort sei. Ein Esel sollte ihnen den Weg weisen, denn war es nicht ein Tier, das geduldig alles Lasten trug, und hatte nicht selbst Jesus einst auf einem Esel in Jerusalem Einzug gehalten?

Also luden sie dem Maultier all ihre Habe auf und schickten es voraus. Da wo das Tier Rast machte, sollte das Kloster entstehen. Der Esel trabte munter kreuz und quer durch Feld und Wald. An einer Quelle endlich hielt er an, um zu trinken. „Dies ist der Ort, den Gott uns zugedacht hat!" freuten sich die Mönche. Und so erhielt das Kloster den Namen „Maulbronn".

Im Wald jedoch hausten Räuber, die die Gegend unsicher machten. Die tauchten eines Tages auch bei den Mönchen auf, als schon etliche Mauern standen. Sie drohten, alles zu zerstören, wenn der Bau nicht sofort eingestellt würde. Da trat ein Mönch vor und sagte: „Spart euch die Mühe, denn wir versprechen euch mit einem heiligen Eid, das Kloster nicht zu vollenden." Die Räuber glaubten dem Mönch und zogen ab. Die Brüder aber bauten munter weiter, bis alles vollendet war.

Voll Zorn aber standen eines Tages wieder die Räuber vor dem Tor. Der Abt führte sie in die Kirche und deutete auf eine kleine Lücke in der Mauer der Chorschranke und auf den Stein, der davor am Boden lag und sagte: „Ihr seht, wir haben unser Wort gehalten. Das Kloster ist noch nicht vollendet."

Der Eselsbrunnen im Klostergarten sprudelt heute noch und das Bildnis einer mit Stricken gefesselten Schwurhand erinnert an den Eid der Mönche, das Kloster unvollendet zu lassen bis zum Jüngsten Tag.

Die Sage „Doktor Faust in Schwaben" behauptet, dass dieser im Kloster Maulbronn seinen letzten Tag verbracht habe.

Der Bauer

In Andelsbuch wird erzählt: Im Schwabenland, in der Nähe von Heimenkirch, wollte einmal ein Bub übernachten. Ein Bett war aber keins mehr da und auf dem Heu zu schlafen, sagte der Knecht, sei nicht recht ratsam. Der Bub aber war nicht furchtsam und mit dem Lager auf dem Heustock mehr als zufrieden.

Zu später Stunde, als der Bub schon eingeschlafen war, ging das Scheunentor auf und ein Mann mit einem Karren fuhr herein. Er stieg über die Leiter auf den Heuboden hinauf, trat zum Lager des erschrockenen Buben, legte sich über ihn und spreizte die Beine über ihm aus. Dann kehrte er um, die Leiter hinab, das Tor hinaus mit lautem Knarren des Karrens, dann war wieder Ruhe. Der Bub aber hatte für diese Nacht genug geschlafen. Was er nicht wusste: Dort

auf dem Heuboden hatte sich zwei Jahre zuvor der Bauer erhängt. Dafür musste er offenbar am Ort der Tat als Geist umgehen.
Quelle: Im Sagenwald, Neue Sagen aus Vorarlberg, Richard Beitl, 1953, Nr. 72, S. 60

Der Spion von Aalen

Eine lustige Sage erzählt, wie ein pfiffiger Schalk die Reichsstadt Aalen vor der Belagerung der kaiserlichen Truppen befreien konnte. Wer in der ehemaligen Reichsstadt Aalen zum Rathausturm hochschaut, der sieht dort den Kopf eines bärtigen Mannes mit einer Pfeife im Mund mit verschmitztem Blick herunterlächeln und sich hin- und herdrehen. Das ist der Aalener Spion, dem die Bürger ein Denkmal gesetzt haben. Denn ihm verdanken sie es, dass die Stadt vom Heer des Kaisers einst verschont wurde.
Damals hat sich folgendermaßen zugetragen:
Die Reichsstädter von Aalen lagen in Streit mit dem Kaiser, und sein Heer stand schon bedrohlich vor der Stadt, um sie einzunehmen. Die Aalener bekamen Angst und schickten deshalb den Pfiffigsten unter ihnen ins feindliche Lager, um die Stärke der Truppen auszukundschaften.
Der Spion ging geradewegs hinüber zum Feind und wurde natürlich sofort abgefangen und vor den Kaiser geführt. Dieser verhörte ihn und stellte die Frage, was er denn hier bei ihnen zu suchen habe, da antwortete er:
,,Erschrecket net, ihr hohe Herra, i will bloß gucka, wie viel Kanone ond anders Kriegszeug ihr hent. I ben nämlich der Spion von Aalen.''
Der Kaiser lachte über so viel Unverfrorenheit und gespielte Einfalt. Er ließ den Aalener durchs sein Lager führen und schickte ihn dann wieder nach Hause. Bald darauf zog er mit seinem Heer ab, denn er meinte, eine Stadt, in der solche Schlaumeier wohnten, habe Schonung verdient.

Der Schuster und das Männlein

Wie ein armer Crailsheimer Schuster einst zu großem Reichtum kam und ihn doch mit dem Leben bezahlen musste

Es war in den Jahren nach dem Dreißigjährigen Krieg, als Crailsheim stark verwüstet wurde und nur noch wenige Einwohner übrigblieben. Unter ihnen lebte an der Brücke bei der Armenhäuserkapelle ein Schuster mit seiner Frau.

Eines Abends bemerkte der Mann plötzlich ein kleines Männlein mit schneeweißem Haar und einem Dreispitz auf dem Kopf. Dieses hatte ein freundliches Gesicht und blieb immer länger in der Stube. Lange sagte der Mann nichts zu seiner Frau. Denn die konnte das Männlein nicht sehen. Dann aber berichtete er doch dem Pfarrer von der seltsamen Erscheinung. Der riet, die Gestalt beim nächsten Mal anzusprechen, aber nicht mit „du" oder „er", sondern mit „man". Verlange der Geist einen Dienst, so solle man ihn anweisen, die Arbeit selbst zu tun.

In der Nacht vor Heiligabend kam das Männlein wieder. Da fragte der Schuster: „Was begehrt man?" Das Männlein führte den Schuster in einen tiefen Gang und sagte an dessen Ende einer Hacke: „Man kann scharren". Da sagte der Schuster: „Man kann selber scharren." Und so grub das Männlein im Boden und förderte einen großen verschlossenen Kessel zu Tage. „Man kann heben", sagte es, und der Schuster erwiderte: „Man kann selber heben."

Da bot das Geistlein dem Schuster die Hand. Der wickelte zuerst sein Schnupftuch um die Finger. Kaum hatten die beiden Hände einander berührt, verbrannte das Tuch augenblicklich. Der Schuster fiel in Ohnmacht, das Geistlein verschwand, denn nun war es erlöst.

Es hatte dem Schuster einen seltsamen Reichtum hinterlassen. Zwar war der Kessel voll Gold, doch fand sich darin auch ein Zettel vom Männlein geschrieben, auf dem stand, alles müsse geheim bleiben, sonst sei seine Seele verloren.

So lebten das Schusterehepaar weiterhin bescheiden und spendeten den Armen. Den Schuster hat man nie mehr lachen sehen, und nach sieben Jahren trug man ihn zu Grabe.

Sibylle von der Teck

Die Sage von einer weissagenden und wohltätigen Frau, nach der ein Berg benannt ist und deren segensreiche Hand noch heute in der Landschaft zu sehen ist

In alter Zeit stand auf der Hohen Teck ein Felsenschloss. Darin lebte eine Frau, die ungeheure Schätze besaß. Die Leute nannten sie Sibylle, denn mit ihren tiefen Augen konnte sie in die Zukunft sehen. Ihr langes, wallendes Haar fiel rot um ihre Schultern, und immer trug sie ein schlichtes weißes Gewand. Viele Menschen stiegen den steilen Berg zu ihr empor, um sich weissagen zu lassen, und keiner kam je mit leeren Händen wieder herunter. Die Leute liebten deshalb ihre weise und mildtätige Herrin.

Sybille hatte drei Söhne, die aber alle hartherzig und geizig, ja bösartig waren. Das betrübte sie sehr, und je ärger die jungen Männer es mit den Untertanen trieben, desto trauriger wurde sie und schämte sich. Ihr Kummer wurde so groß, dass sie eines Tages beschloss, das Land zu verlassen.

Am Abend fuhr sie mit ihrem goldenen Wagen, der von zwei geflügelten Katzen gezogen wurde, zum Tor hinaus. Sie hob sich rauschend in die Lüfte durchs Lenninger Tal hinüber nach Beuren. Dort am Hügel wurde sie zuletzt gesehen. Seitdem heißt der Berg „Sibyllenkappel".

Ein letztes Mal beschenkte sie die Menschen: Noch heute ist eine breite Wagenspur quer übers Land zu erkennen. In Ihren Furchen trägt das Getreide mehr Frucht und das Laub der Bäume und Weinreben leuchtet üppiger als anderswo, die Felder tragen mehr Frucht.

Die Wettenburg

Wie Geiz, Hartherzigkeit und Hochmut bestraft werden und wie sich dies in einen Felsen bei Wertheim eingeprägt hat

Eine halbe Stunde oberhalb von Wertheim finden wir einen Felsen, der von drei Seiten vom Main umflossen wird. Dort oben stand einst eine Burg. Von ihr ist nichts mehr zu sehen, doch werden manch unheimliche Ereignisse von ihr berichtet.

Die Sage erzählt, dass die letzte Gräfin auf dem Schloss eine geizige und hartherzige Frau gewesen sei. Sie beutete ihre Bauern aus, doch besonders hasste sie die Bettler und armen Leute, die um eine kleine Gabe an ihr Burgtor klopften. Um endlich Frieden vor ihnen zu haben, beschloss sie, den Main auch um die vierte Seite des Felsens zu leiten, um fortan den Weg für das „Gesindel" zu versperren.

Der Burgvogt äußerte Bedenken, Gott möge es missfallen, dem Fluss ein anderes Bett zu geben. Sie aber sagte: „Es mag Gott lieb oder leid sein; mein Vorhaben wird ausgeführt. So wenig ich diesen Ring wiedersehe, so wenig unterbleibt es." Damit zog sie einen Ring vom Finger und warf ihn in den Fluss. Doch am selben Abend fand der Koch in einem Karpfen, den er für das Festmahl zubereitete, den Ring wieder und brachte ihn arglos zur Gräfin. Diese wurde daraufhin totenbleich und im selben Moment fuhr ein gewaltiger Blitz vom Himmel und mit einem furchtbaren, lauten Donnerschlag versank die Burg im Berg.

Alle sieben Jahre soll man seither die Burg am Grunde des Mains sehen können und alle sieben Jahre öffnet sich an der Stelle, wo die Burg einst gestanden ist, eine Höhle.

Ein Schäfer suchte einmal Schutz darin vor einem Unwetter. Er kehrte erst nach sieben mal sieben Jahren wieder zurück und keiner kannte ihn mehr. Ein andermal entdeckten einige Burschen aus Kreuzwertheim einen tiefen Schacht. Sie ließen den Mutigsten von ihnen an einem Strick in die Höhle hinab. Als sie ihn wieder heraufgezogen hatten, konnte er lange nicht sprechen. Doch dann berichtete er von langen Tafeln, an denen viele Menschen in altertümlichen Trachten schweigend gesessen haben, und von einer Menge Gold, Silber und Edelsteinen, die er gesehen hatte. Doch das Erlebte hatte den Jungen so erschreckt, dass er bald darauf gestorben ist.

Die Jungfrau von der Schalksburg

Die Geschichte von zwei Jungfrauen, die als gebannte Geister um die Schalksburg zogen und denen nur die Hilfe zweier Burschen Erlösung bringen kann.

Eine verarmte Frau raffte, gemeinsam mit ihrer Tochter, am Schalksbergwald trockenes Holz für den Ofen zusammen. Das kleine Mädchen wanderte auf der Suche durch den Wald und kam immer weiter weg von der Mutter, bis hinauf zur Schalksburg. Nachdem die Tochter länger wegblieb, machte sich die Mutter Sorgen und begann sie zu suchen. Da kam das Mädchen den Berg hinunter und hatte eine weiße Rose in der Hand.

Sie erzählte der Mutter, eine Jungfrau sei ihr erschienen und habe ihr die Rose geschenkt. Die Mutter weinte, denn sie wusste, dass die Rose den Tod der Tochter bedeuten würde. Und so kam es auch. Die Blätter der Rose wurden welk und das Kind erkrankte.

Als das letzte Rosenblatt gefallen war, war auch das Mädchen tot. Die Mutter legte die Rose mit ins Grab und es erwuchs ein wunderschöner Rosenstrauch. Dieser Teil der Geschichte ist jedoch nicht in allen Quellen zu finden. Einig sind sich alle Quellen aber im zweiten Teil der Geschichte.

Eine Wiege für ein unschuldiges Kind

Die Jungfrau, die dem Kind erschienen war, geisterte mit einer Gefährtin weiter rund um die Schalksburg. Eines Tages begegneten zwei Jungen durch Zufall den zwei schönen Jungfrauen. Sie glaubten, dass es sich um lebendige Frauen handeln würde, und sprachen sie an. Die beiden Frauen sagten: „Wir sind nicht mehr lebend, wie ihr vielleicht glaubt, sondern gebannte Geister. Zur Strafe für all unsere Sünden müssen wir in den Gewölben der Burg auf ewig die Schätze bewachen. Wir bitten euch, uns zu erlösen. Ihr müsst am Fuße der Burg einen Ahorn fällen und daraus eine Kinderwiege bauen. Legt ein unschuldiges Kind hinein, dann werden wir frei sein."

Die Burschen schickten sich an, den Jungfrauen zu helfen und führten aus, was ihnen aufgetragen war. Am Abend, nachdem sie das Kind in die Wiege gelegt hatten, stand plötzlich ein heller Schein über der Schalksburg. Man sah ein feuriges Licht in den Himmel aufsteigen. Manche meinten darin die Gestalten zweier Frauen erkannt zu haben.

Geisterhaftes Kalb

Zu der Zeit, wenn es brennt, oder wenn es eine Hungersnot oder Pest geben soll, durchzieht seit ewigen Zeiten ein feuerrotes Kalb die sogenannte Ochsengasse in Mergentheim mit furchtbarem Gebrüll. Man will es früher in Mergentheim öfters gesehen und gehört haben.

Der Schimmelreiter in Mergentheim

Im sogenannten Waisenhausgäßle in Mergentheim, das hüben und drüben von Gärten umgeben ist, lässt sich von Zeit zu Zeit, besonders gerne zur Adventszeit, ein Schimmelreiter sehen und trägt seinen Kopf unter dem Arm. Der Schimmelreiter erweis sich seither als ein böser Kinderschreck.

Quelle: Anton Birlinger / Michael Richard Buck, Sagen, Märchen, Volksaberglauben, Volkstümliches aus Schwaben. Freiburg im Breisgau, 1861, Nr. 28

Woher Urach den Namen hat

Der Name Urach soll daher rühren, weil sich vor langer Zeit die Grafen, die sich zu Tag- und Nachtzeiten zum Jagen in den Wäldern aufgehalten haben, unten im Tal eine Uhr haben richten lassen, damit man sie schlagen hörte und sie sich danach richten könnten. So hat nach der Uhr die Stadt hernach den Namen Urach bekommen.

Offenbar hat Urach somit seinen Namen von der „Ur", worüber in Tschernings Beiträgen auf S. 45 ff. nachgelesen werden kann. Von der „Ur" hat den Namen außer diesem Urach auch das Urach im

Badischen Schwarzwald, Urbach, im Volksmund auch Aurach genannt, Auerbach; Urlau (U'rallon, wirtemb. Urkdb. I. S. 109) seltener in Waldbenennungen. Tscherning, Beiträge S. 48.

Quelle: Anton Birlinger, Sagen, Märchen, Volksaberglauben, Volkstümliches aus Schwaben, Bd. 1, 1861, Nr. 278.

Des Teufels Nase

In Hall am Kocher im Schwabenlande gibt es ein uraltes Salzwerk, wie es schon der Ortname kundgibt. Um diesen Salzbrunnen herum soll es allezeit merkliche Poltergeister gegeben haben. Daher ist man, um sie zu vertreiben, viele Jahre lang stets am Dienstag nach Vocem jucundidatis (Sonntag Rogate) mit Heiligtümern in einer Prozession um den Brunnen gezogen.

Eines Nachts erschien der Teufel einem Salzsieder und streckte seine Nase, die außerordentlich groß war, durch einen Spalt in das Hallhaus und schnarchte dabei: „Wie gefällt dir die Nas? Kann das auch ein' Nas sein?"

Da nahm flugs der Siedeknecht einen Kübel siedender Sole und schüttete sie dem Teufel über die Nase, indem er rief: „Kann das auch ein Spaß sein?" Zornig brach jetzt der Teufel durch die Bretterwand, erwischte den Sieder und warf ihn durch die Luft über den Kocher auf die Höhe des Gänsbergs, direkt zur mittleren Gerberspforte, dass ihm alle Rippen krachten. Dazu rief er hinterher: „Kann das auch ein Wurf sein?"

Andere behaupten, der Teufel habe den Siedeknecht auf den Steinbruch jenseits des Kochers beim Haimbacher Törlein geworfen, dort wo einmal der Galgen stand, der später abgebrochen worden ist, weil die daran baumelnden Kadaver, wenn die Sonne gegen sie geschienen, in einige Häuser der Stadt ihre Schatten warf. Das war nicht sonderlich appetitlich, wenn sie so über das Essen dahinglitten.

Quelle: Ludwig Bechstein, Deutsches Sagenbuch, Leipzig 1853

Die drei seltsamen Heiligen

Die vierzehn Nothelfer hatten einen massiven Altar in der Wallfahrtskirche zu Enslingen bei Untermünkheim und darin waren noch zwei andere Altäre enthalten, einer für Sankt Guntheri Vistoris, der andere dem heiligen Quirin geweiht.

Den Bauern waren diese Heiligennamen schwer zu merken und zu nennen, sie nannten sie Sankt Gunter, Victer und Quitter, und die noch größere Schwierigkeiten hatten, sich die Namen zu merken, nannten sie die drei wunderlichen oder seltsamen Heiligen. Da nun 1497 eine Wallfahrt nach Enslingen standfand, sahen die Gläubigen auf den Altären für diese drei Heiligen keine anderen Bilder als drei kleine weiße Alabasterbildlein, dagegen eine große Tafel mit dem Bilde der vierzehn Nothelfer. Deshalb hat man diese ungeschmückten Altäre nicht beachtet und angebetet, sondern nur den vierzehn Nothelfern geopfert.

Schließlich hat man die drei seltsamen Heiligen unter die Bank geschoben und sie dort vergessen. Nur im Sprichwort leben sie noch fort, da man von einem, dessen Handlungsweise man sich so wenig klarmachen kann, als das Volk über jene Bilder sich im Klaren war, zu sagen pflegt: „Das ist ein wunderlicher oder ein seltsamer Heiliger." Nach der bäuerlichen Empörung wurde die Enslinger Wallfahrtskirche geschlossen und niemand mehr eingelassen. So erging es auch mit der berühmten Wallfahrt auf dem Wurmlinger Berge und einigen anderen, die schließlich in Vergessenheit gerieten.

Quelle: Ludwig Bechstein, Deutsches Sagenbuch, Leipzig 1853

Regiswindis

Zwei Stunden von Heilbronn neckaraufwärts liegt die Stadt Lauffen, mit einem vormals berühmten Kloster. Der Name soll dem raschen Lauf des vorbeiströmenden Neckars entnommen sein. Im Jahr 814 empfing ein tapferer Ritter aus dem Nordgau mit Namen Ernst den Grund und Boden zum Geschenk und gewann von seiner Gemahlin Frideburg ein Töchterlein, welcher man den Namen Regiswindis gab.

Das Kind erhielt eine Amme, die Schwester eines der Dienstmänner des Ritters Ernst. Das Unglück wollte es, dass dieser Knecht einst wegen übler Aufführung von seinem Herrn sehr hart behandelt wurde. Da er nun seiner Schwester sein Leid klagte, wurde diese so zornig, dass sie an dem unschuldigen Kinde, ihrem Säugling, Rache zu nehmen beschloss. Sie nahm die Gelegenheit wahr, als ihre Herrschaft einen Ausflug machte und drehte dem Kinde den Hals um. Dann war sie es in den Neckar. Der Strom trug aber die kleine Regiswindis nicht von dannen, sondern setzte sie auf einem nahen Werder ab, und so wurde die Untat am Ende schnell offenbar.

Der Ritter Ernst ließ die Amme in einen Turm am Neckar einmauern und darin verhungern. Der Papst aber sprach das ermordete Kind bald heilig. Der kleinsten aller Heiligen zu Ehren wurde danach auch eine Kirche gebaut, zu der so viele Wallfahrer kamen, dass man sie Heiligreich oder Kirchreich nannte.

In der Kirche wurde der silberne Sarg der Regiswindis hinter dem Altar in einem schönen Kenotaph aufgestellt und der Jahrestag der kleinen Heiligen hat man fortan am 15. Juli begangen.

Dabei kam die Sitte auf, zur Erinnerung an jenes treulose Gesinde, an diesem Tage das Gesinde zu wechseln.

Quelle: Ludwig Bechstein, Deutsches Sagenbuch, Leipzig 1853

Die Kümmernisbilder [4])

Zu Lauingen geht die Sage von der frommen Jungfrau Kümmernis um, der man vielfach in deutschen Landen begegnet. Deren Bilder sind in Wien, zu Ettersdorf bei Erlangen, in Saalfeld und an vielen andern Orten zu finden, vornehmlich auch zu Gmünd in Schwaben, wo aber Maria, oder nach andern die heilige Cäcilia, die Schuhspenderin gewesen sein soll.

Zu Lauingen und dessen Umgebung glaubte man, wer nur ein Bild der Jungfrau Kümmernis bei sich trage und sich ihr verlobe, dem werde aus seiner Not geholfen, wie sie dem armen Spielmann

---

[4]) https://de.wikipedia.org/wiki/K%C3%BCmmernis

geholfen hat. Und zweimal wird noch immer all dort ihr gekreuzigtes Bildnis in den Kirchen gefunden.

Am Wege von Dillingen nach Steinheim steht eine kleine Kapelle die dem Sankt Leonhard geweiht ist. Das barg viele der Kümmernisbilder, die man als Gelübde hier dankbar geopfert hatte. Davon erfuhr der Bischof zu Augsburg und es verdross ihn, denn es steht keine Kümmernis im römischen Heiligenkalender, und das deutsche Volk soll nichts Eignes haben, somit befahl er, die Bilder alle abzureißen und zu verbrennen.

Nachdem das die Bauern in dieser Gegend hörten, liefen sie eilends nach Sankt Leonhard und holten ihre Votivbilder wieder von der Wand, um sie dem Feuer zu entreißen und ihnen bessern Platz zu gönnen. Hinterher wurde aus der Kapelle sogar ein Pulvermagazin, und da haben die Bauern gesagt: „Seht ihr wohl, Sankt Leonhard kann sein Haus nicht schützen, Sankt Kümmernis hätte das nicht gelitten.

Sogar in der altberühmten Kirche zu San Marco in Venedig kann man heute noch so ein Kümmernisbild bestaunen.

Quelle: Ludwig Bechstein, Deutsches Sagenbuch, Leipzig 1853

Die Laura im Lauratal

Das Lauratal bei Schlier ist eine äußerst unheimliche Gegend. Man zeigt einem, wenn's Wolfegg zugeht, den Platz im Wald droben, an dem einst die Burg stand, in der das Ritterfräulein Laura gelebt haben soll.

Die Laura liebte einen Ritter. Dieser Ritter entfloh aber nächtlich einst mit dem Kind, dem Pfand ihrer Liebe, und wollte die Sache auf der Lauren-Burg verheimlichen. Wie er über einen schwachen Steg, der unten vorbeifließenden Scherzach setzte, brach dieser und Laura hörte droben das Platschen und Hilferufen. Sie sprang talabwärts, wollte den Ritter und das Kind retten, versank aber auch. Seitdem muss sie umgehen und kommt zu gewissen Zeiten ans Brünnlein und trinkt aus einer Kürbisschale. Hinterher geht die Laura wieder mit der Schale unter dem Arm talaufwärts, der alten

Burgruine im Wald droben zu. Von da kommt sie weiß wie Wachs, mit einem langen, ebenso weißen Schleier wieder herab und niemand kann ihr Gesicht sehen. Sie läuft wie auf Wolken über dem Wasser dahin und ebenso wieder auf dem Wasser zurück.

Einmal verirrte sich ein Kind im Wald, dort wo Fräulein Laura gehen soll. Dabei kam ein warmes Lüftchen auf und es war überall so grün, alles so blühend wie in einem schönen Frühling. Alles schien so zu sein wie im Paradies. Erdbeeren gab es in Hülle und Fülle. Das Kind pflückte nach Herzenslust. Fräulein Laura sei in diesem Garten schneeweiß spazieren gegangen, immer dem Kind winkend. Von dort brachte das Kind sein Erdbeersträußlein glücklich heim.

Quelle: Anton Birlinger, Volkstümliches aus Schwaben. Erster Band: Sagen, Märchen, Volksaberglauben, Freiburg 1861, Nr. 6a und 6b, S. 6 f.

4

Rheinland-Pfalz, Hessen, West- und Norddeutschland

Freyas Gabe

Im Herzen des dichten Teutoburger Waldes, da wo die uralten Eichen ihre knorrigen Äste gen Himmel strecken, lag verborgen eine heilige Quelle. Ihr Wasser, kristallklar und erfrischend kühl, sprudelte aus der Erde hervor und sammelte sich in einem Becken aus moosbedeckten Steinen. Dieser Ort war Freya geweiht, der nordischen Göttin der Liebe, Schönheit und Fruchtbarkeit.

Es war an einem Freitag, dem Tag der Freya, da drängten sich die Menschen aus den umliegenden Dörfern und Siedlungen zum heiligen Hain. Ihre Gesichter waren von der Vorfreude gerötet, ihre Herzen erfüllt von der Hoffnung auf Freyjas Segen. Die Frauen trugen kunstvoll geflochtene Zöpfe, sie waren geschmückt mit Wildblumen und Bändern, während die Männer ihre besten Tuniken und Umhänge angelegt hatten. Und die Kinder tollten aufgeregt zwischen den Bäumen umher, ihre Stimmen vermischten sich mit dem Zwitschern der Vögel und dem Rauschen des Windes in den Blättern.

Die Luft war erfüllt vom Duft von Räucherwerk und frisch gebackenem Brot, das als Opfergabe für die Göttin bestimmt war. Auf einem mit Blumen geschmückten Altar lagen Körbe voller Äpfel, Beeren und Nüsse, Krüge mit Honigwein und Milch, selbstgesponnene Wolle und kunstvoll geschnitzte Amulette.

Nachdem die Sonne ihren höchsten Stand erreicht hatte, trat eine weißhaarige Priesterin vor die Menge. Ihr Gesicht erwies sich als von Falten gezeichnet, doch ihre Augen strahlten Weisheit und Güte aus. Sie erhob ihre Hände zum Himmel und rief Freya an, ihre Stimme hallte dabei durch den Wald.

Die Menschen knieten nieder und begannen mit Gebeten, ihre Stimmen vermischten sich zu einem harmonischen Chor. Sie baten Freya um ihre Gunst, um Fruchtbarkeit für ihre Felder und Herden, um Gesundheit für ihre Familien und um Liebe für ihre Herzen.

Unter den Gläubigen befand sich auch eine junge Frau namens Solveig. Sie hatte lange, goldene Haare und ihre Augen waren so blau wie der Sommerhimmel. Solveig sehnte sich nach einem Ehemann und einer Familie und sie hoffte, dass Freya ihr diesen Wunsch erfüllen würde. Dabei hatte sie einen kleinen Leinenbeutel mitgebracht, in dem sie eine Locke ihres Haares aufbewahrte und einen selbstgemachten Anhänger aus Bernstein versteckt hielt.

Die Gebete waren verklungen, da trat Solveig vor den Altar und legte ihre Opfergaben nieder. Die Priesterin sprach einen Segen über sie aus und Solveig fühlte eine Welle der Wärme und des Friedens über sich kommen. Nun glaubte sie fest daran, dass Freya ihre Gebete erhört hatte.

Gegen Abend versammelten sich die Menschen zu einem großen Festmahl. Es wurde gebratenes Fleisch, frisches Brot und süßer Met serviert. Musikanten spielten auf Flöten und Trommeln, und die Menschen tanzten und sangen bis tief in die Nacht hinein.

Solveig tanzte mit einem jungen Krieger namens Erik. Er hatte muskulöse Arme, ein breites Lächeln und Augen, die vor Bewunderung für Solveig leuchteten. Sie tanzten und lachten, und als die Nacht hereinbrach, fanden sie sich allein unter einem uralten Baum wieder.

Dabei sprachen sie über ihre Träume und Hoffnungen, über ihre Familien und ihre Liebe zur Natur. Erik erzählte Solveig von seinen Abenteuern auf See, von fernen Ländern und fremden Völkern und

Solveig lauschte gebannt seinen Geschichten und fühlte sich immer mehr zu ihm hingezogen.

Bis der Morgen graute wussten sie beide, dass sie füreinander bestimmt waren. Sie versprachen sich ewige Liebe und Treue und kehrten Hand in Hand ins Dorf zurück. Einige Monate später heirateten sie in einer großen Zeremonie, bei der Freya erneut angerufen und um ihren Segen gebeten wurde.

Solveig und Erik lebten glücklich zusammen und bekamen viele Kinder. Sie blieben Freya treu und ehrten sie jeden Freitag mit Gebeten und Opfergaben. Sie wussten, dass sie der Göttin ihr Glück verdankten und waren ihr dafür ewig dankbar.

Erdacht und Geschrieben von: Renato Popovic

Die Wildfrau von Kusel

Attila, der Hunnenkönig, musste im Jahr 451 nach der verlorenen Schlacht auf den Katalaunischen Feldern wieder über den Rhein zurück. Überall hinterließ er mit seinem kriegerischen Heer eine Spur der Verwüstung. In einer Höhle auf der Steinalb, zwischen Kusel (Rheinland-Pfalz) und Ratsweiler, blieb damals ein Hunnenweib von ungewöhnlicher Größe und schrecklicher Wildheit zurück; im Westrich auch die „Wildfrau" genannt.

Ein gezackter, krummer Hunnendolch und eine eichene Keule waren ihre Waffen. Wenn sie Menschen sah, fletschte sie ihr furchtbares Gebiss und ihre schwarzen, glühenden Augen machten auch dem mutigsten Manne Angst. Langes schwarzes Haar und rohe Fellumhänge erhöhten noch ihr wildes Aussehen. Beeren, Wurzeln, Kräuter und das rohe Fleisch erlegter Rehe, das sie an den Steinen mürbe klopfte, waren ihre Nahrung. Nachts streifte sie durch die Dörfer am Glan, stieg durch die Kamine in die Häuser und raubte was nicht niet- und nagelfest war. Wurde sie ertappt, stieß sie einen fürchterlichen Schrei aus: „Ho, Ho, die Wildfrau die isch do."

Man schob ihr die Schuld aller Unglücksfälle zu. Kam ein Weidetier von der Herde ab und wurde von den Wölfen gerissen, oder raubten diese Bestien ein Kind, so war die Wildfrau die Räuberin und

Menschenfresserin. Sie hauste in der Wildfrauenhöhle. Doch selbst wenn sich alle Männer zusammengetan hätten, wäre es nicht möglich gewesen, sie zu überrumpeln und zu bezwingen, denn sie verschloss ihre Höhle mit einem riesigen Stein, den man auch mit vereinten Kräften nicht wegrollen konnte. Noch heute sollen in Kusel manche Männer glauben, dass ihre Frauen von dieser Wildfrau abstammen.

In der Sage der Wildfrau von Kusel verbergen sich Reststücke und Erinnerungen an vorgeschichtliche, germanische, keltische und römische Zeiten. Der Glaube an eine „Wilde Frau", wie wir sie aus vielen Märchen und Sagen kennen, ist oftmals sehr einseitig. Taucht sie als Schreckgestalt auf, wie hier in Kusel, ist sie meist hässlich und böse; sie kann aber auch schön und verführerisch sein.

Ursprünglich war die „Wilde Frau" eine Priesterin der großen Muttergöttin. Ihr Verhalten ist meist ambivalent, oft heilend und helfend, dann wieder böse und hinterhältig. Der Glaube an Frauen, die Zauberkräfte besitzen, kehrt in vielen Sagen und Märchen immer wieder. Meist treiben sie ihr Unwesen bei Brunnen, Felsen oder Bäumen.

Schon in den Beschlüssen des Konzils von Ancyra in der Mitte des fünften Jahrhunderts wird von „Weibern" gesprochen, „welche sich einbilden des nachts wie Diana und Herodies auf allerlei Tieren in der Luft umherzureiten." Sie betreiben dämonische Zaubereien und verwandeln sich gerne in Katzen, Raben oder Eulen (Vgl. das Waldgrehweilerer Märchen: Die überführte Hexe).

Geschrieben von Hans Wagner, Trippstadt

Die Sage vom Semmelberg

Ein hochadliges Fräulein, dessen Eltern frühzeitig gestorben waren, fand gastliche Aufnahme auf der Burg Neuenstein in Hessen gelegen. Ihr Onkel, der Graf von Wallenstein, war gefürchtet wegen seiner Strenge in Bezug auf Standesehre und Sitte. Achtzehn Übeltäter, darunter auch Ritter, welche sich an Mädchen und Frauen vergangen hatten, ließ er kurzerhand aufhängen.

Das junge Edelfräulein, eine Waise, so hatte er es sich gedacht, sollte einen befreundeten Grafen heiraten. Thea aber war einem Forstläufer des Burgherrn zugetan. Er hieß Heinz und war ein stattlicher Bursche. Heimlich trafen sich die Liebenden.

Ein Ritter, welcher auf Burg Neuenstein längere Zeit dort weilte, warb um Thea, das Edelfräulein aber lehnte ihn ab. Mit Recht vermutete der Ritter, dass Thea einen anderen bevorzugte. Fernab der Burg an der Quelle des Armesbaches am Berghang war das Stelldichein von Thea und Heinz. Der Ritter entdeckte auf einem Pirschgang dort das Liebespaar. Er hatte nichts Eiligeres zu tun, als seinem Freund, dem Burgherren, diese Neuigkeit zu berichten. Der Graf tobte und befahl Fräulein und Dienstmann zum peinlichen Verhör zu laden. Thea und Heinz wussten jedoch um die Strenge des Grafen.

Für den nächsten Tag hatte sich hoher Besuch aus Kassel angesagt. Der Graf sagte: „Justiment, das passt. Diese Kammerherren und Federfuchser können dem Verhör beiwohnen. Sie können dem Landgrafen berichten, welche Ordnung und Sittenstrenge hier üblich sind."

Dass der Landgraf zur Überraschung seiner Kammerherren diesen Besuch auf Burg Neuenstein anordnete, hatte seinen Grund: Als er als 20-jähriger auf Einladung des Altwallensteiner Grafen in dessen Jagdbereich zur Jagd ging, ist er auch an die Quelle des Armesbaches gekommen. Unweit der Quelle hatte er sich ermattet niedergelassen und ist eingeschlafen. Als er erwachte, sah er ein Mädchen beim Heidelbeerpflücken. Das Mädchen, fast im gleichen Alter, wollte sich entfernen. Der junge Fürst bat sie zu bleiben und sagte, sie brauche sich nicht zu fürchten. Das Mädchen antwortete, es sei nicht schicklich so Mutterseelen allein bei einem vornehmen Herrn zu sitzen. Das war mehr als seltsam. Eine tiefe Zuneigung zu dem sehr schönen Wesen erfasste den Fürstensohn. Er fragte sie, ob sie einen Liebsten habe. Sie verneinte und meinte, sie sei armer Leute Kind und werde in Bälde von zu Hause fortgehen und zu ihrem Onkel in ein Dorf im Schmalkaldischen ziehen. Auf die Frage des

Mädchens, wer er sei, antwortete er, er sei ein Falkner bei einer hohen Herrschaft. Das Mädchen bot ihm vollreife Heidelbeeren an. Doch Ernestine Lüder, so hieß das Mädchen, lachte den Falkner aus, der versuchte, seinen von Heidelbeeren verfärbten Mund zu säubern. Er sagte: „Bitte küss mich, damit meine Lippen rein werden." Nach kurzem Zögern küssten sich beide und es geschah noch mehr.

Das war der Anfang eines durch Fügung über Beide gekommenen leidenschaftlichen Liebesabenteuers, welches jedoch Folgen hatte. Zum Abschied schenkte der Falkner dem Mädchen ein hauchdünnes Halskettchen. An der Kette hing ein kleines Herz. Der junge Fürst, welcher sich als Falkner ausgegeben hatte, sagte: „Dieses Kettlein, welches meine Mutter einst getragen hat, wird dich an mich erinnern und von Segen sein."

Ernestine sagte: „Nimm hier diese Semmel." Sie küsste ihren Falkner zum Abschied und eilte nun schnell nach Hause. Ein Eilbote zwang den Fürsten schon am nächsten Morgen zur Rückkehr nach Kassel. Er konnte keine Verbindung zu Ernestine aufnehmen. Seine Ausbildung und Übernahme der Staatsgeschäfte hinderten ihn Ernestine irgendwie zu sehen. Er heiratete eine Fürstentochter aus dem Braunschweiger Land und lebte in glücklicher Ehe. Ernestine aber hatte er nicht vergessen. Geheime Nachforschungen nach ihr blieben erfolglos. Nach mehr als 30 Jahren in der er im Schmalkaldischen wohnte, erfuhr er, dass Ernestine schon seit zehn Jahren verstorben sei. Sie wäre ledig geblieben. Der schwarze Tod hätte sie dahingerafft. Ihren 12-jährigen Sohn hätte der Bruder von Ernestine ins Hessische geholt.

Bald hatte der Fürst durch weitere Nachforschungen erfahren, dass der Sohn als Forstläufer bei dem Wallensteiner Grafen im Dienst stand. Es wurde ihm immer bewusster, dass dieser junge Mann das voreheliche Kind von ihm sei. Aus dem Grund, und um völlige Gewissheit zu bekommen, hatte er sich zum Besuch nach Neuenstein entschlossen. Nicht wenig erstaunt war der Wallensteiner, als er den Landgrafen mit Gefolge sah.

Es war ein fröhliches Wiedersehen zwischen dem Fürsten und seinem Freund, dem Grafen. Beim üppigen Mittagsmahl sagte der Landgraf, er wüsste im ganzen Land keinen Ritter, welcher so streng, aber auch so gerecht das Recht (Blutgerichtsbarkeit) ausübe als sein Freund, der Graf von Wallenstein. Für den anderen Tag lud der Graf den Landgrafen und sein Gefolge zu einem Ausflug in seine Wälder ein. Heute aber, so erklärte der Graf, müsse er nach der Mittagsruhe noch ein hochnotpeinliches Verhör durchführen. Es ginge bei dieser Sache um die Missachtung und Verletzung der Standesehre eines hochadeligen Fräuleins durch Liebschaft mit dem Forstläufer. Der Landgraf, durch die Erwähnung eines Forstläufers aufmerksam geworden, äußerte die Bitte dem Gericht beizuwohnen. Der Wallensteiner entgegnete, es freue ihn den obersten Richter bei dem Verfahren dabei zu wissen. Pünktlich, als die Burgglocke den vierten Schlag vernehmen ließ, wurde die Verhandlung eröffnet. Der Landgraf war überrascht, als er den jungen Menschen auf der Schuldbank neben dem adligen Fräulein erblickte. Der Forstläufer schien sein Ebenbild zu sein. Zur Person befragt, sagte der Angeschuldigte, er heiße Heinz Lüder und wäre in einem Dorf bei Schmalkalden geboren. Seine Mutter sei schon zwölf Jahre tot. Sie wäre ledigen Standes gewesen. Wer sein Vater sei, könne er nicht sagen. Vor ihrem Tod habe seine Mutter ihm lediglich gesagt, er wäre ein Falkner bei Hofe gewesen. Ein kleines Kettlein mit einem Herz als Anhänger habe ihr der Herr zum Abschied geschenkt.

Nun war dem Landgrafen die volle Gewissheit, dass sein eigenes Blut vor Gericht stand. Schon sprach der Adelsmarschall das Urteil: Da keine standesgemäße Ebenbürtigkeit nachweisbar sei, könne nur der Tod von einem der Beschuldigten die gerechte Sühne sein. Der Forstläufer stand auf und sprach: „Ich nehme die Schuld auf mich." Thea war ohnmächtig geworden. Da konnte der Landgraf nicht mehr an sich halten. Er sagte, er müsse als zufällig anwesender Zeuge erklären, dass er die Ebenbürtigkeit des Forstläufers kenne. Der Forstläufer heiße ab der Stunde Heinz von Lüder. Wie er erfahren habe, hätte Heinz von Lüder treu und gewissenhaft seinen Dienst versehen. Nun würde er das Kriegshandwerk erlernen und später mit Thea in Ziegenhain wohnen. Am nächsten Tag feierten Thea und Heinz ihr Versprechen an der Stelle, wo Ernestine dem Falkner und Landgrafensohn ihr Abendbrot, die Semmel, gegeben hatte. Die Geschichte des Berges gab Anlass ihn nach der Semmel zu benennen.

Noch heute heißt eine Straße in Raboldshausen die zum Semmelberg führt, die Semmelbergstraße.

Quellennachweis: Aus dem Heimatkundlichen Heft 1 „Erzählungen und Sagen aus dem oberen und mittleren Geistal" von Heinrich Stippich aus Neuenstein sowie „Die hessischen Ritterburgen und ihre Besitzer" von G. Landau, Band 2

Graf Heinrich der Eiserne

Heinrich VI., genannt der „Eiserne" (* um 1340; † 16. Februar 1397 auf der Burg Waldeck) war von 1369 bis 1397 Graf von Waldeck. Der Beiname der „Eiserne" weist darauf hin, dass er wegen seiner Verwicklung in zahlreiche Kriege und Fehden meist gerüstet auftrat. (Quelle: Wikipedia)

Von all den tapferen Rittern, die einst auf der Burg Waldeck gelebt haben, ist Graf Heinrich wohl der bekannteste. Sieht man ihn nicht leibhaftig vor sich stehen, wenn man die alten Gewölbe betritt oder in die schauerliche Tiefe des Hexenspunds hinabspäht? Seinen Beinamen „der Eiserne" erhielt er, wie die Sage überliefert, auf folgende Weise:

> Graf Heinrich war in Waldecks Land
> im Panzer nur bekannt;
> Drum ward er auch bei Jung und Alt
> „Der Eiserne" genannt.
> Und eisern, wie sein Panzer war
> waren Arm und seine Faust.
> Die hatte lustig manches Jahr
> manch' Feindeshaupt zerzaust.

Lassen wir einen alten Chronisten zu Wort kommen:

„Heinrich der Eiserne ist ein starker hübscher Herr, aber er war zu begierig zu herrschen und hat nach hohen Dingen getrachtet." Stark muss er schon gewesen sein, der eiserne Graf. Einst zeigte man im Museum der Burg eine schwere Hakenbüchse, die er als Vogelflinte benutzt haben soll. Von Übergröße sind auch sein Hemd und seine Strümpfe, die er angeblich getragen hat.

Man erzählt sich folgende Sage von einer ungewöhnlichen Kraftprobe: In Sichtweite von Schloss Waldeck sieht man nahe bei Naumburg die Ruine der Weidelsburg aufragen. Hier wohnte Graf Reinhard von Dalwigk, der mit dem Grafen Heinrich in Freundschaft verbunden war. Eines Sommermorgens betrat ein Bote des Grafen von Dalwigk das Schloss. In seinen Händen trug er einen starken, bestens geschmiedeten Vierkantstab und sprach zum Grafen von Waldeck:

„Mein Herr entbietet euch seinen Gruß, Graf Heinrich, und seht, er sendet euch diesen Eisenstab und fordert euch zur Probe heraus. Wer diesen Stab biegt, er oder Ihr, soll hinfort als Stärkster im ganzen Lande gelten." Graf Heinrich lächelte nur und bewirtete den Boten aufs Beste, bevor er sich der Kraftprobe stellte. Inzwischen hatten sich nahezu alle Bewohner der Burg im großen Rittersaal eingefunden, alles edle Herren, schöne Damen und viele Bedienstete, denn dieses Schauspiel wollte sich niemand entgehen lassen, galt es doch, die Ehre Waldecks zu verteidigen. Da betrat Graf Heinrich den Saal, fasste ohne Zögern die Eisenstange an beiden Enden, und bog sie um den Hals des Boten zu einem engen Ring zusammen. Zu Tode erschrocken versuchte nun der Bote des Grafen Reinhard seinen Halsschmuck zu öffnen, aber vergebens. Lachend sprach nun Heinrich der Eiserne zu ihm:

„Nun grüße mir deinen Herrn und zeige ihm ohne Säumen deine seltene Halszierde. Wenn er dich von diesem Schmuck befreien kann, will ich mich gerne geschlagen geben."

Der nächste Tag war warm und sonnig, da klopfte es matt an Waldecks Burgtor, und man führte den völlig erschöpften Boten vor Graf Heinrich.

„Umsonst mühte sich mein Herr, meine Schultern von dieser Last zu befreien. Ich bitte euch, erlöst mich aus dieser Qual." Laut lachend öffnete Graf Heinrich dank seiner Riesenkräfte den eisernen Ring. Der Bote wurde mit Fleisch und Wein gestärkt, hatte er doch nun schon dreimal den Weg zurücklegen müssen, und man geht die Strecke nicht kürzer als in drei Stunden.

„Richte deinem Herrn meine besten Grüße aus", sagte Heinrich der Eiserne, „heute Abend werde ich sein Gast sein, und im Turnier wird sich auf ritterliche Weise zeigen, wer von uns der Stärkste ist."

So manche Kämpfe und Fehden mit den Korbachern und Padbergern hat unser Graf ausgefochten, er war aber auch tiefreligiös. Bereits 1356 unternahm er eine Wallfahrt nach Jerusalem und auch dem Kloster Marienthal in Netze tat er viel Gutes. So war er bei jedermann, ob hoher oder niederer Abkunft, beliebt und angesehen.

Im Jahre 1379 kehrte Kaiser Wenzel, der mit seiner Gemahlin von der Kaiserkrönung in Aachen zurückkam, bei Graf Heinrich auf Burg Waldeck ein. Hocherfreut über diesen Besuch übernahm der Graf selbst das Amt des Mundschenks und goss mit eigener Hand den Wein in die goldenen Pokale. Wie er es gewohnt war, trug er auch jetzt den schweren Harnisch und klirrende Sporen. Zu gerne hätte ihn Kaiser Wenzel gegen hohen Lohn in seine Dienste genommen, aber unser Graf lehnte dankend ab. Er zog es vor, ein einfacher, aber unabhängiger Ritter zu bleiben, statt ein bezahlter Kaiserknecht zu sein.

Die feurigen Wagen

Konrad Schäfer aus Gammelsbach in Hessen erzählte: „Ich habe vor einigen Jahren Frucht auf der Hirschhörnerhöhe nicht weit von Freienstein, dem alten Schloss, gehütet. Um Mitternacht begegneten mir zwei feurige Kutschen mit grässlichem Gerassel;

jede mit vier feurigen Rossen bespannt. Der Zug kam gerade vom Freienstein. Er ist mir öfter begegnet und hat mich jedes Mal gewaltig erschreckt; denn es saßen Leute in den Kutschen, denen die feurige Flamme aus Maul und Augen schlugen."
Quelle: Deutsche Sagen, Jacob Grimm, Wilhelm Grimm (Brüder Grimm), Kassel 1816/18, Nr. 277

Sage vom Walpertsmännchen (Hessen)

Eine alte Rittersage vom Walpertsmännchen knüpft sich an den Namen des stolzen, nach der Burg benannten Geschlechtes, das auf Wallenstein und später auf der benachbarten Burg Neuwallenstein (oder Neuenstein) lange Zeit gewohnt hat und in dem Simon von Wallenstein einst die Vehme (Strafe, Gericht) gab. Er galt als ein in seiner unbeugsamen Gerechtigkeit willens von den Verbrechern gefürchteter Freischöffe.

Mit dem Walpertsmännchen aber hat es folgende Bewandtnis. Ein Ritter von Buchenau hatte mit dem Ritter von Wallenstein in einer fröhlichen Walpurgis-Gesellschaft auf Neuenstein, als Mitternacht schon längst vorüber war, gewettet, dass es um sechs Uhr morgens an dem bereits angebrochenen Tage zu Pferd auf der Fallbrücke vor seiner Burg Buchenau sein wolle. Trotz der mehr als sechsstündigen Entfernung und trotz ungebahnter Wege gewann der Buchenauer die Wette, und der Wallensteiner, sowie seine Nachkommen, mussten dem Einsatze gemäß von da ab alljährlich in der Walpurgisnacht einen aus dem Dorfe Salzberg stammenden Boten nach Buchenau senden. Der hatte morgens um sechs Uhr auf der Fallbrücke des Buchenauer Schlosses sich einzustellen und sechs Knaken (etwa 30 Pfg.) an den Burgherren pünktlich zu entrichten, wogegen das Salzberger „Walpertsmännchen" so lange mit Speis und Trank verpflegt werden musste, bis es einschlief. Die guten Tage der Walpertsmännchen haben längst aufgehört, und die alte Stammburg der Wallensteiner liegt in Trümmern

Das Bahkauv

In den Abwasserkanälen der berühmten Aachener Thermalquellen hauste einst ein schreckliches Ungetüm. Die Aachener nannten es das Bahkauv. Das bedeutet im Aachener Dialekt, dem Öcher Platt, so viel wie Bachkalb, denn wie ein großes Kalb mit einem riesigen Kopf soll es auch ausgesehen haben. Wirklich zu Gesicht bekommen hat es aber nur sehr selten jemand. Von den wenigen, die es gesehen haben beschrieb jeder das Bahkauv ein bisschen anders. Der eine erinnerte sich an sein zottiges Fell, der andere hatte seine großen Augen im Dunkeln leuchten gesehen. Einem anderen hatte es in den Nacken gebissen, es hatte also wohl ein großes Maul mit vielen scharfen Zähnen. Wieder ein anderer hatte die Pranken des Bahkauvs auf den Schultern gespürt und sie waren groß und schwer wie Bärenpranken mit scharfen Krallen. Einen langen Schweif soll es auch haben, denn man hörte, wie er hinter dem Untier über den Boden schliff, wenn es Nachts durch die Gassen zog. Auch hatte es am Hals und an den Beinen Ketten, die wild rasselten, wenn es sich bewegte.

Das Rasseln der Ketten konnte man auch tagsüber sogar aus der Tiefe hören, wenn man in der Nähe der Kanäle entlang ging. Hoch auf die Straße kam das Bahkauv aber nur nachts. Dann suchte es sich in den Gassen ein Opfer. Es bevorzuge Nachtschwärmer, die betrunken aus den Kneipen kamen. Ihnen sprang das Bahkauv in den Nacken und ließ sich von ihnen mittragen. Hier erkannten die Opfer, dass das Bahkauv eine Kreatur des Teufels war: Betete man, wurde es schwerer, fluchte man hingegen, machte es sich leichter. War der Trunkenbold zuhause angekommen sprang das Bahkauv ab. Es hat nie einen Mann getötet und niemals Frauen und Kinder angegriffen. Allerdings waren die Geldbörsen der Betroffenen oft leer und sie behaupteten, das Untier hätte ihnen all ihr Geld gestohlen.

Nachdem die Kanäle überbaut wurden, hat man das Bahkauv nie wieder gesehen.

Zwerge der Mühle

In einer Mühle bei Grund im Harz kam jede Nacht ein Zwergvolk aus dem Hubichenstein, um da zu speisen, und der Müller musste jeden Abend mit seiner Familie ausziehen. Da bat einmal ein alter Soldat um Nachtherberge; der fürchtete sich nicht vor den Zwergen und blieb des Nachts in der Mühle. Um zwölf kamen die Zwerge mit ihrem König und setzten sich, um zu speisen. Da rief einer: „Hier riecht's nach Tabak." Die Zwerge fielen sogleich über den Soldaten her, doch der schlug mit seinem Knotenstock wacker zu. Der König Hubich griff ein und stiftete Frieden. Außerdem lud er den Soldaten zum Essen ein und der ließ sich das nicht zweimal sagen.

Nachdem die Uhr eins schlug, waren alle verschwunden und nur noch ein goldener und drei silberne Becher blieben zurück und der Soldat hat sie behalten. Drei verkaufte er für ein gutes Stück Geld und einen behielt er zu seinem Gebrauch. In ihm befand sich jedes Mal der feinste Wein, wenn er den Becher an den Mund setzte. Der Soldat blieb in der Mühle und die Zwerge haben noch viele Jahre ihre Mahlzeit mit ihm dort gehalten.

Quelle: Friedrich Sieber, Harzland-Sagen

Die Loreley

Wer kennt nicht das Lied von der Loreley, die oben auf dem Felsen sitzt, ihr goldenes Haar kämmt und so betörend singt, dass ein Fischer im Rhein versinkt, weil er nur noch auf sie und nicht auf die Wellen und Klippen im Strom geachtet hat? So wie ihm soll es unzähligen Schiffern gegangen sein, aber ich weiß noch von einer ganz anderen Geschichte:

Die schöne Jungfrau war eine Freundin der Rheinfischer. Sie stieg oft von ihrem Felsen herab, wenn die jungen Männer ihre Netze auswarfen, und zeigte ihnen ertragreiche Fischgründe. Befolgten sie ihren Rat, so wurden sie stets mit reichem Fang belohnt. Die Fischer waren der Loreley dankbar und verbreiteten die Kunde von ihrer Schönheit und Hilfsbereitschaft, wo immer sie hinkamen, und wer von ihr hörte, erzählte es weiter.

So gelangte die Nachricht von der schönen jungen Frau auch ins Hoflager des Pfalzgrafen, und als dessen Sohn sie vernahm, erfasste ihn eine tiefe Sehnsucht nach dem unbekannten Mädchen. Er schlief keine Nacht mehr und verstieg sich schließlich in die Vorstellung, nur der Anblick der geliebten Loreley könne ihm seinen Seelenfrieden wiedergeben. In seinen Tagträumen sah er sich bereits mit der Schönen an seiner Seite ins Hoflager einziehen, von allen bewundert und beneidet.

Eines Tages nutzte er die eben eröffnete Saison, um sich von seinem Vater für einen Jagdzug nach Wesel zu verabschieden. Er ließ sich in einem kleinen Boot den Rhein hinab rudern und kam am späten Nachmittag bei den Fischern an.

„Wartet bis zum Sonnenuntergang", rieten sie dem jungen Grafen zu, „dann kommt sie für gewöhnlich auf den Felsen."

Dieser wies die Schiffer an, sein Boot bis in die Mitte des Stroms zu rudern und dort anzuhalten, denn er wollte die Ankunft der Loreley auf keinen Fall verpassen. Es dauerte auch nicht lange, da warf die Sonne tiefrote Strahlen über den Himmel, und auf dem hohen Felsen erschien die Loreley, setzte sich an den Rand und begann ihr langes Haar zu kämmen. Es glänzte im Schein der letzten Sonnenstrahlen wie Gold. Der junge Pfalzgraf starrte gebannt auf die märchenhafte Erscheinung, und als die Schöne nun auch noch mit klarer Stimme ein wehmütiges Lied zu singen begann, war es um ihn geschehen. Er befal den Ruderern, das Ufer anzusteuern, und beugte sich weit über den Bootsrand, weil er die Landung kaum erwarten konnte. Wenige Meter vom Ufer entfernt vermochte er nicht mehr an sich halten und setzte zum Sprung auf die Uferböschung an, doch er hatte sich in der Entfernung verschätzt und landete mit einem Aufschrei im Rhein, dessen Fluten ihn mit sich rissen, ohne dass jemand ihm helfen konnte.

Schon bald erfuhr der alte Pfalzgraf vom Schicksal seines Sohnes. Schmerz über den Verlust und Wut auf die Loreley zerrissen seine Seele, und er trommelte seine besten Kämpfer zusammen.

„Ergreift die Hexe und schafft sie herbei, ob tot oder lebendig, ist mir egal", befahl er dem Hauptmann.

„Dann gestattet, dass wir sie gleich eurem Sohn in die Fluten des Rheins stürzen, auf dass sie ertrinkt", gab dieser zu bedenken, „denn, wenn sie wirklich eine Hexe ist, wird sie sich mit Leichtigkeit aus dem Kerker befreien."

Der Pfalzgraf erteilte die Erlaubnis, und der Hauptmann machte sich mit einem kleinen Trupp auf den Weg zur Loreley. Gegen Abend ließ er den Felsen umstellen und kletterte mit wenigen tapferen Kämpfern hinauf. Sie fanden die junge Frau, die wie immer am Rand des Felsens saß und mit betörender Stimme sang. Sie hielt eine Kette aus Bernsteinen in der Hand, und die leuchteten wie flüssiger Honig in der Abendsonne. Nachdem die zierliche Frau die Männer in ihrer schweren Kampfausrüstung erblickte, unterbrach sie ihr Lied und fragte:

„Wen sucht ihr wackeren Streiter?"

„Dich suchen wir, du teuflische Hexe", entgegnete der Hauptmann und tat entschlossen einen Schritt auf sie zu. „In den Fluten des Rheins sollst du einen elenden Tod sterben, auf dass deiner Stimme Klang keinem unschuldigen Menschen mehr die Sinne raubt."

Da lachte die Loreley, schüttelte ihre blonde Mähne, warf die Bernsteinkette über den Felsenrand in den Rhein und sang in einer geheimnisvollen Melodie:

„Vater, herbei, geschwind, schick deinem lieben Kind die weißen Rosse, will reiten auf Wellen und Wind."

Die Kämpfer des Pfalzgrafen erstarrten, denn kaum hatte die Loreley ihr Lied beendet, fauchte ein Sturm über die Felskuppe, wie sie noch keinen je erlebt hatten. Die Wasser des Rheins wurden aufgepeitscht, der Fluss schwoll an, die Jungfrau aber stand am Abgrund und blickte lachend auf das Tosen. Plötzlich rauschten zwei Wellengebirge mit weißen Gischtkämmen bis zur Felsenspitze heran, erfassten die Loreley und trugen sie in die Tiefe hinab. Da erkannte der Hauptmann, dass die schöne Frau eine Nixe gewesen ist, der mit menschlicher Gewalt nicht beizukommen war. Mit dieser

Nachricht kehrten sie in das Lager des Pfalzgrafen zurück und staunten nicht schlecht, als ihnen dort der junge Graf entgegenkam, der seinen Sturz in den Rhein überlebt hatte, weil ihn eine Welle ein Stück weiter stromabwärts ans Land gespült hatte.

Die Loreley aber blieb seit jenem Tag verschwunden. Man erzählt sich wohl, dass sie den Felsen, der nach ihr benannt wurde, noch bewohnt, doch lässt sie sich nicht mehr blicken und auch ihre Stimme erfreut die Vorüberfahrenden nicht mehr.

Aus: Wo die Loreley dem Lahnteufel winkt - Märchen und Sagen aus dem Blauen Land, nacherzählt von Sylvia Hess, edition phönix, ISBN 3-929068-16-8

Der Münzmeister

Als Sophia IV. von Gleichen noch Fürstäbtissin von Essen war (1459-1489), war ein gewisser Jasper Münzmeister in Borbeck. Sein Beruf war schwer und verantwortungsvoll. Er musste sich um die Beschaffung des Silbers und des Goldes bemühen, das er für die Herstellung von Münzen benötigte. Dann waren die Münzstempel zu schneiden. War das Silber oder Gold erhitzt, musste es zu flachen Streifen gereckt werden, aus denen dann runde Plättchen geschnitten wurden. Schließlich kam der schwierigste Teil der Arbeit, wenn das Metallplättchen, „Schrötling" genannt, zwischen zwei Münzstempel gelegt wurde, die der Münzmeister mit kräftigen Hammerschlägen aufeinanderschlug, so dass sich deren Formen in das Metall eingruben und das Münzbild entstand. Ja, es war eine schwere Arbeit, und Maschinen, die helfen konnten, gab es noch nicht.

Münzmeister Jasper war ein frommer und redlicher Mann, der seine Arbeit jahraus jahrein zuverlässig verrichtete. Seine Münzen hatten immer den vorgeschriebenen Gehalt von Gold oder Silber, und jedermann freute sich über die gelungenen Darstellungen auf den Geldstücken. Sein schönstes Werk war eine Münze, die im weiten Umkreis als „Borbecker Groschen" bekannt war. Auf der einen Seite konnte man das Bildnis des heiligen Petrus sehen. Die Rückseite zierte ein Kreuz, und es war zu lesen: Grossus Borbec Benedictu sit nome DNINRI (Borbecker Groschen - Gepriesen sei der Name unseres Herrn)

Diese Münze mit ihrem frommen Text verdross den Teufel überaus. So erschien eines Tages in der Werkstatt von Meister Jasper ein vornehmer Mann, dessen rotglühende Augen kaum zu seiner feinen schwarzen Kleidung passten. Sehr freundlich sprach er den Münzmeister an, wie es denn käme, dass dieser, obwohl er goldene und silberne Münzen herzustellen gewohnt sei, selbst doch immer noch nicht reich werden konnte. Arglos entgegnete Jasper, dass er das edle Metall teuer einkaufen müsse. Da er die Münzen stets in der vorgeschriebenen Reinheit verfertige, sie also mit der richtigen Gold- oder Silbermenge versehe, bleibe ihm oft nur ein geringer Verdienst. Da flüsterte der Fremdling ihm listig ins Ohr: „Hör zu, Meister Jasper, ich will dir raten, wie du dein Elend überwinden kannst. Siehst du diesen Klumpen aus Blei? Den schenke ich dir. Zukünftig kannst du ihn unter dein Münzmetall mischen. Wenn du nicht zu viel davon nimmst, wird niemand etwas merken, und du wirst bald so viel an Gold und Silber für dich behalten können, dass du der reichste aller Borbecker Bürger sein wirst."

Mit einem boshaften Lächeln verschwand der Fremdling danach aus der Münzwerkstätte. Als Meister Jasper ihm nachblickte, bemerkte er, dass jener seinen hinkenden Gang nicht verbergen konnte.

Lange Zeit ließ Jasper den Bleiklumpen in einer Ecke seiner Werkstatt liegen. Er wagte nicht, das Münzmetall mit dem unedlen Blei zu mischen, wusste er doch, dass das Herstellen schlechter Münzen verboten und mit schweren Strafen bedroht war.

Doch eines Tages, es war ein bitterkalter Wintertag, und Jasper wusste wieder einmal nicht, woher er das tägliche Brot für sich und seine Kinder nehmen sollte, da wurde die Versuchung übermächtig. Obwohl er ahnte, wer ihm den bösen Rat gegeben hatte, begann Jasper damit, ein wenig Blei in das heiße Silber zu gießen, als er wieder einmal seine Borbecker Groschen prägen wollte. Nachdem das Metall gereckt und die Schrötlinge (ungeprägtes Münzstück) geschnitten waren, machte er sich daran, die erste Münze zwischen den Münzstempeln abzuschlagen. Kaum, dass er den ersten Hammerschlag getan hatte, rief plötzlich, obwohl niemand sonst in der Werkstatt war, eine laute Stimme: „Jasper, Jasper, es ist genug. Die Münze mit dem Namen des Herrn entehre nicht durch bösen Betrug."

Meister Jasper erschrak fürchterlich, als er dies hörte. Da er aber niemanden sah, glaubte er an eine Sinnestäuschung und trieb weiter mit kräftigen Hammerschlägen die Münzstempel auf den Schrötling. Doch wie erstaunt war er, als die Münze nicht entstehen wollte. In seinem ganzen Leben war ihm dies noch niemals widerfahren. Das weiche Metall wollte ihm nicht gehorchen. Wieder und wieder holte er aus und hieb mit wuchtigen Schlägen auf die Stempel ein. Aber trotz aller Mühen blieb der Metallschrötling unberührt. Das Bild des heiligen Petrus kam nicht zum Vorschein. Da schlug Meister Jasper zum letzten Mal gewaltig zu. Seine ganze verzweifelte Kraft legte er in diesen Schlag. Doch wieder blieb sein Mühen vergebens. Stattdessen erzitterten plötzlich die Münzstempel unter seinen Händen und brachen mit schrillem Ton auseinander.

Da erkannte Meister Jasper, dass er niemals mehr seine schönen Groschen würde herstellen können. Verzweifelt warf er das zerstörte Werkzeug hin, und ein böser Fluch wollte sich gerade über seine Lippen drängen, als er begriff, dass er durch ein Wunder davon abgehalten worden war, sich schwer zu versündigen. Nun beschloss er dem Wink des Schicksals zu folgen. Sein Handwerkszeug samt dem verdorbenen Silber warf er in das Wasser des Schlossgrabens und zog weit fort, um mit seiner Familie ein neues Leben zu beginnen. Seit diesem Tage wurden niemals mehr Münzen in Borbeck geprägt, und mehr als 150 Jahre mussten vergehen, bis sich wieder ein Münzmeister fand, der für die Essener Fürstäbtissinnen Münzen prägen wollte.

Der Bau von Schloss Waldeck
oder die Sage vom Treustein

Beim Aufstieg zum Schloss Waldeck am Edersee sieht man rechts am Wege unter der Burg einen großen hervorspringenden Felsen, das ist der Treustein oder Wichtelstein. Von ihm erzählt man sich folgende Sage:

Schon lange, lange ist's her, so lange, dass selbst die Ururgroßväter der ältesten Waldecker Bürger es nur noch aus den Erzählungen ihrer Altvorderen wissen. In diesen längst vergangenen Zeiten zog einmal ein großer Trupp von Rittern, Kriegsknechten, Bediensteten und Marketendern das Edertal von Osten her herauf. An der Spitze des Zuges ritt ein stolzer Graf, bewaffnet und gewappnet im blanken Harnisch. Er war auf der Suche nach einem geeigneten Platz, wo er eine Burg bauen konnte, die sein Stammsitz werden sollte. Kundschafter wurden ausgeschickt, um das Gelände zu erkunden und umsichtig führte der Graf sein Gefolge durch das rauschende Wasser der Eder, dort, wo heute der Ort Hemfurth am Edersee liegt. Ein weites Feld voll saftigem Gras breitete sich vor ihm aus.

Ein Schäfer, der im Gras ruhend seine Herde weiden ließ, betrachtete mit Gelassenheit und Verwunderung den nahenden glänzenden Reiterzug. Er dachte nicht daran aufzustehen oder gar den Schlapphut abzunehmen, sondern kaute mit Gelassenheit auf einem Grashalm. Der Graf ritt auf ihn zu und sprach ihn mit freundlichen Worten an:

„Guter Mann, sicherlich kennt Ihr diese Gegend so gut als das Innere eures Schnappsacks und den Boden eures Felleisens. Könntet Ihr mir nicht einen Platz weisen, wo sich eine Burg bauen ließe?"

Der Schäfer dachte nach und legte die Stirn in tiefe Falten, dann nahm er den Grashalm aus dem Mund und wies mit seinem Bein auf einen Berg jenseits der Eder. „Nun, dort droben an der Wald-Ecke."

Dankend nickte der Graf dem Schäfer zu, winkte seinen Mannen und der Zug setzte sich in die angegebene Richtung in Bewegung. Ein weiteres Mal musste der Fluss durchquert werden und dann ging es durch wegloses Strauchwerk und Geröll steil den Berg hinauf. Der Ritt war sehr mühselig und schweißtreibend. Der Platz aber, den der Ritter dort oben vorfand, war bestens geeignet und bot genügend Raum zum Bau einer Burg. Steine und Holz zur Errichtung des Baus waren auch reichlich vorhanden, dazu gab es Wild im Überfluss in den nahen Wäldern, nur ein tiefer Brunnen musste noch gegraben werden.

Im Inneren des Berges hauste aber das Volk der Wichtel unter Schloss Waldeck. Tief in den Felsen, in kristallgeschmückten Grotten unter der Burg, hatten sie ihren Palast. Der Eingang lag gut versteckt und war mit einem Zauberbann gesichert hinter dichtem Gestrüpp beim Wichtelstein.

Während die Steinmetze und Zimmerleute mit der Arbeit begannen, schlief der Ritter in prächtigem Zelt auf einer nahen Waldwiese. Eines Nachts erwachte er, weil etwas an seiner Bettdecke zupfte – es war aber außer einem blauen Flämmchen nichts zu sehen.

„Steh auf und folge mir", wisperte es. Der Ritter zog die Bettdecke über den Kopf und tat so als ob er schlief.

„Steh auf und folge mir, es soll dein Schade nicht sein", flüsterte es in sein Ohr. Taub wie ein Stein – so stellte sich der Graf.

„Unser König Eck schickt mich, so komm mit mir", raunte es abermals.

„So komme ich in Gottes und aller Heiligen Namen mit dir", sagte der Ritter und stand auf, weil er doch neugierig war, was das bedeuten sollte.

„Geh voran", flüsterte es leise, „ich habe kein Licht, geh du voran und leuchte mir."

Und so flackerte das Flämmchen vor ihm her, durch Wiese und Wald, durch dunkle Gewölbe bis in die Grundfesten der neuen Burg. Sie standen vor einer glatten Felswand.

„Klopf dreimal an den Felsen", forderte das dünne Stimmchen.

„Wie kann ich das tun, habe ich doch keinen Hammer," entgegnete der Graf. Da war es, als tanze das Flämmchen vor dem Stein, und donnernd öffnete sich ein Spalt im Felsen. Vom Glanz geblendet erschaute der Ritter den Thronsaal des Zwergenkönigs, strahlend von Amethysten, Smaragden, Gold und Karfunkelsteinen.

König Eck, der Herrscher der Zwerge, empfing den Ritter überaus freundlich und lud ihn zum Mahl. Da ward von Elfen aufgetragen in Pokalen aus Mondstein der erlesenste Tautropfen, gemischt mit den Wassern aus Zisternen der Unterwelt. Wichtel schleppten mächtige bernsteinerne Platten mit gebratenen Grottenolmen, gesottenen Blindfischen und gerösteten Nachtraben herbei, gewürzt mit Essenzen aus unterirdischen Gärten. Und hinter jedem steinernen Stuhl an der Tafel stand ein gewaltiger Höhlentroll, bereit, dem kleinsten Wink Folge zu leisten.

„Was störst du unsere Ruhe mit dem Bau deines vergänglichen Menschenwerks?", so fragte der Zwergenkönig den Ritter. „Seit vielen tausend Jahren leben wir und unsere Sippen hier und in den Bergen ringsum. Solltest du die Grundfesten deiner Burg noch tiefer legen, ist unser Palast in Gefahr."

Da schloss der Ritter mit König Eck einen Vertrag. Er versprach dem Wichtelvolk seinen Schutz unter der Burg und auch im Innern der Ederberge, da wo die Wichtel hausen könnten, wie es ihnen gefiele und solange sie wollten. Dafür musste Eck die Felsen unter der Burg so fest bauen und sichern, dass das Schloss nicht sinken konnte.

Schon früh am nächsten Morgen begannen die Maurer und Zimmerleute mit ihrer Arbeit und auch die Wichtel waren nicht müßig, so dass schon recht bald ein stattliches Schloss mit festen Mauern den Berg krönte und von hohen Söllern den Blick weit ins Land schweifen ließ. Allein – an der Bergseite zur Eder hin kamen die Handwerker nicht weiter. Dort, wo eines der Wohnhäuser errichtet werden sollte, befand sich ein großer Felsen, welcher auf unsicherem Grund stand. Da befahl der Ritter seinen Leuten den Felsvorsprung zu entfernen, weil er befürchtete, dass er sich lösen, ins Tal rollen und so großes Unglück anrichten könne. Seinen Mannen gefiel das aber nicht sonderlich und sie sagten ihrem Herrn, dass die Wichtel oft um Mitternacht auf diesem Stein zusammenkämen, um ihre Feste zu feiern. Wenn nun der Stein hinweg geschafft würde, so würden auch die Wichtel wegziehen – und mit ihnen Glück und Segen aus der Burg. Ihre Worte fanden aber bei dem Ritter kein Gehör. Sein Entschluss stand fest: Der Felsen musste beseitigt werden.

Aber die feinen Ohren der Wichtel hatten schon alles vernommen. Sofort befahl König Eck seinen Schmiedemeistern den Stein mit Kreuzen und Ankern aus dem Gold der Eder so zu befestigen, dass er sich niemals lösen konnte. Um Mitternacht, als in der Burg alles schlief, zog er mit den Edlen seines Volks zum Schlafgemach des Ritters und bat und flehte, dass dieser doch den Wichtelstein stehen lassen solle. Als der Ritter hörte, wie gut der Stein befestigt war, ließ er den Felsen stehen und so wird er wohl ewig stehen bleiben. Von dieser Zeit an führten die Grafen und Fürsten Stern und Kreuz in ihrem Wappen.

Die Sage erzählt weiter: Der Wichtelstein wird den letzten Fürsten zu Waldeck erschlagen, deshalb besucht er so selten das Stammschloss seiner Väter. Dann wird König Eck mit seinem Herrscherstab aus gleißendem Edergold so auf den Felsen schlagen, dass es weithin gehört wird. Aus allen Ederbergen kommen dann die Wichtel mit ihren Laternen des Nachts auf Schloss Waldeck zusammen. Für den waldeckischen Fürsten wird eine überaus prächtige Totenfeier abgehalten und dem zukünftigen neuen Burgherrn die Treue geschworen. Daher heißt der Felsen auch „der Treustein". Nach einer Stunde schlägt Eck dann wieder laut hallend auf den Felsen und die Wichtel ziehen zurück in ihre unterirdischen Höhlen.

Heute, in unseren Tagen, ist der Wichtelstein mit einer Mauer unterbaut und fest mit dem Burgberg verbunden, damit er noch recht lange stehen bleibt. Und in der Walpurgisnacht zum 1. Mai, wenn alle guten und bösen Mächte frei sind, dann können Sonntagskinder die Wichtel auf ihrem Felsen tanzen sehen.

Eine andere Variante der Sage: Die Geschichte vom Zwergenkönig Eck

Es mag über ein Jahrtausend verflossen sein, seit der Erbauer der Burg Waldeck mit den Hollen, dem Zwergenvolk, das in den Ederbergen und dort besonders tief im Inneren des Schlossfelsens hauste, über den Bau einer Burg einen Vertrag abgeschlossen hatte. Der Graf von Waldeck versprach Eck, dem mächtigen Herrscher der Ederzwerge, die Bergestiefen unter seinem Schloss für alle Zeiten zu sicherem Besitz, zu einer ungestörten Heimstatt, wo die Hollen unter Schutz und Hut der Grafenburg in Frieden hausen sollten, solange es ihnen beliebe. Dagegen verpflichtete sich der Zwergenherrscher, die Grundmauern der Burg so felsenfest erbauen und verfugen zu lassen, dass das Schloss niemals sinken oder fallen könne. Zugleich gelobte Eck, im Reiche nach Kräften alles Recht zu hüten und alles Unrecht zu sühnen.

Der Eingang zum unterirdischen Zwergenschloss liegt hinter dem großen Felsen, dem Treustein, von dem die Sage geht, dass er den letzten Schlossherrn von Waldeck unter seiner Last und Masse begraben hat. Auf dem Treustein sollen die Zwerge oftmals um Mitternacht ihre Zusammenkünfte abhalten.

Beim Tod eines waldeckischen Grafen oder Fürsten schlägt Eck mit seinem funkelnden Hammer aus Edergold dreimal auf den Felsen. Dann wird's im Dunkeln an allen Hügeln und Hängen der Eder lebendig. Zahllose Lichter blitzen auf, wie Glühwürmchen, die im Funkenflug durch die Sommernächte schwärmen und schwirren. Es sind die Leuchten der Hollen, die von allen Bergen her Schloss Waldeck zueilen, um ihrem seligen Herrn das Totenamt zu halten. Weithin erhellt dann der Schein ihrer Lichter das dunkle Edertal. Die Gedächtnisfeier zu Ehren des Gestorbenen beginnt eine wundersame Stunde im dunkeln Schweigen der Nacht. Nur aus dem Tale herauf klingt leises Wellenrauschen. Lange, lange redet Eck zur lautlos lauschenden Schar. Wenn er am Ende ist, schwören die Hollen ihrem neuen Herrn den Treueid, und nach dem Arolser Schloss hingewandt, rufen sie alle: „Sei stets im edlen Streben, den hohen Ahnen gleich. So wird, o Herr dein Leben, an Glück und Liebe reich."

Und wieder klingt dann Ecks Goldhammer dreimal auf den Felsen nieder. Die Lichter der Hollen huschen auseinander. Eilig suchen sie wieder in den Bergestiefen, ihre Wohnungen auf. Auch eine Blume hüten und hegen die Zwerge, die einen schwarzen Stengel, rote Blüten und goldene Blätter besitzt. Sie wächst in tiefer Waldeinsamkeit und wird unsichtbar, sobald eine Menschenhand sich nach ihr ausstreckt. Nur wenige haben sie je gesehen, aber wer auch nur im Vorübergehen ihren Duft geatmet hat, den treibt Heimatsehnen ein Leben lang um. Oft geht durch die tiefe Waldesstille ein heimliches Singen und Klingen und Sonntagskinder erlauschen wohl einmal ein leises zauberisches Lied:

> Es hegen die Zwerge ein Blümelein.
> Am Schoße der Berge, gar selten und fein,
> Schwarzzweiglein, Blüten und Blätter aus Gold,
> Ein Blühen und Duften gar wonnig und hold,
> Wes Seele träumend den Würzgeruch trank,
> Den macht ein Sehnen, ein Heimweh krank,
> Dem wird in der Fremde das Herze so schwer,
> Wie Heimruf winkts ihm aus Fernen her.
> Leis locken die Glocken der Jugendzeit,
> Und Spiele und Lieder verklingen so weit,
> Und Wälderrauschen und Quellensang,
> Die traute Hütte am Bergeshang:
> Komm wieder zum Dörfchen im Felsengrund,
> Wirst im Heimatfrieden froh und gesund.

Unter den Wassermassen eines gewaltigen Stausees wird bald das schöne, traute Tal versinken. Schloss Waldeck, die alte graue Feste, die drei deutsche Kaiser in ihren Mauern sah, wird weithin berühmt werden, ein Lieblingsziel der Wanderscharen aus allen Landen, die Jahr für Jahr kommen werden, um das neue Weltwunder unserer Tage, den Edersee, zu sehen und wohl auch im Boot sich über seinen Tiefen zu wiegen.

Bis ans Ende aller Zeiten aber, wie Windsglockenklingen überm dunklen Flutengrunde, „wird noch durch die Wellen zittern leis` ein ewiges Heimatlied."
(Oswald König)

Die Geschichte vom Wirtshaus im Spessart
von Wilhelm Hauff

Die Geschichte erzählt von der Gesellenwanderung des Goldschmieds Felix. Während einer Wanderung kehrt er eines Abends zusammen mit einem ihn begleitenden Zirkelschmied in ein Gasthaus ein, wo er auf einen Studenten und einen Fuhrmann trifft. Dieses Gasthaus befindet sich im Spessart, der berüchtigt für Raubüberfälle ist. Die vier Männer beschließen, nicht zu Bett zu gehen, um nicht ausgeraubt zu werden. Damit sie nicht vom Schlaf übermannt werden, erzählen sie sich vier Märchen. Gegen 22:00 Uhr kommt eine Gräfin gemeinsam mit ihrem Jäger und ihrer Hofdame ins Gasthaus. Die Männer unterrichten den Jäger von der drohenden Gefahr. Deswegen geht die Gräfin mit ihrer Dame auf ein Zimmer und der Jäger gesellt sich zu den Männern, um im Falle eines Angriffs bessere Verteidigungschancen zu haben.

Nach Mitternacht kommen tatsächlich die Räuber. Allerdings haben es diese nur auf die Gräfin abgesehen. Die Räuber wollen sie entführen, damit ihr Ehemann sie freikaufen muss. Der junge Goldschmied, der klein ist und keinen Bart hat, lässt sich als Gräfin verkleidet statt ihrer „entführen". Der Jäger und der Student lassen sich mit dem Goldschmied gefangen nehmen und begleiten ihn.

Während die Gräfin unbeschadet zurück nach Hause fährt und der Fuhrmann seinen Weg fortsetzt, werden die drei Gefangenen zum Lagerplatz der Räuberbande gebracht. Nachdem sie dort fünf Tage ausgeharrt haben, kommt der Räuberhauptmann zu ihnen und erklärt, wie ernst die Lage sei. Der Graf zahle das Lösegeld nicht, weshalb der Hauptmann gezwungen sei, der vermeintlichen Gräfin Schmerzen zuzufügen. Es scheint dem Räuberhauptmann jedoch unmöglich, die Gräfin in Gefahr zu bringen, da er sie sehr achtet.

Daher schlägt er den Gefangenen vor, zusammen mit ihnen zu fliehen, sobald es dunkel wird. So wandetern der Goldschmied, der Jäger, der Student und der Hauptmann die ganze Nacht hindurch. Als es hell wird, treffen die Fliehenden auf fünf Soldaten. Unter denen ist ein Major, der den Jäger wiedererkennt. Der Major bringt den Jäger und seine Mitreisenden sicher nach Aschaffenburg, wo der Graf residiert.

Noch am selben Tag fahren Jäger, Goldschmied und Graf zu seinem Schloss, wo die Gräfin auf gute Nachrichten von ihrem Retter wartet. Dementsprechend ist die Freude groß, als sie den Goldschmied sieht. Sie bittet ihn, seine Kleidung und seinen Sack, mit dem sie sich verkleidet hatte, um nicht von den Räubern als die wahre Gräfin überführt zu werden, behalten zu dürfen. Er erlaubt ihr dies. Jedoch bittet er, den Schmuck seiner Patin, die er nie zuvor gesehen hat, behalten zu dürfen. Diesen will er ihr auf seiner Wanderung persönlich übergeben. Die Gräfin schaut sich den Schmuck an und ist sehr überrascht, als sie ihn wiedererkennt. Es sind die Edelsteine, die sie ihrem Patensohn, der Goldschmied ist und die er für sie bearbeiten sollte, selbst geschickt hat. Daher steht niemand Geringerer als ihr Patensohn vor ihr, der ihr das Leben gerettet hat. Die Gräfin nimmt ihren Patensohn zum Dank in die Familie auf. Als er von seiner Wanderung zurückkommt, richtet sie ihm ein vollständiges Haus in Nürnberg ein.

5

Mittel- und Ostdeutschland

Der Bergknappe Andreas im Luttertal

Einst gab es oben im Luttertal den Buben Andreas, der sich schon mit vierzehn Jahren als Pochknabe (Anlernling im Bergbau) verdingte. Sein Vater, ein Bergmann, war vor Jahren von niederbrechendem Gestein erschlagen wurden und seine liebe Mutter schaffte als Wäscherin so gut sie konnte, vermochte es jedoch kaum ihn und seine fünf Geschwister zu ernähren. Da Andreas stets hilfsbereit und freundlich war, mochten ihn die anderen Bergleute gern und gaben ihm auch hier und da einmal ein Stück Brot von ihrem Kanten ab. Das trug er stets nach Hause. Auch das wenige Geld, das er verdiente, gab er stets treu der lieben Mama.

Eines Tages, als er tief in einen Stollen eingefahren war, hörte er eine Stimme seinen Namen rufen und ging ihr nach, da er meinte, dass vielleicht einer der Kameraden seine Hilfe bräuchte. Wie erschrak er zunächst, als plötzlich ein Berggeist vor ihm stand, bis er ihn anrief: „Du brauchst dich nicht zu fürchten, da du ein reines Herz hast, weiß ich doch wie fleißig und ehrlich du bist und keiner Seele etwas zuleide tun kannst. Auch habe ich letztens gesehen, wie du dem Reh geholfen hast. Mit einer Stoffbahn deines Mantels schientest du sein gebrochenes Bein. Darum will ich dir das hier geben." Der Berggeist hielt ein silbernes Kreuz an einer Kette in der Hand und Andreas ließ sie sich umhängen. „Diese Kette, bekomme ich erst an deinem letzten Tage wieder zurück, solange wird sie dich schützen und führen. Du wirst die Berge und Erze sprechen hören", sagte der

Berggeist und war verschwunden, bevor Andreas sich bedanken konnte.

Seit jener Begegnung war das Glück mit Andreas. Sein Steiger meinte, dem Jungen wäre das „rechte Gespür" zu eigen, denn wann immer er sagte, „bohrt hier" oder „brecht dort", wurden die Kameraden fündig. Zu jeder Mutung wurde er von nun an herangezogen und alle Kameraden achteten seinen Rat. Man beschloss, ihn zur Bergschule nach Clausthal zu schicken, an der er das Examen herausragend bestand. Mit seinen jetzigen Einkünften war es doch leichter der Familie zu helfen, für die altgewordene Mutter zu sorgen und den Geschwistern ein besseres Leben zu ermöglichen.

Für sich selbst brauchte er nicht viel, außer den stillen Stunden über und unter der Erde. Er liebte es an einem Ort zu sitzen und zu lauschen, wie das Erz um ihn herum am Wachsen war. Er nannte es den „Gesang der Steine", den nur er zu hören vermochte. Geheiratet hat er nie, warum auch? Er war morgens der Erste der einfuhr und abends der Letzte, der den Stollen verließ. So ward Andreas langsam alt und zuletzt als Steiger einer Grube eingesetzt worden.

In einer Nacht träumte er, wie der Berggeist zu ihm kam, um warnende Worten an ihn zu richten: „Morgen wird ein großes Unglück geschehen, sollten die Knappen in den Berg einfahren. Das Gebälk wird nicht halten, Stempel und Kappen sind morsch und brechen."

Voller Angst erwachte Andreas aus einem Traum, zog rasch seine Berguniform an und machte sich auf dem Weg zum Obersteiger. Der aber, mitten in der Nacht geweckt, schalt Andreas einen Dummkopf und meinte, seine Vorsicht wäre übertrieben. Nun war es also allein an Andreas das bevorstehende Unglück zu verhindern. Wie die Kameraden am anderen Morgen in den Stollen einfahren wollten, stand Andreas im Wege, befahl ihnen draußen zu warten, bis er und einige Freiwillige den Gang geprüft hätten.

Wie er ein Stück hineinging, vernahm er ein Knistern und Rauschen der Balken und auch, dass die Geräusche zunehmend lauter wurden. „Raus!", schrie er den anderen zu „Schnell raus." Jetzt knackten und brachen die ersten Stempel und Steine schlugen hinunter. Einer brach Andreas auf den Kopf, der blutend zu Boden ging. Plötzlich stand der Berggeist neben ihm. „Sind alle raus?", fragte Andreas mit erstickender Stimme, worauf der Geist nickte und der Steiger lächelnd entschlief. Seine Seele ging dorthin, wo man sogar Sterne singen hört.

Eine riesige Staubwolke hüllte die im Freien stehenden Bergleute ein, die mit Entsetzen zusehen mussten, wie ihr Stollen donnernd in sich zusammenbrach. „Wo ist unser Steiger?", riefen einige, „wo ist Andreas?" Mit Tränen in den Augen und vollends gerührt, verstanden sie, dass sich der Mann für sie geopfert hatte. Dank ihm, waren sie alle dem Tode entronnen.

Aufgeschrieben von Carsten Kiehne nach Lechten im Buch Sagenhaftes Südwestharz

Sage von der Rosstrappe

Eine Sage aus dem Harz berichtet von der Königstochter Brunhild und ihrem Geliebten Selmar. Brunhild sollte den Riesen Bodo heiraten. Doch sie floh vor ihrer Hochzeit mit ihrem Geliebten auf einem weißen Pferd mit Bodo.

Aber der Riese Bodo erkannte die Flucht der beiden und folgte ihnen. Die Verfolgungsjagd ging durch die Harzwälder und über die Berge und endete erst am Abgrund einer tiefen Schlucht. Bodo kam den beiden Ausreißern bedenklich nahe und hatte sie fast erreicht. Da sie am Abgrund standen, glaubte Bodo seine Braut gleich zu haben.

In ihrer Angst vor Bodos Wut setzte Brunhild zum Sprung an. Wie von Flügel getragen erreichte sie mit ihrem Geliebten die andere Seite der Schlucht. Als sie dort ankamen, war der Aufsprung so stark, dass sich ein Huf des Pferdes in den Felsen eingrub. Der Abdruck ist heute noch zu sehen und der Felsen heißt deshalb

Rosstrappe. Brunhilde aber verlor bei diesem gewaltigen Sprung ihre Krone und sie fiel in den reißenden Fluss. Der Riese Bodo folgte ihr, aber sein Pferd schaffte diesen gewaltigen Sprung nicht und stürzte ab. Im Fallen verwandelte der Riese Bodo sich in einen Hund, der von nun an verdammt ist, die kostbare Goldkrone zu bewachen. Jeden Abend kann man das Grollen des Wachhundes hören. Von nun an sollte der reißende Fluss den Namen von Bodo tragen, aus dem dann der Namen Bode entstanden ist.

Eine Sage über den Greifenstein

Ein thüringischer Graf namens Heinrich brachte von einem Kreuzzug einen Greifvogel mit, andere sagen auch Falken zu dieser Art, der nur auf den Namen Greif hörte. Einst ließ der Graf den Greifvogel nach einem Reiher aufsteigen, doch er stieg und kam nicht wieder. Der Graf war betrübt und er gebot seinen Dienern allüberall nach ihm zu suchen und zu spähen, ob sie den Ausreißer fänden, es war aber vergebens.

Des andern Morgens ging der Graf selbst wiederum aus und suchte nach dem Falken, den er sehr ungern vermisste. Dann erblickte er ihn dem Kesselberge sehr hoch in der Luft schweben und im Nu auf einen Schwarm Vögel niederstoßen, die sich auf einem nahen Berge niederlassen wollten.

Eilends bestieg der Graf diese Anhöhe und fand seinen Falken dort, wo sonst die Burggerichte gehalten wurden. Er befand sich im Gebüsch und verzehrte seine Beute und rings umher Singvögel, die von ihren Nestern aufflatterten. „Ei, ei, du loser Schelm", sagte der Graf scherzend, „habe ich dich nicht gehalten wie ein Kind, und doch willst du mich verlassen? Freilich ist's hier schöner als auf meiner Hand, und du hast dir wahrlich keine üble Residenz erwählt."

So sprach der Graf, während er seinen Falken auf seine Hand nahm und streichelte. Dabei schaute er sich um, und weil ihm der Platz so wohl gefiel, da man von dort aus das Tal und Gegend weit überschauen konnte. Dabei kam ihm in den Sinn, dass er hier eine Burg bauen lassen könnte.

Noch in demselben Jahre wurde der Grundstein gelegt. Der Bau währte mehrere Jahre, denn es wurde so fest und stark gebaut, wie wenn die Mauern ewig halten müssten.

Der Mörtel, der bis heute mit unverwüstlicher Festigkeit die mürben Sandsteine zusammenhält, soll sogar mit Wein angemischt worden sein. So wurden sie umso fester. Die Burg aber nannte der Graf zum Andenken seines Greifvogels, der den Platz ausgesucht hatte, „Burg Greifenstein".

Quelle: Ludwig Bechstein: „Deutsche Volkssagen"

Unsere Frau zum Hasen

In der Kirche des Dorfes Tüngental stand ein Muttergottesbild auf einem Altar in einem Chor. Da geschah es, dass ein Herr von Limburg in der Gegend nach Hasen jagte und die Hunde einen Hasen auftrieben, der seine Flucht schnurstracks in die Kirche nahm und mit einem Satz auf jenen Altar sprang. Dort strebte er auch noch angstvoll am Gewande des Marienbildes aufwärts. Als der Herr von Limburg der Jagd nachfolgte, denn er hatte gesehen, wie auch seine Hunde dem Hasen nachsetzend in die Kirche gedrungen waren, fand er die Hunde vor dem Altar in ruhiger Stellung sitzen. Er ergriff das gehetzte Tier mit der Hand, das nun nicht weiterkam, trug es auf den Kirchhof heraus, wehrte den Hunden, es zu verletzen oder ihm zu folgen, und sprach, indem er den Hasen in Freiheit setzte: „Geh hin, lieber Hase, du hast Freiheit in der Kirche gesucht, die hast du gefunden, dieweil die Hunde dein Asyl geachtet haben, so will ich's auch tun."

Also lief der Hase eilig davon, und kein Hund folgte ihm. Nachdem nun die Geschichte bei den einfachen Leuten bekannt wurde, entstand ein großer Zulauf und Umtrieb, und man nannte die Kirche „Unsere Frau zum Hasen", und von dem Opfer, das die Wallfahrer gaben, wurde ein neuer Chor gebaut und ein steinernes Madonnenbild errichtet, an dem ein Hase emporstrebt, zu dessen ewigen Gedächtnis.

Damals sind viele solche Wallfahrtsorte aus den unterschiedlichsten Gründen entstanden. Auf dem Berge der ehemaligen Burg Flügelau fand ein Hirte im Stamm einer großen hohlen Buche angesammeltes Wasser. Das war in einer Zeit als die Heilbronner Wallfahrt entstand, und er glaubte aus Einfalt, es sei in der Buche eine Wasserquelle.

Das berichtete er überall und pries das Wasser als heilsam für schwache Augen. Ihm wurde das sofort geglaubt und die Menschen gingen in Scharen hinauf zur Buche und wollten sich ihre Sehschwäche und Blindheit wegwaschen. Dabei opferten sie viel Geld. Nachdem der Hirte feststellte, dass das Wasser zu Ende ging und keine mehr nachquellen wollte, tat er wie Sankt Mattheis nach dem Sprichwort: „Sankt Mattheis bricht das Eis, findet er keins, so macht er eins."

Pfiffig sorgte er täglich für frisches Wasser und stärkte statt der Augen die Verblendung, und siehe da, es konnte bald von den zahlreichen Opfergaben eine herrliche Kirche erbaut und mit schönen Ornaten versehen werden, ja sogar noch ein Pfründhaus und ein Wirtshaus wurden dazu errichtet. Dazu wurde eine Pfründe gestiftet, alles von dem Regenwasser im alten Buchenstock, dem heilende Kraft bei der Wallfahrt nachgesagt wurde.

Wenn der Wirt an manchem Feiertag allzu viele Gäste hatte und die Zechleute nicht alle in seiner Wirtschaft unterbringen konnte, habe er ihnen Plätze in die Kirche gerichtet, und so ist sie zu einer Kneipe geworden. In der Reformation hat Markgraf Georg von Brandenburg dann diese Wallfahrt abgestellt.

Und noch ein Wallfahrtsort entstand 1472 auf dem Einkorn, fast gleichzeitig mit jener zur Buche auf dem Burgberg.

Es war ungefähr eine halbe Meile hinter Comburg, dem berühmten Stift im Rischacher Tal, dort, wo sich der Fußpfad nach Oberrischach und Herzelbach trennt.

Hier fand der Schuhmacher Siegmund Weinbrenner in einem Bildhäuslein ein bleiernes Amulett, so wie es die Wallfahrer zu den Vierzehnheiligen im Frankenlande hatten. Er verkündete nun dem

Volke, dass er eine Erscheinung gehabt habe. An diesem Ort wollten die vierzehn heiligen Nothelfer verehrt sein.

Es entstand daraufhin ein großer Zulauf, besonders zur Sommerzeit, weil Hall nahe lag, mit Speisesäcken und Flaschen. Sie kamen aber mehr um die üppigen Speisen willen als zum Wallfahren. Trotzdem wurde eine hölzerne Kapelle errichtet und in ihr an tragbaren Altären Messen gelesen. Weil aber über den Ortsbesitz zwischen Comburg und Limburg ein Streit entstand, hörten die Wallfahrten auf und die Kapelle zerfiel mit der Zeit.

Quelle: Ludwig Bechstein, Deutsches Sagenbuch, Leipzig 1853

Wie die Wartburg erbaut wurde

Über Eisenach, wo der alten Sage nach in grauen Zeiten ein König mit Namen Günther residiert haben soll, dessen Tochter Chrimhilde Etzel, der Hunnenkönig, freite und stattliche Hochzeit allda hielt, erhob sich hochaufragend über alle Nachbarberge ein felsreicher Gipfel sein vom Fuße der Menschen selten betretenes Haupt. Wohl umgürtete auch bereits eine Burgenkette das Thüringerland, denn es standen schon die alten Dispargen der Frankenkönige auf götterheiligen Höhen, Kyffhausen, Disburg, Merwigsburg, Scheidungen und andere, und es schirmten die Trutzfesten Heldburg, Coburg, Sorbenburg, Rudolfsburg, Eckartsburg, Freiburg, Giebichenstein, Sachsenburg, gleich den Geschlechterwiegen Greiffenstein (Blankenburg), Schwarzburg, Käfernburg, Gleichen, Blankenburg am Harz, Anhalt, Mansfeld, Stolberg, Frankenstein, Frankenberg, Henneberg und andere neben so manchem Dynastien- und Herrensitze. Einen solchen hatten jenseits des Waldes die Herren von Frankenstein über Eisenach, das war der Mittelstein, ihr Stammschloss aber lag überm Walde drüben im Werratal.

Da nun Graf Ludwig, Ludwig des Bärtigen Sohn und später mit dem Zunamen „der Springer", von seiner Schauenburg durch das Tal ritt, in dem er später das Kloster Reinhardsbrunn gründete (nach einem Töpfer genannt, dem an einer gewissen Stelle wunderbare Flämmchen erschienen sind), so kam er das Hörseltal entlang, während er der Spur eines Wildes folgte. Dort wurde er durch den Anblick eines Felskegels überrascht, der, sonnig angestrahlt, sich hoch über die Nebel hob, der die Täler umschleierten. Der junge Graf hielt sein Ross an, sann, dachte und sprach laut: „Wart Berg, du sollst mir eine Burg werden", und erwartete sein Gefolge. Da hörte er nun von den alten Jagdbegleitern, dass jener Berg nicht sein und seines Vaters Eigen sei, sondern der Frankensteiner, deren Gebiet an das seine grenzte.

Aber das irrte den Grafen Ludwig nicht, er ersann eine sonderliche List, ließ von seines Vaters nahem Grund und Boden heimlich und zur Nachtzeit Erde in Körben auf den Gipfel schaffen, sie droben eine Hand hoch übern Boden ausbreiten. Danach begann er Wälle aufzuwerfen und Grund graben zu lassen. Spät genug wurden die Herren von Frankenstein inne, dass hoch über ihrem Mittelstein jemand baue, ohne sie gefragt zu haben. Ob sie das nun schon nicht leiden wollten, so ging es ihnen wie dem Knaben im Liede, der das Röslein brach, sie mussten es eben leiden, denn wenn sie den Grafen angriffen, so konnte er von seiner Höhe herab mitten in ihren Mittelstein ganze Fuder von Steinen schleudern lassen.

Nun herrschte im Jahre 1067 gerade eine grausame Zeit mit großer Hungers- und Durstnot, als sich dies zutrug. Es gab so wenig, dass es an manchen Orten sogar am Abendmahl fehlte, welches sehr schrecklich war. Die Armen allerorten hörten, dass der Thüringer Graf eine Feste baue und sie strömten sofort in Scharen herzu und schleppten Steine und halfen arbeiten, nur um das tägliche Brot zu gewinnen und nicht an Hunger sterben zu müssen. Zu dieser Zeit hatte es sich schon zugetragen, dass ein Mann aus dem Grabfeld, der auch mit seiner Frau und einem zarten Kinde nach Thüringen herein zum Burgbau gekommen war, sein Kind hatte schlachten und essen wollen. Das wäre auch geschehen, wenn ihm Gott nicht zwei Wölfe gezeigt hätte, die soeben Schafe gerissen hatten. Da scheuchte er die Wölfe von ihrer Beute davon und nahm die Schafe zur eigenen Sättigung mit.

Mittlerweile klagten nun die Herren von Frankenstein beim Kaiser, dass der Graf auf ihrem Grund baue, und da auch zu jener Zeit die Prozesse schon länger dauerten, zum großen Nutzen und Frommen der Gerichte und Anwälte, wurde der Bau unterdessen schon fertig gestellt und der Graf nannte die neue Burg Wartburg, in Anlehnung des Wortes, das er damals gesprochen hatte, als er den Berg zum ersten Mal erblicken konnte.

Wie nun endlich ein Urteil gesprochen werden sollte, erbot sich der Graf zum Beweis gegen die Frankensteiner, dass er nicht auf deren Grund, sondern auf seinem eigenen baue. Nach der Sitte erkor er zwölf Eideshelfer, dieses an Ort und Stelle eidlich zu erhärten.

Mit ihnen ging er zur Burg und sie zogen dort ihre Schwerter, steckten sie in den aufgeschütteten Boden und schwuren mit ihm einhellig, dass sie auf dem Grafen seiner eigenen Erde und auf seinem Boden ständen.

Gegen die Eidesleistung solcher Schwurhelfer und Geschworenen galt nun keine Einrede, und die Herren von Frankenstein mussten vom Gericht von Rechts wegen des höchsten Unrechts leiden.

Also ist die Wartburg erbaut und benannt worden. In neuerer Zeit sind auf ihr tief unterm Schutt zwölf große eiserne und stark angerostete Schwertklingen aufgefunden worden und überkreuzt beisammen liegend. Es wird dafürgehalten, dass das die Schwerter der Eideshelfer von Graf Ludwig gewesen sind, die in den Boden eingesenkt worden waren, um diesen noch mehr zu festigen.

Quelle: Ludwig Bechstein, Deutsches Sagenbuch, Leipzig 1853

Der Graf von Gera

In seinem Schloss in Gera hörte der junge Graf Gieso ständig von Klagen und Beschwerden der Bewohner seines Landes. Da sein Vater, der mächtige und gestrenge Graf Arthur, von gedungenen Mördern umgebracht worden war, entschloss sich Gieso die Beschwerden ernst zu nehmen und sich bei seinem Volk beliebt zu machen.

So brach er eines Tages zu einer Rundreise durch die Dörfer und Siedlungen der Grafschaft auf. In seiner Begleitung war sein Diener Eberhard und mit seinem engsten Berater kam er auch in die Gemeinde Windischenbernsdorf.

„Sagt mir, was euch bedrückt", rief Gieso aus, als er mit den ersten Bewohnern zusammentraf. Die meisten von ihnen wollten nur seine Hand drücken. Einige brachten aber auch ihr Anliegen vor. Eine verhärmt wirkende Frau mittleren Alters kniete vor ihm nieder und flehte: „Helft mir, Herr Graf, mein Mann ist ein Trinker, und unsere neun Kinder und ich leiden deshalb Hunger."

„Dir wird geholfen", antwortete Graf Gieso und wandte sich der nächsten Bittstellerin, einer schwangeren Frau zu. „Mein Mann wird mich verlassen, wenn es diesmal kein Junge wird", jammerte die Frau, „vier Töchter haben wir schon." „Sei unbesorgt", antwortete der Graf leise, „du wirst einen Sohn bekommen."

Dann zog er weiter ins nächste Dorf und ein Bauer trat vor ihn hin und klagte: „Eine Horde Wildschweine haben meine ganze Aussaat zerwühlt und aufgefressen, ich bin ruiniert." „Ich werde mich um deinen Fall kümmern", antwortete der Graf und zog weiter.

Nachdem er wieder Station machte, sprach ihn ein junges Mädchen an. „Ich bin von Haus aus bitterarm. Nie werde ich einen Mann bekommen."

Im Hermsdorf wollte sich ein alter Mann nur schwer beruhigen lassen. „Mein Nachbar hat mich betrogen. All meinen Besitz habe ich verloren, jetzt muss ich im Elend sterben." „Verlasse dich auf mich", antwortete Graf Gieso, „du wirst deinen Besitz zurückerhalten." Dankbar lächelte der Alte und küsste dem Grafen die Hände.

Im nächsten Ort trat ein verzweifelter Bewohner vor und flehte Gieso an: „Bitte hilf mir, mein Haus verfällt und ich habe kein Geld, es zu reparieren." „Du wirst das notwendige Geld bekommen", tröstete ihn der Graf.

Beim nächsten Halt wurde Gieso von einem schüchternen Ehepaar begrüßt. „Unser Sohn ist jetzt sechzehn Jahre alt. Alle nennen ihn hochbegabt, doch uns fehlt das Geld, um ihm Bücher zu kaufen, mit denen er sich weiterbilden könnte." „Man muss junge Menschen fördern", antwortete der Graf von Gera, „das ist mir ein Anliegen. euer Sohn wird viele nützliche Bücher bekommen." Wieder hinterließ er Hoffnung und Dankbarkeit.

„Wie wollt ihr alle eure Versprechungen erfüllen?", wollte auf der Rückreise der Diener Eberhard von seinem gräflichen Herrn wissen? „Das soll meine Sorge sein", antwortete dieser und sprach von einem großen Erfolg seiner Reise.

„Weit über die Hälfte meiner Untertanen hatte keine Wünsche an mich und war nur gekommen, um mich zu sehen. Dieser Teil des Volkes liebt mich schon jetzt. Über den Rest wird noch zu reden sein. Jetzt aber wollen wir uns erst einmal zur Jagd rüsten und sehen, was unsere Wälder und Felder an Wildbret für uns bereithalten."

Unter fröhlichem Spiel und Gesang brachen der Graf und seine Hofgesellschaft zu seinem Jagdschloss auf. Das Wild hatte sich prächtig vermehrt. Zehn Hirsche, hundert Rehe und dreihundert Wildschweine brachten Gieso und sein Gefolge zur Strecke.

Ein Jahr später brach der Graf von Gera erneut auf, um sein Land zu durchfahren. Dabei besuchte er auch die Stationen seiner ersten Reise. Viele Menschen standen am Weg und jubelten ihm zu. In Windischenbernsdorf aber meldete sich wieder die Frau mit den neun Kindern. „Mein Mann säuft noch mehr als bisher. Meine Kinder und ich werden bald verhungert sein."

Gieso reichte der Frau einen Korb mit Brot, Wurst und Obst, den er in seinem Proviant mit sich führte. „Hier nimm erst einmal das", sagte er zu der dankbaren Frau, „weitere Hilfen werden folgen." Die Umstehenden klatschten freudig Beifall. Aus der Menge löste sich eine vor Glück strahlende Frau. Sie fiel vor ihrem Landesherrn auf die Knie, hielt ihm ein Bündel entgegen und sagte: „Ja, es ist wirklich ein Sohn geworden, so wie Ihr es mir versprochen habt." Gnädig erhob Graf Gieso eine Hand und berührte die Stirn des kleinen Jungen.

Als er und seine Mannschaft im nächsten Dorf eintrafen, wartete am Straßenrand schon ein Mann, der eifrig eine Fahne schwenkte. „Es ist wie ein Wunder", rief er. „Die Wildschweinplage hat abgenommen, und ich kann wieder ernten und mein Gemüse verkaufen."

Beim nächsten Halt trafen sie wieder auf das Mädchen, das wegen seiner Armut keinen Mann bekommen sollte. „Ihr habt der Dirne einen Partner aus eurem Hofstaat versprochen", erinnerte der Diener Eberhard seinen Herrn an die erst Begegnung.

„Ich weiß", antwortete der Graf, „ich hatte dabei unter anderem dich im Auge."

„Vielen ewigen Dank", rief da das Mädchen. „gebt euch keine Mühe mehr mit mir. Ich habe mich vor einem Monat mit Walter verlobt. Er ist arm wie ich, aber ich liebe ihn. Nie würde ich ihn gegen einen anderen Mann tauschen."

„Das ganz Land steht unter meiner umfassenden Herrschaft", antwortete da der Graf „nichts geschieht ohne mein Wissen und mein Wohlwollen."

Dann zog er zufrieden weiter und auch im nächsten Ort erlebte er nur Freude und Begeisterung. Der alte Mann, dem der Nachbar seine Existenz zerstört hatte, weilte nicht mehr unter den Lebenden. Noch sehr lebendig dagegen war der Mann, dessen Haus einzustürzen drohte und inzwischen fast völlig in sich zerfallen war. Er jammerte noch viel mehr als beim letzten Mal und blickte fast feindselig auf seinen Landesherrn.

„Ein verfallenes Haus entbehrt nicht einer gewissen Romantik", antwortete Gieso ungerührt. „Doch habe ich versprochen, dir zu helfen. Du wirst bald von mir hören." Den Bürgermeister des Ortes ermahnte er eindringlich, sich schon einmal um den Fall zu kümmern.

Am Ende der Rundreise meldeten sich auch wieder die Eltern des hochbegabten Jungen. „Eure Bücher sind leider noch nicht bei uns angekommen", merkten sie bescheiden an.

„Für ein paar Bücher werden doch wohl noch Geld übrighaben", meinte da Graf Gieso zu seinem Diener, und zu den Eltern sagte er:

„Nächste Woche schon wird Eberhard euch besuchen und eine Menge Literatur für euren Sohn mitbringen."

So geschah es denn auch und die Eltern erzählten es stolz ihren Verwandten und Bekannten. Der Sohn wurde Lehrer und verkündete Generationen von Schülern, wem er maßgeblich seine Bildung zu verdanken habe.

„Hab' ich etwas falsch gemacht?", fragte der Graf von Gera seinen Diener Eberhardt und war mit einem leisen Kopfschütteln als Antwort zufrieden. Dann ließ er zur Jagd blasen.

Textquelle: Text entnommen aus: Russi, Florian: Der Drachenprinz, Weimar: Bertuch Verlag, 2004, S.150ff

Der Kobold in der Remsaer Mühle (Thüringen)

Vor Jahren trieb ein böser Kobold in der Remsaer Mühle sein Unwesen. Nach elf Uhr abends duldete er kein lebendes Wesen mehr in der Stube. Gern hätte darum der Müller sein Grundstück verkauft, wenn sich nur hätte ein Käufer dafür finden lassen.

Eines Tages sprach ein fahrender Künstler bei ihm vor, der mit einem Bären durch die Lande zog. Er bat den Müller um ein Nachtlager. „Ja", sagte dieser, „das habe ich wohl. Nur ist's in der Stube nicht ganz geheuer. Da treibt es zuweilen ein Kobold ziemlich arg." „Ach, des kümmert mich nicht", antwortete der Künstler, „mein vierbeiniger Gefährte wird mich schon beschützen."

Kaum war die elfte Stunde vorüber, da stellte sich der Kobold ein und versuchte, den Fremden zu vertreiben. Doch in dem Bären hatte er einen starken Gegner gefunden. Übel zugerichtet musste er schließlich das Feld räumen. Am anderen Morgen staunte der Müller nicht schlecht, nachdem er seine Gäste so friedlich schlafend vorfand, und er freute sich nicht minder, als er hörte, was vorgefallen war.

Im Laufe des Tages hatte er dann am Wehr seiner Mühle etwas zu tun. Da rief ihm eine Stimme zu: „Müller, hast du noch die große schwarze Katze im Haus?", „Ja", antwortete darauf der Müller, „die bleibt von jetzt an immer bei mir. Und außerdem hat sie heut Nacht neun Junge geworfen." „Uuh, da komme ich nicht wieder zu dir", schrie entsetzt der Kobold.

Er blieb dabei, denn nie hat er sich wieder in der Mühle zu schaffen gemacht. Der Müller war natürlich sehr froh, diesen Plagegeist endlich los zu sein.

Die Wunderblume bei Blauenthal

Bei dem Orte Unter-Blauenthal in Sachsen findet sich eine jetzt durch Gesträuch fast völlig verwachsene Felsenschlucht und in dieser soll man einst ein eisernes Thor, welches eine Höhle verschloss, gesehen haben.

Vor langer Zeit mähte in der Nähe dieser Höhle ein Einwohner des genannten Ortes sein Gras, und als er sich in der Mittagstunde unter einen schattigen Baum setzte, um seine Sense zu dengeln, stand auf einmal ein schwarzer Ritter vor ihm und zu seinen Füßen sah er aus dem kahlen Erdboden eine gelbe Blume hervorsprießen. Der Ritter aber sprach zu ihm: „Pflücke diese Blume ab, sie ist der Schlüssel zu der eisernen Pforte; damit sollst du sie öffnen und du kann aus der Höhle von den Schätzen mitnehmen, , soviel zu tragen kannst odr es dir behagt. „Jedoch", so setzte er hinzu, „lass mir die Blume nicht liegen, sonst bist du verloren."

Der Mann tat, wie ihm der Ritter geheißen hatte. Die Höhle, in die er gelangte, war an den Wänden mit funkelnden Edelsteinen besetzt und auf dem Boden standen viele Kisten, aus denen ihm Gold und Silber entgegen glänzte. Plötzlich erweiterte sich der Raum zu einem großen Saal und an einer mit kostbaren Speisen und Getränken besetzten Tafel sah er den Ritter mit Gefolge wieder; die Speisenden wurden von Zwergen bedient.

Da winkte der Ritter dem Manne, derselbe solle sich mit an die mit einem Trauerflor behangene Tafel setzen. Ängstlich setzte sich der Arbeiter nieder, aber bald bekam er wieder Mut. Nachdem er gegessen und getrunken hatte, steckte er sich auf Geheiß des schwarzen Ritters so viel von dem Golde und den Edelsteinen ein, wie zu tragen in der Lage war. Da er wieder draußen vor der Pforte stand, schloss sich dieselbe mit einem großen Knall, der Felsen wankte und der Eingang war nicht mehr zu sehen.

Erschrocken wollte der Mann nach seiner Blume greifen; doch er besaß sie nicht mehr, denn er hatte sie in der Höhle zurückgelassen, während er die Schätze zusammenraffte. Nach wenigen Tagen starb er; man fand ihn, das Gesicht nach dem Nacken umgedreht, und das Gold war auch verschwunden. Der Fels aber, in dem sich der Eingang zu der Höhle befunden haben soll, heißt heute der Teufelsfels.

Quelle: Köhler Sagenbuch des Erzgebirges

Die Teufelswand bei Eybenstock

In der Teufels- oder Steinwand, die zwischen Eybenstock und Unterblauenthal am linken Ufer der Bockau unweit ihres Einflusses in die Mulde aufragt, befindet sich eine große Höhle, von der diese Sage hier erzählen soll.

Zehn reiche Bösewichter hatten sich vereinigt, alle guten und gängigen Münzen an sich zu bringen, sie in fremden Ländern mit allerhand Gewinn gegen schlechte umzutauschen, und diese zurück im Land nach und nach unter die Leute zu bringen. Das ist ihnen auch recht wohl gelungen. In diesen Geschäften fuhren sie einst mit einem Wagen voller Geld dem Böhmerwalde zu und gedachten vor Einbruch der Nacht eine Herberge zu erreichen. Dabei überraschte sie aber ein mörderisches Unwetter, und sie sandten die Knechte aus, ein Obdach zu suchen.

Bald brachte einer von ihnen die Nachricht, dass nicht fern von der Straße auf einer Anhöhe ein unbewohntes Schloss stehe, in diesem könnten sie das Gewitter abwarten. Doch weil nun der Wagen nicht mitgenommen werden konnte, ließen die Herren ihre Knechte bei demselben zurück und begaben sich alleine ins Schloss.

Hier fanden sie nur ein einziges Gemach, das sie vor dem Regen notdürftig schützte. In diesem stand eine morsche Tafel und an die setzten sie sich und begannen von ihren bösen Plänen zu reden. Plötzlich wurde das Gewitter heftiger, ein dreifacher Blitzstrahl schlug ein, die Burg stürzte zusammen und aus ihren Trümmern stieg ein gespaltener Felsen hervor.

Die Knechte lagen betäubt unter dem Wagen und als sie erwachten, schien der Mond hell durch die gelichteten Wolken. Sie sahen nach dem Wagen und erschraken, denn das Geld darauf war verschwunden. Es schlug Mitternacht. Mit dem letzten Schlage trat eine lichte Gestalt unter sie, die ihnen zu folgen gebot. Zitternd gehorchten sie und kamen an einen hohen Felsen, in dessen Inneres eine steinerne Tür führte, die, sobald sie die geistige Gestalt berührte, mit lautem Krachen aufsprang. Sie traten in ein Gewölbe ein und dort saßen die zehn Herren totenbleich und zählten feuriges Geld.

Die Knechte zitterten. „Gehet hin und sagt, was ihr gesehen", sprach der Geist, „diese zehn Unholde, eure Herren, müssen so lange hier das glühende Geld zählen, bis ein Mann, der zehn Armen uneigennützig Wohltaten erweist, mit dem wunderseltenen Kraute Lunaria den Felsen berührt, dieses Gewölbe damit öffnet und alles Geld mit sich nimmt. Solches tut männiglich allen kund zur Warnung."

Der Geist verschwand und die Knechte lagen unter dem Wagen. Zu gewissen Zeiten soll in dem Felsen ein mächtiges Getöse gehört werden und sich seit einigen Jahren sehr vermehren.

Quelle: Grässe Sagenschatz des Königreichs Sachsen

Die Sage vom Nachtschmied

Dass Müßigkeit und Habsucht gewöhnlich zu nichts Gutem führen, musste auch ein Schmied in Görlitz in Sachsen erfahren. Er wohnte der Sage nach in einem Hause an der nordwestlichen Ecke des Obermarktes. Nur noch ein kleines Keramikrelief erinnert an seine Geschichte.

Dieser Schmied, der wahrscheinlich Vollprecht hieß, verstand sich bestens auf sein Handwerk. Man achtete seinen Fleiß und bedachte ihn gern mit Aufträgen, sodass er sein Auskommen hatte. Nun verdingte sich eines Tages ein Geselle bei ihm, dessen Äußeres nicht gerade gewinnend war, denn er hatte nur ein Auge, rote Haare und einen Hinkefuß. Aber in der Arbeit tat es ihm so leicht keiner an Kraft und Geschicklichkeit gleich. Weil ihm alles so rasch und gut von der Hand ging, erledigte er bald alle Aufträge ganz allein. Und da er sich genügsam und bereitwillig zeigte, so gewöhnte sich sein Meister daran, ihn für sich arbeiten zu lassen. Nicht lange, und der einst so fleißige Schmied war nicht wiederzuerkennen. Man sah ihn kaum noch in der Werkstatt, dafür aber vertrödelte er seine Zeit vom Vormittag bis in die Nacht hinein in den Gaststuben. Beim unmäßigen Zechen und beim Glücksspiel verjubelte er alles Geld, das ihm sein emsiger Geselle mit harter Arbeit eingebracht hatte.

In den späten Abendstunden kam nun eines Tages ein vornehmer Reitersmann auf einem schwarzen Pferd zur Wohnung des Schmiedes. Von Kopf bis Fuß war er schwarz gekleidet, nur eine rote Hahnenfeder wippte auf seinem Barett. Sogar dem hartgesottenen Meister kam der Fremde unheimlich vor, da er aber wie gewöhnlich in Geldnöten war, ließ er sich auf eine merkwürdige Bestellung des Gastes ein. Dieser wünschte ein Gruftgitter und versprach dafür eine selten hohe Summe, aber es sollte bis Mitternacht des dritten Tages fertig sein. Die Hälfte des Geldes wollte er im Voraus bezahlen.

Der Meister war gierig auf die klingenden Münzen, denn er wollte rasch zu seinen Kumpanen in die Kneipe zurück und sich als spendabler Zechbruder vor ihnen großtun. Da er aber von den Bieren schon reichlich benebelt war, versprach er dem Fremden übermütig, mit Leib und Seele dafür einzustehen, dass das bestellte Gitter rechtzeitig fertig werde. Darauf ging der geheimnisvolle Reiter gern ein und ließ sich diese Bedingung mit dem Blut des Meisters unterschreiben. Hernach war er wie vom Erdboden verschluckt.

Der Schmied strich die funkelnden Goldstücke in seinem Beutel und torkelte zu einem ausgiebigen Gelage. Am anderen Morgen beauftragte er wie immer seinen Knecht, die Arbeit auszuführen, und dieser beteuerte lachend, er werde das wohl an einem Vormittag schaffen. Der Meister versaß die Tage bei Umtrunk, sein vieles Geld war aber alsbald zerronnen. Erst am dritten Nachmittag fiel ihm sein Versprechen wieder ein, aber er glaubte fest, sein Geselle werde wie gewohnt alles zur Zufriedenheit erledigt haben. Tatsächlich fand er in der Werkstatt das fertige Gitter. Nur ein Ring fehlte daran, doch der Geselle war auf und davon. Nun versuchte er in aller Eile selbst, den letzten Ring zu schmieden, aber jedes Stück Eisen zersprang unter seinen Hammerschlägen.

Jetzt dämmerte es ihm, dass er sich mit dem Teufel eingelassen hatte. In wilder Verzweiflung versuchte er immer wieder den winzigen Rest des Auftrages zu meistern, doch es blieb vergeblich. Beim ersten Glockenschlag um Mitternacht öffnete sich die Erde unter ihm und verschlang ihn. Nun war er dazu verdammt, unter der Erde an dem fehlenden Ring zu schmieden. Hörte man genau hin, so konnte man zu mitternächtlicher Stunde an der beschriebenen Stelle des Obermarktes ein deutliches unterirdisches Pochen vernehmen, und es hieß dann, der Nachtschmied von Görlitz sei wieder am Schaffen.

Nachdem im vorigen Jahrhundert die klugen Herren der Naturforschenden Gesellschaft nach gründlicher Untersuchung herausgefunden zu haben meinten, die hämmernden Geräusche hätten ganz harmlose und natürliche Ursachen, verloren sich die Mutmaßungen nicht. Noch immer erzählten die alten Leute ihren Enkeln und Urenkeln die gruselige und doch so belehrende Begebenheit vom verlotterten Schmied, den am Ende, „merkt es euch", der Teufel geholt hatte.

Später brachten einfallsreiche Spintisierer ein Gruftgitter auf dem Nikolaifriedhofe mit der Sache in Verbindung. Um Neugierige anzulocken, half man wohl dem Teufel ein bisschen nach und ließ einen Ring des Gitters, sobald er neu angeschmiedet worden war, in der nächstfolgenden Nacht wieder verschwinden. Heute verschließt dieses kunstvoll gestaltete Gitter, etwas umgearbeitet, die hintere Toreinfahrt im Hofe des Museums in der Neißstraße 30. Stehen die Reisegruppen davor, sind sie zuweilen sichtbar enttäuscht. Der Ring fehlt nicht mehr. Wer weiß, vielleicht hat der geplagte Nachtschmied seine Sünden endlich abgebüßt.

Vom armen Mohren

Vor vielen hundert Jahren, als noch die Grafen von Eisenberg in Thüringen im alten Schloss hausten, hatte sich einer dieser Grafen von einem Kreuzzug ins Heilige Land, nach der damaligen Sitte einen Mohren als Diener mitgebracht. Wegen ihrer Treue waren sie hochgeschätzt. Lange Zeit hatte dieser nun auch schon dem Grafen treu und ehrlich gedient, als eines Tages dessen Gemahlin ihre kostbare, goldene Kette vermisste und trotz alles Suchens nicht wiederfinden konnte. Von allen gräflichen Dienern war an dem Tag, als die Kette verloren gegangen war, nur der Mohr um die Gräfin und in deren Zimmer gewesen. Auf diesen fiel daher sogleich der Verdacht, die verschwundene Kette entwendet zu haben. Auf der Stelle wurde er verhört, gefangengenommen und obwohl er unter Tränen und Flehen seine Unschuld beteuerte, zum Tode verurteilt. Die Vollziehung des Urteils wurde noch auf gleichen Nachmittag festgesetzt.

Als die Stunde der Enthauptung des sonst treuen und ergebenen Dieners herannahte und sich viel Volk vor dem Palast eingefunden hatte, um den armen Sünder sterben zu sehen, ward es der Gräfin ängstlich und sehr schwer ums Herz. Sie zog sich allein in ihr Gemach zurück und suchte ihr klopfendes Herz zu beruhigen. Da fiel ihr Auge auf ein schweres Gebetbuch, das dort am Fenster auf dem kleinen kunstvoll geschnitzten Betschemel lag. Sie kniete nieder und löste hastig die schweren Goldspangen, die das Buch geschlossen hielten und jetzt mit scharfem Geräusch aufsprangen. Beim Umblättern einiger Seiten klirrte es plötzlich und aus den Blättern heraus fiel ihr die verlorene Kette zu Füßen.

Entsetzt fuhr sie empor. Der Mohr war also doch nicht ein Dieb, er war unschuldig, und unschuldig sollte er gerade jetzt sein Leben um ihretwillen verlieren. Rasch stürzte sie davon und schickte die wenigen im Palast gebliebenen Diener zum Richtplatz. Zum Glück war noch nicht zu spät gewesen.

Der Graf schenkte dem Mohren die Freiheit. Um aber seine grundlos geschändete Ehre wieder herzustellen, nahm der Graf den Kopf des Schwarzen mit der Binde über den Augen in sein Wappen auf. Zur ewigen Erinnerung an die berichtete Geschichte stellten später die braven Väter der Stadt dem armen Mohren über ihrem ältesten Brunnen ein steinernes Standbild auf, das Wahrzeichen der Stadt Eisenberg.

Quelle: Heinecke, Paul und Ost, Gerhard (1988). Holzlandsagen (8. Aufl.). Eisenberg: Rat des Kreises.

6

Bayern

Die Sage vom König Watzmann

Einst, in undenklicher Frühzeit, lebte und herrschte ein rauher und wilder König im Berchtesgadener Land, welcher Watzmann hieß. Er war ein grausamer Wüterich, der schon Blut aus den Brüsten seiner Mutter getrunken hatte. Liebe und menschliches Erbarmen waren ihm fremd, nur die Jagd war seine Lust, und da sah ihn oft sein Volk zitternd durch die Wälder toben, begleitet vom Lärm der Hörner, dem Gebell der Rüden, auch von seinem ebenso rauhen Weib und seinen wüsten Kindern, die zu böser Lust erzogen worden sind. Bei Tag und bei Nacht durchbrauste des Königs wilde Jagd die Gefilde, die Wälder, die Klüfte, verfolgte das scheue Wild und vernichtete die Saat und mit ihr die Hoffnung des Landmanns. Gottes Langmut ließ des Königs schlimmes Tun noch gewähren.

Eines Tages jagte der König wiederum mit seinem Tross und kam auf eine Waldestrift, auf der friedlich eine Herde weidete und wo auch ein Hirte sein kleines Haus hatte. Ruhig saß die Hirtin vor der Hütte auf frischem Heu und hielt mit Mutterfreude ihr schlummerndes Kleinkind in den Armen. Neben ihr lag ihr treuer Hund, und in der Hütte ruhte ihr Mann, der Hirte. Plötzlich unterbrach ein tosender Jagdlärm den Naturfrieden in dieser Waldeinsamkeit; der Hund der Hirtin sprang bellend auf, da warf sich des Königs Meute alsobald auf ihn, und einer der Rüden biss ihm die Kehle durch, während ein anderer seine scharfen Zähne in den Leib des Kindes schlug und ein dritter die schreckensstarre Mutter zu Boden riss. Der König kam indes nahe heran, sah das Unheil und stand und lachte.

Plötzlich sprang der vom Gebell der Hunde, dem Geschrei des Weibes erweckte Hirte aus der Hüttentüre und erschlug einen der Rüden, der des grausamen Königs Lieblingstier war. Darüber erzürnt fuhr der König auf und hetzte mit teuflischem Hussa seine Knechte und Hunde auf den Hirten, der sein ohnmächtiges Weib erhoben und an seine Brust gezogen hatte und verzweifelt erst auf sein zerfleischtes Kind am Boden sah und dann gen Himmel blickte. Bald sanken beide von den Hunden zerrissen zum Kinde nieder und mit einem schrecklichen Fluchschrei zu Gott im Himmel starb auch der Hirte. Wieder lachte und frohlockte der blutdürstige, herzlose König. Aber alles hat ein Ende und endlich war auch die Langmut Gottes erschöpft.

Der mächtige Watzmann mit seiner Frau und den Töchtern

Es erhob sich ein schrecklich-dumpfes Brausen, ein Donnern in den Höhen und Tiefen, durch die Bergesklüfte zog ein wildes Heulen und der Geist der Rache fuhr in des Königs Hunde. Die fielen ihn jetzt selbst an und seine Königin, ebenso seine sieben Kinder und würgten alle nieder, dass ihr Blut nur so dem Tal zu rann. Schließlich stürzte sich die Meute von dem Berge wütend in die Abgründe. Die geschundenen Leiber aber erwuchsen zu riesigen Bergen, und so steht er heute noch unbewegt, der König Watzmann, ein eisstarrendere, marmorkalter Bergriese, und neben ihm, eine starre Zacke, sein Weib, und um beide die sieben Zinken, ihre Kinder, in der Tiefe aber, hart am Bergesfuß, ruhen die Becken zweier Seen, in welche einst das Blut der grausamen Herrscher geflossen ist.

Der große See heißt heute Königssee, und die Alpe, wo die Hunde sich herabstürzten, wird Hundstod genannt. So erhielt der König Watzmann mit all den Seinen für seine schlimmste Taten den gerechten Lohn und sein blutiges Reich hatte ein Ende.

Quelle: Ludwig Bechstein, Deutsches Sagenbuch

Das verzauberte Ritterfräulein

Ein junger Knecht hütete im Spätherbst eine Schafherde auf dem Döbra in Franken, dem höchsten Berg des Frankenwaldes. Plötzlich kam ein feines Fräulein in sehr alter Rittertracht auf ihn zu, bat ihn, ihr zu folgen und alles zu tun, was sie ihm riet. Er sagte zu und folgte ihr durch das Dickicht und sie kamen schließlich in eine Höhle.

Dort sprach das Ritterfräulein zu ihm: „Ich bin von einem bösen Zauber hier festgehalten. Es soll dein Schaden nicht sein, wenn du mich von ihm erlöst. Habe nur Mut, wir kommen jetzt an ein Tor, das kannst du öffnen, wenn du von dem davorstehenden Rosenstock eine Knospe abbrichst und in das Schlüsselloch steckst. Sie feit dich auch vor aller Gefahr. Doch lass sie nicht aus der Hand. Hinter dem Tore ist ein Gewölbe voller Gold und Edelsteine. Auch sitzen zwei Löwen darinnen. Halt ihnen die Rosenknospe entgegen und sie vermögen dir nichts zu tun. Von den Kostbarkeiten musst du dir zwei Hände voll nehmen, aber ja nicht mehr. Dann musst du aus der Höhle gehen, den Rosenstock vor dem Tore ausreißen und in die Quelle am Hang setzen, dann hast du mich erlöst."

Der Bursch tat zunächst, wie ihm geheißen. Doch als er mit der rechten Hand in den Schätzen wühlte, wurde er von ihnen betört und griff auch noch mit der linken Hand hinein. Dabei fiel ihm die Rosenknospe herunter und war verschwunden. Sogleich gingen die beiden Löwen, die bisher im Hintergrund der Höhle lauernd hin- und hergegangen waren, brüllend und zähnefletschend auf ihn los. Die Furcht übermannte ihn. Er stürzte aus der Höhle. Da rief ihm das Fräulein ängstlich nach: „Den Rosenstock, den Rosenstock." Er aber hörte nicht. Die Tore schlugen mit dem Donnergepolter zu, und das Ritterfräulein muss wieder hundert Jahre auf einen Erlöser warten.

Wasser- und Holzfrauen

Zum Herrn von Schloss Hohenstein in Oberfranken bei Coburg kamen zur Fastnachtfeier einige lustige Edelfrauen, die stellten nach dem Nachtmahl eine Mummerei (närrisches, fastnachtliches Spiel) an, gingen hinüber in das Schloss Neuenbronn über der Bieber. Sie tanzten dort und begaben sich dann hinunter zur Mühle unter dem Schloss in das Haus, in dem die Bauernmädchen der Umgebung ihre Fastnacht feierte und wollten sich in deren Tanz einmischen.

Nachdem aber die Bauernmädchen die herausgeputzten Weiber mit spitzen Kapuzenhüllen sahen, rannten sie mit Geschrei aus der Stube. Die Edelfräulein gingen danach still wieder zurück ins Schloss Hohenstein zurück.

Am andern Morgen entstand im Dorfe ein lautes Geschrei, weil die Wasserfrauen aus der Bieber zu ihren Mädchen zum Tanz gekommen waren, und sie aber aus der Stube geflohen sind. Es wurde berichtet, dass die Wasserfrauen wieder an die Bieber gegangen sind und dort mit einem Plumpser ins Wasser gefallen waren, sodass man es hatte laut platschen hören. Danach sind sie im Wasser verschwunden und seither hat der Tümpel bei der Mühle den Namen „Wasserfrauenstube", der bis heute so erhalten blieb.

Zur gleichen Zeit gingen die Herren von Weinsberg häufig auf die Jagd im Wald bei Winzenweiler, nicht fern der kleinen Stadt Deildorf. Nachdem nun die Weinsberger wieder einmal dort eine Treibjagd auf Schweine abhielten, hatten sie ihre Frauen dabei und sie entzündeten in einem Erdloch ein Feuer, damit sich die Frauen darum lagern und aufwärmen konnten.

Zufällig kamen an diesem Platz zwei Hofbauern durch den Wald vorbei, die ringsum auf den einsamen Höfen lebten und sie sahen die Frauen in ihren feinen Trachten, wie sie sie bei den Bauern noch nie gesehenen Tracht hatten. Dabei erschraken sie fürchterlich und schlichen sich ängstlich davon. Wieder zurück, riefen sie bei ihren Leuten mit lautem Geschrei aus, was sie gesehen hatten. Sie berichteten, geheimnisvolle Waldfrauen erblickt zu haben. So stark war damals beim Volke noch der feste Glaube an die deutschmythische Dämonenwelt allgegenwärtig. Seither heißt jenen Ort, der samt dem Wald später an das Stift Comburg kam, noch bis heute die Holzfrauenstube.

Quelle: Ludwig Bechstein, Deutsches Sagenbuch, Leipzig 1853

Der Teufelstein

Unterhalb der Hochplatte in Sachrang in Bayern ragt aus einem Kalkriff, das sich von der Zellerwand bis zur Kampenwand hinzieht, ein Felssporn, den man Teufelsstein nennt. Sein besonderes Merkmal sind zwei riesige Löcher im Gipfelbereich. Doch wie sind diese entstanden?

Nicht weit von diesem Felsen entfernt liegt schon über Jahrhunderte die Wolfsalm, von der nur noch zwei überwucherte Grundmauern übrig und zu sehen sind. Über viele Jahre hauste dort eine gottvergessene und liederliche Sennerin. Nachdem sie es wieder einmal gar zu arg getrieben hatte, kam eines Tages der Teufel auf einem Feuerschweif reitend über die Hochplatte zu ihr auf Besuch.

Dabei überkam die Sennerin eine fürchterliche Angst. Sie ahnte nichts Gutes und wollte, bevor der Satan überhaupt in ihre Nähe kam, ihr Leben schützen.

Eilends nahm sie einen geweihten Palmbuschen auseinander und legte Zweig um Zweig möglichst eng um den Kaser (mundartlich

Sennhütte). Den Ring konnte sie bis auf eine kleine Lücke, an der ein Wacholderbusch stand, schließen. Der höllische Besuch fuhr wutschnaubend um die Hütte herum, die Palmkätzchen hinderten ihn aber am Zugang zur Alm. Er bettelte die Sennerin an und versprach ihr Gold und Geschmeide, wenn sie seine Hauserin und Köchin würde.

„Schleich di, i mog net, i schau, dass mir de Muttergottes von Altötting hilft", rief die Sennerin. Nach Nennung der Gottesmutter krümmte sich der Teufel. Er zitterte am ganzen Körper und seine Stimmung änderte sich schlagartig. Wütend stampfte er mit den Hufen. In diesem Augenblick entdeckte er die kleine Lücke am Wacholderbusch, schwang sich mit seiner höllischen Schürgabel über die ungeweihte Stelle und landete mit einem Satz vor der Kasertür, in der die Sennerin den Eingang versperrt hatte.

Er machte kein langes Federlesen, sondern nahm die Ungehorsame unter den Arm und so sehr sie sich auch wehrte, fuhr er samt seiner menschlichen Last in die Höhe. Pfeilgerade flog er mit den Hörnern voraus gegen die Felswand und mit fürchterlichem Getöse durch diese hindurch. So ist das erste große Loch im Felsen entstanden. Zurückblickend entdeckte der Teufel seine im Gebüsch stecken gebliebene Ofengabel. Mit der Faust schlug er im Flug ein Loch in den Felsen und griff mit der freien Hand nach der Gabel. So entstand das kleinere zweite Loch.

Der Bauer kam nach einiger Zeit auf die Alm, fand aber nur noch das verlassene Vieh vor, sowie die sonderbar ausgelegten Palmzweige, den vom Höllenspieß angesengten Busch und die zwei schwarz umrandeten Löcher in der Felswand. Die Sennerin dagegen blieb spurlos verschwunden. Von da an wurde die Alm nie mehr betreten und der Felssporn mit den beiden Löchern heißt seither für immer „Teufelsstein".

7

Sagen aus Europa und aller Welt

Wilhelm Tell

Der Landvogt Geßler wollte die freien Schweizer unterdrücken und ließ darum eine Burg bauen mit einem Kerker, in den alle freien Männer, die sich nicht beugten, geworfen wurden. Damit er erkannte, wer sich nicht demütigte, stellte er zu Altdorf eine Stange mit einem Hut auf und forderte, dass jeder, der vorübergehe, sich beuge und sein Haupt entblöße. Bei der Stange waren Wächter, die jeden Vorübergehenden, der dem Befehl nicht nachkam, in das Gefängnis brachten.

Es kam auch ein Landsmann aus Uri, namens Wilhelm Tell, der ging mit der Armbrust auf seiner Schulter und seinem Knaben an der Hand am Hut vorüber, ohne sich vor demselben zu beugen. Tell wurde von den Landsknechten ergriffen und Geßler erschien. Er rief Tell zu:

„Du bist ein Meister mit der Armbrust. Mach dich fertig, einen Apfel von des Knaben Kopf zu schießen – ziele gut, denn verfehlst du ihn, so ist dein Kopf verloren."

Tell fiel vor Geßler nieder und flehte ihn an, nicht nach dem Haupt seines Sohnes schießen zu müssen. Als Geßler in kränkenden Worten die Bitte zurückwies, und der Knabe mutig sprach: „Vater schieß zu, ich fürchte mich nicht", legte Tell die Armbrust an und traf den Apfel in der Mitte. Freudig kommt der Knabe und ruft dem vor Angst zusammengesunkenen Vater zu: „Vater hier ist der Apfel, ich wusste es ja, du würdest deinen Knaben nicht verletzen."

Das hatte der finstere Geßler nicht erwartet. Er sprach: „Du stecktest einen zweiten Pfeil zu dir. Was meintest du damit?"

Tell sprach: „Mit diesem zweiten Pfeil hätte ich euch durchschossen, wenn ich mein liebes Kind getroffen hätte, und eurer hätt' ich wahrlich nicht verfehlt."

Da rief zornig Geßler seinen Knechten zu: „Ergreift ihn, Knechte, bindet ihn."

Tell wurde mit Stricken gebunden und in ein Schiff geworfen, um nach Küßnacht in den Kerker gebracht zu werden und Geßler fuhr selber mit. Mitten auf der See ereilte das Schiff ein furchtbarer Sturm. Geßler ließ Tell befreien und bat ihn das Schiff mit seiner starken Hand ans Land zu führen. Tell steuerte auf einen Felsen zu, sprang mit seiner Armbrust an Land und stieß das Schiff in die Wellen. Auf dem Schiff hatte er gehört, dass Geßler durch die hohle Gasse seinen Weg nach Küßnacht nehmen wollte. Er eilte dorthin und verbarg sich hinter einem Holunderstrauche und erwartet den Landvogt.

Später kommt Armgard mit ihren Kindern, wirft sich vor Geßler nieder, fleht ihn an, ihr den Gatten wiederzugeben, den er im Kerker gefangen hält.

Aber der Landvogt ruft: „Weib mach Platz, oder mein Pferd geht über dich hinweg." Da durchbohrt das Herz des Tyrannen ein Pfeil.

Tell tritt auf der Höhe hervor und ruft dem sterbenden Geßler zu: „Frei sind die Hütten, sicher ist die Unschuld. Du wirst dem Lande nicht mehr schaden."

Nachdem die Kunde von Geßlers Tod das Schweizerland durchzogen hatte, herrschte überall große Freude, die Schweizer brachen die Zwingburgen auf und befreiten sich vom fremden Joch. Im Frühjahr 1354 stand der hochbetagte Tell an einem angeschwollenen Bach und sah in den wilden Fluten einen Knaben mit dem Tod ringen. Da stürzte sich der Greis in den Bach, um den Knaben zu retten, fand dabei aber selbst den Tod.

(Nach Schillers Tell)

Der reiche Bauer der Bluemlisalp

Die Blüemlisalp [5]) ist ein Berg oberhalb von Lauterbrunnen in der Schweiz. Vor sehr langer Zeit lebte dort ein reicher Bauer. Auf den Hochflächen der Alp wuchs das würzigste Gras weit und breit, die Kühe waren die fettesten in der ganzen Umgebung und gaben dreimal am Tag Milch. Doch so viel Wohlstand die günstige Lage dem Bauern auch einbrachte, er wurde trotzdem seines Lebens nicht recht froh. Lange Zeit schien es nämlich, als ob er keine Nachkommen bekommen könnte. Seine Frau und er grämten sich an den langen Winterabenden, dann schlug die Trauer plötzlich in Freude um, nachdem die Frau doch noch einen Sohn bekam.

Der Jubel darüber war so groß, dass das Paar den Sohn, den sie Jörg nannten, viel zu sehr verwöhnten. Kein Wunsch wurde ihm abgeschlagen, keinerlei Arbeit musste er verrichten, sogar in Milch wurde er gebadet. Davon wurde Jörg groß und stark, aber auch anspruchsvoll und herrisch. Schon als Bub machte es ihm Spaß, die Tiere zu quälen. Später übertrug sich diese Lust auf die Menschen. Kein Knecht und keine Magd waren vor seinen bösen Attacken sicher.

Nachdem der Vater vor Kummer gestorben war, jagte Jörg seine Mutter aus dem Haus. Er wollte nämlich mit seiner Braut, der Kathi, ungestört sein. Als er Kathi vom Tal auf die Alp holte, ließ er ihr eine Treppe bauen, die aus Eichenholz gefertigt war. Die Wege ließ er aus Käse pflastern. Seine Lieblingstiere, die Kuh Brändi und der Hund Ryn, wurden mit Leckereien gefüttert, während die Bediensteten nur saure Milch bekamen. So lebten Jörg und Kathi in Saus und Braus, während die Mutter im Tal Hunger litt und schwer krank wurde.

Nachdem sie es in ihrer Not nicht mehr aushielt und den beschwerlichen Weg auf die Blüemlisalp auf sich nahm, um ihren Sohn um Hilfe zu bitten, war dieser besonders grob zu ihr. Zu trinken reichte er seiner Mutter nicht etwa frische Milch, sondern einen

---

[5]) https://de.wikipedia.org/wiki/Bl%C3%BCemlisalp

Eimer mit minderwertiger Molke. Das Brot bestrich er ihr mit Mist, während er Butter in den Ofen warf, damit das Feuer besser brannte. Schweigend verließ die Mutter die Alp, beschämt und zum Sterben bereit, doch vorher noch verfluchte sie ihren Sohn.

Sie hatte die Worte noch nicht beendet, da zogen bereits finstere Wolken am Himmel zusammen, peitschende Winde stürzten herab und jagten tobend über die Felsen. Hagel fiel vom Himmel. Die Berge konnten am Ende dem Sturm nicht standhalten. Sie brachen ein und begruben die Blüemlisalp unter einem Meer aus Schutt, Stein und Eis. Von Jörg und Kathi sahen und hörten die Menschen nie mehr etwas.

Doch an besonderen Tagen, so an Karfreitag und in der Weihnachtsnacht, konnte man Brändi und Ryn beobachten, wie sie über die Eisfelder irrten. Brändis Euter waren so dick geschwollen, dass sie gleich zu platzen schienen. Einmal stieg ein Bauer zu ihr hinauf, um sie von der Milch zu befreien. Er bemerkte, dass das Euter mit Dornen bewachsen war. Dennoch versuchte er mit bloßen Händen die Kuh zu melken, auch wenn er anfangs nur eine blutige Flüssigkeit zutage förderte. Bald wurde der Schmerz in seinen Händen zu groß, da rief er „Oh mein Gott". In diesem Augenblick erstarrten Kuh und Hund. Brändi riss sich los und rannte davon.

Mutter vermählt Tochter mit dem Satan

In der Herrschaft Erlach in der Schweiz wurden einst sieben Frauen gefangen genommen und wegen Hexerei hingerichtet. Sie hatten angeblich den Leuten und dem Vieh großen Schaden zugefügt. Unter anderem ereignete sich eine unerhörte Geschichte, die besagte, dass eine dieser Frauen dem Satan, der sie darum gebeten hatte, ihre eigene Tochter vermählte.

Als er nun als Mann zu der Tochter kam, erschrak sie, segnete sich und sagte: „Oh Jesus, behüte mich." Darauf verschwand der Teufel. Danach ging er wieder zur Mutter und drohte ihr, er werde ihr alles Böse antun, wenn sie ihr Versprechen nicht halte und ihm die Tochter nicht zukommen lasse. Die Mutter verhandelte dann mit ihrer Tochter so lange, bis diese einwilligte. Die Hochzeit wurde in einem Wald abgehalten und der Beischlaf vollzogen. Der Satan gab viel Geld, das aber hinterher nichts als Laub war, bis auf einen Batzen, den er der Tochter zur Ehe gab. Bald darauf wurde die Tochter zu einem Krüppel und so elend, dass die Herren von Bern, die von der Angelegenheit nichts wussten, sie mit einer Leibrente aus dem Vermögen des Klosters St. Johann versahen.

Doch nachdem die Angelegenheit bekannt wurde, nahm man Mutter und Tochter gefangen, die bald darauf den üblen Handel gestanden hat. Man wollte ihnen jedoch nicht glauben und ließ die Tochter durch eine Hebamme untersuchen, die keinen Schaden fand. Die Mutter und Tochter behaupteten aber beharrlich, dass sich alles sich so zugetragen habe. So wurden beide im Feuer hingerichtet. Bei der Verbrennung der Tochter verbreitete sich aber ein solch übler Gestank, dass die Richter und alle, die herumstanden, sich die Nase zuhalten mussten. Somit glaubt man, dass der Satan diesen Gestank hinter sich gelassen habe, da er der Seele des Mädchens nicht sicher war.

Aus: P. Keckeis, M. Waibel, Sagen der Schweiz. Bern, Zürich 1986.

Vom Bergsturz und Geist des Hangelimattjoggi

Es war ein schwülheisser Tag im späten Heumonat anno 1295. Die Onoltzwiler waren allesamt auf ihren Feldern und brachten das letzte Öhmd (zweiter Heuschnitt) ein. Manch einer musste sich immer wieder den Schweiß von der Stirne wischen, und die Kinder riefen ein ums andere Mal nach einem Schluck aus der tönernen Wasserflasche. Doch die Mütter ermahnten die Kinder zur Sparsamkeit, denn die Wasservorräte waren knapp.

In dem Augenblick, als die Glocken zu St. Peter zur Vesper läuteten und sich die Onoltzwiler zum Gebet auf ihren Feldern versammelten, ertönte ein schauriges Gelächter von der Hangelifluh herab. Die Feldarbeiter erstarrten und blickten voller Furcht zur Fluh hinauf. Eine dröhnende Stimme durchbrach die Stille:

„Ihr Toren, wendet euch den Göttern der Natur zu und nicht dem fahlen Christengott, denn die Götter sind erzürnt über eurem Tun. Fleht um ihre Gnade, bevor es zu spät ist. Ansonsten werdet ihr untergehen."

Diese Worte stammten von Joggi, einem rauen und gottlosen Gesellen, dessen Herkunft niemand kannte. Er war eines Tages wie aus dem Nichts erschienen, so unvermittelt wie ein jähes Gewitter. Die Dorfbewohner mieden ihn, abgestoßen von seinem wilden Äußeren und seinem ungehobelten Gebaren. Doch trotz seiner tiefen Verachtung für die Menschen hegte er eine innige Verbundenheit zu den Tieren und der Natur. Deshalb trug Joggi auch Kleidung aus Fell und Leder, die er sich eigenhändig angefertigt hatte. Seine Haare trug er lang und wirr und seine Augen spiegelten die Dunkelheit der Wälder wider. Er lebte im Schatten der Bäume und in Felsspalten der Hangelifluh, seine Stimme hallte über das Tal, wenn er den Wind und die Tiere zu Zeugen seiner Klagen machte.

Die Bewohner von Onoltzwil hatten begonnen die Natur zu schänden. Sie fällten Bäume, ohne neue zu pflanzen, jagten die

Wildtiere und verschmutzten den Bach mit allerlei Unrat. Die Onoltzwiler fühlten sich dabei unbeobachtet und sicher, weil Onoltzwil zu dieser Zeit keiner festen Herrschaft unterstand. Es klaffte eine Lücke zwischen den bisherigen Herrschern, den Frohburgern und dem nachmaligen Bistum Basel. Das Fehlen jeglicher Obrigkeit erlaubte es ihnen, nach eigenem Gutdünken zu schalten und zu walten, ohne Angst vor Strafen eines Vogts.

Obwohl ihnen Joggis düstere Natur missfiel, überließen die Dorfbewohner ihm doch ihre Ziegen, wissend, dass er sie mit größter Sorgfalt hütete. Überdies waltete Joggi über die Tiere mit einer Zuneigung, die in grellem Widerspruch zu seinem sonstigen Verhalten gegenüber den Menschen stand.

Doch an jenem schwülen Tage, als er seinen verhängnisvollen Fluch über die Bewohner sprach, wandelte sich das Geschick. Die Erde selbst begann zu beben, als wären die alten Götter des Berges erwacht und voller Zorn über die Freveltaten der Menschen. Mit einem gewaltigen Donnern lösten sich urplötzlich riesige Felsmassen von der Hangelifluh. Wie von titanischen Händen geschleudert, stürzten sie herab und brachten Tod und Verderben über alles, was sich unter ihnen befand. Jahrhundertealte Bäume wurden entwurzelt, als seien sie nicht mehr als dürres Reisig. Der Himmel verdunkelte sich unter einer dichten Staubwolke, die Sonne verbarg sich.

Mitten in diesem gewaltigen Untergang versuchte Joggi verzweifelt, seine Herde zusammenzurufen, doch es war vergebens. Der Boden unter seinen Füssen gab nach, und mit einem letzten, durchdringenden Schrei, der im tosenden Lärm der niederstürzenden Felsen verhallte, wurde auch er von Schutt und Geröll verschlungen. Das Echo seines Schreis hallte durch den nun stummen Dielenberg, ein düsteres Zeugnis der unerbittlichen Kraft der Natur.

Als die Felsmassen niederprasselten und das Tal unter sich begruben, ereignete sich noch ein weiteres Unheil. Die Frenke, deren Wasserströme zuvor durch das Tal mäanderten, wurde jäh durch die herabgestürzten Massen gestaut. Wie von einer unsichtbaren Hand zurückgehalten, schwollen ihre Fluten rasch an, stauten sich höher und höher, bis sie schließlich das gesamte Tal überfluteten. Das Wasser stieg unaufhaltsam weiter, verschlang Felder, Gärten und Wege und kletterte schließlich auch die Mauern der St. Peter Kirche empor. Die Fluten, so heißt es, reichten bis zur Spitze des Kirchturms, sodass nur noch das Kreuz über die Wasseroberfläche hinausragte. Dieses Geschehen glich einer biblischen Sintflut, als ob die Erde selbst sich empörte, um die Sünden der Menschen hinwegzuschwemmen.

Die einst lebendigen Stimmen des Dorfes verstummten und man hörte nur noch das bedrohliche Grollen des Wassers, das nun herrschte, da, wo einst Lachen und Leben waren. Das Bild der überfluteten Kirchturmspitze brannte sich in das Gedächtnis der Überlebenden ein, ein stummes Mahnmal der Naturgewalten, die Joggi heraufbeschworen hatte.

Die wenigen Überlebenden von Onoltzwil standen vor den Ruinen ihrer Lebensexistenz, unfähig, das Ausmaß der Katastrophe zu begreifen. Doch in den folgenden Nächten, wenn der Wind durch die zerstörten Wälder strich, konnte man es hören, das Fluchen des Joggi, den sie in ihrer Erinnerung nur noch den Hangelimattjoggi nannten.

Und so wissen die Bewohner von Onoltzwil, dass sie die Natur ehren müssen, denn der Hangelimattjoggi könnte noch da draußen sein, irgendwo im Schatten der Bäume lauern, wartend, dass jemand seinen Dielenberg erneut missachtet. Dann wird er wieder kommen, so sicher wie der Mond aufgeht und die Sterne funkeln. Niemand möchte erneut den Zorn des Hangelimattjoggi erneut wecken.

Es mögen sich die heutigen Bewohner von Oberdorf stets daran erinnern, dass die Lehren der Vergangenheit auch in der Gegenwart ihre Gültigkeit haben. Lasst uns also mit Bedacht und Respekt handeln, die Wälder schonen, die Wasser sauber halten und die Erde ehren, die uns nährt und beherbergt. Denn nur so können wir vermeiden, erneut den Zorn des Hangelimattjoggis zu entfesseln.

Die Natur ist ein mächtiger Verbündeter, doch in ihrer Zornesglut ein furchtbarer Gegner.

Hanspeter Gautschin, Oberdorf BL.

Bemerkung: In der römisch-katholischen Tradition bezeichnete „Vesper" eine der liturgischen Stunden des Stundengebets, die am späten Nachmittag oder Abend gebetet wurde, üblicherweise gegen 18 Uhr.

Das wohltätige Tausendgüldenkraut

Vor langer Zeit lebte bei den Eidgenossen in der Schweiz einmal ein Edelmann, der bekannt war für seine Güte und Großzügigkeit und wurde deshalb allseits geliebt. Er half, wo er helfen konnte, und die Armen und Kranken gehörten zu seinen Freunden. Er hatte nur eine Schwäche: Essen, das war sein Leben und es verging kaum ein Tag ohne ein prächtiges Festmahl auf dem Schloss.

Die Jahre vergingen und mit ihnen kamen die Leiden des Alters. Bald zwickte es hier, dann zwackte es dort. Was er am liebsten tat, nämlich reiten und jagen, das konnte er schon längst nicht mehr tun. Die Ärzte kamen und gingen und mit ihnen ging ein Leiden und ein neues tauchte auf.

„Der Herr muss sich stillhalten", verordnete der eine Arzt. „Der Herr darf keine schweren Speisen mehr essen", sagte ein zweiter.

„Der Herr darf keinen Wein mehr trinken", ordnete ein Dritter an. Da lag der Schlossherr nun in seinem Bett und hatte nichts mehr, das sein Leben erfreut hätte. Er durfte nicht mehr zur Jagd gehen, kein Festmahl wurde mehr abgehalten, der Wein blieb im Keller und so verspürte er bald keine Freude mehr am Leben. Da der Tod noch auf sich warten ließ, entschied sich der Mann für ein Gebet zu seiner Heilung: „Oh Herr", sprach er seufzend, „kein Mensch weiß mehr Rat für mich. Ich bitte dich, hilf mir wieder gesund zu werden." Und dann fügte er noch hinzu: „Wenn ich gesund werde, so will ich die Hälfte von meinem Reichtum an die Armen verteilen." Danach konnte er endlich einschlafen.

In dieser Nacht hatte er einen seltsamen Traum. Eine Frau in einem weißen Gewand kam zu ihm. Sie lächelte ihn an und er sah, dass sie das Gesicht seiner Mutter hatte, die schon lange gestorben war. „Bald wird es dir besser gehen. Komm mit, ich will dir die Pflanze zeigen, die dir helfen kann."

Sie nahm den Mann bei der Hand und führte ihn an einem felsigen Hang entlang. Unten rauschte der Fluss und es war dunkel. Doch die helle Gestalt führte ihn sicher über einen Felsenpfad bis hin zu einer Wiese im Wald. Dort standen drei Tannen und neben den Tannen wuchsen zarte Blumen mit rosaroten Blüten und einer goldenen Mitte. Er erkannte die Stelle sogleich, denn dort hatte er als Junge oft mit seinen Freunden gespielt. Die helle Gestalt bückte sich und pflückte von dem Kraut. „Schau, die ganze Wiese ist voll von diesen Kräutern. Pflücke davon und braue dir einen Trank daraus, dann wirst du gesund werden."

Nach diesen Worten verschwand die weiße Gestalt und der Edelmann erwachte.

Schon am nächsten Morgen erhob sich der Schlossherr trotz der Schmerzen aus dem Bett und wanderte den Pfad entlang, wie er ihn im Traum gegangen war und kam zu der Lichtung mit den drei Tannen. Genau wie im Traum standen dort die zarten Blumen und der Mann pflückte eine Handvoll davon und trug sie nach Hause. Dort ließ er sich einen Sud bereiten und trank davon jeden Tag. Mit jedem Tag wurden seine Schmerzen weniger und bald schon fühlte er sich wieder völlig gesund.

Der Edelmann hielt sein Versprechen und teilte die Hälfte seines Reichtums an die Armen aus. „Hunderttausend Gulden waren es", sagten die Leute. Andere sprachen von tausend Gulden und so bekam die hilfreiche Pflanze den Namen „Tausendgüldenkraut". Die Alten, die kennen das Pflänzchen noch beim Namen, die Jüngeren nennen es Güldenkraut. Heute aber sagen manche nur noch Kraut und denen sollte man diese Geschichte erzählen.

Aus: Djamila Jaenike, Pflanzenmärchen aus aller Welt © Mutabor Verlag

Die Barbegazi

Die Barbegazi sind Fabelwesen, die in der schweizer- und französischen Mythologie auftauchen, ein faszinierendes Wesen aus der alpinen Folklore und in den Alpen beheimatet.

Sind Höhlenungeheuer mit weißem Bart, die wie graubraune, staubbedeckte Fellklumpen aussehen und mit ihren knorrigen, steinharten Pfoten fest zupacken können. Diese Kreaturen leben in den Bergen tief in Höhlen und Minen versteckt, in einer Umgebung, in der sie schwer zu erkennen sind und leicht für große Felsbrocken gehalten werden können. Dabei haben sie riesige Mäuler und äußerst scharfe Zähne

Oft werden sie als schneebedeckte, zwergenähnliche Kreaturen mit großen, schneeschuhähnlichen Füßen beschrieben. Man sagt, sie fahren barfuß im Schnee der Berge und benützen die Füße zum Auslösen von Lawinen. Diese Elementarwesen gelten als Hüter der Berge und können Lawinen vorhersagen. Obwohl sie normaler-weise scheu sind und den Kontakt mit Menschen meiden, gelten sie als hilfreich und können Reisenden in Notlagen zur Hilfe kommen.

In der alpinen Mythologie wird angenommen, dass die Barbegazi durch ihre Pfeif- oder Gesangstöne vor bevorstehenden Lawinen warnen. Es gibt Geschichten, in denen diese Bergwächter verirrten Bergsteigern den Weg zurück in die Sicherheit wiesen oder sie vor Lawinen geschützt haben, indem sie sie in schützende Schneehöhlen einhüllen, bis die Gefahr vorüber war. Die Barbegazi sind ein fester Bestandteil der alpinen Legenden und tragen zur reichen kulturellen Erzähltradition dieser Region bei.

Die Bummel-Henker
Eine Sage aus dem Fichtelgebirge

Die Weißenstädter sind in der ganzen Region als die Bummel-Henker bekannt. Dieser Name geht auf eine der berühmtesten Sagen des Fichtelgebirges zurück.

Auf der Mauer des Weißenstädter Kirchturms wuchs in alten Zeiten viel Gras. Um es zu nutzen – sparsam war man seit eh und je –

beschlossen sie im Stadtrat, es durch den Bummel, so hieß der Zuchtstier der Gemeinde, abweiden zu lassen, da das Mähen zu umständlich wäre.

Also warf man ein Seil über die Mauer, schlang es um den Hals des Tieres auf der anderen Seite und begann zu ziehen. Die Räte hatten zusammen mit dem Bürgermeister den Bummel schon halb in die Höhe gebracht, da streckte er die Zunge weit heraus.

„Der schmeckt schon das Gras", frohlockte erfreut ein gewitzter Bürger. Doch als man ihn endlich oben auf dem Mauervorsprung hatte, rührte er sich nicht mehr, er war jämmerlich erstickt.

Die Weißenstädter aber hatten seither ihren Spitznahmen weg, seither nennt man sie die „Bummel-Henker".

Die Geschichte ist auch heute noch an der Stadtmauer, neben unserem steinernen „Bummel", nachzulesen.

Der Epprechtstein oberhalb von Kirchenlamitz

Alle Jahre wieder, jedoch an keinem einem bestimmten Tag, während der Pfarrer zu Kirchenlamitz das „Vater Unser" auf der Kanzel betet, hebt sich ein Fels und zeigt bis zum Ende des Gebets große Mengen an Gold. Mit dem Worte „Amen" senkt er sich wieder und verschließt auf ein weiteres Jahr seine unermesslichen Schätze. War nun auch bis jetzt noch niemand auserkoren, diesen glücklichen Augenblick zu treffen und etwas zu erhaschen, so erhielten doch Einige vor langer Zeit auf folgende Weise etwas von den Reichtümern: Ein Hirte weidete einst unfern der Ruinen seine Herde und lang langestreckt sorglos auf dem weichen Rasen. Plötzlich vernahm er ein Geräusch in seiner Nähe. Er blickte auf und gewahrte ein in sonderbare Kleidung gehülltes Mädchen, emsig beschäftigt, abgefallenes Laub mit seinem Rechen umzuwenden. Sie winkte dem Hirten freundlich. Als sich dieser schüchtern ihr genaht hatte, steckte sie ihm alle Taschen voll Laub zu und verschwand.

Ein unheimliches Grauen befiel den Hirten; er wandte sich zu seiner Herde und trieb dieselbe eiligst nach Hause. Bei den Seinigen angekommen, erzählte er den seltsamen Vorgang und griff dabei in die Tasche, um das Laub vorzuzeigen. Aber, wer beschreibt sein Erstaunen, aus jedem Blatt war ein großes blankes Goldstück geworden. Wäre es nicht bereits Nacht gewesen, so wäre er schnurstracks wieder auf den Berg geeilt, um alles Laub, das er hätte tragen können, zu holen.

Diese Nacht ward ihm zur längsten seines Lebens, er konnte kein Auge schließen. Kaum graute der Morgen, so lief er, versehen mit einem großen Sacke, den Berg hinauf und nahte sich mit klopfendem Herzen den Ruinen, doch alles war verschwunden und nie in seinem Leben erschien ihm wieder die Gold spendende Frauengestalt.

Sage zum Ochsenkopf und zur Hankerlgrube

Hier sind es nun zwei Örtlichkeiten, welche in der Sage des Fichtelgebirges außerordentliche Berühmtheit erlangt haben, das Haupt des Gebirges, der Ochsenkopf, dann jene Gruben, welche südlich hin unter dem Namen der Hankerlgruben bekannt sind.

Auf dem Ochsenkopf steht, der Sage nach, eine Kapelle, „die Geisterkapelle" genannt wird, gerade unter dem Felsen, welcher der Kirche von Bischofsgrün gegenüber liegt. Sie soll gefüllt sein mit unendlichen Schätzen an Gold und Edelsteinen. Am Johannestage, wenn der Pfarrer von Bischofsgrün das Evangelium von der Kanzel herab verkündet, öffnet sich die Kapelle, um mit Ende des Evangeliums sich wieder zu schließen. Wehe dem, der dann die Frist übersieht; er wird zurückbehalten. Dagegen glücklich, der die kurze Zeit zu benützen wusste. Der kehrt dann reich beladen heim.

An diesem Tage wächst dort eine einzige Blume ihrer Art und sie ist der Schlüssel zum Öffnen der Kapelle. Vor vielen hundert Jahren glückte es mehreren Landleuten der Gegend sie zu finden und die Kapelle damit zu öffnen. Sie konnten sich nicht satt sehen an den Herrlichkeiten im Innern. Die Altäre und Kanzel waren von Gold und die Säulen von Silber, mit Edelsteinen besetzt.

Einst regnete es an diesem Tage, und der Köhler wollte seine Kohlen retten und war in den Wald geeilt, als die Glocken eben zusammenläuteten. Da sah er die Kapelle offen, trat ein, und der Glanz eines goldenen Altares schien ihm entgegen. Er lief nach Hause, um die Leute zu holen, allein das Läuten nahm ein Ende und der Köhler vernahm nur mehr das Zusammenstürzen der Kapelle.

Auf diesem Berge ist auch ein verwunschenes Schloss mit vielen Schätzen versunken. Wenn am Johannestag der Pfarrer das Evangelium liest und auslegt, steht es dem offen, der den Weg weiß. Das Gold hängt wie Eiszapfen von der Decke herunter. Einer fand eine schöne Blume und trug sie heim und zu Hause ward sie zum Schlüssel. Er dachte, es wäre der Schlüssel zum Schloss, ging an den Berg, kam in die Burg und packte alle Taschen voll Gold und Silber, bis Einer rief: „Mach, dass du fortkommst, vergiss aber das Beste nicht." In Angst und Eile ließ er den Schlüssel stecken. Nächstes Jahr zur selben Zeit fand er wieder den Weg, er ging in die Burg und verspätete sich so, dass er ein Jahr lang eingeschlossen blieb. Doch dünkte es ihm, es waren nur drei Tage.

Sage zur Hölle auf dem Rudolfstein

Ein schlesischer Zecher.

Auf der nördlichen Kuppe des Schneeberges, ein Nachbar vom Fichtelberg und Ochsenkopf, stand nach Weißenstadt zu auch eine Ritter- und Raubburg, der Rudolf- oder Rollenstein, dessen Stätte der Schlossberg genannt wird.

Rudolf, ein Pfalzgraf in Franken, soll die Burg im Jahre 857 auf die Riesenfelsen, die Mauern, von Menschenhänden gebaut haben. Andere nennen den Kaiser Rudolf aus Schwaben als Erbauer. Nicht weniger als zwölf bis vierzehn Raubburgen standen um Wunsiedel, deren Insassen den reisenden Kaufleuten gleich starken Gebirgswinden das Geld aus den Taschen bliesen. Räuber und Geister in trauter Gemeinschaft machten die unwegsame Gegend unsicher und weithin verrufen, und eine Waldstelle unterm Rudolfstein, von wildem Felsgeklüft umgeben, die Hölle genannt wird.

Dieser Ort liegt zwischen den Raubburgen Rudolfstein und Waldstein in der Mitte, und die Reisenden hatten dort oft mehr Pein von den verkappten Staudenhechtlern auszustehen als von den Waldgeistern und Höllenbränden, die sich in Gestalt feuerspeiender Untiere sehen ließen, während ein Prasseln vernommen wurde, als ob der ganze Wald niedergeschmettert würde.

Ein Jäger aus Sachsen, der den Geisterspuk in der Hölle noch nicht kannte, sah und verfolgte dort ein Wild, das zum Waldstein aufwärts flüchtete. Je höher er stieg, desto mehr Wildnis sah er, aber alles floh vor ihm her in die Burgtrümmer hinein. Kein Wild kam ihm schussgerecht vor die Flinte.

Zuletzt folgte auch er dem Wild durch die Pforte und war mit einem Mal umhüllt von Felsen und Mauern, Busch und Baum, dazu grauer Nebel, und im Burghof begann ein Brausen, Zetern, Knallen und Schellen, Bellen und Gellen, als sei auf einmal die ganze Hölle los. Ein fürchterliches Gekreisch und Gelächter gesellten sich dazu. Der wilde Jäger zeigte sich ihm samt dem ganzen wilden Heer voll Sinne verwirrender Gestalten, bis er zu Boden stürzte und ihm die Gedanken vergingen (er in Ohnmacht fiel). Beim wiederwachen war es schon dunkel um ihn und drunten in Reumersreuth schlug es zwölf Uhr vom Turm.

Der Liebeskampf

Es ist schon tausend Jahre her oder vielleicht sogar länger, als einst in Polen ein Herzog lebte, der Cacus hieß. Dieser soll auch die Stadt Krakau erbaut haben. Er hinterließ zwei Söhne und eine Tochter. Von den Söhnen hieß der eine auch Cracus, genau wie sein Vater, der andere hieß Lechus und die Tochter wurde Wenda genannt.

Die Regierung sollte nach des alten Herzogs Tode an seinen ältesten Sohn, den Cracus, fallen; aber Lechus gönnte ihm dies nicht, und brachte ihn eines Tages auf der Jagd in meuchelmörderischer Weise um. Doch die Polen wollten aber keinen Brudermörder über sich haben, und gaben das Reich der Wenda.

Zu ihr kamen daraufhin viele Könige und Prinzen, die sie zur Ehe begehrten, denn sie war zugleich mächtig, klug und schön. Allein sie wollte lieber Prinzessin allein sein, als eines Prinzen Weib, und sie schlug alle Anträge ab, und wies mit diesen Antworten die Freier von sich.

Das hörte ein Fürst der Rügianer im Pommerlande, namens Rütiger, ein gar mächtiger und tapferer Held. Er glaubte die Fürstin gewinnen zu können, zog aus an ihren Hof und buhlte um sie. Doch auch er bekam keinen besseren Bescheid als die Übrigen. Darüber ergrimmte der Fürst in seinem Herzen, und da er in großer Liebe zu der Prinzessin entbrannt war, so stellte er ein ansehnliches Heer auf die Beine und fiel damit in Polen ein, um mit Gewalt um sie zu werben. Das Fräulein Wenda zog ihm jedoch mutig entgegen, gleichfalls mit einer großen Heeresmacht Dabei gelobte sie in ihrem Herzen: „Wenn ich den Feind besiegen sollte, will ich Zeitlebens den Göttern meine Jungfrauschaft zum Opfer bringen.

Nachdem nun die beiden Heere gegeneinanderhielten, da dünkte es den Pommern unanständig, dass sie gegen eine Frau das Schwert ziehen sollten, und sie hielten bei ihrem Fürsten an, dass er sich eines Besseren bedenken möge. Darüber entbrannte der edle Rütiger dermaßen vor Zorn und Liebe, dass er sein eignes Schwert ergriff und sich es ins Herz stieß. Der Fürst war tot, somit zogen die Pommern und Polen wieder auseinander, nachdem sie einen neuen Bund unter sich gemacht hatten.

Das Fürstenfräulein Wenda aber hatte von der Stunde an ein großes Herzeleid; und als sie wieder in ihr Schloss kam, wollte sie nicht länger leben, nachdem sich ihrethalben ein so tapferer Held ums Leben gebracht hatte. Sie sprang deshalb von der Brücke ihres Schlosses in die Weichsel und fand dort den Tod.

Solches ist bald nach dem Jahre 700 geschehen. Nach Wendas Tod kamen die zwölf Woiwoden in Polen wieder an das Regiment.

Micrälius, altes Pommerland
Die Volkssagen von Pommern und Rügen 1845

Der Hungerkerker in Tapiau
eine russische Sage

Tief unterm Schloss zu Tapiau gibt es ein Gewölbe, das stieß früher an die Sakristei der Krypta der Ordenskirche. Über dieses Gewölbe besteht eine schaurige Sage, die berichtet, was alles in ihm die Ordensritter Grauenvolles vollbracht haben sollen.

Zu Zeiten des Hochmeisters Heinrich von Richtenberg lebte ein frommer und gelehrter Mann, Dietrich von Kuba, der war Doktor im Recht und bei zwei Päpsten wohlgelitten, das waren Paulus dem Andern und Sixtus, dessen Nachfolger. Der letztere ernannte ihn zum Bischof von Samland.

Das war aber völlig gegen den Wunsch und Willen des Deutschordensmeisters und seines Kapitels geschehen. Der Ernannte ward ihnen verhasst, denn der Orden war verwildert. Sie wollte auch keinen Römling und Papstgünstling, stattdessen mehr ritterlich leben denn geistlich. Der Bischof aber gedachte in seinem Sinn unter des Papstes Schutz den verderbten Orden zu bessern und zu reformieren. Wer in der Welt jedoch mit Glück reformieren will, der muss eine eiserne Faust, eine eherne Stirn und ein feuriges Herz haben, sonst wird es ihm nie und nimmer gelingen, denn die Welt will nicht reformiert und gebessert sein.

Doch des Bischofs Dietrich von Kuba Eigenschaften reichten nicht aus, einer zahlreichen ritterlichen stolzen und mutigen Ritterklerisei allein gegenüberzustehen. Die Ordensgebieter nahmen ihn gefangen und ließen ihn in das Schloss gen Tapiau führen, wo er in ehrlicher (maßvoller) Haft nach Standesgebühr gehalten wurde. Bald umspann jedoch schnöder Verrat den gefangenen Bischof und er wurde zu einem Fluchtversuch überredet. Dieser ist misslungen und er wurde entdeckt. Der Hochmeister und das Ordenskapitel verdammten deshalb den unglücklichen Mann zum Hungertod.

Sie brachten ihn in das erwähnte Gewölbe und dort wurde er an die Mauer angeschmiedet und fortan ohne Trank und Speise gelassen. Acht Tage lang schmachtete der Gefangene dort in unendlicher Qual. Am achten Tage hörte das Volk in der Kirche, da die Türe zur

Sakristei zufällig offenstand, eine heisere Stimme wimmernd rufen: „Mein Gott, mein Gott, warum hast du mich verlassen? Mein Gott, mein Gott, erbarme dich meiner."

Diese Stimme wurde nachher noch oft gehört, auch dann noch, nachdem des Bischofs Leiche längst in Königsberg beigesetzt worden war. Die Untat wurde ruchbar und der Papst ergrimmte gegen den Orden, doch der Orden leistete einen Meineid und gab sich unschuldig.

Bald darauf erkrankte der Hochmeister schwer. Schon war er wieder auf dem Wege der Genesung, als er mit einem Male auffuhr und rief: „Meinen Harnisch, mein Ross, der Bischof; ich muss fort. Der Bischof lädt mich vor Gottes Gericht. Herr, mein Gott, erbarme dich meiner."

Danach sank er um und war auf der Stelle tot.

Ludwig Bechstein, Deutsches Sagenbuch, Leipzig 1853

Die Ehre
ein Märchen aus Russland

Vor langer Zeit lebte in einem Gebirgsdorf ein alter Mann mit seiner großen Sippe. Glücklich und zufrieden wohnte diese große, einträchtige Familie in ihrem Haus. Gemeinsam mühten sich alle auf dem Feld, gemeinsam setzten sie sich zu Tisch und gemeinsam teilten sie Leid und Freud.

Eines Tages stand der alte Mann sehr früh am Morgen auf und ging auf den Hof, um die Pferde zu füttern. Dabei sah er, dass über Nacht der Winter eingebrochen war. Ringsum war alles weiß, der Hof lag tief verschneit und zum Tor hin lief eine frische Spur durch den Schnee. Das wunderte den Alten, denn alle seiner Sippe waren zuhause und Gäste hatten sie nicht gehabt. Die Söhne, die Schwiegertöchter und die Enkel befanden sich alle noch im Haus. Jetzt beschloss er festzustellen, wohin die rätselhafte Spur denn führte. Der Alte trat durch das Tor und folgte der Spur. Sie verlief durch das Dorf, dann aufs Feld hinaus und hörte auch dort immer noch nicht auf.

In der Mitte des Feldes stand ein einzelner Rosenbusch. Hier brach die Spur ab. Der alte Mann blieb vor dem Rosenbusch stehen und rief: „Du, der du heute Morgen mein Haus verlassen und dich in diesem Busch versteckt hast, sei so gut und antworte mir."

„Ich bin dein Glück und habe beschlossen dein Haus zu verlassen. Jetzt möchte ich mich in dem Haus dort drüben niederlassen. Aber da du mich nun einmal eingeholt hast, will ich dir einen Wunsch erfüllen. Sag, was ist dir am liebsten: Vieh, Land oder prächtige Kleider?"

„Ich bitte dich um Folgendes", antwortete der Alte, „warte, bis ich mich mit den Meinen beraten habe, ich bin bald wieder zurück."

„Gut", antwortete das Glück, „ich will solange warten, halte dich aber nicht allzu lange auf."

Der Alte eilte nach Hause und berichtete, dass das Glück von ihnen gegangen sei. Er habe es jedoch eingeholt und sein nun vor die Wahl, da man ihm gestellt hatte. Alle begannen nun hin und her zu beraten.

„Du solltest um viel Land bitten, dann bringen wir gute Ernte ein und brauchen uns keine Sorgen zu machen", sagte die Frau.

„Vielleicht sollten wir lieber um gute Pferde bitten", sagte der älteste Sohn.

„Es wäre doch gar nicht übel, wenn wir schöne und prächtige Kleider bekämen", erwiderten die Töchter des Alten.

Die Geschwister begannen zu streiten, denn jeder wollte beweisen, dass sein Wunsch der vernünftigste sei. Da meldete sich die jüngste Schwiegertochter, deren Stimme man bisher noch kaum vernommen hatte:

„Wenn möglich, so bittet doch um Ehre."

„Du hast recht, Töchterchen", sprach der Alte erfreut.

„Wieso bin ich alte Frau nicht gleich auf diesen Gedanken gekommen", sagte die Alte.

Nun erklärten alle, dass die jüngste Schwiegertochter recht habe. Der alte Mann eilte aufs Feld zurück und trat zum Rosenbusch.

Ihr habt euch aber lange beraten", meinte das Glück. „Sag, wofür hat sich deine Familie entschieden?"

„Wenn du gehst, so nimm alles", antwortete der Alte, „doch lass uns unsere Ehre."

„Da werde ich dein Haus nicht verlassen können", sprach das Glück, „denn wo Ehre ist, da ist auch das Glück."

So kehrte das Glück in das Haus des alten Mannes zurück und die Familie lebt bis heute glücklich und zufrieden.

Quelle: https://www.maerchenstiftung.ch/.../maerche.../1062/die-ehre #HörbuchUndText

Die Sage vom Basilisk

Es ist nicht immer gleich offensichtlich, an welchen Plätzen sich die Antike in Österreich zeigt. Auch abseits von Museen und Ausgrabungsstätten ist sie zu finden. Da gibt es zum Beispiel, wenn wir uns eine der bekanntesten Sagen Wiens näher ansehen, die Sage vom Basilisk (kleiner König). [6]

In der Schönlaterngasse Nr. 7 im ersten Bezirk steht ein Haus, das an die sagenumwobenen Geschehnisse im Jahre 1212 erinnert. Hier soll sich im mittelalterlichen Hausbrunnen ein Untier aufgehalten haben, ein Basilisk.

Ein Basilisk ist ein Fabelwesen, das aus einem Ei schlüpft ist, welches von einem Hahn gelegt worden ist und eine Kröte ausgebrütet hat. Sein Atem und sein Blick sollen tödlich sein.

Nachdem die Magd des Bäckers, der im Hause lebte, das Untier entdeckt hatte, überlegten die Menschen, wie man sich des Monsters entledigen könnte. Ein kundiger Mann gab den Rat, dass man sich dem Biest mit einem Spiegel nähern sollte. Der junge Bäckergeselle Hans erklärte sich bereit, die Tat auszuführen, da er sich Hoffnungen auf die Hand der schönen Bäckerstochter machte. Er wurde an einem Seil in den dunklen Brunnen hinuntergelassen. Den Spiegel hielt er schützend vor sich und tatsächlich: Als sich der

---

[6] https://de.wikipedia.org/wiki/Basilisk_(Mythologie)

Basilisk selbst im Spiegel erblickte, versteinerte er vor Schreck. Der Brunnen wurde daraufhin mit Steinen bedeckt und Hans durfte die Bäckerstochter heiraten.

Eine Gedenktafel und eine Abbildung der Sage befinden sich noch heute an dem besagten Haus in der Schönlaterngasse.

Doch was hat diese Geschichte nun mit der Antike zu tun?

Tatsächlich soll sich der kundige Mann, der die Anweisung gab, wie der Basilisk zu töten sei, auf den antiken Schriftsteller Plinius d. Ä. (1. Jh. n. Chr.) bezogen haben. Dieser beschrieb das Untier wie folgt: „Durch sein Zischen verjagt er alle Schlangen und bewegt nicht, wie die anderen, seinen Körper durch vielfache Windungen, sondern geht stolz und halb aufgerichtet einher. Er lässt die Sträucher absterben, nicht nur durch die Berührung, sondern auch schon durch sein anhauchen mit dem Atem versengt er die Kräuter und sprengt Steine. So eine Stärke hat dieses Untier.

Man glaubte, dass jemand ihn einst zu Pferde mit einem Speer erlegt habe, und dass das wirkende Gift an diesem emporstieg und nicht nur dem Reiter, sondern auch dem Pferd den Tod brachte. Und dieses gewaltige Ungeheuer, das häufig Könige zu tot sehen wünschten, wird durch die Ausdünstung des Wiesels umgebracht, so sehr gefiel es der Natur, nichts ohne etwas Gegenkraft zu lassen. Man wirft die Wiesel in die Höhlen „der Basilisken", die man leicht an dem ausgedörrten Boden erkennt. Diese töten durch ihren Geruch, sterben aber zugleich selbst, und der Streit der Natur ist bereinigt.

Tatsächlich gehen die Beschreibungen eines Basilisken noch viel weiter zurück, nämlich ins 5. Jh. v. Chr., in der ihn der griechische Philosoph Demokrit erwähnt hat. Die Erzählungen haben sich im Laufe der Zeit erweitert, verändert und mit der Sage von der schauerlichen Medusa vermischt. Diese hat nämlich ähnliche Kräfte und erlitt ein ähnliches Schicksal. Die Medusa ist im griechischen Sagenkreis eine von drei Gorgonen und Tochter der Meeresgötter Keto und Phorkys. Sie soll die einzig sterbliche, aber auch die schönste der drei Schwestern gewesen sein und sich selbst besonders wegen ihres wunderbaren Haares gerühmt haben. Dies zog die Eifersucht der Göttin Athene auf sie und diese verfluchte Medusa, so dass sie ein Scheusal wurde, bei dessen Anblick jeder zu Stein erstarrte. Ihre schönen Haare wurden dabei zu Schlangen.

Der Mythos erzählt weiter, dass der junge Held Perseus sich auf den Weg machte, um die furchtbare Medusa zu töten. Er erhält dazu Hilfe von den Göttern und auch geflügelte Schuhe, eine Tarnkappe, eine Sichel und das Schild der Athene. Er dringt in die Höhle der Medusa ein, in der sich unzählige versteinerte Gestalten befinden. Um nicht auch zu versteinern, blickt er nur in den Schild, in dem sich die Umgebung spiegelt. So kann er sich Medusa nähern und enthauptet sie.

Dieser Mythos war in der Antike sehr beliebt und wurde mit der Renaissance ein gerne verwendetes Motiv für Gemälde und Wandbilder. Ein beeindruckendes Beispiel dafür findet sich vom Maler Peter Paul Rubens im Kunsthistorischen Museum in Wien, auf dessen Gemälde sich das abgeschlagene Haupt der Medusa in seiner ganzen Schrecklichkeit zeigt.

Tatsächlich findet man das Motiv aber auch an vielen anderen Orten, so auch im Prunksaal der Österreichischen Nationalbibliothek. Dort vertreibt ein Putto im Deckengemälde, bewaffnet mit dem Schild der Athene, das das Haupt der Medusa zeigt, die Schreckens-gestalten aus der Bibliothek.

Nach Katharinan Mölk

Die Sage um Adolari
Wo ein Teufel sein Unwesen treibt

Im Dorf St. Ulrich am Pillersee (Österreich) erzählt man sich, dass noch vor wenigen hundert Jahren ein Teufel die Klamm bewohnt hat. Die Legende nahm ihren Anfang als Kinder voller Panik aus der Klamm zu ihren Eltern rannten und von einer schwebenden, dunklen Gestalt tief in der Klamm berichteten. Natürlich glaubten die Erwachsenen damals an einen Kinderstreich.

Nach wenigen Tagen geschahen seltsame Dinge rund um die Klamm und die Eltern der erschrockenen Kinder suchten die Klamm selbst auf, um sich zu vergewissern, dass sie nicht von einem Teufel bewohnt ist. Sie wurden eines Besseren belehrt als sich tief in der Klamm eine riesige graue, wolkenähnliche Gestalt den Weg aus dem Berg bahnte.

Nachdem die Dorfbewohner die Klamm eilig verlassen wollten, rutschte ein Hang ab und riss mehrere Menschen in die Tiefe. Heute sagt man, es wäre ein gehässiges Lachen zu hören gewesen, nachdem die Dörfler in die Tiefe gestürzt waren. In den folgenden Tagen geschahen weitere unerklärliche Dinge. Da lagen Tiere tot auf dem Feld und die Ernte auf dem Feld verdorrte trotz Regen.

Der Teufel in der Klamm war in seinem ewigen Schlaf gestört worden. Als die Dorfbewohner den Teufel nicht mit Opfern besänftigen konnten und die schrecklichen Ereignisse sich häuften, erfuhr sogar der Papst persönlich von der Sache und reiste nach St. Ulrich am Pillersee. Der Bau der heutigen Adolari-Kirche wurde veranlasst.

Die Bauarbeiten wurden immer wieder unterbrochen und grauenvolle Dinge geschahen mit den Dorfbewohnern, die am Bau der Kirche beteiligt waren. Eines Tages, als die Einwohner mit den Bauarbeiten beschäftigt waren, kam plötzlich Wasser aus dem Boden direkt neben der bereits gesegneten Kirche. Das Loch im Boden wurde größer und größer, bis eine Quelle aus dem Boden entsprang. Das Wasser bahnte sich seinen Weg direkt in die Teufelsklamm. Die Erzählungen berichteten, dass die ganze Klamm plötzlich mit gesegnetem Wasser aufgefüllt war und sich die zwei Felswände der Klamm langsam aufeinander zubewegt haben. Es kamen starke Sturmböen auf, sodass die Bäume einfach brachen wie Streichhölzer und bis in die Nachbarorte war ein dumpfer Schrei zu hören, der die Menschen in Angst und Schrecken versetzte.

Noch nach Tagen war, laut Überlieferung, ein Grollen im Berg zu hören. Erst nach Wochen haben die Bewohner den Mut gefasst und sich erneut auf den Weg in die Klamm gemacht. Das Einzige, was sie noch gefunden haben, das war ein großes rotes Horn.

Heute erinnert ein aus Holz geschnitzter Teufel an die schrecklichen Ereignisse von damals.

Sage vom Rosengarten
Von König Laurin und seinem Rosengarten, dem Zauber des Dolomitenglühens

Hoch oben in den grauen Felsen des Rosengartens in den Dolomiten, dort, wo sich heute nur mehr eine öde Geröllhalde, genannt „das Gartl", ausbreitet, lag einst König Laurins Rosengarten.

König Laurin war der Herrscher über ein zahlreiches Zwergenvolk, das dort in den Bergen nach Edelsteinen und wertvollen Erzen suchte, und besaß einen unterirdischen Palast aus funkelndem Bergkristall. Seine besondere Freude und sein Stolz aber war der große Garten vor dem Eingang zu seiner unterirdischen Kristallburg, in dem unzählige edle Rosen blühten und dufteten. Wehe aber dem, der es gewagt hätte, auch nur eine dieser Rosen zu pflücken, ihm hätte Laurin die linke Hand und den rechten Fuß genommen. Dieselbe Strafe wäre auch dem Widerfahren, der den Seidenfaden zerrissen hätte, der den ganzen Rosengarten anstatt eines Zaunes umspannte.

Im Kampfe vermochte es der Zwergenkönig mit jedermann, auch dem stärksten Recken, aufzunehmen. Denn er besaß nicht nur einen Zaubergürtel, der ihm die Kraft und Stärke von zwölf Männern verlieh, sondern auch eine geheimnisvolle Tarnkappe, die ihn unsichtbar machte, wenn er sie aufsetzte.

So herrlich nun Garten und Palast des Zwergenkönigs auch gewesen sind, so fehlte ihm doch eines, eine Braut. Und als er darum hörte, dass der König an der Etsch gedenke, seine schöne Tochter Similde zu verheiraten, und eine Maifahrt ausrufen ließ, zu der sich alle Freier einfinden sollten, da freute sich Laurin und beschloss, die

Einladung des Königs an der Etsch anzunehmen und auch um die Similde zu werben.

Doch Tag um Tag verstrich, ohne dass ein Bote des Königs an der Etsch zu Laurin kam, um auch ihm die Einladung zu der großen Maifahrt zu überbringen. Das verdross den Zwergenkönig, und so beschloss er denn, an dieser Maifahrt nur im geheimen teilzunehmen, indem er sich durch seine Tarnkappe unsichtbar machte.

Auf einem großen Rasenplatz vor dem Schloss des Königs an der Etsch fanden die Kampfspiele statt, an denen sich die Freier um Similde zu beteiligen hatten. Wer sich in diesen Wettspielen am meisten im Fechten und Reiten bewährt haben würde und also zuletzt als Sieger hervorging, dem wollte der König an der Etsch Similde als Maibraut an vermählen.

Sieben Tage lang dauerten die Kampfspiele, dann waren endlich die beiden Recken ermittelt, die in einem abschließenden und alles entscheidenden Wettspiel um die Hand der schönen Similde kämpfen sollten. Es waren dies Hartwig, der in seinem Schilde eine Lilie führte, und Wittich, der eine Schlange als Erkennungszeichen hatte.

Lange wogte der Kampf zwischen den beiden tapferen Recken hin und her, und es nahte schon der Sonnenuntergang, wo der Wettkampf beendet werden sollte. Doch ehe der König das Zeichen zum Aufhören geben und einen der beiden Recken zum Sieger erklären konnte, entstand auf einmal Lärm, und Stimmen schrien durcheinander: „Similde ist verschwunden, Similde ist geraubt worden."

Aber als das Verschwinden der Königstochter bemerkt wurde, ritt Laurin mit Similde schon davon und konnte nicht mehr aufgehalten werden, zumal er seine Tarnkappe aufhatte und darum nicht nur er selbst, sondern auch sein Pferd und die geraubte Königstochter unsichtbar waren.

Laurin hatte im geheimen den Kampfspielen beigewohnt und das holde Wesen der schönen Königstochter und ihr liebliches Antlitz hatten ihn je länger, desto mehr so gefangen, dass er endlich beschloss, den Ausgang des Kampfes nicht abzuwarten, wo Similde dem einen von beiden an vermählt würde, sondern die schöne Braut zu rauben und sie in sein Felsenreich zu entführen.

Hartwig und Wittich aber beschlossen, diese Schmach nicht hinzunehmen und dem Zwergenkönig Laurin, denn nur dieser konnte Similde geraubt haben, das wusste man sogleich, die entführte Königstochter wieder abzunehmen.

Doch sie wussten wohl, dass dies ein schweres Unterfangen sein würde, besaß ja Laurin einen Zwölfmännergürtel und eine Tarn- oder Nebelkappe und überdies viele tausend Zwerge, die gewiss für ihren König zu kämpfen bereit waren.

Und so wandten sie sich an den großen und berühmten Fürsten Dietrich von Bern und baten ihn um seine Hilfe. Dieser sagte zu, wie wohl sein alter Waffenmeister Hildebrand ihn warnte und auf die geheimnisvollen Kräfte des Zwergenkönigs hinwies.

So machten sie sich denn auf die Reise nach der Felsenburg des Zwergenfürsten: Dietrich von Bern, Hildebrand, Hartwig und Wittich, Wolfhart und noch andere tapfere Recken.

Dann, als sie endlich vor dem herrlichen Rosengarten des Königs Laurin standen und die Fülle dieser Blütenpracht gewahrten, da staunten Dietrich und seine Gefährten und sie beschlossen, den zarten Seidenfaden nicht zu zerreißen und den König herbeizurufen, um mit ihm gütlich zu unterhandeln, dass er ihnen Similde herausgeben solle, die er geraubt hatte.

Doch Wittich, der Ritter mit der Schlange im Schilde, sprang, von Ungeduld gepackt, vorwärts, zerriss den Seidenfaden und zertrat die nächsten Rosen.

Schon aber ritt König Laurin auf seinem Schimmelpferdchen daher, eine kleine goldene Krone auf dem Haupte und ein glänzendes Schwert in der Rechten, kam auf Wittich zu und forderte seine Hand und seinen Fuß. Doch Wittich höhnte nur, als er den kleinen Reiter sah, und sagte: „Komm nur her, Zwerglein, ich nehme dich gleich bei den Füßen und werfe dich an die Felsenwand."

Doch ehe er sich's versah, hatte ihn Laurin, der den Zwölfmännergürtel trug, überwältigt und wollte ihm also gleich Hand und Fuß abhacken. Dies konnte Dietrich von Bern aber nicht zulassen und eilte darum auf Laurin zu, um ihn an der Ausführung dieser furchtbaren Strafe zu hindern.

Der Zwergenkönig Laurin

Laurin aber stieß Dietrich weg. So nahmen die beiden Könige den Zweikampf auf, der kleine Fürst des Zwergenreiches und der hünenhafte Recke aus Bern. Mit der ganzen Zwölfmännerkraft, die ihm sein Zaubergürtel verlieh, hieb der Zwergenkönig auf den Berner ein und verwundete ihn mehrmals. Dies reizte den starken Berner noch mehr, und er begann auch Laurin mit seinen Schwertstreichen nicht mehr zu schonen.

So kämpften die beiden Könige eine Weile wacker miteinander, und die Begleiter Dietrichs staunten über die Kraft und Behändigkeit des kleinen Fürsten, der sich von Dietrich nicht überwinden lassen wollte.

Jetzt aber setzte sich Laurin auf einmal die Tarnkappe auf und war nun unsichtbar geworden. Damit war er im Vorteil. Er traf seinen Gegner mit jedem Hieb, Dietrich von Bern aber konnte nur mehr blindlings um sich schlagen.

Nun rief Hildebrand, der alte Waffenmeister: „Zerreiß ihm den Gürtel." Dies aber war leichter gesagt als getan, denn Dietrich konnte ja den Zwergenkönig nicht sehen und also ergreifen. Plötzlich kam Hildebrand der rettende Gedanke: „Achte auf die Bewegungen des Grases, dann wirst du sehen, wo der Zwerg steht." Als Dietrich von Bern dies tat, konnte er sehen, wo Laurin gerade steht, er eilte auf ihn zu, packte ihn um die Mitte und zerbrach ihm den Gürtel. Dieser fiel zu Boden und Hildebrand nahm ihn an sich.

Nun war der Kampf rasch entschieden, und die Zwerge begannen zu heulen, als sie ihren König besiegt und in der Gewalt des Berners sahen, der ihm auch die Tarnkappe und alle Waffen noch abnahm. Ehe aber Dietrich und seine Begleiter beschließen konnten, was mit dem besiegten Zwergenkönig zu geschehen habe, öffnete sich im Felsen ein Tor, das vorher niemand bemerkt hatte, und Similde trat heraus mit einer Schar von Dienerinnen. Sie dankte Dietrich und den anderen Herren für ihre Befreiung, bemerkte aber auch zugleich, dass Laurin sie immer gut behandelt und wie eine Königin geehrt habe. Die Herren sollten ihm darum nicht gram sein und ihn nicht weiter befehden, sondern mit ihm Frieden und Freundschaft schließen.

Diese Rede gefiel dem starken Dietrich, und er reichte Laurin die Hand zum Frieden. Laurin nahm die Hand an und lud Dietrich und alle seine Begleiter in sein unterirdisches Felsenschloss: „Ich will euch meine Schätze zeigen und euch wohl bewirten."

Die Recken nahmen die Einladung an und betraten den hohlen Berg. Wie staunten sie, als sie die reichen Schätze des Zwergenfürsten sahen. Endlich gelangten sie in einen großen Saal, in dem Laurin sich mit seinen Gästen an einer reich geschmückten Tafel zum Speisen niederließ.

Alle wurden nun von den Zwergen aufs Beste bewirtet und mit Gesang und Spiel erfreut. Doch zu vorgerückter Stunde, nachdem sie etwas Derartiges nicht mehr erwartet haben, wurden die Recken plötzlich von den Zwergen überfallen, in Ketten gelegt und in ein festes Gewölbe geschleppt und dort eingeschlossen.

Dieser Verrat ergrimmte Dietrich und seine Begleiter, und sie schworen dem hinterlistigen Zwergenkönig Rache. Der Zorn gab dem Berner doppelte Kräfte, und so gelang es ihm endlich, die Ketten zu zerreißen und sich und seine Gefährten zu befreien. Sie zerbrachen die Türen ihres Gefängnisses, überwanden die anstürmenden Zwerge und nahmen endlich auch den König Laurin gefangen.

Hartwig, der Ritter mit der Lilie, brachte Similde aus dem Berg, holte sein Ross herbei, setzte die Königstochter zu sich in den Sattel und ritt mit ihr nach Hause, zur Burg ihres Vaters, des Königs an der Etsch. Dieser freute sich über die Rückkehr seiner entführten Tochter und ging den beiden, die da Hand in Hand auf ihn zukamen, entgegen und vermählte sie.

Dietrich und die anderen Recken aber ritten wieder nach Bern zurück. Doch den heimtückischen Zwergenkönig, der sein Friedenswort gebrochen hatte, nahmen sie mit, um ihn am Hof zu Bern gefangen zu halten.

Er sollte nie wieder seine Felsenburg sehen können. Während er gekettet und als Gefangener sein Felsenreich verlassen musste, sprach er: „Diese Rosen haben mich verraten. Hätten die Recken nicht die Rosen gesehen, so wären sie nie auf meinen Berg gekommen." Und er verfluchte den ganzen Rosengarten und die Rosen und sprach einen Zauberbann über sie, dass sie fortan keiner mehr sehen solle, weder bei Tag noch bei Nacht. Dann verließ Laurin bitteren Herzens sein Felsenreich und zog mit den Recken nach Bern, um dort sein Leben als Gefangener zu beenden.

Doch er hatte bei seinem Fluche die Dämmerung vergessen. So kommt es, dass der verzauberte Rosengarten noch oft in der Dämmerung seine Rosenpracht zeigt und der ganze Berg über und über im Rosenschimmer erstrahlt und auf diese Weise die Erinnerung an den unglücklichen König Laurin und seinen Rosengarten wachhält.

Burg Geroldseck im Wasgau

Die Geroldseck ist ein altes Schloss im Elsässer Wasgau, von dem man seit vielen Jahren zahlreiche Abenteuer erzählen hörte, dass nämlich die uralten deutschen Helden, die Könige Ariovist, Hermann, Wittekind, der Hüne Siegfried und viele, viele andere noch, in demselben Schloss zu gewissen Zeiten des Jahres gesehen worden sind, die, wenn die Deutschen in den höchsten Nöten und nahes des Untergangs sein würden, wieder heraus kamen und mit etlichen alten deutschen Völkern ihnen zu Hilfe erscheinen sollten. Kommentar: Philander v. Sittewald: Gesichte, Straßb. 1665, S. 32, 33. Quelle: Deutsche Sagen, Jacob Grimm, Wilhelm Grimm (Brüder Grimm), Kassel 1816/18, Nr. 21

Jurate und Kastytis

Die Meeresgöttin Jurate, die beliebteste Tochter des Donnergottes Perkunas, wurde von ihm königlich beschenkt. Er ließ auf dem Meeresgrund einen Bernsteinpalast errichten, in dem Jurate mit Fischen und Meerestieren lebte. Abends stieg sie nach oben, schaukelte sich auf den Wellenkronen und sang litauische Lieder, die Kankles, eine Zither, auf ihrem Schoss haltend. Eines Abends hörte ein schöner junger Fischer namens Kastytis ihren Gesang und vergaß alles auf der Welt, auch seine Mutter, die am Ostseeufer mit einer Laterne auf dem Kopf auf ihn wartete. Jurate verliebte sich in Kastytis, nahm ihn in ihren Bernsteinpalast auf dem Meeresgrund mit und feierte heimlich vor ihrem Vater Hochzeit. Nachdem Perkunas davon erfuhr, erzürnte er darüber, schickte Blitze herunter, schlug auf das Bernsteinschloss und zerstörte den Palast völlig und Kastytis kam dabei um.

Die göttliche Jurate trauert um ihn bis heute und vergießt ihre Bernsteintränen, die vom Meer ans Ufer geworfen werden. Die großen Bernsteinstücke sind Reste vom zerstörten Palast der Göttin.

Nacherzählt von Vilija Gerulaitiene. Die Sage über Jurate und Kastytis schrieb der Volkskundler, Ethnograph und Literaturhistoriker Liudvikas Adomas Jucevicius auf und veröffentlichte sie auf Polnisch in Vilnius in seinem Buch „Wspomnienia Zmudzi" (1842

Das Krönlein des Otternkönigs

Irgendwo dort im Deutschen Land gab es eine große Otternplage. Die Leute konnten nicht sicher gehen und nicht mehr ruhig schlafen. Da kam ein Mann, der sich gegen Bezahlung anbot, die Leute von der Plage zu befreien. Man wurde handelseinig und der Mann nahm eine Pfeife zur Hand und lockte damit die Schlangen aus der Gegend zusammen. Sie kamen alle herbei, sprangen in das angezündete Feuer und verbrannten in ihm.

Dann aber hörte man aus der Ferne ein anderes Pfeifen und der Schlangenfänger sagt: „Jetzt habe er Zeit, er müsse fliehen, sonst gehe es ihm ans Leben." Er rettete sich in eine Kirche und wie er so die Türe hinter sich zuschlug, wurde der verfolgende Otternkönig mit seinem Kopf eingezwängt und getötet. Seine Krone, die der Otternkönig auf dem Kopf trug, trägt heute die Muttergottes in jener Kirche. Ich weiß aber nicht mehr, an welchem Ort und Platz das vorgefallen ist.

Quelle: Im Sagenwald, Neue Sagen aus Vorarlberg, Richard Beitl, 1953, Nr. 156, S. 101

Die Trud im Schwabenland

Eine Dornbirnerin (Vorarlberg in Österreich) hatte einen Mann, der war Knecht bei einem großen Bauern im Schwabenland. Dessen Weib, die Bäuerin, bekam fast jährlich ein Kind. Dann musste der Knecht mit dem Fuhrwerk immer die ledige Schwester der Frau als Taufpatin holen. Er merkte bald, dass er ihr gefalle. Da er aber nicht darauf einging, so fing sie an, ihn zu hassen und zu schikanieren. Sie blieb nach der Taufe immer noch einige Wochen bei ihrer Schwester und kam manchmal auch in die Kammer des Knechtes. Einmal sah sie dort ein Taschenmesser liegen, auf dessen Klinge drei Kreuze eingestochen waren. Sie verlangte das Messer als Geschenk, da es ihr sehr gefalle, doch er wies sie ab und steckte das Messer ein.

Eines Tages kam er mit einer schweren Fuhr spät, nass und müde nach Hause und ging bald in seine Schlafkammer, die auf der „Bühne" (Dachboden) lag. Nachdem er schon im Bette ruhte, hörte er Tritte und dachte, jetzt komme die Schwester der Frau noch und habe wahrscheinlich nichts Gutes im Sinne; er hielt sie allmählich für einen Schrättlig (Hausgeist) oder eine Trud (im Alpenraum: Gespenst).

Sofort langte er nach seinem Messer und legte es, die Schneide aufwärts, auf seine Brust. Da tat es einen Sprung auf ihn und er fühlte eine Last, die aber gleich wieder weg war; dann hörte er wieder Tritte sich entfernen. Morgens, als er der Schwester der Frau begegnete, wagte sie es nicht mehr, ihn anzuschauen. Er bemerkte, dass sie verbundene Hände hatte. Die Suppe trug nicht sie auf. Noch am gleichen Tage wollte sie fort und begehrte einen andern Fuhrmann, während sonst immer der Knecht sie führen musste.

Der schimpfte sie noch wacker aus und drohte: „Komm mir nur noch einmal." Die alte Frau in Dornbirn soll noch leben und das Messer ihres verstorbenen Mannes aufbewahren.

Quelle: Im Sagenwald, Neue Sagen aus Vorarlberg, Richard Beitl, 1953, Nr. 137, S. 93f

Hans Trapp in der elsässischen Weihnachtszeit

Hans Trapp ist neben dem Christkind die zentrale Figur der elsässischen Weihnacht. Besonders auf den Weihnachtsmärkten kann man ihn heute im Osten Frankreichs in vielen Städten der Region erleben. Die Figur des Hans Trapp hat ein reales historisches Vorbild. Doch wer war der Ritter Hans Trapp?

Bis vor einigen Jahren brachten Christkind und Hans Trapp auch den Kindern gemeinsam die Geschenke am Heiligen Abend, so wie es andernorts der Knecht Ruprecht war. Heute ist dies in vielen Familien anders geworden, denn der Weihnachtsmann hat die beiden als Gabenbringer abgelöst. Hans Trapp tritt nun ausschließlich in der Adventszeit als Begleiter des Nikolaus auf.

Hans Trapp hat ein reales Vorbild. Einst lebte in der Pfalz im 15. Jahrhundert ein Ritter namens Hans von Trotha. Er entzündete einen Kleinkrieg mit dem Abt des Klosters Weißenburg. Hans von Trotha baute seine Burg Berwartstein immer weiter aus, auch auf dem Gebiet, das dem Abt gehörte. Dieser wusste sich nur dadurch zu helfen, dass er den Kurfürsten informierte, der ihn jedoch nicht unterstützen wollte. Nachdem Hans von Trotha immer weitere Länder raubte oder das Land unbrauchbar machte, wandte sich der Abt zur Beendigung des Kleinkrieges an den Papst. Doch Hans von Trotha denunzierte auch das Kirchenoberhaupt und so ließ der Papst einen Kirchenbann aussprechen, der bald auch zur Reichsacht führte. Manchmal wird Hans Trapp mit einem boshaften und habgierigen Mann namens Hans de Dratt in Verbindung gebracht, der ebenfalls im 15. Jahrhundert in der Region lebte. Wer auch immer jedoch das Vorbild war, man fürchtet Hans Trapp immer noch und das bis heute.

Das Bofferdanger Moor bei Oberkerschen

Im Gebiet von Oberkerschen in Luxemburg, ungefähr dreihundert Meter von der östlichen Ecke des Gemeindewaldes, befindet sich ein Morast, genannt das Bofferdanger Moor, dessen Flächeninhalt zwei bis drei Morgen Land umfasst und das ein längliches Dreieck bildet. Während der nassen Jahreszeit ist es ringsum von Wasser umgeben, aus dem hohes Schilf hervorwächst. Während des Sommers kann man ohne Gefahr darauf einhergehen, man muss sich nur vor einer Stelle hüten, an der sich der tiefe Brunnen des versunkenen Schlosses befinden soll. Die gesamte Oberfläche des Morastes ist mit Moos bedeckt, das so fest zusammengewachsen ist, dass man nicht leicht in dem darunter befindlichen Schlamme versinken kann. Das Wasser fließt nach zwei Seiten ab.

An diesen Morast knüpft sich folgende Sage:

Vor vielen, vielen Jahren stand dort ein Schloss, dessen Besitzer wegen seines Geizes und Herzlosigkeit gegen arme Leute überall im Lande berüchtigt war. Bettler, die sie flehend um ein Almosen baten, wurden mit Hunden hinausgehetzt, so dass bald kein Hilfsbedürftiger mehr es wagte, dort um eine milde Gabe zu flehen. Eines Tages erschien ein ehrwürdiger Bettlergreis im Schlosshofe und bat, hungrig und ermattet auf seinen Stab gelehnt, um ein Almosen. Allein der Hausherr ließ die Hunde auf ihn hetzen. Eine Magd jedoch, die bei diesem grausigen Anblick gerührt wurde, rief die Hunde zurück, eilte auf ihr Zimmer und brachte dem Bettler einen Teil ihrer Ersparnisse.

Nachdem dieser das mitleidige Herz der Magd gesehen hatte, bat er sie dringend, das Schloss sofort zu verlassen und ihm schnell zu folgen. Zugleich befahl er ihr, nicht eher hinter sich zu schauen, bis dass er stehenbleibe. Nachdem sie eine kleine Strecke Weges zurückgelegt hatten, blieb der Greis bei zwei großen Birnbäumen stehen. Da schaute das Mädchen sich um, aber von dem herrlichen Schloss, das sie eben verlassen, war nichts mehr zu sehen. Es war versunken und nur noch der Schornstein ragte aus dem tiefen Wasser hervor. Eine prächtige goldene Wiege, in welcher ein kleines Kind lag, schwamm noch eine Weile auf dem Wasser (nach einer Mitteilung sogar acht Tage lang) und versank gerade an der Stelle, wo sich der Schlossbrunnen befand.

Nachdem sich das Mädchen nach ihrem Begleiter umsah, war er verschwunden. Sie allein war gerettet, während alle andern Schlossbewohner im Morast einen kläglichen Untergang gefunden hatten. *)

Nach anderen Mitteilungen boten ein Knecht und eine Magd, über ihres Herrn Handlungsweise entrüstet, dem greisen Bettler ihr eigenes Mittagsmahl an. Um ihre Barmherzigkeit nicht unbelohnt zu lassen, befahl dieser dem Knecht, das beste Pferd, und der Magd, die beste Kuh aus dem Stalle zu nehmen und ihm zu folgen. Einige hundert Meter vom Schloss entfernt, sahen sie rückwärts und erblickten vom Schloss nur noch die Türme, welche allmählich ebenfalls im Boden versanken. Der Hahn flog auf die letzte Zinne, tat noch einen Schrei und fort war er. Noch heute bezeichnen die Kinder verschiedene Stellen, an der sich der Brunnen befunden haben sollen. Nur ein Kind in einer goldenen Wiege, so behauptet man, wurde gerettet und die Nachkommen desselben würden dort wieder ein Schloss bauen und mächtig werden.

*) Man behauptet, noch vor etwa Hundertzwanzig Jahren seien Überreste jenes Schlosses sichtbar gewesen; das Schloss sei einstöckig gewesen und habe in der Mitte des Morastes gestanden. Quelle: Nikolaus Gredt, Sagenschatz des Luxemburger Landes, Luxemburg 1883

Fliegender Holländer

Die Geschichten, die von sogenannten Geisterschiffen handeln, sind fast so alt wie die Seefahrt selbst. Doch während wir meist davon ausgehen, dass hier Seemannsgarn gesponnen wurde und wir diese Geschichten höchstens noch als gruselige Aufhänger für Hollywood-filme verwenden, waren Geisterschiffe in früheren Zeiten ein fast alltäglicher Anblick auf den Meeren. Und die Geschichte dahinter ist weit schrecklicher, als wir es uns in unseren Kinosesseln vorstellen können.

Man muss sich dazu einmal eine Zeit ausmalen, in der es kein Wissen um Hygiene gab, kein Wissen um Ernährung und Vitamine oder gar über die Entstehung von Krankheiten. Da denke man nur etwa an Pest oder Skorbut, um nur die häufigsten zu nennen.

In diesen Zeiten glich die Fahrt über das Meer einem Glücksspiel, jeder Abschied von der Heimat konnte ein Abschied für immer sein, und allzu oft war es das auch. Denn in jener Zeit und angesichts der hygienischen Zustände auf den Schiffen konnte eine Seuche jederzeit ausbrechen, und die Besatzung war dabei auf sich allein gestellt. Auch wenn sie das Glück gehabt haben sollten, einem anderen Schiff zu begegnen, wäre kein Kapitän so unverantwortlich gewesen, die erkrankte Besatzung eines anderen Schiffes aufzunehmen. Und auf eine Landung in einem Hafen konnten sie auch nicht hoffen, denn auch hier war die Sorge vor Krankheiten und Seuchen viel zu groß. So blieb der Besatzung nichts übrig, als auszuharren und im Vertrauen auf Gott das Beste zu hoffen. Doch allzu oft war alles Hoffen vergebens, und diese Schiffe trieben, nachdem die Mannschaft gestorben war, noch jahrelang ziellos auf den Weltmeeren herum.

Das passierte übrigens gar nicht so selten, wie man heute vielleicht glauben mag. Allein für das Jahr 1869 sind mehr als 200 Fälle bekannt, in denen die gesamte Besatzung eines Schiffes verstorben ist und dieses verlassen auf dem Meer zurückblieb. Und rund um diese Schiffe, die immer wieder auf dem Meer treibend gesichtet wurden, entstanden die uns bekannten Geschichten über Geisterschiffe.

Von allen Legenden, die sich um diese „Geisterschiffe" ranken, ist die vom Fliegenden Holländer sicher die bekannteste. Die Geschichte dürfte vor allem seit der Zeit von Richard Wagner bekannt sein: Ein Kapitän und sein Schiff sind dazu verdammt, bis zum Ende aller Zeiten auf dem Meer umherzuirren, ohne je Erlösung zu finden.

Den Hintergrund bilden die Begebenheiten rund um den niederländischen Kapitän Bernard Fokke. Andere Quellen sprechen auch von einem Willem van der Decken, der als Ostindienfahrer dafür bekannt war, die Reise von Holland nach Java und zurück in der für damalige Zeiten unglaublich kurzen Spanne von drei Monaten zurückzulegen. Sein Geheimnis soll gewesen sein, dass er Rahen aus Eisen verwendete, wodurch er sein Schiff auch bei stärkstem Wind unter vollen Segeln halten konnte. Zugleich war er ein brutaler und skrupelloser Anführer, der seine Mannschaft nicht schonte und Tag und Nacht antrieb. Sogar die Heilige Kirche schien ihm egal gewesen zu sein, und er lachte nur über ihre Gesetze und Vorschriften. Doch eines Tages soll er zu weit gegangen sein.

Gegen den Widerstand seiner Besatzung ließ er auch am Ostersonntag die Segel hissen. Nachdem es deswegen fast zu einer Meuterei gekommen war, warf er den Anführer der Aufrührer einfach über Bord. Das alles sollte natürlich dem Teufel nicht verborgen geblieben sein, denn bei dieser Seele witterte er seine Chance. Und wirklich, als der Kapitän eines Tages in einen Sturm geriet, der eine Umsegelung des Kaps der guten Hoffnung scheinbar unmöglich machte, soll er Gott verflucht und ausgerufen haben, dass er bis zum Jüngsten Tag segeln wolle, wenn er diese Fahrt nicht zu einem glücklichen Ende brächte. Seitdem galten das Schiff und seine Besatzung als verschollen.

Seit jenen Tagen jedoch scheint das Schiff sein Unwesen auf den Meeren zu treiben, und sein Anblick gilt als sicheres Zeichen nahenden Unglücks. Zu erkennen war der Fliegende Holländer übrigens sehr leicht, denn seine Segel sollen blutrot und Rumpf und Mast tiefschwarz gewesen sein, während Elmsfeuer auf seinen Rahen tanzten.

Später wurden die Geschichten rund um Bernard Fokke und seine Mannen noch ausgeschmückt. In den Spelunken und Seemannskneipen rund um den Erdball erzählte man sich davon, dass der verfluchte Kapitän alle sieben, zehn oder hundert Jahre an Land gehen dürfte, um dort eine Frau zu finden, die ihn aufrichtig und treu liebte. Sollte ihm das gelingen, dann wäre der Fluch gebrochen und seine Irrfahrt hätte ein Ende.

Die Bekanntheit dieser Legende erklärt sich nicht nur aus den Geschichten, die man sich landauf, landab davon erzählte. Auch viele Dichter ließen sich davon inspirieren, darunter so bekannte Namen wie Walter Scott, S. T. Coleridge oder W. Irving. Aber auch deutschsprachige Autoren nahmen sich des Stoffes an, wie etwa Ludwig Bechstein oder Heinrich Heine (Aus den Memoiren des Herren von Schnabelewopski).

Die bekannteste Adaption ist sicher die Oper: „Der fliegende Holländer" von Richard Wagner, die 1843 in Dresden uraufgeführt wurde. Er schrieb sie unter dem Eindruck einer glücklich überwundenen Seereise, während derer das Schiff mehrmals in Seenot geriet und er die verschiedensten Seemannsbräuche kennenlernen durfte. Er verlegte die Handlung der Geschichte vom Kap der Guten Hoffnung ins Meer vor Norwegen und fügte einige zentrale Figuren hinzu, um den Text seinen Wünschen anzupassen. Heute gilt diese Oper als das Werk, das Wagners Durchbruch zu einem eigenen Stil markiert, und wird regelmäßig mit Erfolg aufgeführt.

Das Geisterschiff, der fliegende Holländer

Die Legende von Atlantis

Wer hat nicht schon von ihr gehört, der Legende von Atlantis? Sie ist ein Mythos, der erstmals in den Werken des griechischen Philosophen Platon auftaucht. Sie beschreibt ein mächtiges und fortschrittliches Inselreich, das vor etwa 9000 Jahren existierte und innerhalb eines Tages und einer Nacht aufgrund einer Naturkatastrophe im Meer versunken sein soll.

Die wichtigsten Aspekte der Legende:

Ursprung: Atlantis wurde vom Meeresgott Poseidon erschaffen und nach seinem ältesten Sohn Atlas benannt. Die Atlanter waren Nachkommen von Poseidon und sterblichen Frauen; sie besaßen göttliche Fähigkeiten.

Reichtum und Fortschritt: Atlantis wird als unglaublich wohlhabend und technologisch fortgeschritten beschrieben. Die Insel war reich an Bodenschätzen und verfügte über ausgeklügelte Bewässerungssysteme, fortschrittliche Architektur und beeindruckende Tempel.

Gesellschaft: Die Atlanter waren in verschiedene Klassen unterteilt, angeführt von Philosophenkönigen. Sie lebten in einer idealen Gesellschaft, die auf Weisheit, Gerechtigkeit und Harmonie basierte.

Untergang: Die Atlanter wurden jedoch im Laufe der Zeit arrogant und gierig, was die Götter verärgerte. Zur Strafe verursachten sie Erdbeben und Überschwemmungen, die schließlich Atlantis im Meer versinken ließen.

Atlantis – eine Variante

Vor langer Zeit, in einem Zeitalter, das in den Nebeln der Geschichte verloren gegangen ist, erhob sich ein mächtiges Inselreich namens Atlantis aus dem azurblauen Meer. Seine Schönheit und Pracht waren unvergleichlich, seine Bewohner gesegnet mit Weisheit und Reichtum.

Der Meeresgott Poseidon selbst hatte Atlantis erschaffen und die Insel seinem Sohn Atlas anvertraut. Atlas und seine Nachkommen, die Atlanter, waren ein außergewöhnliches Volk. Sie besaßen göttliche Fähigkeiten und nutzten ihre Intelligenz, um eine fortschrittliche Zivilisation aufzubauen.

Die Hauptstadt von Atlantis war ein Wunderwerk der Architektur. Prächtige Tempel aus Marmor und Gold erhoben sich in den Himmel, umgeben von konzentrischen Kanälen, die die Stadt in glitzernde Ringe unterteilten. Gärten voller exotischer Blumen und Früchte säumten die Ufer, während majestätische Paläste die Residenz der Könige und Philosophen bildeten.

Die Atlanter waren Meister der Wissenschaft und Technik. Sie entwickelten ausgeklügelte Bewässerungssysteme, um ihre Felder zu bewässern, und nutzten die Kraft der Kristalle, um Energie zu erzeugen. Ihre Schiffe waren die schnellsten und fortschrittlichsten ihrer Zeit, und ihre Navigationskenntnisse ermöglichten es ihnen, die Weltmeere zu erkunden.

Die Gesellschaft von Atlantis war streng hierarchisch organisiert. An der Spitze standen die Philosophenkönige, die weise und gerechte Herrscher waren. Ihnen folgten die Krieger, die die Insel verteidigten, die Handwerker, die Kunstwerke von unschätzbarem Wert schufen, und die Bauern, die das Land fruchtbar machten.

Die Atlanter lebten in einer idealen Gesellschaft, die auf Weisheit, Gerechtigkeit und Harmonie basierte. Sie verehrten die Götter und lebten im Einklang mit der Natur. Ihr Leben war erfüllt von Freude, Schönheit und spiritueller Erfüllung.

Doch mit der Zeit begann der Wohlstand und die Macht der Atlanter ihren Charakter zu verderben. Sie wurden arrogant und gierig und vergaßen die Tugenden, die sie einst groß gemacht hatten. Sie begannen, ihre Macht zu missbrauchen und andere Völker zu unterdrücken.

Die Götter beobachteten das Verhalten der Atlanter mit wachsender Besorgnis. Sie sahen, wie die einst edle Zivilisation in Dekadenz und Korruption versank. Schließlich beschlossen sie, die Atlanter für ihre Hybris zu bestrafen.

In einer einzigen Nacht und einem Tag wurde Atlantis von einer verheerenden Katastrophe heimgesucht. Erdbeben erschütterten die Insel, Vulkane brachen aus und gewaltige Flutwellen stürzten über die Küsten. Die prächtige Stadt versank im Meer, und die einst stolze Zivilisation war danach ausgelöscht.

Nur wenige Atlanter überlebten die Katastrophe. Sie flohen in Booten und verbreiteten sich über die Welt. Einige von ihnen gründeten neue Zivilisationen, wie Ägypten und die Maya, und gaben ihr Wissen und ihre Kultur weiter.

Die Legende von Atlantis erinnert uns daran, dass Macht und Reichtum vergänglich sind und dass Arroganz und Gier zu Verderben führen können. Sie lehrt uns, die Bedeutung von Demut, Weisheit und Gerechtigkeit zu schätzen und im Einklang mit der Natur zu leben.

Ob Atlantis nun ein Mythos oder eine reale Zivilisation war, die Geschichte hat die Fantasie der Menschen seit Jahrhunderten beflügelt. Sie erinnert uns daran, dass selbst die größten Reiche fallen können und dass die wahre Größe eines Volkes in seinem Charakter und seinen Werten liegt.

Reale Grundlage?

Ob Atlantis tatsächlich existierte, ist bis heute umstritten. Das Verhalten der Menschen, die apokalyptische Sintflut erinnert sehr an die Geschichte Noahs der Bibel, die auch in vielen Berichten anderer Kulturen in ähnlicher Weise zu lesen ist.

Die meisten Wissenschaftler betrachten die Geschichte als eine Erfindung Platons, die er nutzte, um seine philosophischen Ideen zu vermitteln. Dennoch gibt es immer wieder Versuche, Atlantis zu lokalisieren und Hinweise auf seine Existenz zu finden.

Theorien zur Lokalisierung:

Mittelmeer: Einige Forscher glauben, dass Atlantis im Mittelmeer lag und mit der minoischen Kultur auf Kreta oder der griechischen Stadt Helike in Verbindung gebracht werden kann.

Atlantik: Andere Theorien suchen das versunkene Atlantis im Atlantik, möglicherweise in der Nähe der Azoren oder der Kanarischen Inseln.

Antarktis: Es gibt sogar Spekulationen, dass Atlantis unter dem Eis der Antarktis begraben liegt.

Die Legende von Atlantis bleibt ein faszinierendes Rätsel, das die Fantasie der Menschen seit Jahrhunderten beflügelt. Ob Mythos oder Realität, die Geschichte von Atlantis erinnert uns an die

Vergänglichkeit von Macht und Reichtum und die Bedeutung von Demut und Weisheit.

Quelle: Platon Geschichte über die Atlantis, Recherchiert von: Renato Popovic - weitere Infos zu Atlantis. [7])

Märchen von der traurigen Traurigkeit

Es war einmal eine kleine Frau die langsam einen staubigen Feldweg entlanglief. Sie war offenbar schon sehr alt, doch ihr Gang war leicht und ihr Lächeln hatte den frischen Glanz eines unbekümmerten Mädchens. Bei einer zusammengekauerten Gestalt, die am Wegesrand saß, blieb sie stehen und sah hinunter. Das Wesen, das da im Staub des Weges saß, schien fast körperlos. Es erinnerte an eine graue Decke mit menschlichen Konturen. Die kleine Frau beugte sich zu der Gestalt hinunter und fragte: „Wer bist du?"

Zwei fast leblose Augen blickten müde auf. „Ich bin die Traurigkeit", flüsterte die Stimme stockend und so leise, dass sie kaum zu hören war.

„Ach die Traurigkeit", rief die kleine Frau erfreut aus, als würde sie eine alte Bekannte begrüßen.

„Du kennst mich?", fragte die Traurigkeit misstrauisch.

„Natürlich kenne ich dich, immer wieder einmal, hast du mich ein Stück des Weges begleitet."

„Ja aber...", argwöhnte die Traurigkeit, „warum flüchtest du dann nicht vor mir, hast du denn keine Angst?"

„Nein, warum sollte ich vor dir davonlaufen, meine Liebe? Du weißt doch selbst nur zu gut, dass du jeden Flüchtigen einholst. Aber, was ich dich fragen will, ist, warum siehst du so mutlos aus?"

„Ich, ich, ich bin traurig", sagte die graue Gestalt.

Die kleine, alte Frau setzte sich zu ihr. „Traurig bist du also", sagte sie und nickte verständnisvoll mit dem Kopf. „Erzähl mir doch, was dich so bedrückt."

Die Traurigkeit seufzte tief.

---

[7]) https://de.wikipedia.org/wiki/Atlantis

„Ach, weißt du", begann sie zögernd und auch verwundert darüber, dass ihr tatsächlich jemand zuhören wollte, „es ist so, dass mich einfach niemand mag. Es ist nun mal meine Bestimmung, unter die Menschen zu gehen und für eine gewisse Zeit bei ihnen zu verweilen. Aber wenn ich zu ihnen komme, schrecken sie zurück. Sie fürchten sich vor mir und meiden mich wie die Pest."

Die Traurigkeit schluckte schwer.

„Sie haben Sätze erfunden, mit denen sie mich bannen wollen und sagen: Papperlapapp, das Leben ist doch heiter und ihr falsches Lachen führt zu Magenkrämpfen und Atemnot. Sie sagen: Gelobt sei, was hart macht und dann bekommen sie Herzschmerzen. Sie sagen: Man muss sich nur zusammenreißen und sie spüren das Reißen in den Schultern und im Rücken. Sie sagen: Nur Schwächlinge weinen und die aufgestauten Tränen sprengen fast ihre Köpfe. Oder aber sie betäuben sich mit Alkohol und Drogen, damit sie mich nicht fühlen müssen."

„Oh ja", bestätigte die alte Frau, „solche Menschen sind mir auch schon oft begegnet."

Die Traurigkeit sank noch ein wenig mehr in sich zusammen.

„Und dabei will ich den Menschen doch nur helfen. Wenn ich ganz nah bei ihnen bin, können sie sich selbst begegnen. Ich helfe ihnen, ein Nest zu bauen, um ihre Wunden zu pflegen. Wer traurig ist, hat eine besonders dünne Haut. Manches Leid bricht wieder auf, wie eine schlecht verheilte Wunde und das tut sehr weh. Aber nur, wer die Trauer zulässt und all die ungeweinten Tränen weint, kann seine Wunden wirklich heilen. Doch die Menschen wollen gar nicht, dass ich ihnen dabei helfe. Stattdessen schminken sie sich ein grelles Lachen über ihre Narben. Oder sie legen sich einen dicken Panzer aus Bitterkeit zu."

Die Traurigkeit schwieg. Ihr Weinen war erst schwach, wurde dann stärker und schließlich ganz verzweifelt. Die kleine, alte Frau nahm die zusammengesunkene Gestalt tröstend in ihre Arme. Wie weich und sanft sie sich doch anfühlt, dachte sie und streichelte zärtlich das zitternde Bündel.

„Weine nur, Traurigkeit", flüsterte sie liebevoll, „ruh dich aus, damit du wieder Kraft sammeln kannst. Du sollst von nun an nicht mehr allein wandern. Ich werde dich begleiten, damit die Mutlosigkeit nicht noch mehr Macht gewinnt."

Die Traurigkeit hörte auf zu weinen. Sie richtete sich auf und betrachtete erstaunt ihre neue Gefährtin: „Aber, aber, wer bist du eigentlich?"

„Ich?" sagte die kleine, alte Frau schmunzelnd, „ich bin die Hoffnung."

Verfasser: Inge Wuthe

Riese von Nideck - das Riesenspielzeug

Im Elsass nahe Obernai liegt die Burg Nideck, an einem hohen Berg und in der Nähe eines Wasserfalls. Die vorzeiten dort wohnenden Ritter waren Riesen. Einmal ging das Riesenfräulein herab ins Tal, wollte sehen, wie es da unten wäre, und kam bis fast nach Haslach auf ein vor dem Wald gelegenes Ackerfeld, das gerade von den Bauern bestellt wurde. Es blieb vor Verwunderung stehen und schaute den Pflug, die Pferde und Leute an, das ihr neu war. „Ei", sprach sie und ging herzu, „das nehme ich mir mit." Sie kniete zur Erde nieder, breitete ihre Schürze aus, strich mit der Hand über das Feld, fing alles zusammen und tat's hinein. Nun lief sie ganz vergnügt nach Haus, den Felsen hinaufspringend; wo der Berg so steil ist, dass ein Mensch mühsam klettern muss, sie tat aber nur einen Schritt und war schon oben.

Der Ritter saß gerad am Tisch, als sie eintrat. „Ei, mein Kind"«, sprach er, „was bringst du da, die Freude schaut dir ja aus den Augen heraus." Sie machte geschwind ihre Schürze auf und ließ ihn hineinblicken. „Was hast du so Zappeliges darin?" Sieh Vater, gar zu artiges Spielding. So was Schönes habe ich in meinen Lebtag noch nicht gehabt." Darauf nahm sie eins nach dem andern heraus und stellte es auf den Tisch, den Pflug und die Bauern mit ihren Pferden. Sie lief quirlig herum, schaute es an, lachte und schlug vor Freude in die Hände, wie sich das kleine Wesen darauf hin und her bewegte.

Der Vater aber sprach streng: „Kind, das ist kein Spielzeug, da hast du aber was Schönes angestiftet. Geh nur sofort und trag es wieder hinab ins Tal." Das Fräulein weinte, doch es half nichts. „Mir ist der Bauer kein Spielzeug", sagt der Ritter ernsthaftig, „ich leid es nicht, dass du mir murrst, kram alles sachte wieder ein und trag es an den nämlichen Platz, wo du's genommen hast. Baut der Bauer nicht sein Ackerfeld, so haben wir Riesen auf unserm Felsennest nichts zu essen und zu leben."

Mündlich

Quelle: Deutsche Sagen, Jacob Grimm, Wilhelm Grimm (Brüder Grimm), Kassel 1812

Das Märchen von der Vogelprinzessin

In einem einsamen Gebirge in den Anden lag versteckt ein kleiner, dunkelgrüner Bergsee. Es geschah selten, dass sich ein Mensch dorthin verirrte. Darum war diese Gegend der bevorzugte Aufenthaltsort der Tochter des Königsgeiers und ihrer Freundinnen. Sie legten dann ihre Federkleider ab und badeten wie normale Menschenmädchen in dem glasklaren Wasser.

Eines Tages kam jedoch ein junger Mann an die Ufer des Sees und begann sich dort eine Jagdhütte zu bauen. Nachdem die Geiermädchen wieder einmal an den See kamen, nahm er sich einfach das schönste Federnkleid. Doch als die Geiermädchen erschrocken ihre Federnkleider überwarfen und eilig davonflogen, blieb nur die Königstochter zurück. „Gib mir bitte meine Federn wieder, meine Freundinnen sind schon fort, ich möchte ihnen nach." Das aber verneinte der junge Jäger, erste zaghafte Blicke folgten, die beiden fanden Gefallen aneinander und zogen schließlich zusammen in seine Hütte. Das Federnkleid wurde sorgsam in einem Korb aufbewahrt. Er brachte ihr andere Kleider und schließlich heirateten sie. Ihr Glück wurde gekrönt, als dem Paar ein kleiner Sohn geschenkt wurde.

Der alte Königsgeier war aber sehr zornig über das Geschehene und beschloss, den ungeliebten Schwiegersohn zu vernichten. Eines

Tages spielte sein kleiner Enkel wie immer vor der Höhle, da schickte sein Großvater einen Diener und ließ ihn in das Geierreich entführen. Durch das Schreien des Kindes alarmiert, konnten die Eltern nur mehr hilflos mitansehen, wie ihr Sohn von Vögeln immer höher in den Himmel gehoben wurde.

Nachdem die Trauer der Eltern immer mehr überhandgenommen hatte, entschlossen die beiden, zum Großvater zu fliegen und den Sohn zurückzuholen. Die Frau nahm ihr Federnkleid, ihrem Mann bastelte sie aus großen Blättern Flügel und hauchte ihnen mit ihren Zauberkräften Leben ein. So machten sie sich auf den Weg. Zuerst trafen sie einen Mann mit einem Lippenpflock und einer leuchtenden Federnkrone, das war die Sonne. Er war so heiß, dass man ihm nicht nahekommen konnte. Die Reise ging weiter zum Haus des Mondes, dieser hatte einen grässlich kahlen Schädel, also weiter ging es zum Haus des Windes. Der Wind hatte seinen Kopfschmuck abgelegt, darum stürmte es gerade auf der Erde. Schließlich standen sie vor dem Palast des Geierkönigs.

Angsterfüllt traten sie dem Herrscher gegenüber, sie baten flehentlich um ihr kleines Kind. Da sprach der König: „Ich stelle dir drei Aufgaben, wenn du sie bestehst, darfst du mit deiner Familie auf die Erde zurückkehren. Wenn nicht, bleibt meine Tochter mit ihrem Kind bei mir und du bist des Todes."

Die erste Aufgabe war, einen Einbaum (ein Boot) in einem Tag anzufertigen. Der Mann verzweifelte, hatte er doch keinerlei Erfahrung im Bootsbau. Doch als er traurig neben dem Baumstamm saß, kam auf einmal ein Specht mit einer Krone auf dem Kopf, der holte sein Spechtvolk und gemeinsam klopften und hämmerten sie drauflos. Nachdem der Geierkönig kam, ließ sein Schwiegersohn gerade das Boot zu Wasser. Die nächste Aufgabe hatte es in sich, der Mann sollte einen großen See ausschöpfen. Der Arme sah sich schon verloren, da kam Tantina, die Libellenkönigin und mit ihr viele hundert Libellen, schon bald war der See ausgeschöpft.

Die zweite Aufgabe war auch bewältigt, sann der Schwiegervater die lange Nacht über, um eine besonders schwere, eine unlösbare

Aufgabe zu erfinden. Er befahl in einem Wald Feuer zu legen, ging aber mit und zündete die Seiten an, dem Schwiegersohn befahl er, weiter in den Wald zu gehen und dort das Feuer anzuzünden.

Schon bald war der arme Mann vom Feuer umgeben, Bereits den nahenden Tod vor Augen, erwartete er sein Schicksal. Da kam eine Spinne, die den Geierkönig nicht leiden konnte und der der junge Mann Leid tat, sie verwandelte ihn in eine Spinne und gemeinsam überstanden sie das Feuer in einer Felsenspalte.

Wie war die Freude groß, als es am nächsten Tag ein Wiedersehen gab, nun musste der alte Geierkönig sein Wort halten und die drei reisten zurück zur Erde, wo sie noch ein langes glückliches Leben führten.

Die Legende der Robbenfrau - The Legend of The Seal Woman

Die Kópakonan, die Statue einer Robbenfrau steht in Mikladagur auf der Insel Kalsoy. Sie ist aus Bronze und rostfreiem Stahl gefertigt. Die Statue ist so konstruiert, dass sie dreizehn Meter hohen Wellen standhält. Anfang 2015 wurde die Statue von einer 11,5 Meter hohen Welle überrollt. Sie blieb stehen und es entstand kein Schaden.

Die Legende von Kópakonan, der Robbenfrau, ist eines der bekanntesten Volksmärchen auf den Färöer-Inseln. Man glaubte, Robben seien ehemalige Menschen, die freiwillig den Tod im Meer gesucht haben. Einmal im Jahr, in der dreizehnten Nacht, durften sie an Land kommen, ihre Haut abstreifen und sich als Menschen amüsieren, tanzen und viel Spaß haben.

Ein junger Bauer aus dem Dorf Mikladalur auf der nördlichen Insel Kalsoy fragte sich, ob diese Geschichte wahr sei. So ging er am Abend des Dreizehnten an den Strand und lauerte dort. Er beobachtete die Robben, die in großer Zahl ankamen und zum Ufer schwammen. Sie kletterten an den Strand, zogen ihre Felle aus und legten sie vorsichtig auf die Felsen. Ohne ihre Felle sahen sie aus wie normale Menschen.

Der junge Bursche starrte ein hübsches Robbenmädchen an, das ihr Fell in die Nähe seines Verstecks gelegt hatte und als der Tanz begann, schlich er sich an und nahm es an sich.

Die Tänze und Spiele gingen die ganze Nacht weiter, aber sobald die Sonne begann über den Horizont zu steigen, kamen alle Robben, um ihre Felle zu holen, es anzuziehen und ins Meer zurückzukehren. Das Robbenmädchen war sehr verärgert, als sie ihr Fell nicht finden konnte, obwohl sein Geruch noch in der Luft lag. Dann erschien der Mann aus Mikladalur mit dem Fell in der Hand, aber er wollte es ihr trotz ihrer verzweifelten Bitten nicht zurückgeben, so dass sie ihn zu seinem Hof begleiten musste.

Er behielt sie viele Jahre lang als seine Frau bei sich, und sie gebar ihm mehrere Kinder; aber er musste immer darauf achten, dass sie keinen Zugang zu ihrer Haut fand. Diese verwahrte er gut verschlossen in einer Truhe, zu der nur er den Schlüssel besaß und den er immer an einer Kette an seinem Gürtel trug.

Eines Tages, als er mit seinen Gefährten auf See fischte, bemerkte er, dass er den Schlüssel zu Hause vergessen hatte. Er verkündete seinen Gefährten: „Heute werde ich meine Frau verlieren" und er erklärte, was geschehen war. Die Männer holten ihre Netze und Leinen ein und ruderten so schnell sie konnten zurück zum Ufer. Doch als sie auf dem Bauernhof ankamen, fanden sie die Kinder ganz allein und ihre Mutter war verschwunden. Ihr Vater wusste, dass sie nicht zurückkommen würde, denn das Feuer war gelöscht und alle Messer weggeräumt, damit die Kleinen sich nach ihrer Abreise nichts antun konnten.

Tatsächlich hatte sie, als sie das Ufer erreicht hatte, ihr Robbenfell angezogen und war ins Wasser gesprungen, wo neben ihr ein Robbenbulle auftauchte, der sie all die Jahre zuvor schon geliebt hatte und der immer noch treu auf sie gewartet hatte. Wenn ihre Kinder, die sie mit dem Mann aus Mikladalur hatte, später an den Strand kamen, tauchte ein Robbenbulle auf und schaute zum Land; die Leute glaubten natürlich, es sei die Mutter der Kinder. Und so vergingen die Jahre.

Dann geschah es eines Tages, dass die Männer aus Mikladalur vorhatten, tief in eine der Höhlen an der gegenüberliegenden Küste vorzudringen, um die dort lebenden Robben zu jagen. In der Nacht vor ihrer Abreise erschien ihm die Robbenfrau des Mannes im Traum und sagte, wenn er in der Höhle auf Robbenjagd ginge, solle er darauf achten, dass er den großen Robbenbullen, der am Eingang liege, nicht töte, denn das sei ihr Mann.

Auch den beiden Robbenjungen tief in der Höhle sollte er nichts antun, denn es waren ihre beiden jungen Söhne, und sie beschrieb ihre Felle, damit er sie erkennen konnte. Doch der Bauer beachtete die Traumbotschaft nicht. Er ging mit den anderen auf die Jagd, und sie töteten alle Robben, die sie in die Finger bekamen. Wieder zu Hause wurde der Fang aufgeteilt und der Bauer erhielt als seinen Anteil den großen Robbenbullen und die Vorder- und Hinterflossen der beiden jungen Jungrobben.

Am Abend, als der Kopf der großen Robbe und die Gliedmaßen der kleinen zum Abendessen gekocht worden waren, gab es einen großen Krach in der Räucherkammer, und die Robbenfrau erschien in Gestalt eines furchterregenden Trolls. Sie beschnüffelte das Essen in den Trögen und schrie den Fluch: „Hier liegt der Kopf meines Mannes mit seinen breiten Nasenlöchern, die Hand von Hárek und der Fuß von Fredrik. Jetzt wird es Rache geben, Rache an den Männern von Mikladalur und einige werden auf See sterben und andere von den Berggipfeln stürzen, bis es rund um die Küste der Insel Kalsoy so viele Tote gibt, wie sich an den Händen fassen lassen."

Nachdem sie diese Worte ausgesprochen hatte, verschwand sie mit einem lauten Donnerschlag und wurde nie wieder gesehen. Doch leider kommt es auch heute noch von Zeit zu Zeit vor, dass Männer aus dem Dorf Mikladalur im Meer ertrinken oder von den Klippen stürzen. Daher muss befürchtet werden, dass die Zahl der Opfer noch nicht groß genug ist, um alle Toten rund um die Insel Kalsoy an den Händen zu fassen.

Der Pfad des Raben

Im Herzen der dichten Wälder Skandinaviens, da, wo die mächtigen Eichen den Himmel zu berühren scheinen und die Flüsse wie silberne Adern das Land durchfließen, da lag einst das Dorf Rabenholm.

Hier lebte Erik, ein junger Mann mit dem Feuer der Ahnen in den Augen und dem Verlangen nach Ruhm in seinem Herzen. Sein Vater, ein Krieger von großem Renommee, war in der Schlacht gegen die wilden Jötnar gefallen, und Erik schwor, sein Erbe fortzuführen.

Tag für Tag übte Erik mit seinem Schwert, das er Rabenschwinge nannte, und seinem Schild, der mit dem Symbol des Raben, Odins heiligem Tier, verziert war. Er lief durch die Wälder, sprang über Felsen und übte den Speerwurf, bis seine Muskeln brannten und sein Atem keuchte. Doch sein Ehrgeiz ging über das körperliche Training hinaus. Er studierte die alten Runen, die Geheimnisse der Kräuterkunde und die Geschichten der Götter und Helden.

Eines Abends, an dem Erik allein im Wald meditierte, erschien ihm eine Gestalt, halb in Schatten gehüllt, halb im Licht des Mondes. Es war Odin selbst, der Allvater, der in Gestalt eines alten Mannes mit einem Auge und einem langen, weißen Bart erschien. Odin sprach mit einer Stimme, die so tief wie der Donner war und so sanft wie der Wind: „Erik, Sohn von Ragnar, ich habe deine Hingabe gesehen, deinen Durst nach Ruhm und deine Sehnsucht nach Wissen. Ich biete dir eine Prüfung an, drei Aufgaben, die deine Stärke, deinen Mut und deine Weisheit auf die Probe stellen werden."

Da Erik die hörte, schlug sein Herz wild wie ein Kriegstrommel. Er kniete vor Odin nieder und schwor, die Aufgaben anzunehmen, egal wie gefährlich sie sein mochten. Odins Auge funkelte, und er offenbarte die erste Aufgabe:

„Im Norden, in den eisigen Bergen, lebt ein gewaltiger Eber, Fenrir genannt, der das Land verwüstet und die Menschen terrorisiert. Erlege ihn und bringe mir seinen Hauer als Beweis deines Sieges."

Sofort machte sich Erik auf den Weg, gut ausgerüstet mit seiner Rabenschwinge, dem Schild und einem Speer aus Eschenholz. Er reiste tagelang durch die Wildnis, überquerte reißende Flüsse und erklomm schneebedeckte Gipfel. Schließlich erreichte er die eisigen Berge, wo er die Spuren des Ebers fand: zertrampelte Bäume, aufgerissene Erde und ein Gestank von Schwefel und Verwesung. Dieser Spur folgte er, bis er zu einer Höhle kam, aus der ein tiefes Grollen drang. Er zündete eine Fackel an und trat in die Dunkelheit. Tief In der der Höhle sah er ihn, den Eber, ein monströses Wesen mit Hauern so lang wie Schwerter und Augen, die wie glühende Kohlen funkelten. Sofort stürmte der Eber auf Erik zu, und ein erbitterter Kampf begann.

Geschickt wich Erik den Angriffen des Ebers aus, parierte seine Hauer mit seinem Schild und stach mit seinem Speer zu. Der Kampf tobte stundenlang und Erik wurde mehrmals verwundet, doch er gab nicht auf. Mit letzter Kraft rammte er seinen Speer in die Flanke des Ebers, und das Monster stürzte zu Boden. Dann schnitt Erik dem Eber den Hauer ab und verließ die Höhle, geschwächt aber siegreich.

Odin, der Allvater, war nach der Rückkehr von Erik sehr zufrieden. Nun offenbarte er die zweite Aufgabe:

„Im Osten, in einem versunkenen Tempel, liegt ein Schwert, das von den Zwergen geschmiedet wurde. Es heißt Gram und besitzt die Macht, jede Rüstung zu durchdringen und jeden Feind zu besiegen. Finde es und bringe es mir."

Jetzt reiste Erik nach Osten, durchstreifte Sümpfe und Moore, bis er an einen See kam, in dessen Mitte ein alter Tempel aus Stein stand. Dort tauchte er in die Tiefe, kämpfte gegen riesige Fische und giftige Schlangen, bis er den Tempel erreicht hatte. Im Inneren fand er das Schwert, das auf einem Sockel aus Knochen lag. Als Erik das Schwert ergriff, erwachten die Geister der Toten, die den Tempel bewachten. Sie griffen Erik an, aber er schlug sie mit Gram zurück und entkam dem Tempel.

Wieder zu Odin zurückkehrte, war der Allvater erneut zufrieden. Er offenbarte die dritte und letzte Aufgabe:

„Im Westen, in einer Burg aus Eis, lebt eine Riesin namens Skadi, die das Land mit ihrem eisigen Atem terrorisiert und verflucht. Besiege sie und bringe mir ihr Herz als Beweis deiner Tapferkeit."

Diesmal reiste Erik nun nach Westen, kam wieder durch Wälder voller Wölfe und Bären, bis er bei der Burg aus Eis angekommen war. In der Burg herrschte eisige Kälte, und die Wände waren mit Frostmustern bedeckt. Mühsam kämpfte sich Erik durch die Gänge, besiegte die Eisriesen, die Skadi dienten, und erreichte schließlich ihren Thronraum.

Die Skadi war eine riesige Frau mit blauer Haut und Haaren aus Eiszapfen. Sie schleuderte Eiszapfen und Schneestürme auf Erik, aber er wich aus und schlug mit Gram zu. Nach einem langen und erbitterten Kampf gelang es Erik, Skadi zu besiegen und ihr Herz herauszuschneiden.

Bei der Rückkehr zu Odin war der Allvater überglücklich. Er hatte Eriks Mut, seine Stärke und seine Weisheit gesehen und erkannte ihn als würdigen Krieger an. Odin segnete Erik und verlieh ihm den Namen „Rabenschatten", der Schrecken aller Feinde und der Beschützer der Schwachen.

Erik kehrte nach Rabenholm zurück, wo er als Held gefeiert wurde. Dort heiratete er eine schöne Frau namens Freya, mit der er viele Kinder hatte, und er regierte sein Dorf weise und gerecht. Eriks Name wurde in Liedern und Sagen weitergegeben, und er wurde zu einem Symbol für Mut, Tapferkeit und Weisheit.

Erdacht und Geschrieben von: Renato Popovic

8

Weitere Märchen, Legenden, Sagen und Mythen

Baron Münchhausen

Hier das Märchen vom Ritt auf der Kanonenkugel

Kriege sind keine schöne Sache. Immer muss man wissen, was der Gegner als Nächstes vorhat, um dies für den eigenen Vorteil ausnutzen zu können. So verlangte von mir einmal mein General während einer Schlacht, dass ich eine feindliche Festung auszuspionieren habe. Wie aber sollte ich ungesehen dort hinein-gelangen?

Nichts leichter als das, dachte ich, und schwang mich auf eine Kanonenkugel, die meine Kameraden gerade auf die Festung abgeschossen hatten. Doch da war ich wohl ein wenig zu voreilig gewesen. Im Flug überlegte ich mir nun, wie ich wohl wieder unbeschädigt das feindliche Territorium verlassen könne. Dazu wollte mir allerdings so rein gar nicht einfallen.

Da kam mir der Zufall - wie so oft in meinem Leben - zu Hilfe. Unsere Feinde hatten nämlich auch eine Kanonenkugel abgeschossen, die nun direkt auf mich zuflog. Ohne lange zu überlegen, wechselte ich von einer Kanonenkugel auf die andere. Das war für mich kein großes Problem, denn ich war ein ausgezeichneter Reiter wie ihr ja schon gehört habt. So kam ich zwar unverrichteter Dinge, aber immerhin heile bei meiner Truppe wieder an.

Altweibersommer

Seit dem frühen 19. Jahrhundert kennt man den Begriff „Altweibersommer". Dazu muss man wissen, dass regional noch bis etwa 1800 das Jahr sprachlich nur in Sommer und Winter eingeteilt wurde, wobei man den Frühling und Herbst auch als „Weibersommer" bezeichnet hat. Im Laufe der Zeit versah man dann den Frühling mit dem Zusatz „Junger Weibersommer" und folgerichtig wurde der Herbst dann „Alter Weibersommer" genannt.

Es gibt natürlich regionale Besonderheiten und so kennt man etwa auch die Bezeichnung Ähnlsummer, Mettensommer, Nachsommer, Witwensommer, Michaelssommer, Allerheiligensommer oder fliegender Sommer. In unseren Breiten aber hat sich die Bezeichnung „Altweibersommer" durchgesetzt, was sich auch daran zeigt, dass es sie nicht nur im deutschen Sprachgebiet, sondern auch in Ungarn und den slawischen Ländern gibt.

In Frankreich hingegen verwendet man den Begriff „été indien", abgeleitet von dem in den Neuenglandstaaten verwendeten Begriff „Indian Summer", der 1975 durch ein gleichnamiges Lied von Joe Dassin populär wurde. In den Mittelmeerländern hingegen ist diese Zeit als Sankt-Martins-Sommer geläufig.

Aber wie auch immer diese jahreszeitliche Phase nennt, alle diese Namen bezeichnen ein und dasselbe Phänomen, das sich seit mindestens 200 Jahren nachweisen lässt, und zwar die jährlich wiederkehrende Schönwetterperiode im Herbst, die meistens Mitte September beginnt und spätestens Anfang November vorbei ist. Ihr wichtigstes Kennzeichen ist ein stabiles Hochdruckgebiet über Mitteleuropa, das sich in klaren, kühlen Nächten und ungewohnt warmen, fast windstillen Tagen zeigt.

Ein weiteres charakteristisches Zeichen dieser Jahreszeit sind die feinen Flugfäden, die man überall beobachten kann. Denn über den warmen Böden entwickeln sich tagsüber leichte Aufwinde, auf denen sich junge Baldachinspinnen durch die Lüfte tragen lassen, um neue Reviere und einen guten Platz für den Winter zu finden.

Nach kühlen Nächten nun lassen sich auf den herumschwebenden Fäden und Spinnnetzen feine Tautropfen nieder, die im hellen Morgenlicht funkeln und an langes, silbergraues Haar erinnern.

Lange Zeit nahm man an, dass die Menschen durch diese Silberfäden an das Haar betagter Frauen erinnert wurden und sich daher die Bezeichnung „Altweibersommer" einbürgerte. Tatsächlich dürfte der Ursprung dieses Wortes aber ganz woanders liegen.

Denn mit dem Begriff: „weiben" wurde im Althochdeutschen einerseits das Knüpfen von Spinnweben bezeichnet, andererseits war es ein Synonym für „wabern" oder „flattern". Heute ist diese Wortbedeutung fast vollständig vergessen, doch in diesem Licht betrachtet merkt man, dass das „Weiber" in Altweibersommer weniger auf ältere Damen verweist als vielmehr auf die Tätigkeit der Spinnen. Woraus sich dann eher die Bedeutung „Spätsommer der webenden Spinnen" oder „der flatternden Spinnweben" ergeben würde.

Im einfachen Volk wurden diese Spinnweben auch für Gespinste von Elfen oder der Nornen gehalten. In christlichen Ländern glaubte man zudem, dass es sich bei den Fäden um Garn aus jenem Mantel der heiligen Jungfrau Maria handeln muss, den sie bei ihrer Himmelfahrt getragen hat. Daher bezeichnete man die Spinnfäden auch als Marienhaar, Marienfaden, Herbstgarn, Sommerseide oder „Unserer Lieben Frauen Gespinst" und den Altweibersommer folgerichtig als „Mariensommer" oder „Fadensommer".

Natürlich gibt es noch weitere Bezeichnungen für diese besondere „Jahreszeit" und die verschiedensten Theorien zu ihrer Entstehung, aber die Erwähnten scheinen mir die interessantesten zu sein. Jedenfalls sollte man sich nicht scheuen, sich bei einem Spaziergang mit diesen Fäden zu beschmutzen, denn nach einer alten Überlieferung sollen sie Glück bringen, wenn sie sich an die Kleidung eines Menschen heften. Nur junge Frauen sollten sich in Acht nehmen. Denn wenn sich fliegende Spinnfäden in ihrem Haar verfangen, dann verheißt das eine baldige Hochzeit.

Quelle: Thomas Stiegler

Die Legende der Lichtkinder

Die Lichtkinder wurden in einer Zeit geboren, in der die Welt von Dunkelheit und Verzweiflung heimgesucht wurde. Ihre Ankunft war ein Zeichen des Himmels, dass Hoffnung und Heilung nahe sind. Diese Kinder, gesegnet mit einer Aura der Reinheit und Liebe, trugen das Licht in ihren Herzen und strahlten es in die dunkelsten Ecken der Erde. Wo Licht scheint, muss die Dunkelheit zwingend weichen.

Von klein auf zeigten die Lichtkinder außergewöhnliche Fähigkeiten und eine tiefgründige Weisheit, die weit über ihr Alter hinausging. Sie waren sensibel und intuitiv, mit einer starken Verbindung zur spirituellen Welt. Ihre Mission war klar, sie wollten das Bewusstsein der Menschheit erheben und positive Veränderungen bewirken.

Die Reise der Lichtkinder war jedoch nicht ohne Herausforderungen. Ihre hohe Sensibilität machte sie oft verletzlich, und sie begegneten vielen Widerständen. Doch sie blieben stark und entschlossen, ihre Mission zu erfüllen. Durch Meditation, Gebet und spirituelle Praktiken stärkten sie ihre Verbindung zum göttlichen Licht und erhielten Führung und Unterstützung.

Die Lichtkinder wirkten auf vielfältige Weise. Sie inspirierten andere durch ihr Beispiel, indem sie bedingungslose Liebe und Mitgefühl zeigten. Viele von ihnen waren in heilenden Berufen tätig, als Ärzte, Therapeuten oder spirituelle Lehrer. Ihre Worte und Taten berührten die Herzen der Menschen und brachten Heilung und Erneuerung. Sie halfen den Menschen, ihre eigenen inneren Lichtquellen zu entdecken und zu entfachen.

Die Lichtkinder waren die Wegbereiter einer neuen Ära des Bewusstseins und der spirituellen Erleuchtung. Ihre Mission war es, die Menschheit auf eine höhere Ebene des Seins zu führen, wo Frieden, Liebe und Harmonie herrschen. Sie erinnerten uns daran, dass wir alle Lichtkinder sind und dass wir die Kraft haben, die Welt zu einem besseren Ort zu machen.

Eines Tages, während einer tiefen Meditation, hatte eines der ältesten Lichtkinder, namens Seraphina, eine Vision. Sie sah, dass jeder Mensch eine innere Lichtquelle besaß, die nur darauf wartete, entfacht zu werden. Diese Erkenntnis war der Schlüssel, um die Dunkelheit endgültig zu besiegen. Seraphina teilte ihre Vision mit den anderen Lichtkindern, und gemeinsam beschlossen sie, den Menschen zu helfen, ihre eigenen inneren Lichtquellen zu entdecken und zu entfachen.

Die Lichtkinder begannen, ihre Weisheit und ihre spirituellen Praktiken mit den Menschen zu teilen. Sie lehrten sie, wie sie durch Selbstreflexion und Achtsamkeit ihre inneren Lichtquellen finden konnten. Sie zeigten ihnen, wie Dankbarkeit das Herz öffnet und das Licht verstärkt. Kreativer Ausdruck, wie Malen, Schreiben und Musik, wurde zu einem wichtigen Werkzeug, um das innere Licht zum Strahlen zu bringen.

Die Lichtkinder führten die Menschen zurück zur Natur. Sie zeigten ihnen, wie die Verbindung zur Erde und zu den Elementen ihr inneres Licht stärken konnte. Gemeinsam gingen sie in die Wälder, an die Strände und in die Berge, um die heilende Kraft der Natur zu erfahren. Diese Verbindung half den Menschen, sich zu erden und ihr inneres Licht zu nähren.

Die Lichtkinder ermutigten die Menschen, sich in Gemeinschaften zu verbinden. Sie wussten, dass die Unterstützung und Ermutigung durch Gleichgesinnte das Licht jedes Einzelnen sich verstärken konnte. In diesen Gemeinschaften fanden die Menschen Trost, Inspiration und die Kraft, ihre eigenen inneren Lichtquellen zu entfachen.

Doch die Dunkelheit gab nicht so leicht auf. Sie versuchte, die Menschen zu isolieren und ihre Herzen mit Angst und Zweifel zu füllen. Die Lichtkinder wussten, dass sie wachsam bleiben mussten. Sie lehrten die Menschen, wie wichtig Selbstfürsorge und Schutz waren, um ihre Mission zu erfüllen. Meditation und Achtsamkeit wurden zu täglichen Praktiken, um zentriert und verbunden zu bleiben.

Mit der Zeit begannen die Lichtkinder, moderne Technologien zu nutzen, um ihre Botschaften zu verbreiten. Sie nutzten soziale

Medien, um positive Veränderungen zu bewirken und ihre Weisheit mit der Welt zu teilen. Sie setzten sich für Umweltbewusstsein und soziale Gerechtigkeit ein und kämpften für die Rechte der Unterdrückten. Ihre Botschaften erreichten Millionen von Menschen und inspirierten sie, ihre eigenen inneren Lichtquellen zu entdecken und zu entfachen.

Die Prophezeiung der Lichtkinder begann sich zu erfüllen. Immer mehr Menschen entdeckten ihr inneres Licht und trugen es in die Welt hinaus. Die Dunkelheit begann zu weichen, und eine neue Ära des Bewusstseins und der spirituellen Erleuchtung brach an. Frieden, Liebe und Harmonie herrschten, und die Welt wurde zu einem besseren Ort.

Doch die Reise der Lichtkinder war noch nicht zu Ende. Sie wussten, dass ihre Mission eine ewige war. Sie würden weiterhin auf die Erde kommen, um das Bewusstsein der Menschheit zu erhöhen und positive Veränderungen zu bewirken. Ihre Geschichte wurde von Generation zu Generation weitergegeben, und ihre Lehren lebten in den Herzen der Menschen weiter.

Die Legende der Lichtkinder erinnert uns daran, dass wir alle das göttliche Licht in uns tragen und die Kraft haben, die Welt zu einem besseren Ort zu machen.

© Markus Engl

Die Reise der Lichtkrieger

In einem abgelegenen Tal, wo die Berge den Himmel zu berühren schienen und die Wälder flüsterten, lebte eine Gemeinschaft von Seelen, die als Lichtkrieger bekannt waren. Diese Menschen hatten eine besondere Gabe: Sie konnten ihre Intentionen und Energien bündeln, um Heilung und Frieden in die Welt zu bringen. Ihre Herzen waren wie leuchtende Sterne, die das Dunkel durchdrangen und Hoffnung verbreiteten.

Eines Tages, als die Sonne ihren goldenen Schein über das Tal warf, versammelten sich die Lichtkrieger in einem uralten Tempel, der von der Weisheit vergangener Zeitalter durchdrungen war. Ihr Ziel war es, die Heilung eines schwerkranken Kindes namens Liora zu unterstützen. Liora war das Herz und die Seele des Dorfes, und ihre Krankheit hatte eine tiefe Traurigkeit über die Gemeinschaft gebracht.

Die Lichtkrieger setzten sich im Kreis und schlossen die Augen. Sie konzentrierten sich auf ihre Atmung und ließen ihre Gedanken zur Ruhe kommen. Dann begannen sie, ihre Intentionen auf Liora zu richten. Sie stellten sich vor, wie heilende Energien durch ihre Körper flossen und sich in einem strahlenden Lichtbündel über Liora sammelten. Dieses Licht war nicht nur ein Symbol der Hoffnung, sondern eine Manifestation der universellen Liebe, die alles Leben durchdringt.

Während sie dies taten, spürten sie eine tiefe Verbindung zueinander und zur kosmischen Energie, die das Universum durchdringt. Sie wussten, dass ihre kollektive Intention eine machtvolle Dynamik erzeugte, die weit über das hinausging, was ein Einzelner erreichen konnte. Es war, als ob ihre Seelen miteinander verschmolzen und ein einziges, pulsierendes Herz bildeten, das im Einklang mit dem Rhythmus des Universums schlug.

Nach der Zeremonie fühlten sich die Lichtkrieger erfüllt und gestärkt. Sie wussten, dass ihre heilenden Energien nicht nur Liora, sondern auch ihnen selbst zugutekamen. Dieser »Spiegel-Effekt« war ein Zeichen dafür, dass das Universum ihre Bemühungen anerkannt und belohnt hatte. Es war, als ob das Universum ihnen zuflüsterte: "Was ihr gebt, kehrt zu euch zurück, vervielfacht durch die Liebe, die ihr in die Welt sendet."

In den folgenden Tagen begann Liora sich zu erholen. Ihre Kräfte kehrten zurück, und mit ihnen die Freude und das Lachen, das das Dorf so sehr vermisst hatte. Die Lichtkrieger sahen dies als Bestätigung ihrer Überzeugung, dass das, was wir ins Universum aussenden, irgendwann zu uns zurückkehrt. Sie erkannten, dass ihre Gabe nicht nur eine Fähigkeit, sondern eine heilige Verantwortung war.

Doch die Geschichte endet hier nicht. Die Lichtkrieger beschlossen, ihre Gabe weiter zu nutzen, um anderen zu helfen. Sie heilten nicht nur Krankheiten, sondern auch gebrochene Herzen und verlorene Seelen. Sie brachten Menschen zusammen, die sich entfremdet hatten, und halfen ihnen, neuen Lebenssinn zu finden. Ihre Taten waren wie leuchtende Fäden, die das Gewebe des Lebens stärkten und erneuerten.

Eines Tages, als der älteste der Lichtkrieger, ein weiser Mann namens Silas, auf sein Leben zurückblickte, erkannte er, dass die wahre Kraft der Heilung in der Liebe und dem Glauben lag, die sie alle miteinander teilten. Er erinnerte sich an die vielen Begegnungen mit alten und sehr alten Menschen, die ihn durch ihre Lebensbejahung und Vitalität inspiriert hatten. Diese Menschen waren wie lebende Bücher, deren Seiten von Weisheit und Erfahrung durchdrungen waren.

Silas wusste, dass diese Menschen ein Geheimnis kannten: Sie hatten gelernt, das Leben in all seinen Facetten zu akzeptieren und zu lieben. Sie hatten verstanden, dass jede Herausforderung eine Gelegenheit zur inneren Heilung und zum Wachstum bot. Sie waren wie Bäume, die ihre Wurzeln tief in die Erde senkten und ihre Zweige weit in den Himmel streckten, um das Licht zu empfangen.

Mit diesem Wissen im Herzen setzte Silas seine Reise fort, immer bestrebt, das Licht der Heilung und des Friedens in die Welt zu tragen. Und so lebten die Lichtkrieger weiter, als Hüter des Lichts und der Liebe, immer bereit, ihre Gabe mit denen zu teilen, die sie am meisten brauchten. Ihre Geschichte war eine ewige Melodie, die durch die Zeit hallte und die Herzen der Menschen berührte.

© Markus Engl

Der Teufel und die Ente im Fußbad

Es war einmal vor langer Zeit in einem abgelegenen Dorf, in dem die Menschen ein einfaches, aber glückliches Leben führten. In diesem Dorf lebte ein alter Mann namens Konrad. Konrad war bekannt für seine Großzügigkeit und Güte gegenüber seinen Mitmenschen.

Doch es gab eine Sache, die ihn besonders von anderen unterschied: Er hatte eine magische Badewanne.

Die Badewanne hatte die erstaunliche Fähigkeit, jedes Wasser in ihr in ein wundersames Fußbad zu verwandeln. Es heilte Schmerzen, beruhigte Gemüter und ließ diejenigen, die in ihr badeten, sich wie neugeboren fühlen. Das Gerücht über Konrads magische Badewanne verbreitete sich im ganzen Dorf, und die Menschen kamen von weit her, um sie auszuprobieren.

Eines Tages, als Konrad in seinem Garten saß und die Vögel zwitschern hörte, näherte sich ein seltsamer Gast. Dieser Gast war jedoch kein gewöhnlicher Mensch, sondern es war der Teufel, verkleidet als ein harmloser Wanderer. Er hatte von der magischen Badewanne gehört und wollte ihre Kräfte für seine eigenen finsteren Zwecke nutzen.

Konrad, der ein gütiger Mann war, wusste nicht, dass wer der Fremde in Wirklichkeit war. Er hieß ihn herzlich willkommen und bot ihm das Fußbad an. Der Teufel willigte ein und tauchte seine Füße in das warme, duftende Wasser der magischen Badewanne.

Als der Teufel seine Füße in das Wasser tauchte, begann er sich unwohl zu fühlen. Seine Füße begannen zu kribbeln, und er spürte, wie die Dunkelheit aus ihm herauszuströmen schien. Plötzlich, als er die Augen schloss, wurde er von einem starken Licht umhüllt, und seine Gestalt begann sich zu verändern.

Konrad, der das Geschehen mit großen Augen beobachtete, konnte nicht glauben, was er sah. Vor ihm stand keine finstere Gestalt mehr, sondern eine wunderschöne Ente mit schillerndem Gefieder und funkelnden Augen.

Die Ente, die einst der Teufel war, flog auf und verschwand in den Wolken. Konrad wusste, dass die Macht seiner magischen Badewanne die Dunkelheit aus dem Teufel vertrieben und ihn in eine friedliche Kreatur verwandelt hatte.

Von diesem Tag an wurde Konrads magische Badewanne noch berühmter im ganzen Land, aber Konrad behielt seine Güte und Großzügigkeit bei und half den Menschen weiterhin, ihre Schmerzen

zu lindern und ihre Gemüter zu beruhigen. Und die Geschichte von der Ente, die einst der Teufel war, wurde zu einem Märchen, das von Generation zu Generation weitererzählt wurde, um daran zu erinnern, dass selbst die dunkelste Seele durch Liebe und Güte transformiert werden kann.
Quelle: https://www.facebook.com/RenateundHaukeBelletristik/
#HörbuchUndText

Der Kreis der Neunundneunzig

Es war einmal ein König, der hatte einen Diener, der sehr glücklich war. Jeden Morgen weckte er den König, brachte ihm das Frühstück und summte dabei fröhliche Spielmannslieder. In seinem Gesicht zeichnete sich ein breites Lächeln ab, und seine Ausstrahlung war stets heiter und positiv.

Eines Tages schickte der König nach ihm. „Mein lieber Diener", sagte er. „Sag mir, was ist das Geheimnis deiner Fröhlichkeit?"

„Da gibt es kein Geheimnis, Majestät."

„Lüg mich nicht an, Diener. Ich habe schon Köpfe abschlagen lassen für weniger als eine Lüge."

„Ich belüge Euch nicht, Majestät. Ich habe kein Geheimnis."

„Warum bist du immer fröhlich und glücklich?"

„Herr, ich habe keinen Grund, traurig zu sein. Eure Majestät erweist mir die Ehre, euch dienen zu können. Ich lebe mit meinem Weib und meinen Kindern in einem Haus, das uns der Hof zugeteilt hat. Man kleidet und nährt uns, und manchmal, Majestät, gebt ihr mir die eine oder andere Münze, damit ich mir etwas Besonderes leisten kann. Wie sollte ich da nicht glücklich sein?"

„Wenn du mir nicht gleich dein Geheimnis verrätst, lasse ich dich enthaupten", sagte der König. „Niemand kann aus solchen Gründen glücklich sein."

„Aber Majestät, es gibt kein Geheimnis. Wie gern wäre ich euch zu Gefallen, aber ich verheimliche nichts."

„Geh, bevor ich den Henker rufen lasse."

Der Diener machte eine Verbeugung und verließ den Raum. Der König war völlig außer sich. Er konnte sich einfach nicht erklären, wie dieser Diener so glücklich sein konnte. Als er sich beruhigt hatte, rief er den weisesten seiner Berater zu sich und berichtete ihm von dem Gespräch, das er an diesem Morgen geführt hatte.

„Warum ist dieser Mensch glücklich?"

„Majestät, er befindet sich außerhalb des Kreises."

„Außerhalb des Kreises?"

„So ist es."

„Und das macht ihn glücklich?"

„Nein, mein Herr. Das ist das, was ihn nicht unglücklich sein lässt."

„Begreife ich das recht: Im Kreis zu sein macht einen unglücklich?"

„So ist es."

„Was ist das für ein Kreis?"

„Der Kreis der neunundneunzig."

„Ich verstehe nicht."

„Das kann ich nur an einem praktischen Beispiel erklären. Lass deinen Diener in den Kreis eintreten."

„Ja, zwingen wir ihn zum Eintritt."

„Nein, Majestät. Niemand kann dazu gezwungen werden, in den Kreis einzutreten, aber wenn wir ihm die Möglichkeit dazu geben, wird er ganz von selbst eintreten."

„Aber er merkt nicht, dass er sich dadurch in einen unglücklichen Menschen verwandelt?"

„Doch, er wird es merken."

„Du behauptest, er merkt, wie unglücklich es ihn macht, in diesen albernen Kreis einzutreten, und trotzdem tut er es, und es gibt keinen Weg zurück?"

„So ist es, Majestät. Wenn du bereit bist, einen ausgezeichneten Diener zu verlieren, um die Natur dieses Kreises zu begreifen, dann werde ich dich heute Nacht, kurz vor Tagesende abholen. Du musst einen Lederbeutel mit neunundneunzig Goldstücken bereithalten. Neunundneunzig, keins mehr, keins weniger."

In dieser Nacht holte der Weise den König ab, sie gingen zum Haus des Dieners. Der Weise steckte einen Zettel an den Beutel, auf dem stand: Dieser Schatz gehört dir. Es ist die Belohnung dafür; dass du ein guter Mensch bist. Genieße ihn und sag niemandem, wie du an ihn gelangt bist. Dann band er den Beutel an die Haustür des Dieners, klingelte und versteckte sich wieder.

Der Diener kam heraus, öffnete den Beutel, las die Nachricht, schüttelte den Sack, und als er das metallische Geräusch aus seinem Inneren vernahm, zuckte er zusammen, drückte den Schatz an seine Brust, sah sich um, ob ihn auch niemand beobachtete, und ging ins Haus zurück. Die Spione stellten sich zum Fenster, um die Szene zu beobachten.

Der Diener hatte sich niedergesetzt, den Inhalt des Beutels auf den Tisch geleert und traute seinen Augen kaum. Es waren eine Menge Goldmünzen. Er, der in seinem ganzen Leben nicht eine einzige verdient hatte, besaß nun einen ganzen Berg davon. Schließlich begann er seinen Schatz zu zählen. Er machte Häuflein zu zehn Münzen doch das letzte Häuflein, hatte nur neun Münzen. Zunächst suchten seine Augen den Tisch ab, in der Hoffnung, die fehlende Münze zu finden. Dann schaute er auf den Boden und schließlich in den Beutel. Das ist unmöglich, dachte er.

„Man hat mich beraubt", schrie er.

„Man hat mich beraub, das ist Diebstahl."

Neunundneunzig Münzen, das ist eine Menge Geld, dachte er. Aber ein Goldstück fehlt und somit sind neunundneunzig keine runde Zahl. Hundert ist rund, doch neunundneunzig nicht. Der König und sein Ratgeber spähten heimlich zum Fenster hinein.

Das Gesicht des Dieners hatte sich verändert. Seine Stirn lag in Falten, und die Miene war angespannt. Der Diener steckte die Münzen in den Beutel zurück und versteckte den Beutel zwischen der Wäsche. Dann nahm er Papier und Feder und setzte sich an den Tisch, um eine Rechnung aufzustellen. Wie lange musste er sparen, um Goldstück Nummer hundert zu bekommen? Er war bereit, hart dafür zu arbeiten. Danach würde er womöglich niemals wieder etwas tun müssen. Mit hundert Goldstücken konnte man aufhören zu arbeiten. Mit hundert Goldstücken ist man reich. Wenn er hart arbeitete und sein Gehalt und etwaige Trinkgelder sparte, konnte er in elf oder zwölf Jahren genügend für ein weiteres Goldstück beisammenhaben.

Zwölf Jahre sind eine lange Zeit, dachte er. Er überlegte: Wenn man seine Arbeit im Dorf und die seiner Ehefrau zusammenrechnete, konnten sie in sieben Jahren das Geld beieinanderhaben. Das war zu lang. Vielleicht konnte er das Essen, das ihnen übrigblieb, ins Dorf bringen und es für ein paar Münzen verkaufen. Je weniger sie also essen würden, desto mehr könnten sie verdienen. Er schmiedete Pläne, bis er bei vier Jahren anlangte. In vier Opferjahren hätten sie Goldstück Nummer hundert.

Der König und der Weise kehrten in den Palast zurück. Der Diener war in den Kreis der Neunundneunzig eingetreten. Während der kommenden zwei Monate verfolgte der Diener seinen Plan genau, wie er ihn in jener Nacht entworfen hatte. Eines Morgens klopfte er übelgelaunt und gereizt an die Tür des königlichen Schlafzimmers.

„Was ist denn mit dir los?" fragte der König höflich.

„Mit mir? Gar nichts."

„Früher hast du immer gesungen und gelacht."

„Ich tue meine Arbeit, oder etwa nicht? Was wünschen ihre Majestät? Soll ich euch auch noch Hofnarr sein?"

Es dauerte nicht mehr allzu lang, da entließ der König den Diener. Er fand es unangenehm, einen Diener zu haben, der immer schlecht gelaunt war.

Geschichte vom Schäfer und dem Teufel

Ein Nordsee-Märchen von Zeno W.

An den stürmischen Deichen der Nordsee, besser gesagt auf der Halbinsel Eiderstedt, lebte einst der arme Schäfer Peter. Jeden Tag versorgte er seine Schafe und beobachtete sie, wie sie auf den sattgrünen Wiesen am Deich ihrem Tagewerk nachgingen. Peter genoss den Wind und die Wellen und die salzhaltige Luft. Er führte ein bescheidenes einfaches Leben und fühlte sich fast zufrieden. Trotz des leichten Lebens brannte aber ein Schmerz in seiner Brust, er war unsterblich verliebt in Fenja. Sie war die Tochter eines reichen Bauers aus dem Dorf. Fenja war so hübsch mit ihrem blonden Haar und den hellblauen Augen und ihr Lächeln brachte selbst am dunkelsten Ort ein Licht in den Raum.

Trotz allen Bemühungen beachtete ihn Fenja nicht, weil Peter ein armer einfacher Schäfer war und sie sich längst einem reichen Mann versprochen hatte. So lag Peter jeden Abend wach, schaute in den Sternenhimmel und hoffte darauf, dass ein Wunder geschehe und Fenja ihm endlich Aufmerksamkeit schenkte. Doch immer würde er mit dem Schmerz und dem Kummer einschlafen.

Eines Abends, als er seine Schafe in den Stall brachte und sich selbst zur Ruhe setzen wollte, vernahm Peter plötzlich eine tiefe, ruhige Stimme hinter sich.

„Ich kenne deinen Schmerz, Peter."

Als sich Peter nach der Stimme umdrehte, sah er einen in einen schwarzen Mantel gehüllten Mann. Er trug einen großen Hut, sodass man sein Gesicht kaum, bis gar nicht sehen konnte. Nur ein Kinnbart wackelte unter dem Hut, während der Fremde sprach.

„Du liebst das Mädchen, doch sie wird dich nicht beachten, solange du nur ein armer Schäfer bist. Aber ich kann dir helfen."

Peter war sichtlich verwirrt, wer der Fremde denn sei. Deshalb fragte er ihn dies.

„Nenne mich wie du willst. Die meisten nennen mich Teufel, oder den Verführer. Ich möchte dir einen Pakt vorschlagen: Ich werde alle deine Schafe in pures Gold verwandeln, damit wirst du ein reicher Mann. Dafür möchte ich nur eine Gegenleistung."

„Was wäre es für eine Gegenleistung?", wollte Peter wissen.

Der Teufel reichte ihm einen Federkiel und ein Blatt Pergament mit einem Vertrag und sprach zu ihm, dass sie sich bald wieder sehen und Peter seinen Preis dafür bezahlen würde.

Mit zitternder Hand und mit viel Zögern unterschrieb er den Vertrag, ohne zu wissen, was die Konsequenz für diesen Pakt war, doch der

Wunsch Fenjas Herz zu erobern war stärker. Grinsend steckte der Teufel das Pergament wieder in seinen Mantel und verschwand in einer Rauchwolke.

Durchgeschwitzt schrak Peter am frühen Morgen aus dem Schlaf und glaubte zuerst er hätte alles nur geträumt. Doch als er zum Stall rüber schaute, vernahm er kein mähen der Schafe und auch kein aufgeregtes Trampeln. Nicht mal nach Schafen roch es auf dem Hof. Alles war sehr merkwürdig und so musste Peter einmal nachsehen. Doch anstatt von Schafen fand er im Stall plötzlich große, schwere Goldbarren vor. Jedes einzelne seiner Schafe hatte sich in Gold verwandelt. Peter glaubte zuerst umzukippen, doch dann stieß er einen Freudenschrei aus, der ihn drei Tage heiser machte.

Von nun an veränderte sich Peters Leben komplett. Er kaufte ein schönes Häuschen direkt an der Küste und trug die schönsten und teuersten Kleider seiner Zeit. Er war ein angesehener Mann im Dorf und natürlich eroberte er auch endlich das Herz der schönen Fenja. Es wurde eine prächtige, prunkvolle Hochzeit gefeiert. Sie lebten beide in Saus und Braus und konnten sich jeden Wunsch erfüllen. Wurde es einmal knapp, holte Peter einfach den nächsten Barren aus dem alten Stall. Doch eines Tages bemerkte er, wie schnell das Gold weniger und weniger wurde. Des Weiteren bemerkte er aber auch, dass der Reichtum ihn nicht glücklich machte und als das Geld immer knapper und knapper wurde, distanzierte sich Fenja immer mehr von ihm. Von Schulden und erneuter Armut betroffen verließ ihn seine Frau ganz.

Frustriert und von Allen verlassen setzte sich Peter an die Stelle des Deiches, wo einst seine Schafe so friedlich gegrast hatten. Den Kopf in den Händen versunken wollte er nicht mehr so leben.

„Weißt du nun was wahrer Reichtum ist?"

Peter hörte die Stimme des Teufels, der sich neben ihm auf den Deich gesetzt hatte. Der ehemalige Schäfer nickte und verstand. Er hat alles verloren, nur um jemanden zu gefallen, der auf sein Geld aus war. Seine geliebten Schafe, sein einfaches Leben, das hatte er alles aufgegeben und gegen etwas getauscht, was ihm nichts Gutes gebracht hatte.

Der Leibhaftige nickte ebenfalls und sagte: „Sei dir bewusst, dass nicht ich dir das Unglück gebracht habe, sondern deine eigene Gier führte dich in die Dunkelheit. Das ist der wahre Preis für deinen Pakt."

Mit diesen Worten lies der Teufel den armen Peter zurück. In seiner Einsamkeit fand Peter aber seinen Frieden. Er erkannte, dass man sich mit Geld nicht alles kaufen kann und schon gar nicht wahre Liebe. Er verkaufte sein Haus im Tausch gegen eine neue Herde Schafe und kehrte zu seinem einfachen Leben als Hirte zurück. Gezeichnet von seiner Erfahrung lernte er, dass Reichtum nicht von Geld abhängig ist. Er genoss wieder den Wind, die Wellen und die salzige Meeresluft und beobachtete seine Schafe beim Grasen und wusste die schönsten Dinge im Leben sind umsonst. Auch wurde sein Herz eines Tages von Marie, einem Mädchen aus einfachen Verhältnissen, erobert. So lebten die beiden glücklich und zufrieden bis an ihr Ende.

Baum der Hexen – der Weißdorn

Die große Bedeutung des Weißdorns im Volksglauben können wir vom umgangssprachlichen Namen „Hagedorn" ableiten. Gemeinsam mit Schlehe, Holunder, Wildrosen und Brombeeren wurde er gerne am Rande kultivierten Landes angesiedelt, um eine Hecke zu bilden, die das Gehöft umgab. Diese bildete die Grenze zwischen dem vom Menschen kultivierten und dem wilden, ungezähmten Land. Für unsere Vorfahren war diese Hecke, die man auch Hag nannte, die Grenze zwischen dem vom Hausgeist beschützten Land und dem Land der Geister, Dämonen, aber auch der wilden Tiere. Man glaubte, dass an dieser Dornenhecke auch Krankheiten und manch andere Übel hängen blieben. Der Weißdorn wurde mit der Zeit zum Inbegriff für Schutz und Sicherheit.

So entstanden vermutlich auch uns allen bekannte Märchen wie das vom Dornröschen. Die Umfriedung aus Dornenhecken bescherte den Menschen einen friedlichen und ruhigen Schlaf. Sie fühlten sich sicher und beschützt. Im Märchen wurden daher Pflanzen mit Dornen mit tiefem Schlaf assoziiert.

Solche Wesen, die sich jenseits dieser Dornenhecke bewegten, wie die Jäger und alte Frauen, umgab im Volksglauben eine magische Ausstrahlung. Gerade die alten Frauen, die nicht mehr bei den täglichen, schweren Arbeiten helfen konnten, bewegten sich entlang des Hags, um heilende Kräuter, Holz und Reisig zu sammeln. Sie bekamen so wunderbare Namen wie „Zaunreiterinnen", „Hagazussa" oder „Hag-Sitzerinnen". Aus dem Wort „Hagazussa", was „Hagweib" bedeutet, wurde allmählich das Wort „Hexe". So können wir den Weißdorn wahrlich als „Hexenbäumchen" bezeichnen.

Im Mittelalter glaubte man sogar, dass fliegende Hexen auf dem Weißdorn ruhten und von den Knospen naschten.

Auch bei den Slawen war der Baum ein Symbol für Schutz vor allerlei Bösem. Man glaubte, dass Vampiren und ähnlich dunklen Wesen ein Pfahl aus Hagedornholz durchs Herz getrieben werden musste, um sie zu töten und damit ihren Einfluss auszulöschen.

Der Weißdorn hat zudem eine große Bedeutung als Pflanze, die den alten Glauben unserer Vorfahren mit dem des Christentums vereinen konnte. Er bildete sozusagen eine Brücke für die Menschen, die vom christlichen Glauben bekehrt werden sollten.

So heißt es, dass in Glastonbury, einem heiligen Ort in England, ein uralter Weißdornbaum wächst. Der Legende nach soll Joseph von Arimathäa, einst ein Jünger Christi, im Jahre 63 n. Chr. mit dem heiligen Abendmahlkelch nach Britannien gepilgert sein. Bei sich trug er einen Wanderstab aus Weißdorn, den er nach seiner Landung in die Erde steckte. Der Stab wurzelte und blühte im darauffolgenden Jahr zu Weihnachten. An dieser Stelle soll Joseph von Arimathäa dann die erste Kirche Britanniens errichtet haben.

Diese Geschichten gehen möglicherweise auf einen uralten keltisch-germanischen Brauch unserer Vorfahren zurück. Im Abend-mahlskelch, mit dem Joseph angeblich das Blut Christi nach der

Kreuzigung auffing, könnten wir den heiligen Kessel der Kelten erkennen und der Wanderstab könnte mit dem heiligen Baum der großen Göttin in Verbindung gebracht werden.

Die zu Weihnachten blühenden Zweige erinnern an den germanischen Brauch, einige Wochen vor der Wintersonnwende Zweige von Kirsch-, Apfel-, Birnen- und auch Weißdornbäumen zu schneiden und ins Haus zu holen. Blühten sie zur Wintersonnwende, galt das als gutes Omen. Die Christen haben diesen alten Brauch übernommen und so werden bis heute am 4. Dezember, dem Barbaratag, die Barbarazweige geschnitten, die, so hofft man, zu Weihnachten blühen, damit Segen und Glück ins Haus einkehrt.

Der englischen Königsfamilie soll bis heute das Privileg zuteilwerden, zu Weihnachten blühende Zweige des Weißdorns aus Glastenbury zu bekommen.

Nun, zu guter Letzt können wir auch den aus der Artussage bekannten großen Magier Merlin mit dem Weißdorn in Verbindung bringen.

So erzählt die Sage folgende Begebenheit: „Der alte Druide hatte sich in eine junge Schönheit verliebt und ihr in seiner Verliebtheit viele seiner Geheimnisse verraten. Eines Tages fragte sie ihn, ob es einen Zauber gibt, der einen Mann ohne Stricke und Seile binden kann, so dass er nie mehr entkommen könne. Ohne Argwohn verriet er ihr das Geheimnis und erklärte, sie müsse den Mann neunmal umtanzen und dazu einen Spruch aufsagen, den er ihr sogleich verriet. Als Merlin sich einmal unter einem alten Weißdorn im Feenwald Broceliande ausruhte, umtanzte sie ihn und fesselte ihn magisch. Seither erzählt man sich, Merlin sei wahnsinnig geworden, denn noch immer sitzt er unter dem Weißdorn und lächelt, wie ein Buddha, glücklich vor sich hin.

Text: Sarah Schuft

Quellen: Doris Laudert - Mythos Baum; Dr. Claudia Urbanovsky & Dr. Gwenc`hlan Le Scouezec, - Der Garten der Druiden; Wolf-Dieter Storl – Die alte Göttin und ihre Pflanze

Schloss Rummelsburg (vermutlich in Pommern)

Es war ein müder Wandergeselle, der bei dem listigen Wirt im Tale unterhalb der alten Burg, die seit dem Dreißigjährigen Kriege nicht mehr dauerhaft bewohnt wurde, aber noch intakt war, vorsprach und um ein Nachtlager und ein Nachtmahl bat. Der Wirt besah sich den jungen Menschen mit dem braunen, krausen Haar, musste ihm aber das Gewünschte verwehren, da die Stuben seines Hauses alle schon belegt waren.

Der Wandergeselle war verzweifelt, war er doch rechtschaffen müde und auch hungrig wie ein Bär. So riet der Wirt ihm, oben im alten Schloss, von dem die Sage ging, dass es ein Spukschloss sei, mit einem Geist, der des nachts umherstreife und sein Unwesen in den leeren Gemächern und Gängen treibe, sein Nachtquartier zu nehmen. Er besitze den Schlüssel zum Schloss und für einen Korb mit reichlich Zehrung würde er auch sorgen. Eine Flasche Wein, die die ihm nicht berechnet würde, werden dem Korb mit allerlei Köstlichkeiten auch dazu gegeben.

Der Geist war der Grund, warum das alte Gemäuer Schloss Rummelsburg genannt wurde. Der Besitzer, ein hochnobler Herr, war nur bei seltenen Jagdgesellschaften zugegen, zog aber, bevor die Sonne unterging, jedes Mal mit der ganzen Gesellschaft von dannen.

Der Wirt berichtete zwar seinem späten Gast von der Sage des Poltergeistes, betrachtete das aber als Possen und eine Mär, da dort auch Katzen und Marder nächtens Lärm machten und heftig polterten würden. Er begleitete den Wandergesell bis zur großen eisenbeschlagenen Pforte, die er mit dem mächtigen Schlüssel öffnete, begleitete ihn noch zur Halle, stellte den Korb, eine Laterne und zwei Unschlittkerzen (Binsenlichter oder Kerzen aus dem preisgünstigeren Talg) ab und verabschiedete sich mit den tröstenden Worten, dass ja er und seine Bediensteten nicht weit entfernt seien und nachts auch einige wach blieben. Er würde also gehört werden, wenn sich etwas Ungewöhnliches täte, er können dann rufen.

Der junge Mann war es zunächst zufrieden, stillte seinen Hunger, löscht den Durst und ließ sich dann in einem bequemen Fauteuil nieder, um einige Stunden Schlaf zu finden. Doch davon war er weit entfernt, ständig lauschte er auf Geräusche, schreckte gelegentlich durch Gerassel oder Geklirre auf und spitzte die Ohren, wenn er etwas Ungewöhnliches zu bemerken glaubte. Kurzum der junge Franz, wie er hieß, wurde von einer großen Furcht geplagt. Schließlich öffnete er das Fenster, sah zu dem Wirtshaus im Tal und, entgegen den Beteuerungen des Wirts, war niemand mehr wach, alle Türen und Fenster waren dicht geschlossen, es brannte auch kein Licht mehr, nur der Nachtwächter drehte noch seine Runde. Da schloss er auch das Fenster, verriegelte die Tür und begab sich zu Bett und versuchte auf dem imposanten Ruhebett, das in dem prächtigen Raum stand, Schlaf zu finden. Dabei vergaß auch nicht sein Nachtgebet zu sprechen und schlief danach ruhig ein.

Doch als die Uhr 11 schlug, schreckte er auf. Die Furcht meldete sich zurück. Hörte er nicht Geklirre und Getöse? War dort ein Tritt? Ging hier ein Schritt? Er verbarg sich zitternd vor Angst unter seiner Bettdecke. Die schweren Schritte kamen näher, ein Schlüsselbund klirrte, offenbar wurden verschiedene Schlüssel probiert, bis der passende gefunden war und der drehte sich im Schloss um. Doch da war ja noch der Riegel, der mit einem riesigen Getöse aufsprang, und herein trat eine hagere Gestalt mit einem roten Mantel, einem schwarzen Hut und einem langen, grauen Bart.

Der Geist winkte ihn herbei, Franz folgte zitternd diesem unmissverständlichen Befehl. Mit einer Handbewegung bat er ihn auf einen Stuhl, packte Scherzeug aus und begann ihn zu rasieren, Kopf, Bart und sogar die Augenbrauen, bis der ganze Kopf glatt und haarlos war. Franz vermisste zwar seine schönen braunen Locken, war es aber zufrieden, dass es ihm nicht Gurgel durchschnitten worden ist. Der Rotmantel packte sein Scherzeug ein und wandte sich zum Gehen, sah Franz aber noch einmal flehentlich an, als bedürfe er auch einer Rasur.

Franz hatte die stumme Bitte wohl richtig verstanden, bat mit einer Handbewegung ihn ebenfalls auf den Stuhl und schor auch ihn glatt wie einen Totenkopf.

Bisher war die ganze Szenerie stumm verlaufen. Jetzt aber begann der Geist zu sprechen. Der geisterhafte Barbier dankte ihm und erzählte seine Geschichte, dass Franz ihn jetzt mit seiner „Gegenrasur" erlöst hätte. Vor vielen hundert Jahren habe der unfreundliche Graf Hartmann auf diesem Schloss gewohnt, der jeden, der nur um ein Glas Wasser oder auch nur ein Stück Brot gebeten hätte, wäre von ihm, oder dem Barbier des Grafen kahlgeschoren worden. Dann am nächsten Tag wurde er unter dem höhnischen Gelächter des Grafen Hartmann verabschiedet. Eines Tages jedoch sei ein edler alter Mann mit einem wunderschönen eisgrauen Bart und gleichfarbigem Haupthaar erschienen und ebenfalls von ihm, dem Barbier, so schändlich geschoren worden. Der alte Mann habe ihn daraufhin aufs Gräulichste verflucht und er, der sein Antlitz so geschändet habe, müsse jetzt als Geist sein Tun fortsetzen, bis ihm jemand das Gleiche wieder tue, dann erst sei er erlöst. Daraufhin sei er immer dünner und fahler geworden, habe seinen Körper verlassen und als Rotmantel im Schloss in den Nächten gespukt. Nun aber sei er erlöst und das Schloss sei für alle Zeit von jedem Spuk befreit.

Der Geist verschwand und Franz legte sich glücklich und zufrieden in sein Bett, verschlief die Nacht und den nächsten Morgen. Im Wirtshaus im Tale freute sich der Wirt auf den kahl geschorenen Wandergesell; denn er wusste gar wohl über den gespenstischen Barbier Bescheid. Heimlich wollte er spötteln und sich über den kahlen Kopf des Gastes lustig machen.

Zu seiner Verwunderung hatte sich der Gast bis gegen Mittag noch nicht gemeldet. Langsam machten sich die Wirtsleute deshalb Sorgen: Hatte der Geist ihm etwas angetan? Man begab sich eilends zur Rummelsburg, traf den jungen Mann aber zwar kahl, aber wohlgemut an.

„Der Geist ist fort", antwortete Franz auf die vielen Fragen, „aber er wird wieder kommen und dich, Wirt, zwicken und peinigen, dass dir Hören und Sehen vergeht, wen du mir nicht freie Kost und Logis gibst, bis mein Haupthaar wieder nachgewachsen ist."

Der Wirt schwor Stein und Bein, dass er dem Wandergesell alles das tun wolle. Und so blieb Franz bis zum Herbst bei freier Unterkunft und Kost im Wirtshaus. In der Zeit, in der die Störche nach Süden flogen, war sein Haupthaar wieder in schönster Lockenpracht gewachsen und als er sich verabschieden wollte, zog der Wirt ein prächtiges Pferd aus dem Stall, ein Geschenk des Burgherrn aus Dankbarkeit dafür, dass seine Burg wieder bewohnbar war und ein Zehrgeld erhielt er noch dazu. Vergnügt ritt Franz auf schnellstem Wege seiner Heimat zu, zufrieden mit sich selbst; denn er hatte sein bisher größtes Abenteuer seines Lebens bestanden.

nach Musäus

Der alte Krieger

Ein kalter Wind pfiff durch die zerzausten Haare des alten Kriegers. Tief eingehüllt in seinen dicken Mantel, saß er auf einem Stein vor seiner Berghütte und blickte hinunter auf das Tal, das sich vor ihm erstreckte. Ein Netz aus Flüssen und Feldern, durchzogen von kleinen Dörfern, die wie Spielzeug aussahen. In der Ferne erhoben sich majestätisch und schneebedeckt die imposanten Gipfel der Berge.

Sein Gesicht glich einer Landkarte, tief zerfurcht von den Spuren unzähliger Schlachten und den harten Wintern. Seine Hände, einst stark und kräftig, waren jetzt rau und knorrig wie die Äste des uralten Eichenbaumes, der neben seiner Hütte stand.

Der alte Krieger hatte ein Leben voller Kampf und Abenteuer hinter sich. In unzähligen Schlachten hatte er gesiegt, gegen Feinde gekämpft, die so groß und schrecklich waren wie die Drachen in den Legenden. Er hatte Könige und Königreiche gerettet, und sein Name wurde in Liedern und Geschichten besungen.

Doch jetzt war er alt. Seine Knochen schmerzten, seine Augen waren müde und seine Kraft war geschwunden. Die Schlachten, die er einst mit großer Leidenschaft geführt hatte, schienen jetzt wie ein fernes Echo aus einer anderen Zeit zu sein.

Schweigend saß er nun da und sah hinunter in das Tal. Die Erinnerungen an seine vergangenen Taten durchströmten seinen Kopf wie die Bilder in einem Traum. Er sah sich wieder als junger Mann, voller Tatendrang und Ehrgeiz und in Gesichter seiner gefallenen Kameraden, hörte ihre Schreie und fühlte den kalten Stahl des Schwertes in seiner Hand. Doch er sah auch die Freude des Sieges, die Liebe seiner Familie und die Schönheit der Welt um ihn herum. Er sah das Leben, das er gelebt hatte, und er war dankbar dafür. Ein Lächeln huschte über sein Gesicht. Er war alt und müde, aber er bereute nichts. Er hatte sein Leben in vollen Zügen gelebt und seine Pflicht erfüllt.

Beim Untergang der Sonne, die das Tal in ein goldenes Licht eintauchte, schloss der alte Krieger die Augen. Er nahm einen tiefen Atemzug der frischen Bergluft und spürte, wie Frieden in seinem Herzen einkehrte. Genau wusste und fühlte er, dass seine Zeit bald gekommen sein würde, aber er hatte keine Angst vor dem Tod. Er würde in den Hallen seiner Ahnen wiedergeboren werden, und sie würden ihm von den alten Schlachten erzählen und von den Helden, die einst wie er die Welt gerettet haben. Mit einem letzten Blick auf das Tal lächelte der alte Krieger und schlief dabei friedlich ein.

Diese Geschichte basiert meines Wissens über die Nordische Mythologie, und an meiner Vorstellung einer Version dessen, wie es ausgesehen und Geschehen haben könnte.

Erdacht und Geschrieben von: Renato Popovic

Die drei Spinnerinnen

Nach einem Märchen der Gebrüder Grimm

Nicht immer wird Faulheit bestraft, mit etwas Glück und dem Wohlwollen guter Mächte wird sie sogar belohnt, wie bei jenem schönen, aber sehr faulen Mädchen, das absolut auf das Geheiß der

Mutter keinen Flachs spinnen wollte. Sie weigerte sich Tag für Tag, diese Arbeit zu tun, bis der Mutter der Geduldsfaden riss und sie das Mädchen erbittert zur Strafe schlug, und zwar so heftig, dass es laut schrie und weinte, so dass dies bis auf die Straße zu hören war. Es begab sich aber, dass die Königin in ihrer prächtigen Kutsche vorbeifuhr und das Jammern und Klagen vernahm, und die Mutter frug, weshalb das Mädchen denn derart klage und weine. Die Mutter schämte sich der Faulheit der Tochter und antwortete, dass die Tochter nicht vom Flachs spinnen abzubringen sei, sie aber arm sei und kein Geld für Flachs habe. Die Königin antwortete: „Wenn sie so fleißig ist, wie du sagst, will ich sie mitnehmen, denn ich habe Flachs genug, das soll sie mir zu Garn verspinnen. Wenn sie diese Arbeit zu meiner Zufriedenheit getan hat, soll sie meinen ältesten Sohn heiraten, denn es schiert mich nicht, dass sie arm ist, mir ist ihr Fleiß Brautausstattung genug."

Und so geschah es. Das Mädchen saß nun in einer Kammer voller Flachs – und die Königin hatte drei davon – und konnte nicht spinnen. So sehr es sich auch mühte, nichts gelang. Da sah es aus Fenster und weinte bitterlich. Ihr lautes Schluchzen hörten drei sehr alte Frauen, die gerade vorbeigingen. Eine hatte einen Platschfuß, die andere eine große, herb hängende Unterlippe und die dritte einen großen breiten Daumen. Sie fragten das Mädchen, weshalb es denn so bitterlich Klage müsse und dieses berichtete ihm dann von ihrem Unglück. „Wenn du uns hereinbittest, wollen wir die helfen", sagte eine von ihnen, „aber vor der Königin musst du uns verbergen."

Das ließ das Mädchen sich nicht zweimal sagen und die drei Spinnerinnen spannen das schönste, seidenweiche Garn. Wenn die Königin kam und die Arbeit begutachtete, war sie begeistert von der feinen Arbeit und lobte es über allen Maßen. Schließlich war die Arbeit beendet, alles Flachs gesponnen. Beim Verabschieden der drei Spinnerinnen baten sie das Mädchen:

„Wenn Du den Prinzen heiratest, lade uns zur Hochzeit ein und sage wir wären drei Basen von dir, es soll dein Schade nicht sein". Im

Laufe der Hochzeitsvorbereitungen bat die nunmehrige Braut des Prinzen ihn darum, ihre Basen zur Hochzeit einladen zu dürfen. „Warum nicht", sagte der Bräutigam. Die drei Spinnerinnen trafen aufgeputzt zur Hochzeit und der Prinz erschrak: „Wie kommst du zu so einer garstigen Verwandtschaft?", flüsterte er seiner Braut zu, wandte sich aber freundlich an die vermeintlichen Basen und frug die mit dem Platschfuß: „woher sie diesen großen Fuß habe?"

„Das kommt vom Treten, vom Treten", antwortete diese. Die Zweite antwortete auf die Frage nach dem Woher ihrer Unterlippe: „Vom Lecken, vom Lecken." Nachdem der Prinz erfuhr, woher der große breite Daumen der dritten Base stamme: „Vom Fadendrehen, vom Fadendrehen", da war der Prinz entsetzt und sagte:

„Nie und nimmer soll meine schöne Braut durch das Spinnen so entstellt werden". Da war das Mädchen für alle Zeiten das lästige Spinnen los.

Die Spinnerin

Die drei Brüder

Es war einmal ein Mann, der hatte drei Söhne und kein weiteres Vermögen als das Haus, in dem er wohnte. Nun hätte jeder gerne nach seinem Tode das Haus gehabt, dem Vater war aber einer so lieb als der andere. Da wusste er nicht, wie er's anfangen sollte, dass er keinen benachteiligte. Verkaufen wollte er das Haus aber auch nicht, weil er es von seinen Voreltern geerbt hatte, sonst hätte er das Geld wohl unter ihnen aufgeteilt. Da fiel ihm endlich eine Lösung ein und er sprach zu seinen Söhnen:

„Geht in die Welt hinaus und versucht euch und lerne jeder sein Handwerk; wenn ihr dann wieder kommt, wer das beste Meisterstück gemacht hat, der soll das Haus haben."

Damit waren die Söhne zufrieden und der Älteste wollte ein Hufschmied sein, der zweite ein Barbier, der dritte aber ein Fechtmeister werden. Darauf bestimmten sie eine Zeit, nach der sie wieder zuhause zusammenkommen wollten und zogen fort.

Es traf sich, dass jeder einen tüchtigen Meister fand, bei dem er was Rechtschaffenen lernen konnte. Der Schmied musste des Königs Pferde beschlagen und dachte: Nun kann dir's nicht fehlen, du kriegst das Haus. Der Barbier rasierte lauter vornehme Herren und meinte auch, das Haus wäre schon sein. Der Fechtmeister bekam manchen Hieb ab, biss aber die Zähne zusammen und ließ sich's nicht verdrießen, denn er dachte bei sich, fürchtest du dich vor einem Hieb, so kriegst du das Haus nimmermehr.

Nachdem die gesetzte Zeit um war, kamen sie bei ihrem Vater wieder zusammen. Sie wussten aber nicht, wie sie die beste Gelegenheit finden sollten, ihre Kunst zu zeigen, deshalb saßen beisammen und beratschlagten.

Da kam auf einmal ein Hase übers Feld gelaufen. „Ei", sagte der Barbier, „der kommt wie gerufen", nahm Becken und Seife, schäumte so lange, bis der Hase in die Nähe kam, dann seifte er ihn im vollen Laufe ein und rasierte ihm auch in vollem Laufe ein Stutzbärtchen, und dabei schnitt er ihn nicht und tat ihm an keinem Haar weh.

„Das gefällt mir" sagte der Vater, „wenn sich die anderen nicht gewaltig bemühen, dann ist das Haus dein". Es währte nicht lange, so kam ein Herr in einem Wagen angepprescht im vollen Jagen. „Nun sollt ihr sehen, Vater, was ich kann", sprach der Hufschmied, sprang dem Wagen nach, riss dem Pferd, das in einem fortjagte, die vier Hufeisen ab und schlug ihm auch im Jagen vier neue wieder an."

„Donnerwetter, du bist ein ganzer Kerl", sprach der Vater, „du machst deine Sache so gut wie dein Bruder, da weiß ich nicht, wem ich das Haus geben soll."

Da sprach der dritte: „Vater, lasst mich nun auch einmal gewähren", und weil es anfing zu regnen, zog er seinen Degen und schwenkte ihn in Kreuzhieben über seinem Kopf, dass kein Tropfen auf ihn fiel. Nachdem der Regen dann immer stärker wurde und endlich so stark, als ob man mit Mulden vom Himmel gösse, schwang er den Degen immer schneller und blieb so trocken, als säße er unter einem dichten Dach.

Wie der Vater das sah, erstaunte er und sprach: „Du hast das beste Meisterstück gemacht, das Haus ist dein."

Die beiden anderen Brüder waren damit zufrieden, und weil sie sich untereinander so liebhatten, blieben sie alle drei zusammen im Haus und trieben ihr Handwerk; und da sie so gut ausgelernt hatten, verdienten sie damit ihr gutes Geld.

Sie lebten vergnügt bis in ihr Alter zusammen und als der eine krank wurde und starb, grämten sich die zwei anderen so sehr darüber, dass sie auch krank wurden und ebenfalls bald starben. Da wurden sie, weil sie so geschickt gewesen waren und sich so liebgehabt hatten, alle drei zusammen in ein Grab gelegt.

Chinesische Parabel

Ein alter Mann mit Namen Chunglang, das heißt „Meister Felsen", besaß ein kleines Gut in den Bergen. Eines Tages begab es sich, dass er eines von seinen Pferden verlor. Da kamen die Nachbarn, um ihm zu diesem Unglück ihr Beileid zu bezeigen und ihn zu trösten.

Der Alte aber fragte: „Woher wollt ihr wissen, dass das ein Unglück ist?" Und siehe da, einige Tage darauf kam das Pferd wieder zurück und brachte ein schönes Rudel Wildpferde mit.

Wiederum erschienen die Nachbarn und wollten ihm zu diesem Glücksfall ihre Glückwünsche überbringen. Der Alte vom Berge aber erwiderte: „Woher wollt ihr wissen, dass es ein Glücksfall ist?"

Seit nun so viele Pferde zur Verfügung standen, begann der Sohn des Alten seiner Neigung, dem Reiten, nachzugehen und eines Tages stürzte er vom Pferd und brach sich dabei ein Bein. Da kamen sie wieder, die Nachbarn, um ihr Beileid zu bekunden. Und abermals sprach der Alte zu ihnen: „Woher wollt ihr wissen, dass dies ein Unglücksfall ist?"

Im Jahr darauf erschien die Kommission der „Langen Latten" in den Bergen, um kräftige Männer für den Stiefeldienst des Kaisers und als Sänftenträger zu holen. Den Sohn des Alten, der noch immer seinen Beinschaden hatte, konnten sie nicht gebrauchen, sie nahmen ihn nicht mit. Der weiße Chunglang musste lächeln.

Aus Hermann Hesse „Die Legenden" Frankfurt am Main 1975

Das Schlaraffenland

Höret zu, ich will euch von einem guten Lande erzählen, dahin würde mancher auswandern, wenn er wüsste, wo es liegt und ob es dahin eine Reisemöglichkeit oder eine gute Schiffsverbdingung gibt. Der Weg dorthin ist weit für die Jungen ist es im Winter zu kalt und für die Alten im Sommer zu heiß.

Diese schöne Landschaft heißt Schlaraffenland, auf Wälsch Cucagna. Dort sind die Häuser gedeckt mit Eierfladen, Türen und Wände bestehen aus Lebkuchen und die Balken von leckerem Schweinebraten. Was man bei uns für einen Dukaten kaufen kann, kostet dort nur einen Cent. Um jedes Haus herum steht ein Zaun, der ist von Bratwürsten geflochten und von bayrischen Weißwürsten, die sind teils auf dem Rost gebraten, teils frisch gesotten, je nachdem ob sie einer gern so oder so mag. Alle Brunnen sind voll Portwein und andren süßen Weinen, auch Champagner, die rinnen einem nur so in den Mund hinein, wenn er ihn an die Hahnen hält. Wer also gern solche Weine trinkt, der beeile sich, dass er in das Schlaraffenland komme. Auf den Birken und Weiden wachsen frischgebackene Semmeln und unter den Bäumen fließen Milchbäche dahin. In diese fallen die Semmeln und weichen sich selbst ein für die, die sie gern eingebrockt verzehren. Das ist etwas für alte Frauen und für die kleinen Kinder, aber auch für Knechte und Mägde. Holla Gretel, holla Steffel, wollt ihr nicht auswandern? Macht euch herbei zum Semmelbach und vergesst nicht, einen großen Milchlöffel mitzubringen.

Essen bis zum Umfallen

Die Fische schwimmen in den Bächen des Schlaraffenlands obendrauf auf dem Wasser, sind auch schon gebacken oder gegart und sie schwimmen ganz nahe am Ufer. Wenn aber einer gar zu faul ist und ein echter Schlaraff, der darf nur rufen und jups kommen die Fische sogar aus dem Wasser heraus aufs Land spaziert und hüpfen dem guten Schlaraffen in die Hand, so dass er sich nicht zu bücken braucht.

Das könnt ihr glauben, dass die Vögel dort gebraten in der Luft herumfliegen, Gänse und Truthähne, Tauben und Kapaunen, Lerchen und Krammetsvögel und wem es zu viele Mühe macht, die Hand danach auszustrecken, dem fliegen sie schnurstracks in den Mund.

Die leckeren, knusprigen Spanferkel geraten dort alle Jahre überaus trefflich, zart und würzig. Sie laufen gebraten umher und jedes trägt ein Tranchiermesser im Rücken, damit, wer da will, sich ein frisches, saftiges Stück abschneiden kann. Die Käse wachsen in dem Schlaraffenlande wie die Steine, Groß und Klein, die Steine selbst sind lauter Taubenkröpfe mit Gefülltem, oder auch kleine Leberpasteten. Im Winter, wenn es regnet, so regnet es Honig in süßen Tropfen, da kann jeder lecken und schlecken, dass es eine wahre Lust ist. Und wenn es schneit, so schneit es klaren Zucker, und wenn es hagelt, dann hagelt es Würfelzucker, gemischt mit Feigen, Rosinen und Mandeln.

Im Schlaraffenland legen die Rosse keine Rossäpfel, sondern Eier, große, ganze Körbe voll, und in Haufen, sodass man tausend um einen Cent kaufen kann. Und das Geld dazu kann man einfach von den Bäumen schütteln, wie Kastanien. Jeder mag sich das Beste herunterschütteln und das Minderwerte liegen lassen.

In dem Lande gibt es ausgedehnte Wälder, in ihnen wachsen im Buschwerk und auf den Bäumen die schönsten Kleider, edle Röcke, Mäntel, Hosen und Wämse in allen Farben, schwarz, grün, gelb, blau oder rot, und wer ein neues Gewand braucht, der geht in den Wald und wirft sich das Gewünschte mit einem Stein herunter, oder schießt mit dem Bolzen hinauf. In der Heide wachsen schöne Damenkleider von Samt, Atlas, Gros de Naples, Barege, Madras, Tafft, Nankin und noch mehr. Das Gras besteht aus Bändern in allen bunten Farben, auch ombrirt. Die Wachholderstöcke tragen Brochen und goldene Chemisett- und Mantelettnadeln und ihre Beeren sind nicht schwarz, sondern echte Perlen. An den Tannen hängen Damenuhren und Chatelaines sehr künstlich. Auf den Stauden wachsen Stiefeln und Schuhe, sowie Herren und Damenhüte, Reisstrohhüte mit Marabouts und allerlei Kopfputz mit Paradiesvögeln, Kolibris, Brillantkäfern, Perlen, Schmelz und Goldborten verziert.

Seelig sind die Faulen und Dummen
In diesem gesegneten Land gibt es große Messen und die schönsten Märkte mit allerlei Freiheiten. Wer eine alte Frau hat und mag sie nicht mehr, weil sie ihm nicht mehr jung genug und hübsch erscheint, der kann sie dort gegen eine junge und schöne eintauschen und bekommt noch ein Draufgeld dazu.

Die Alten und Garstigen kommen in ein Jungbad, mit dem das Land reichlich gesegnet ist. Dort finden sich großartige gesundheitsförderliche Kräfte. Darin baden die alten Frauen etwa drei Tage oder höchstens vier und so werden sie wieder schmucke, junge Mädchen von siebzehn oder achtzehn Jahren.

Sogar allerlei Kurzweil gibt es im Schlaraffenlande. Wer hier zu Lande überhaupt kein Glück hat, der hat es dort im Spiel der unterschiedlichsten Arten und des Vergnügens. Mancher schießt allgemein sein Lebtag daneben und weit weg vom Ziel, dort aber trifft er, und wenn er der allerweiteste davon wäre, doch das Beste. Auch für die Schlafsäcke und Schlafpelze, die hier von ihrer Faulheit arm werden, dass sie Bankrott machen und betteln gehen müssen, ist jenes Land vortrefflich. Jede Stunde Schlafens bringt dort einen Gulden ein, und jedes Mal Gähnen einen Doppeltaler. Wer im Spiel verliert, dem fällt sein Geld wieder in die Tasche.

Die Trinker haben den besten Wein umsonst und für jeden Trunk drei Batzen Lohn und das gilt sowohl für die Frauen als auch für die Männer. Wer die Leute am besten necken und aufziehen kann, bekommt jeweils einen Gulden. Keiner darf etwas umsonst tun, und wer die größte Lüge verbreitet, der hat allemal eine Krone verdient. Hier zu Lande lügt so mancher drauf und drein, und hat nichts für diese seine Mühe. Dort aber hält man Lügen für die beste Kunst, daher lügen im Land allerlei Professoren, Doktoren und andere Toren, sowie Rosstäuscher und die allerdreistesten Handwerksleute, die ihren Kunden stets alles versprechen und nie Wort halten. Wer dort ein gelehrter Mann sein will, muss auf einen Grobian studiert haben. Solcher Studenten gibts auch bei uns zu Lande, haben aber keinen Dank davon und keine Ehren. Auch muss er dabei faul und gefräßig sein, das sind drei schöne Künste. Ich kenne Einen, der könnte alle Tage Professor werden.

Wer gern arbeitet, Gutes tut und Böses lässt, dem ist Jedermann dort abhold und er wird unbarmherzig aus dem Schlaraffenland verwiesen. Wer aber tollpatschig ist, gar nichts kann, und dabei doch voll dummen Dünkels ist, der wird dort als ein Edelmann angesehen. Wer nichts anderes kann als schlafen, essen, trinken, tanzen und spielen, der wird zum Grafen ernannt. Dem aber, welchen das allgemeine Urteil als den faulsten und zu allem Guten untauglichsten hält, der wird König über das ganze Land und hat ein großes Einkommen.

Der Weg dorthin

Nun wisset ihr von den Vorzügen und Eigenschaften des Schlaraffenlandes. Wer sich also auftut und dorthin eine Reise machen will, aber den Weg nicht weiß, der soll einen Blinden fragen. Auch ein Stummer wäre gut geeignet, denn der sagt ihm gewisslich keinen falschen Weg. Um das ganze Land herum besteht als Grenze aber eine meterhohe Mauer von Reisbrei. Wer hinein oder heraus will, muss sich durch diese erst durchfressen.
Autor: Ludwig Bechstein

Die silbernen Tannenzapfen

Zu einer Zeit, als man in den Steinbrüchen bei Nebra noch den Sandstein brach, der ebenso berühmt wie begehrt war, wohnte in Wangen ein Steinbrucharbeiter mit seiner Familie. Obwohl der Mann seine Arbeit ernst nahm und auch fleißig war, seine Frau durch vielerlei Dienste etwas dazu verdiente, reichte beider Lohn für ihre große Familie hinten und vorne nicht aus.

Nachdem der Vater eines Tages auch noch krank nach Hause geschickt wurde und für eine längere Zeit das Bett hüten musste, zog bittere Not bei ihnen ein. Sorgenvoll schauten alle in die Zukunft, denn der Winter stand vor der Tür. Vorräte hatte man nicht anlegen können, Korn und Kartoffeln waren längst aufgebraucht. Am meisten aber hatten die Kinder unter dem Mangel zu leiden, denn auch das letzte Stück Brot war längst verzehrt.

Da sprach die Mutter eines Tages in ihrer Verzweiflung:
„Liebe Kinder, bleibt im Haus, entfernt euch nicht vom Krankenlager eures Vaters, ich will in den Wald gehen, Tannenzapfen suchen, vielleicht finde ich einige, die ich dem Bäcker bringen kann und der mir dafür etwas Brot gibt."

Mit ihrem großen Tragkorb ging sie forschen Schrittes in den nahen Wald. Aber so sehr sie in die Runde blickte und suchte, nirgends fand sie auch nur einen der begehrten Zapfen. Dabei geriet sie unmerklich immer tiefer in den Wald, der dichter und dichter und undurchdringlicher wurde. Als sie schließlich mutlos und verzagt umkehren wollte und dicke Tränen wegen ihres Misserfolgs über ihre vergrämten Wangen rollten, gesellte sich ein alter Mann zu ihr, der ihr vollkommen unbekannt war.

Teilnahmsvoll erkundigte er sich nach dem Grund ihrer Tränen. Sie erzählte ihm alles wahrheitsgetreu. Plötzlich vernahm sie hinter den Tannen Stimmen, und auch der Mann war genauso heimlich von ihrer Seite verschwunden, wie er zuvor plötzlich neben ihr gestanden hatte. Ihr wurde es in dem dichten Walde unheimlich und bange, und ihr war es auch, als wäre sie von lauter Geistern umgeben.

Voller Angst im Herzen trat sie den Heimweg an, doch mit einemmale lösten sich viele Zapfen von den über ihr hängenden Tannenzweigen. Sie fielen ihr direkt in den Tragkorb und füllten ihn alsbald bis zum Rande. Erfreut und glücklich zugleich schritt sie nun rüstig aus, um recht bald bei ihrer Familie zu sein. Doch die Last drückte und wurde immer schwerer. Dabei war der Weg sehr noch weit. Sie musste mehrfach innehalten, verschnaufen und wollte auch schon die Hälfte der Zapfen auf den Waldboden schütten und so ihre Last zu erleichtern. Die wollte sie später ebenfalls noch nach Hause tragen. Aber da stand erneut der alte Mann an ihrer Seite und raunte ihr mit seltsamer Stimme zu: „Trage alle Tannenzapfen nach Hause. Auch lege unterwegs keine Rast mehr ein. Sollte sie zu viel von den Zapfen haben, dann solle sie auch anderen davon abgeben."

Die Frau verwunderte es sehr, dass sie von dem wertlosen Gut auch noch anderen Leuten abgeben sollte. Trotzdem stapfte sie ohne Rast weiter, obwohl die Last kaum noch zu tragen war. Schließlich erreichte sie ihr Haus, wenn auch völlig erschöpft.

Wie staunte sie aber, als sie den Korb ausschüttete. Alles blitzte und blinkte, die Tannenzapfen waren aus blankem Silber. Nun hatte alle Not ein Ende. Doch sie wurden durch den plötzlichen Reichtum nicht etwa übermütig und leichtfertig. Die Eltern und auch ihre Kinder blieben einfach und bescheiden und vergaßen auch die Worte des alten Mannes nicht, anderen von ihrem Schatze abzugeben. Sie hatten an sich selbst erfahren, wie schwer bittere Not zu ertragen ist.

Quelle: Sagen und Legenden aus Nebra (Unstrut), Gesammelt und neu erzählt von Rudolf Tomaszewski, Nebra 1987

Die goldenen Zapfen der sieben Fichten

Auf der Kirkeler Burg (Saarland) lebte einst ein alter Förster. Er verließ sehr oft in den Abendstunden die Burg und kam erst sehr spät in der Nacht wieder zurück. Das war einem Forstgehilfen aufgefallen. Er wollte herausfinden, wohin der Förster ging, und so schlich er ihm eines Nachts heimlich nach.

Der Förster schritt, ohne nach rechts oder links zu schauen, waldeinwärts. Immer dichter rückten die Bäume zusammen. Da blieb der Alte stehen, zog mit dem Stock einen Kreis und murmelte einige unverständliche Worte. Aus einem Versteck schaute der Gehilfe dem sonderbaren Treiben zu. Auf einmal rauschte es in den Wipfeln, und ein Männlein mit einem eisgrauen Bart stand in dem Kreis. Mit grabestiefer Stimme fing es an zu reden: „Sieben Jahre habe ich dir gedient. Morgen aber wird deine Seele zur Hölle fahren, wie wir es abgemacht haben. Heute will ich dir deinen letzten Wunsch erfüllen." Ganz ruhig erwiderte der Förster: „Schon gut. Wenn ich dir jedoch eine andere Seele beschaffe, bin ich dann wiederum sieben Jahre frei?"

„Genau so habe ich es unterschrieben."

Der Förster lachte und stieß den Stock in den Boden. „So wünsche ich, dass genau an dieser Stelle sieben Fichten mit goldenen Zapfen wachsen." Kaum hatte er die Worte gesprochen, schossen schon sieben schlanke Fichten aus dem Boden. Ihre Zweige waren über und über beladen mit goldenen Zapfen. Während das Männlein plötzlich spurlos verschwunden war, pfiff der alte Förster zufrieden durch die Zähne und entfernte sich, ohne einen Zapfen anzurühren.

Nun sprang der Gehilfe aus seinem Versteck und kletterte auf einen der sieben Bäume. Hastig griff er nach den goldenen Zapfen und stopfte sie in seine Taschen.

Kaum hatte er den Gipfel erreicht, als ihn der Ast nicht mehr trug und unter seinen Füßen brach. Ein angstvoller Todesschrei erscholl, dann war es still. Am nächsten Morgen fanden Holzhauer die Leiche inmitten eines Berges gewöhnlicher Fichtenzapfen. Niemand wusste, was das zu bedeuten hatte. Nur der Förster hätte es sagen können, aber dieser schwieg.

Bis auf den heutigen Tag verwandeln sich die Zapfen der „Sieben Fichten" alle sieben Jahre in pures Gold, und wer sich in dieser Nacht gerade dort aufhält, der wird ein reicher Mann für sein Leben lang.

gefunden von Rudi Kleinpeter

Die drei Schweinchen

Auf einem Bauernhof lebte einmal eine Schweinemama mit ihren kleinen Ferkeln, drei an der Zahl. Die lebten in den Tag hinein und taten nichts außer fressen, spielen und schlafen. Eines Tages sprach die Mutter zu ihnen: „Ihr lieben Kinder, ihr seid nun schon groß genug, es wird Zeit, dass ihr euch jeder ein eigenes kleines Häuschen baut, denn da draußen lebt der böse Wolf und wartet nur auf euch."

Die Schweinchen hörten aber nicht auf ihre Mama und lebten ihr Leben weiter wie bisher. Jetzt waren sie schon richtig groß und kugelrund geworden. Da sprach die Mutter wieder:" baut euch doch endlich ein Haus, ihr seid mittlerweile schon ausgewachsen, denkt aber an den bösen Wolf."

Da wurde es den Geschwistern doch etwas bange und sie fingen an über einen Hausbau nachzudenken. Der faulste unter den Brüderchen sammelte etwas Stroh und schichtete es mehr schlecht als recht zu einer Art Haus zusammen. Während er schon gemütlich drinnen schlief, suchte der mittlere Bruder einige Holzbrettchen zusammen und nagelte diese ziemlich schief zusammen, „wird schon halten, mich freut es nicht noch mehr zu arbeiten" und legte sich schlafen. Der jüngste Bruder war aber der fleißigste von den dreien, er besorgte sich von einem Händler Ziegel und schichtete im Schweiße seines Angesichts einen um den anderen auf und nach einiger Weile hatte sich das Schweinchen ein stabiles, schönes Steinhaus erbaut.

Es dauerte nicht lange, da tauchte der Wolf beim ersten Schweinchen auf, wollte hinein und rief: „Schweinchen lässt du mich nicht ein, so schlag ich alles kurz und klein und blas auch noch zum Schornstein hinein." Gesagt, getan, da das Schweinchen ihn nicht rein ließ, fing er an zu blasen und nicht lange, da stürzte das Strohhäuschen in sich zusammen. Das Schweinchen entkam zu seinem Bruder und die beiden versteckten sich im Holzhäuschen. Da tauchte auch hier der Wolf auf und wieder rief er: „Schweinchen, lässt du mich nicht ein, dann schlag ich alles kurz und klein, und blas dir zum Schornstein hinein." Wieder machten die Schweinchen nicht auf und wieder fing der Wolf zu blasen an. Er blies und blies, es dauerte ein Weilchen länger, doch dann krach und bumm fiel auch dieses Häuschen in sich zusammen.

Beide Schweinchen entkamen und schnell ging's zum Steinhausbruder, der Wolf dicht hinterher. Sie schlugen eilig die Tür hinter sich zu und die drei waren in Sicherheit. Der Wolf aber rief:

„Liebe Schweinchen lasst mich ein, sonst schlag ich alles kurz und klein, dann blas ich euch zum Schornstein rein."

Da wieder keine Reaktion kam, fing der Wolf an zu blasen, er blies und blies und blies. Der Arme hatte vor Anstrengung schon einen roten Kopf und als er einige Zeit so stark geblasen hatte, fing ihm an, die Luft auszugehen. Erschöpft gab der Wolf schließlich auf und zog sich mit hängender Zunge und schweißnassem Fell in den Wald zurück.

Aus dieser gefährlichen Situation hatten auch die faulen Brüderchen gelernt und gemeinsam bauten sie noch zwei süße Steinhäuschen, in dem sie fortan vor dem Wolf sicher geschützt und glücklich leben konnten.

Die Farbe des Lichts

Ein Maulwurf und ein Regenwurm stritten sich um die Farbe der Sonne.

„Sie muss rot sein", sprach der Regenwurm, obwohl er nicht mal Augen im Kopf hatte, „denn die Sonne brennt wie Feuer."

Er mochte es halt gern nass und kühl.

„Unsinn", antwortete der Maulwurf, der ebenfalls die Sonne nie direkt gesehen hatte, weil er tagsüber schlief und nur nachts wach war. „Die Sonne muss weiß sein, wie der Mond, denn jeder Dummkopf weiß doch, dass der Mond nur leuchtet, weil er das Licht der Sonne widerspiegelt."

Und da sie sich nicht einigen konnten, beschlossen die beiden, den Adler zu fragen.

„König der Lüfte, du kommst mit deinen Flügen der Sonne näher als jeder andere von uns es jemals könnte. Ist das Licht weiß wie der Mond?" fragte der Maulwurf.

„Oder rot wie das Feuer?", ergänzte der Regenwurm.

Der Adler überlegte einen Moment. „Ich habe noch nie so genau darüber nachgedacht. Aber wenn ich mich recht entsinne, dann könnte es auch gelb sein. Wisst Ihr was? Gleich morgen, wenn die Sonne aufgeht, werde ich für euch die Wolken fragen, denn die kommen der Sonne sicherlich am nächsten von uns allen. Und so schwang er sich im Morgengrauen auf in den Himmel.

Die erste Wolke, die er traf, fragte er: „Kannst du mir sagen welche Farbe das Licht der Sonne hat? Weiß, rot oder gelb?"

Da antwortete die Wolke: „Sowohl als auch, doch weder noch. Du wirst überrascht sein. Fliege zurück zur Erde und warte einen Moment. Ich werde einen Freund bitten, es dir zu zeigen. Denn er kennt das Licht wie kein anderer, weil er der einzige von uns ist, durch den es sogar hindurchscheint."

Der Adler flog also zur Erde zurück und wartete. Es dauerte gar nicht lange, da fielen Tropfen aus der Wolke und ihr Freund, der Regen malte die Antwort in einem hohen Bogen an den Horizont.

„Wer hätte das gedacht", sprach der Adler erstaunt zu sich selbst, „Das Licht der Sonne ist weder weiß noch gelb, noch rot, es ist bunt wie der Regenbogen. Aber wir alle sahen nur, was wir sehen konnten."

Und er beschloss dem Maulwurf und dem Regenwurm davon zu berichten, sobald die beiden nach Sonnenuntergang wieder wach waren. Nur war er sich nicht so sicher, ob sie ihm auch wirklich glauben wollten.

„Wenn das die Grimms wüssten": bei „Art and Words"

Gebr. Grimm

Mit den Augen der Liebe

Der ewig kleine Prinz ging, den Fuchs noch einmal zu treffen, mit dem er so gern an der Lichtung im Wald saß und über die bedeutenden Fragen des Lebens sprach.

„Nun geht auch diese meine Reise dem Ende zu", sagte der kleine Prinz.

„Jede Reise hat ein Ende, erwiderte der kleine Fuchs, „aber du hast wieder viel gelernt über Geburt und Tod, über Freude und Trauer, Hoffnung und Verzweiflung, stimmts?"

„Ja", sagte der Prinz", „und gelernt, dass Vieles anders ist, als es auf den ersten Blick scheint. Manche reichen Menschen sind bei genauer Betrachtung sehr arm und andere, die wenig Besitz haben, sind doch sehr reich. Manches Große ist eigentlich unbedeutend und manches Kleine kann weltbewegend sein. In mancher Schönheit liegt Hässlichkeit und scheinbar Hässliches kann voller Schönheit sein."

Der Fuchs schwieg.

„Diese Erkenntnis scheint mir sehr bedeutend2, sprach der kleine Prinz weiter." „Das Bemerkenswerte im Leben der Menschen verbirgt sich oft wie hinter einer von Eis bedeckten Fensterscheibe."

„Man muss sie erst freikratzen, um es zu erkennen", sagte der Fuchs.

„Doch schnell ist das Eis wieder da und der Blick wieder getrübt", warf der Prinz mit gerunzelter Stirn ein. „Erst wenn Wärme das Eis schmelzen lässt, sieht man die Dinge des Lebens in neuem Licht. Man erkennt sogar, dass manches, das voll Leben scheint, längst vom Tod umfangen ist und mitten im Tod sieht man das Leben."

„Mitten im Tod sieht man das Leben", wiederholte der Fuchs bedächtig prüfend und mit dem Kopf zustimmend nicken.

„Lass dich in Gedanken in eine Trauerhalle führen", sagte der kleine Prinz, „du wirst sehen."

Der Fuchs schwieg.

„Und?", fragte der Prinz, nachdem er dem Fuchs eine Weile Zeit gelassen hatte.

„Kälte, Einsamkeit", sagte der Fuchs, „Tränen der Trauer, zerstörte Seelen, Trennung, Verzweiflung, Schluchzen, Leere, Leiden, zerrissene Verbindung, Ende, Tod, das alle sehe ich."

„Wärme", sagte der Prinz, „die Wärme der Herzen, Tränen der Liebe, Licht des Dankes sehe ich, Erinnerungen an glückliche Zeiten miteinander, Verbundenheit, haltende Hände, die Fülle der Sehnsucht, Worte des Trosts, Mitgefühl, ein Netz, dass die Menschen verbindet, miteinander und mit denen, die nicht mehr bei uns sind, Liebe über den Tod hinaus, alles das sehe ich. Wo kann die Fülle des Lebens deutlicher sein. Ich sehe Leben."

„Du schaust mit anderen Augen", sagte der Fuchs.

„Ja, ich sehe mit den Augen der Liebe; so kann man sehen, wenn Liebe das Herz wärmt", sagte der Prinz.

„Ich verstehe; doch wie kann Kleines groß sein und Großes klein; wie kann im Reichtum Armut liegen und in der Armut Reichtum, wie kann ...?"

„Genauso", unterbrach ihn der Prinz, „genauso". Wenn ich wieder bei dir bin, werden wir weiter darüber reden. Doch du wirst es selbst sehen. Denke daran: Der Schlüssel ist die Liebe."

„Wenn Liebe das Herz wärmt, sieht man mit neuen Augen", murmelte der Fuchs, während der Prinz ihn verließ. „Selbst im Tod kann Leben liegen. Man erkennt es deutlich, wenn man mit den Augen der Liebe sieht."

Frank Maibaum aus „Liebe wird sein, Liebe, was sonst!"

Sage von den Trollen

Einst lebten in alten Tagen zwei arme Leute. Sie hatten viele Kinder, und zwei der Söhne mussten im Dorf betteln. Deshalb kannten sie alle Wege und Pfade.

Einmal wollten sie im Wald hinter dem Moor Vögel fangen. Deshalb nahmen sie den Weg übers Moor. Doch der Pfad war undeutlich, und als es dunkel wurde, verloren sie ihn.

Nachdem sie begriffen, dass sie sich verlaufen hatten, bauten sich eine Tannenhütte und machten ein Feuer, denn sie hatten die kleine Axt dabei. Anschließend rissen sie Heide und Moos aus, und bereiteten sich daraus ein Lager.

Eine Weile, nachdem sie sich gelegt hatten, hörten sie jemanden laut schnaufen. Die Jungen spitzten die Ohren und lauschten gut, ob es ein Tier oder ein Waldtroll war, den sie da hörten. Doch da schnaufte es noch lauter und jemand sagte:

„Hier riecht es nach Menschenblut."

Sie hörten Schritte, sodass die Erde unter ihnen bebte, und da wussten sie, die Trolle sind unterwegs.

„Gott helfe uns, was sollen wir jetzt tun?", fragte der jüngste Bub seinen Bruder.

„Oh, du bleibst unter der Kiefer stehen, da wo du jetzt stehst, und machst dich bereit, davonzulaufen, wenn du sie kommen siehst, und ich nehme die kleine Axt", sagte der andere.

In diesem Augenblick sahen sie auch schon die Trolle daher trotten, und die waren so groß und mächtig, dass ihre Köpfe auf einer Höhe mit den Baumkronen waren.

Doch alle drei zusammen hatten nur ein Auge und sie wechselten sich beim Gebrauch desselben ab. Dafür hatten sie ein Loch in der Stirn, in das sie es reinlegten. Der voranging, der musste es haben, und die anderen gingen hinterher und hielten sich an ihm fest.

„Lauf", rief der älteste Bub, „doch lauf nicht zu weit, bevor du siehst, wie es geht. Da sie das Auge so weit oben tragen, sehen sie mich nicht, wenn ich von hinten komme."

Der Bruder rannte nun un die Trolle sofort hinterher. Inzwischen kam der ältere Bruder von hinten und hackte dem hintersten Troll ins Fußgelenk, dass dieser einen schrecklichen Schrei ausstieß. Dabei wurde der erste so erschreckt, dass er zusammenfuhr und das Auge fallen ließ.

Der kleinere Bruder hob es schnell auf. Es war größer, als wenn man zwei Kartoffelschüsseln aufeinanderlegte, und klar war es, so klar, dass es wie leuchtender Tag wurde, als er hindurchsah, obwohl es finstere Nacht war.

Nachdem die Trolle merkten, dass er ihnen das Auge weg-genommen und einen von ihnen verwundet hatte, begannen sie zu schimpfen und mit allem Bösen zu drohen, das es nur gab, wenn er ihnen nicht sofort ihr Auge wiedergeben würde.

„Ich habe keine Angst vor Troll und Betrug", sagte der Junge. „Nun habe ich allein drei Augen, und ihr habt gar keins, und zusätzlich müssen zwei von euch den dritten tragen.

„Wenn wir nicht auf der Stelle unser Auge zurückbekommen, sollst du zu Stock und Stein werden", kreischten die Trolle.

Doch der Junge antwortete ihnen, er fürchte sich weder vor Angeberei noch vor Trolltum (eine Art Hexerei); und ließen sie ihn nicht in Ruhe, würde er auf sie alle einhacken, so dass sie wie Kriech- und Krabbeltiere am Boden kreuchen müssten.

Die Trolle hörten es, bekamen fürchterliche Angst und gaben gute Worte. Sie baten so eindringlich und versprachen ihm Gold und Silber und alles, was er haben wolle, wenn er ihnen nur das Auge wiedergeben wolle. Ja, meinte der Junge, das sei gut und schön, doch wolle er zuerst das Gold und Silber haben. Einer der Trolle solle heimgehen und so viel Gold und Silber holen, wie in seine und seines Bruders Taschen passe, so lange würde er es behalten.

Die Trolle gebärdeten sich wie wild und sagten, dass keiner von ihnen gehen könne, solange sie ihr Auge nicht dabeihätten. In der Not schrie einer von ihnen nach dem Weib, das sie zusammen hatten. Nach einer Weile antwortete dieses von Norden her. Die Trolle sagten ihr, dass sie schnell mit zwei Eimern voller Gold und Silber kommen solle. Es dauerte dann auch nicht lange, bis sie da war. Sie sah was geschehen war und begann auch mit Trolltum zu drohen. Doch die Trolle bekamen Angst und forderten sie auf, sich bloß vor der kleinen Wespe vorzusehen, denn sie könne nicht sicher sein, dass er nicht auch ihr Auge auch stehlen würde. Ärgerlich warf sie die Eimer mit dem Gold und Silber zu ihnen hin und zog im Streit mit den Trollen heim.

Seither hat keiner mehr davon gehört, dass die Trolle umhergingen und nach Menschenblut geschnüffelt hätten.

Autor: Andreas Happe

Eine kleine Meerjungfrau

Tief unten im Meer lebte in einem prächtigen Königreich unter Wasser eine kleine Meerjungfrau mit ihrer Großmutter, den älteren Schwestern und ihrem Vater, dem König. Diese kleine Meerjungfrau hatte eine wunderbare Stimme und war von außergewöhnlicher Schönheit. Obwohl ihr Leben voller Freude und Glück war, trug sie eine große Sehnsucht nach der Menschenwelt in ihrem Herzen.

Nachdem die kleine Meerjungfrau fünfzehn Jahre alt geworden war, erlaubte der Vater ihr zum ersten Mal an die Meeresoberfläche zu steigen. Dort sah sie ein großes Schiff, auf dem sich ein junger, gutaussehender Prinz befand. Die Meerjungfrau verliebte sich auf den ersten Blick in den Prinzen.

Während sie das Schiff betrachtete, zog ein heftiger Sturm auf und der zerstörte das Schiff. Die Meerjungfrau eilte herbei, um den Prinzen zu retten, und zog ihn ans Ufer. Dort blieb sie an seiner Seite, bis sie sicher war, dass er in Sicherheit ist. Nachdem die Meerjungfrau gegangen war, kam ein Menschenmädchen, fand den Prinzen und brachte ihn in sein Schloss. Während der Prinz dachte, das Menschenmädchen hätte ihn gerettet, konnte er die wunderbare Stimme nicht vergessen, die er im Meer gehört hatte, die in Wirklichkeit der Gesang der Meerjungfrau war. Die Meerjungfrau konnte den Prinzen nicht vergessen und begann darüber nachzudenken, wie sie bei ihm leben könnte. Sie ging zur Meereshexe, einer furchteinflößenden Gestalt, die für ihre magischen Kräfte bekannt war. Die Meerjungfrau bat die Hexe, sie in einen Menschen zu verwandeln, damit sie mit dem Prinzen leben könne. Die Hexe stimmte zu, aber unter einer Bedingung: Wenn der Prinz sie nicht heiratete, würde sie sich am Tag nach seiner Hochzeit in Meerschaum verwandeln. Darüber hinaus musste sie ihre schöne Stimme aufgeben.

Die Meerjungfrau akzeptierte diese schmerzvollen Bedingungen und sie wurde in einen Menschen verwandelt. So konnte sie fortan unter den Menschen leben, aber sie verlor ihre Stimme. Nachdem der Prinz ihr begegnete, war er von ihrer Schönheit beeindruckt und verbrachte viel Zeit mit ihr, aber er wusste nicht, dass sie diejenige war, die ihn gerettet hatte.

Trotz seiner Zuneigung zu ihr glaubte der Prinz weiterhin, dass das andere Menschenmädchen ihn gerettet hatte. Schließlich heiratete der Prinz dieses Mädchen, was die Meerjungfrau in tiefe Trauer stürzte. Laut der Vereinbarung mit der Hexe sollte sich die Meerjungfrau in Meerschaum verwandeln. Doch stattdessen verwandelte sie sich in einen reinen Geist und stieg in den Himmel auf. Dort wurde ihr die Möglichkeit gegeben, eine unsterbliche Seele zu erlangen, wenn sie 300 Jahre lang gute Taten für die Menschen vollbrachte

Das Auge von Aethel

In einer Welt, in der die Grenzen zwischen Himmel und Erde verschwimmen, erhebt sich der majestätische Berg Aethel, ein titanisches Monument aus Stein und uralter Magie. Seine Spitze, geformt wie ein gewaltiges, nach oben gerichtetem Auge, durchdringt die Wolken und starrt in die unergründlichen Tiefen des Kosmos. Seit Anbeginn der Zeit wacht Aethel über das Land Aeramis, ein Reich, das einst von Harmonie und Wohlstand geprägt war, nun aber von Dunkelheit und Verzweiflung bedroht wird.

Vor langer Zeit, als die Welt noch jung war, erschufen die Götter Aethel als Symbol ihrer Macht und ihres ewigen Schutzes. In seinem Herzen, tief in den gewundenen Höhlen und Kammern des Berges, verbargen sie das Auge von Aethel, ein Artefakt von unvorstellbarer Kraft. Das Auge, so heißt es, ist in der Lage, die Zukunft zu sehen, die Vergangenheit zu enthüllen und die Gegenwart zu formen. Es ist ein Werkzeug der Schöpfung und Zerstörung, ein Schlüssel zur ultimativen Macht.

Jahrhundertelang lebten die Bewohner von Aeramis in Frieden und Wohlstand, genährt von der Magie von Aethel und geführt von weisen Herrschern, die das Auge mit Bedacht und Respekt nutzten. Doch eines Tages, getrieben von Gier und Machthunger, versuchte ein dunkler Magier, das Auge für seine eigenen Zwecke zu missbrauchen. Sein Verrat löste eine katastrophale Kettenreaktion aus, die Aethel erschütterte und das Land in Chaos stürzte.

Die einst blühenden Felder verwandelten sich in karge Einöden, die Flüsse trockneten aus und die Sonne verlor ihren Glanz. Das Auge, verdorben von der dunklen Magie, begann, Visionen von Zerstörung und Verzweiflung zu zeigen. Die Menschen von Aeramis, einst vereint und stark, wurden von Angst und Misstrauen zerfressen. Kriege brachen aus, Königreiche fielen und die einst strahlende Zivilisation drohte, im Abgrund der Dunkelheit zu versinken.

Inmitten dieses Chaos erhebt sich eine neue Hoffnung. Eine junge Frau namens Lyra, gesegnet mit einem reinen Herzen und einem unerschütterlichen Glauben an das Gute, wird von einer alten Prophezeiung auserwählt, das Gleichgewicht wiederherzustellen. Sie muss die gefährliche Reise zum Herzen von Aethel antreten, das Auge von seiner Verderbnis befreien und das Land vor dem endgültigen Untergang bewahren.

Lyras Reise führt sie durch tückische Landschaften, von den eisigen Gipfeln der Frostberge bis zu den sengenden Dünen der Wüsten von Asche. Sie muss sich listigen Kreaturen, heimtückischen Fallen und den dunklen Mächten stellen, die alles daransetzen, sie aufzuhalten.

Auf ihrem Weg trifft sie auf eine Gruppe ungewöhnlicher Gefährten: Kael, einen tapferen Krieger, der nach Erlösung sucht; Elara, eine weise Zauberin, die die Geheimnisse der alten Magie hütet; und Finn, einen listigen Dieb mit einem goldenen Herzen.

Gemeinsam kämpfen sie sich durch die Gefahren, überwinden scheinbar unüberwindliche Hindernisse und entdecken die wahre Bedeutung von Freundschaft, Mut und Opferbereitschaft. Jeder von ihnen trägt seine eigenen Narben und Lasten, doch durch ihre gemeinsame Entschlossenheit finden sie Stärke und Hoffnung.

Als sie schließlich den Gipfel von Aethel erreichen, stehen sie vor der ultimativen Herausforderung. Sie müssen in die Tiefen des Berges hinabsteigen, das Auge finden und es von der dunklen Magie reinigen. Doch der Weg ist voller Gefahren, und die Zeit läuft ihnen davon. Die Dunkelheit breitet sich immer weiter aus, und das Schicksal von Aeramis hängt in der Schwebe.

In einer epischen Schlacht zwischen Licht und Dunkelheit stellen sich Lyra und ihre Gefährten dem dunklen Magier und seinen Schergen. Magie kracht gegen Magie, Schwerter klirren und uralte Kräfte werden entfesselt. Die Zukunft von Aeramis steht auf dem Spiel, und nur der Mut und die Entschlossenheit einer kleinen Gruppe von Helden können die Waage zugunsten des Lichts wenden.

Lyra, erfüllt von der Macht des reinen Herzens, erreicht das Auge von Aethel. Mit einem letzten Kraftakt gelingt es ihr, die dunkle Magie zu vertreiben und das Artefakt wiederherzustellen. Ein blendendes Licht erfüllt die Kammern des Berges, und die Hoffnung kehrt in das Land zurück.

Die Felder erblühen erneut, die Flüsse füllen sich mit Wasser und die Sonne strahlt wieder in ihrer vollen Pracht. Die Menschen von Aeramis, inspiriert von Lyras Mut und Entschlossenheit, beginnen, ihr Land wieder aufzubauen. Frieden und Harmonie kehren zurück, und das Auge von Aethel wacht weiterhin über das Land, ein Symbol der Hoffnung und des ewigen Schutzes.

Lyra und ihre Gefährten werden als Helden gefeiert, ihre Namen werden für immer in die Geschichte von Aeramis eingehen. Doch sie wissen, dass ihre Aufgabe noch nicht beendet ist. Die Dunkelheit mag vorerst besiegt sein, aber sie lauert immer noch in den Schatten, bereit, bei der nächsten Gelegenheit zurückzukehren.

Lyra, Kael, Elara und Finn schwören, weiterhin für das Gute zu kämpfen und das Gleichgewicht zu bewahren. Sie wissen, dass die Zukunft von Aeramis in ihren Händen liegt, und sie sind bereit, jedes Opfer zu bringen, um ihr Land zu schützen. Denn sie sind die Hüter des Lichts, die Hoffnungsträger einer neuen Ära, und ihre Geschichte wird noch lange erzählt werden, wenn die Sterne am Himmel verblassen und die Welt sich erneut verändert.

Däumlings Wanderschaft

Ein Schneider hatte einen zu klein geratenen Sohn, nicht größer als ein Daumen. An Tapferkeit mangelt es dem Winzling nicht, weshalb er seinem Vater eines Tages entschlossen mitteilte, er wolle nun in die weite Welt hinausziehen. Der Vater hält das für die richtige Einstellung und macht seinem Sohn aus einer Stopfnadel einen Degen von passender Größe.

Der Däumling zog los und fand bald Arbeit bei einem guten Meister. Doch das Essen, das die Frau des Meisters kocht, schmeckt ihm nicht, was er frei heraus und ziemlich frech bemängelt. So dauert es nicht lange, bis er hinausgeworfen wurde. Auf der Suche nach einer anderen Möglichkeit, seinen Lebensunterhalt zu verdienen, lässt er sich mit einer Räuberbande ein. Die Räuber planen, die Schatzkammer des Königs auszurauben. Da kommt ihnen so ein kleiner Kerl, der durch ein Schlüsselloch passt, gerade recht.

Tatsächlich findet der Däumling eine Ritze, durch die er in die Kammer eindringen und die dort gehorteten Goldmünzen nach draußen den Räubern zuwerfen kann. Dass der König irgendwann kommt, um seinen Schatz zu inspizieren und dabei ein unerklärliches Schrumpfen feststellt, bringt den Däumling nicht aus der Fassung. Denn so klein, wie er war, kann er sich leicht unter ein paar Talern verstecken. Und den Wachen, die irgendwann wegen des Klackerns der Taler nachsehen kommen, wirft er freche Sprüche zu und amüsiert sich, wie sie tollpatschig versuchen, ihn zu fangen. Die Räuber sind voll des Lobes über den kleinen Mann und wollen ihn zu ihrem Anführer machen. Doch der Däumling zog lieber wieder weiter und begnügt sich mit einem Anteil an der Beute von nur einem Kreuzer. Mehr konnte er ohnehin nicht tragen.

Er geht bei mehreren Meistern in den Dienst, um schließlich festzustellen, dass ihm die Arbeit nicht schmeckt, stattdessen verdingt er sich als Hausknecht in einem Gasthof. Das gefällt ihm besser, vor allem, weil er die Mägde ärgern kann. Unter anderem schwärzt er sie bei der Herrschaft an, indem er petzt, wenn sie heimlich etwas vom Essen für sich abgezweigt haben.

Dementsprechend unbeliebt ist er bei den Mägden, von denen eine beherzt genug ist, den kleinen Stänker aus dem Weg zu räumen. Sie wickelt ihn zusammen mit etwas frisch gemähten Gras in ein Tuch und wirft das Bündel den Kühen vor. Die große Schwarze schluckt ihn runter, ohne dass ihm dabei ein Haar gekrümmt wurde.

Im Bauch der Kuh war es nicht ungemütlich, aber auf die Dauer zu dunkel. Der Däumling versucht, beim Melken durch einen flotten Spruch auf sich aufmerksam zu machen und ruft: „Stripp, strapp, stroll, ist der Eimer bald voll?", wird aber nicht gehört. Schließlich wird die Kuh geschlachtet, was er unbeschadet übersteht. Er landet beim Wurstfleisch und versucht noch einmal vergeblich, sich durch Rufen bemerkbar zu machen. Immerhin schafft er es, so geschickt zwischen den Hackmessern hin- und her zu springen, dass er in einem Stück bleibt. Doch am Ende wird er Teil einer Blutwurst und mit dieser im Räucherofen aufgehängt. Erst im Winter wurde die Wurst aufgeschnitten und einem Gast vorgesetzt, da kann er sich aus dem Staub machen.

Nach diesem Erlebnis wollte der Däumling nicht mehr in der Gastwirtschaft bleiben. Er ging wieder auf Wanderschaft, die aber nicht lange andauerte, weil er von einem Fuchs geschnappt wurde. Er kann dem Fuchs abhandeln, dass er ihn wieder laufen lässt, wenn er ihn dafür zum Hühnerstall des Vaters führt. Tatsächlich ist der Vater so froh, seinen Sohn wiederzuhaben, dass er darüber die Hühner verschmerzen kann. Stolz präsentiert der Däumling seinen auf der Wanderschaft erworbenen Kreuzer und führt von nun an ein häusliches Leben.

Das heimliche Königskind

Es war einmal ein König. In seiner Stadt herrschte große Armut. Die Menschen in der Stadt waren verbittert und unzufrieden und sie fürchteten ihren Herrscher.

Eines Tages ließ der König alle Bewohner am Stadtplatz versammeln, um ihnen etwas Wichtiges mitzuteilen. Gespannt und ängstlich richteten die Menschen ihre Blicke auf den König und waren neugierig auf seine wichtige Mitteilung und der König sprach: „Ich habe heimlich ein Königskind unter eure Kinder gebracht. Behandelt es gut. Sollte ich erfahren, dass meinem Kind Schlechtes widerfährt, werde ich den Schuldigen streng zur Rechenschaft ziehen."

Danach kehrte der König auf sein Schloss zurück. Die Stadtbewohner fürchteten die Strafe, weil niemand wusste, welches das Königskind war. Deshalb begannen die Menschen, alle Kinder in der Stadt so zu behandeln, als wäre jedes einzelne das Königskind. So vergingen viele Jahre. Die Kinder wurden zu Erwachsenen und bekamen selbst Kinder. Der mittlerweile alte König beobachtete mit Genugtuung die Entwicklung in seiner Stadt. Aus der früheren armen und schmutzigen Stadt wurde eine prachtvolle, weit über die Landesgrenzen bekannte Stadt. Es gab Krankenhäuser, Schulen und eine große Bibliothek. Die Bewohner waren zufrieden und glücklich. Und warum? Weil alle Bewohner die Kinder in der Stadt mit viel Liebe und gut erzogen haben. Da niemand wusste, welches Kind das Königskind war, wurde jedes in der Stadt so behandelt, als wäre es vom König.

Quelle: https://www.zeitblueten.com/news/das-koenigskind/
#HörbuchUndText

Die faule Frau

Es lebte mal eine Frau, die war so schrecklich faul, dass sie schließlich an ihrer Faulheit starb. Sie wollte überhaupt nichts machen, sie wusch keine Töpfe, fegte den Boden nicht, machte nicht das Bett, am liebsten hätte sie ununterbrochen gegessen und geschlafen.

Einmal, es war gerade vor Neujahr, sprach ihr Mann zu ihr: „Anderswo hat man überall die Kinder schön gewickelt. Warum tust du das nicht auch mit unseren Kindern?"

„Wenn ich ein Stück Leinwand hätte, hätte ich sie schon längst gewickelt", erwiderte die Frau.

Der Mann sagte kein Wort, er ging in die Stadt und kaufte einen Ballen Leinwand. Die Frau nahm die Leinwand, wickelte alle drei Kinder hinein und machte aus ihnen ein Päckchen. Der Mann wollte sie auf die Beine stellen, doch die Kinder fielen um.

„Du hast wirklich keine Ahnung, wie man mit Kindern umgeht", maulte die Frau, „du musst sie doch über den Boden rollen."

Der Mann unterdrückte seinen Zorn und entfernte sich von ihr. Ein andermal kam er nach Hause und sagte:

„Andere Frauen stricken für ihre Männer Strümpfe, nur du machst mir nie welche."

„Ich wollte dir schon längst Strümpfe stricken, doch ich habe keine Wolle", behauptete die Frau giftig. Der Mann ging also in die Stadt und brachte seiner Frau einen Knäuel Wolle. Die Frau nahm die Wolle, trug sie in den Tempel und wickelte sie um den Fuß einer Statue. Dann wollte sie der Statue die Strümpfe ausziehen, doch die saßen fest. Also kehrte sie ohne Strümpfe nach Hause zurück.

„Wo sind meine Strümpfe?", wollte der Mann von ihr wissen.

„Die Statue wollte sie um keinen Preis der Welt ausziehen lassen", antwortete die Frau. Der Mann schluckte seinen Zorn hinunter und ging fort.

Eines Tages beschloss die Frau ihre Mutter besuchen zu gehen. Und da der Weg weit war, bekam sie von ihrem Mann eine große Brezel gebacken, die er ihr um den Hals hing, damit sie nicht Hunger leide. Nach einigen Tagen erhielt der Mann die Nachricht, dass seine Frau unterwegs verhungert war.

„Wie ist das möglich?" jammerte der Mann, „ich habe ihr doch eine große Brezel gemacht und mitgegeben."

Eilig ging er hin, um nachzusehen, was geschehen ist. Da stellte er fest, dass die Frau nur jenes Stück der Brezel gegessen hatte, das ihrem Mund am nächsten war, der Rest aber hing noch immer um ihren Hals. Sie war zu faul gewesen, die Brezel zu essen.

Quelle: https://hekaya.de/maerchen/die-faule-frau--asien_124.html
#HörbuchUndText

Wie der Groschenklauber Geburtstag feierte

Es war einmal ein Bauer, der war so unbeschreiblich geizig, dass er hinter jedem Groschen her war wie der Teufel hinter einer sündigen Seele. Die Leute hatten seinen richtigen Namen längst vergessen, und niemand nannte ihn anders als Bauer Groschenklauber.

Der Geburtstag des Bauern Groschenklauber stand vor der Tür. Doch da der Apfel nicht weit vom Baum fällt und der Bauer seine Töchter und Schwiegersöhne genau kannte, rief er sie lieber vorher zu sich und schlug ihnen vor, dass ihm jeder Schwiegersohn zum Geburtstag einen Bottich Wein schenke.

Da sagte sich der älteste Schwiegersohn:

„Wenn die beiden jüngeren Schwiegersöhne dem Bauern je einen Bottich Wein schenken, könnte ich ihm einfach Wasser bringen, und wenn man den Wein aus allen Bottichen zusammenschüttet, wird es niemand merken."

Doch der Teufel wollte es, dass die beiden jüngeren Schwiegersöhne, denen es ebenfalls um den Wein leidtat, den gleichen Einfall hatten. Währenddessen hatte der Bauer Groschenklauber im Hof eine große Tonne bereitgestellt, in die sollten die Schwiegersöhne den Wein hineingießen.

„Es schickt sich nicht, dass die Tonne ganz leer ist", ging es dem Bauern Groschenklauber durch den Kopf.

„Doch Wein hineinzugießen, das wäre doch ewig schade. Wie wäre es, wenn ich ein bisschen Wasser hineinschütte, niemand wird etwas merken."

Und das tat er dann auch.

Am Geburtstag kamen die Schwiegersöhne zum Schwiegervater, beglückwünschten ihn, und wie besprochen leerte ein jeder den Inhalt seines Bottichs in die Tonne. Es wurde Mittag. Auf dem Tisch standen die dampfenden Schüsseln.

„Ich muss jetzt schnell noch ein Gläschen leeren", sagte der Bauer Groschenklauber und trank mit Lust, doch dann schüttelte er sich vor Abscheu. Das Zeug schmeckte, als wäre es pures Wasser.

„Ich hätte kein Wasser hineinschütten sollen", dachte sich der Bauer, aber laut sagte er:

„Das ist aber wirklich ein vorzüglicher Wein, alles, was recht ist."

Nun schenkten sich auch die Schwiegersöhne die Gläser voll und tranken mit Lust.

„Das ist abscheulich", dachte sich ein jeder von ihnen,

„wer hätte denn geglaubt, was so ein einziger Bottich Wasser anrichten kann."

Doch sie wagten nicht, sich etwas anmerken zu lassen, sondern lobten den Wein überschwänglich.

„Den muss ich auch kosten, wenn alle ihn so loben", sagte sich der Knecht, und heimlich, damit es niemand sah, tat er einen tiefen Zug. Doch sofort spie er das Zeug wieder aus.

„Pfui, Teufel", machte er seinem Herzen Luft,

„ich verstehe nicht, was die Herrschaften an so einem Gesöff finden."

Quelle: https://hekaya.de/.../wie-der-bauer-groschenklauber...

#HörbuchUndText

Der kleine Prinz

Es war einmal ein kleiner Prinz auf einem fernen Planeten. Dieser Planet war sehr klein, nicht größer als unsere Kirche hier. Der kleine Prinz lebte dort einsam und allein. Na ja, nicht ganz allein, denn dort wuchs eine Rose, eine einzige Rose.

Der Prinz liebte seine Rose über alles. Wenn sie traurig war, tröstete er sie; wenn der Wind gegen die Blüte blies, umschloss er sie mit seinen Händen; wenn eine Raupe an den Blättern nagen wollte, stülpte er ein schützendes Glas über sie.

Eines Tages musste der Prinz seine Rose für kurze Zeit allein lassen, denn er flog zur Erde. Dort landete er mitten in einem Rosenfeld. Er sah die vielen Rosen und wurde sehr traurig.

„Ich dachte, es gäbe nur eine Rose im ganzen Universum", sagte er,

„meine Rose. Ich dachte sie sei etwas Besonderes. Doch es gibt so viele, und sie sind alle gleich schön. Ich weiß nun gar nicht mehr, warum ich meine Rose liebe."

In diesem Moment erschien ein Fuchs.

„Wer bist du?", fragte der kleine Prinz.

„Ich bin ein Fuchs", sagte der Fuchs.

„Komm, spiel mit mir", schlug der kleine Prinz vor.

„Ich kann nicht mit dir spielen", sagte der Fuchs, „ich bin noch nicht gezähmt. Zähmen bedeutet sich vertraut zu machen. Noch bin ich für dich nur irgendein Fuchs, doch wenn du mich zähmst, bin ich einzigartig für dich."

Also machte sich der kleine Prinz mit dem Fuchs vertraut. Sie blieben einige Zeit zusammen. Nachdem dann die Zeit des Abschieds kam, sagte der Fuchs:

„Geh die Rosen wieder anschauen. Du wirst begreifen, dass die deine die einzige ist."

Der kleine Prinz ging zu den Rosen. Da fiel es ihm auf: „Ihr seid gar nicht wie meine Rose," sagte er zu ihnen. „Ihr seid wie mein Fuchs war. Er war nur ein Fuchs wie hunderttausend andere. Aber ich habe ihn zu meinem Freund gemacht und jetzt ist er der einzige in der Welt. Ihr seid schön, aber ihr seid leer", sagte er noch. „Meine Rose habe ich begossen. Ich habe sie unter den Glassturz gestellt, sie beschützt, sie von Raupen befreit. Ich habe sie klagen und rühmen gehört und manchmal schweigen. Das ist meine Rose; sie ist die einzige."

Der kleine Prinz kam zum Fuchs zurück.

„Nun wirst du das Geheimnis verstehen", sagte der Fuchs, „das ich dir mitgebe; es ist ganz einfach: Man sieht nur mit dem Herzen gut; alles Wesentliche ist für das Auge unsichtbar." Der kleine Prinz wiederholte, um es sich zu merken:

„Alles Wesentliche ist für das Auge unsichtbar."

„Und da ist noch etwas", sagte der Fuchs, „die Menschen haben diese Wahrheit vergessen, aber du darfst nie vergessen: Du bist zeitlebens für das verantwortlich, was du dir vertraut gemacht hast. Du bist für deine Rose verantwortlich."

„Ich bin für meine Rose verantwortlich", wiederholte der Prinz, um es sich zu merken.
(Autor: Frank Maibaum)

Der unglückliche Engel

Es gab einmal einen Engel, der hatte schon so vielen Menschen geholfen, aber selber war er manchmal sehr unglücklich. Er fühlte sich so klein und wertlos und dachte viel darüber nach, was ihn wertvoller machen könnte. Die Menschen sagten ihm:
„Kauf dir etwas Schönes, dann fühlst du dich gleich besser."
Also kaufte sich der Engel zunächst ein neues strahlend weißes Engelsgewand.
Erst fühlte sich der Engel damit richtig großartig und alle anderen Engel bewunderten ihn. Nach einiger Zeit fand er sein neues Gewand aber nicht mehr interessant genug und so kaufte er sich golden glitzernden Sternenstaub. Den streute er auf sein Gewand und seine Flügel. Alle anderen Engel waren geblendet von seiner Schönheit.
Doch schon wenig später fand der Engel sich wieder langweilig. Er dachte darüber nach, was ihn noch schöner machen könnte und so kaufte er sich von seinem ganzen restlichen Geld eine große, weiße Wolke, die so weich war wie Samt. Ein Sonnenstrahl fiel auf die Wolke, so dass sie hell leuchtete. Der Engel war begeistert, legte sich auf die Wolke und ließ sich treiben.
Wieder dauerte es nicht lange, da hatte der Engel erneut dieses schreckliche Gefühl so wertlos zu sein, trotz allem, was er besaß und der Bewunderung aller anderen Engel. Da musste er herzerweichend weinen, weil er nicht mehr wusste, was er noch tun könnte. Er dachte sich:
„Ich stehe nie mehr auf, es hilft alles nichts. Soll die Welt nur ohne mich auskommen. Das hat sie nun davon, dass sie mir nichts bieten kann, an dem ich länger Freude habe."

Am ersten Tag war der Engel so traurig und wütend, dass er sich von allen anderen Engeln zurückzog und nicht mehr mit ihnen reden wollte.

Am zweiten Tag schaute der Engel in die endlose blaue Weite des Himmels und fühlte sich leer und tot.

Am dritten Tag fühlte er einen Sonnenstrahl auf seinem Gesicht. Da dachte er einen Moment:

„Wie warm sich der Sonnenstrahl anfühlt", aber dann fragte er sich gleich:

„Was soll ich mit einem Sonnenstrahl? Er wird mir auch nicht weiterhelfen."

Der vierte Tag brach an und der Sonnenstrahl kam wieder. Der Engel dachte sich:

"Eigentlich ist der Sonnenstrahl das Beste, was ich im Moment habe und wenn er mir auch nicht helfen kann, so kann ich mich doch ein wenig an ihm wärmen."

Am fünften Tag dachte der Engel schon gleich am Morgen an den Sonnenstrahl und stellte sich vor, wie schön es wäre, wenn er wieder kommen würde. Dabei wurde ihm warm ums Herz und er spürte, wie sich alles anders anfühlte bei dem Gedanken an den Sonnenstrahl.

Nachdem der Sonnenstrahl dann wirklich kam, war der Engel so aufgeregt, dass er gar nicht wusste, ob er sich erst seine Füße oder seine Hände oder seinen Kopf wärmen lassen sollte.

Von da an war jeder Tag nur noch auf den Sonnenstrahl ausgerichtet. Der Engel dachte schon am Morgen daran, wie der Sonnenstrahl ihn bald wieder wärmen würde. Er ließ sich immer tiefer in die Vorstellung der Wärme fallen und merkte, wie sich seine Lustlosigkeit in Erwartung verwandelte und wie seine Traurigkeit und seine Angst an ihm vorüberzogen, ihn aber nicht mehr so tief erreichten wie früher.

Fröhlich fing er an, wieder auf seiner Wolke hin und her zu gehen und dachte, wie schön es doch ist, sich an etwas so erfreuen zu können. Der Sonnenstrahl durchströmte mehr und mehr seinen ganzen Körper. Die Energie des Lichts verteilte sich in ihm und der Engel bekam wieder neue Kraft. Er schwang seine Flügel und flog zu den anderen Engeln, um ihnen von dem Sonnenstrahl zu erzählen. Auf dem Weg dorthin trafen ihn unzählige Sonnenstrahlen und er wunderte sich, dass er sie früher nie so wahrgenommen hatte.

Der blaue Himmel war nicht mehr leer wie früher, sondern ein Meer des Lichts. Auf einmal fühlte sich der Engel wie im Himmel und nichts konnte ihm mehr die Hoffnung nehmen, wusste er doch nun um die Kraft der inneren Wärme, die es vermocht hatte, alles wundersam zu verwandeln.

Quelle: Andrea Schober

Wind-Dämonen

Vor ungefähr hundert Jahren hütete ein Bub zwei Pferde an der Leitha und ließ sie, weil es sehr heiß war, im seichten Wasser baden. Als er die Tiere ans Ufer treiben wollte, fegte auf einmal ein heftiger Sturmwind daher, der den Knaben umwarf. Er fühlte sich plötzlich von unsichtbaren Armen gepackt, an Händen und Füßen gefesselt und an die Schweife der beiden Pferde gebunden. Er bemerkte noch, wie die Tiere von ihren Halftern, die sie zusammenhielten, befreit wurden - ohne dass er jemanden hätte sehen können. Dann erschollen ein heiseres Krächzen und lautes Klatschen, die Pferde liefen wie wild im Galopp davon und schleiften den Knaben über Stock und Stein bis zur Stalltür.

Sein Weinen und Schreien wurde erst gehört, nachdem die Pferde bereits ruhig und mit gesenkten Köpfen vor der Stalltüre standen. Eilig kamen der Bauer und die Bäuerin, sowie Mägde und Knechte herbeigelaufen. Sie befreiten den arg zerschundenen Buben von seinen Fesseln und trugen den Jammernden in die Stube.

Danach musste er viele Tage im Bett liegen, denn er war übel zugerichtet worden, hatte einen Arm und ein Bein gebrochen und wurde nie wieder völlig gesund. Er hinkte sein ganzes Leben lang.

Und noch eine andere Geschichte

In Frauenkirchen bewachte einmal ein Bauer am Heiligen Abend den Hof, während alle übrigen Hausleute zur Christmette gegangen waren.

Als er nach einiger Zeit vor die Haustür trat, um ein wenig Umschau zu halten, läutete die Glocke soeben zur Wandlung. Obwohl es sehr und unangenehm kalt war, nahm er den Hut vom Kopf und blickte andächtig zu den Sternen empor. In diesem Augenblick fauchte ein kräftiger Windstoß heran, prallte mit heftiger Wucht gegen die Hausmauer, wirbelte im Kreis herum und riss den völlig überraschten Bauern zu Boden, wo er halb betäubt liegenblieb.

Nachdem er sich endlich mühsam aufgerafft hatte und in die Stube zurückhumpeln konnte, spürte er ein heißes Brennen auf seiner linken Backe, und er hatte das Gefühl, als ob er von einer unsichtbaren Hand eine tüchtige Ohrfeige bekommen hätte.

Quelle: Burgenland - Sagen und Legenden, Friedrich Schattauer, Waidhofen, 1980, S. 148f, zit. nach Sagen aus dem Burgenland, Hrsg. Leander Petzoldt, München 1994, S. 123.

Über den Krieg und wahren Frieden

Neufriedeland war ein kleines Dorf am Rande unseres Mittelpunkts. Sehr viele Einwohner gab es da nicht. Nur eine Handvoll von Menschen lebten dort.

Da wäre zum Beispiel der Großgrundbesitzer Siegfried. Er lebte mit seiner Familie nicht nur in einer großen Villa, sondern er verpachtete auch ein paar Häuser. In einem wohnte der Großhändler Friedhelm. Oben im Haus gab es ein riesiges Appartement und ebenerdig war sein großes Geschäft zu finden. Hier versorgte er die Leute aus Neufriedeland und dem Umland mit allem, was sie zum Leben brauchten. Auch den Großbauern Friedrich belieferte Friedhelm mit dem feinsten Obst und allerlei Gemüse. Vor langer Zeit hatten sie einen guten Preis miteinander ausgehandelt, aber im Laufe der Jahre fühlte sich einer der beiden immer mehr übervorteilt.

Ganz grün waren sich auch der Großvater Friedemann und die Großmutter Elfriede nicht. Seiner Meinung nach versalzte sie jedes Mal seine Lieblingssuppe. Und das Frühstücksei war auch stets zu hart. So schmeckte es ihm natürlich nicht. Außerdem bekamen sie sich meistens mit den Eltern von Friederike in die Wolle, weil ihre Enkeltochter öfter bei ihnen übernachten sollte, als sie durfte.

Neufriedeland war ein friedliches Dörfchen. Und dennoch gab es ihn auch dort, den täglichen Kleinkrieg wegen Kleinkram, der den Einwohnern das Leben ziemlich schwer machte. Nicht nur Friedrich und Siegfried träumten schon öfters davon, heimlich, still und leise ihr Zuhause zu verlassen und in eine Großstadt zu ziehen. Das Einzige, was sie bisher hielt, war die große Verheißung, die auf Neufriedeland lag. Denn eines Tages sollte der langersehnte Friede-Fürst ausgerechnet hierherkommen und etwas Neues schaffen.

Wie oft stellten sich die Leute in Neufriedeland schon vor, dass jener ein großes Schloss bei ihnen errichten würde, sodass sie großspurig in den Nachbardörfern damit angeben könnten, zumindest in den Nachrichten einmal groß herauskämen und endlich etwas Großartiges in ihrem kleinen Ort passieren würde.

Die Jahre gingen ins Land in Neufriedeland, ohne dass sich viel verändert hatte. Nur ein unscheinbarer Wandersmann hatte es inzwischen hierher verschlagen. Es war ein Mensch, der irgendwie nicht in das Bild der Bewohner passte. Denn er erkundigte sich bei Siegfried nicht, ob er ein Haus mieten konnte. Am äußersten Rand des Dorfes hatte er sein Zelt aufgeschlagen. Auch kaufte er selten bei Friedhelm groß ein; er lebte von dem, was ihm die Natur bot. Seine Kleidung war verschlissen. Und trotzdem schien der Fremde mit sich im Reinen zu sein. Er wirkte mit seinen wenigen Habseligkeiten, die er besaß, zufrieden zu sein. Und das verstanden die Einwohner von Neufriedeland nicht. Da sie ihm aus dem Weg gingen, wussten sie nicht, wie er hieß. Aber sie hielten ihn einfach nur für einen „Störenfried".

Am ersten Tag eines neuen Jahres gedachten die Menschen in Neufriedeland stets der alten Verheißung, die auf dem Dorf lag. In ihren Häusern feierten sie das groß. Auch bei Friedemann und Elfriede war die ganze Familie in jenem Jahr eingekehrt: die Geschwister, die Tochter, der Schwiegersohn und natürlich durfte auch Friederike nicht fehlen. Doch diesmal war nicht die große Verheißung Thema Nummer eins bei ihnen, sondern der „Störenfried". Während sich die Großen mächtig über ihn aufregten, war die kleine Friederike einfach nur gelangweilt.

Irgendwann nahm sie niemand mehr richtig wahr. Sie zog sich deshalb an und ging nach draußen. Sanfte Regentropfen tanzten vom Himmel herab und zu ihrer Freude führte sie der leichte Rückenwind zum Rande des Dorfes, dorthin, wo sich der Wandersmann gerade einen Fisch gefangen hatte und ihn nun am offenen Feuer zubereitete. Ein wenig verschüchtert näherte sie sich ihm.

„Du magst doch Fisch, Friederike?", meinte der Fremde bestimmt. „Willst du mitessen?", fragte er sie mit warmherziger Stimme.

„Wo-woher kennst du, du, wo-woher weißt du?", stotterte die Kleine verblüfft.

„Ach, weißt du", erklärte der Wandersmann, „ich weiß noch viel mehr. In Neufriedeland reden die Menschen viel vom wahren Frieden, aber sie kennen ihn nicht."

„Was ist denn wahrer Friede?", wollte Friederike beim Essen wissen.

„Sieh dich um, ist die Welt nicht reich? Sie bietet genug für uns alle, doch ein jeder lebt hier, als komme er zu kurz. Deshalb baut ihr große Villen, fahrt in großen Autos und wartet auf den Friede-Fürst, der euch groß machen soll, aber Friede beginnt im Kleinen, da, wo wir alles aus einem anderen Blickwinkel betrachten."

Friederike stand auf, machte einen Handstand und sagte kopfüber: „So etwa?"

Ihr Gegenüber schmunzelte. „So ähnlich", erwiderte er.

„Eure Herzen dürfen sich umdrehen, weil der wahre Friede in ihnen beginnt."

„Wie meinst du das?"

„Weißt du, wo wir anfangen, uns bewusst zu machen, wie viel Gutes wir schon längst haben, da werden wir dankbar. Und Dankbarkeit macht zufrieden und glücklich. Frieden entsteht im Loslassen, in dem Vertrauen, dass uns der Geber des Lebens immer genug zukommen lässt und das zu jeder Zeit und jeder Stunde. Er beschenkt uns mit dem, was wir tatsächlich brauchen. Jeder Krieg entsteht leider, weil ihr immer nur noch mehr wollt, als euch zusteht im ‚Kriegen‘ von dem, was ihr groß und weit und ‚mehr‘ nennt.“

„Woher weißt du das alles?“, fragte Friederike ganz erstaunt.

„Ich bin der, den ihr in Neufriedeland schon so lange erwartet. Der Schöpfer des Universums hat mich zu euch geschickt. Die Erwachsenen nennen mich ‚Störenfried‘. Doch ich bin es, der Friede-Fürst.“

„Was? Wirklich? Ich habe bis jetzt eine ganz andere Vorstellung von dir gehabt“, gab die Kleine überrascht zu.

„Du musst mitkommen und meinen Großeltern, der Mama und dem Papa mehr davon erzählen und Friedrich, Siegfried, Friedhelm und all den anderen natürlich auch“, meinte sie aufgeregt.

„Du musst etwas verändern.“

Der Friede-Fürst schüttelte den Kopf. „Das geht nicht“, erklärte er Friederike.

„Eine lange Zeit weile ich als euer ‚Störenfried‘ schon unter euch, aber ich kann allen Menschen in Neufriedeland nur der Friede-Fürst sein, wenn sie mich in ihr Haus, in ihr Leben, in ihr Herz einladen und friedvoll und befriedet mit mir zusammenleben wollen.“

Friederike lief bald darauf zu ihren Lieben und berichtete ihnen alles. Ob die Großen sich nun bewegen ließen und dem Frieden, dem Friede-Fürst, trauten, zeigte sich klein um klein im alten Neufriedeland

Quelle: jana-schumacher.com

Der Mann, der durch Wände ging und stecken blieb

„Le Passe-muraille", oder zu Deutsch „Der Wanddurchbrecher", ist eine Kurzgeschichte, die 1943 vom französischen Schriftsteller Marcel Aymé verfasst wurde.

Sie handelt von einem unscheinbaren Mann namens Dutilleul, der eines Tages entdeckt, dass er die außergewöhnliche Fähigkeit besitzt, durch Wände gehen zu können.

Dutilleul, ein unauffälliger Beamter, führt zunächst ein ganz normales und eher langweiliges Leben. Er wohnt in Montmartre, einem Künstlerviertel von Paris, und seine Tage sind von Routine und Monotonie geprägt.

Eines Abends bemerkt er jedoch durch einen zufälligen Vorfall, dass er in der Lage ist, durch feste Wände zu gehen.

Zuerst reagiert er skeptisch und zögerlich, probiert seine neue Fähigkeit aber dann in seinem eigenen Zuhause aus. Zu seiner Überraschung stellt er fest, dass er mühelos durch Wände hindurchschreiten kann, ohne Schaden zu nehmen.

Anfangs nutzt Dutilleul seine Fähigkeit kaum und geht weiterhin seinem alltäglichen Leben nach. Doch bald erkennt er das immense Potenzial seiner neuen Gabe. Er beginnt, sie für allerlei Streiche und harmlose Vergehen zu verwenden.

Er schleicht sich beispielsweise in die Büros seiner Kollegen, um sie zu erschrecken, oder geht nachts auf Spaziergänge durch die verschlossenen Gegenden von Paris - einfach, weil er es kann.

Diese neu gewonnene Freiheit und das Wissen um seine besondere Fähigkeit verleihen ihm ein Gefühl der Überlegenheit und des Abenteuers.

Mit der Zeit wird Dutilleul jedoch mutiger und beginnt, seine Fähigkeit für größere Unternehmungen zu nutzen. Er verwandelt sich in eine Art modernen Robin Hood, indem er in Banken und reiche Haushalte einbricht, um wertvolle Gegenstände zu stehlen.

Doch anders als bei herkömmlichen Diebstählen hinterlässt er keine Spuren, da er einfach durch die Wände geht. Die Polizei steht vor einem Rätsel, da es keine Hinweise auf den Täter gibt.

Dutilleul genießt es, die Ordnungshüter an der Nase herumzuführen, und fühlt sich unantastbar.

Sein Doppelleben bringt jedoch auch Herausforderungen mit sich. Obwohl er in seiner Rolle als unauffälliger Beamter weiterhin unentdeckt bleibt, beginnt ihn sein Dasein als „Passe-muraille" zunehmend zu belasten.

Er führt ein Leben voller Geheimnisse und Täuschungen, was ihn emotional isoliert. Er kann niemandem seine wahre Identität anvertrauen und muss ständig wachsam sein, um nicht entdeckt zu werden.

Ein Wendepunkt in der Geschichte tritt ein, als Dutilleul sich in eine verheiratete Frau verliebt. Sie ist gefangen in einer lieblosen Ehe und sieht in Dutilleul einen Ausweg aus ihrem trostlosen Leben.

Dutilleul nutzt seine Fähigkeit, um sie regelmäßig zu besuchen, indem er durch die Wände ihres Hauses geht. Doch diese Liebesaffäre führt zu immer größeren Risiken. Schließlich wird er von den Nachbarn und dem Ehemann der Frau verdächtigt.

Als Dutilleul von einem plötzlich auftretenden Gesundheitsproblem heimgesucht wird - einer starken Migräne, die seine Fähigkeit, durch Wände zu gehen, beeinträchtigt, dreht sich das Blatt.

Eines Tages bleibt er bei einem seiner nächtlichen Ausflüge in einer Wand stecken. Unfähig, sich zu befreien, ist er gefangen und kann weder vor noch zurück.

Erzählung von Marcel Aymé

Die kluge Gretel

Es war eine Köchin, die hieß Gretel und sie trug Schuhe mit roten Absätzen. Wenn sie damit ausging, so drehte sie sich hin und her, war ganz fröhlich und dachte „du bist doch ein schönes Mädel."

Und wenn sie nach Hause kam, so trank sie aus Fröhlichkeit ein Glas Wein, und weil der Wein auch noch Lust zum Essen machte, so versuchte sie von dem Besten, das sie kochte, so lang, bis sie satt war, und sprach: „die Köchin muss wissen, wies Essen schmeckt."

Es trug sich zu, dass der Herr einmal zu ihr sagte „Gretel, heut Abend kommt ein Gast, richte mir zwei Hühner fein wohl zu." „Wills schon machen, Herr", antwortete Gretel. Nun stach es die Hühner ab, brühte sie, rupfte sie, steckte sie an den Spieß, und brachte sie, wie es dem Abend zuging, zum Feuer, damit sie braten sollten. Die Hühner fingen an braun und gar zu werden, aber der Gast war noch nicht gekommen. Da rief Gretel dem Herrn „kommt der Gast nicht, so muss ich die Hühner vom Feuer tun, ist aber Jammer und Schade, wenn sie nicht bald gegessen werden, wo sie am besten im Saft sind." Also sprach der Herr: „so will ich nur selbst laufen und den Gast holen."

Als der Herr den Rücken gekehrt hatte, legte Gretel den Spieß mit den Hühnern beiseite und dachte „so lange da beim Feuer stehen macht schwitzend und durstig, wer weiß, wann die kommen. Derweil spring ich in den Keller und gönne mir einen Schluck. Sie lief hinab, setzte einen Krug an und sprach: „Gott segne es dir, Grete." Sie tat einen kräftigen Zug. „Der Wein hängt aneinander", sprach sie weiter, „und es ist nicht gut abzubrechen." Also tat sie noch einen ernsthaften Zug.

Nun ging sie und stellte die Hühner wieder übers Feuer, strich sie mit Butter und trieb den Spieß lustig herum. Weil aber der Braten so gut roch, dachte Gretel. „es könnte etwas fehlen, versucht muss er werden", schleckte mit dem Finger und stellte fest: „ei, was sind die Hühner so gut, es ist ja eine Sünd' und Schand, dass man sie nicht gleich isst." Sie lief zum Fenster, um nachzusehen, ob der Herr mit dem Gast noch nicht käme, aber sie sah niemand kommen. So stellte sie sich wieder zu den Hühnern, dachte: „der eine Flügel verbrennt schon, es ist besser, ich esse ihn weg."

Also schnitt sie ihn ab und verzehrte das feine Stück. Es schmeckte köstlich und wie sie es gegessen hatte, dachte sie: „der andere muss auch weg, sonst merkt der Herr, dass etwas fehlt."

Wie die zwei Flügel verzehrt waren, sah sie erneut nach dem Herrn und sah ihn nichtkommen. „Wer weiß", fiel ihr ein, „sie kommen wohl gar nicht mehr und sind wo eingekehrt." Da sprach sie „hei,

Gretel, sei guter Dinge, das eine ist doch angegriffen, gönn dir noch einen frischen Trunk und iss alles vollends auf. Wenn alles verzehrt ist, hast du gute Ruhe. Warum soll man eine gute Gottesgabe umkommen lassen?"

Sie lief schnurstracks noch einmal in den Keller, nahm einen ehrbaren Trunk und verzehrte den Rest des Huhns in aller Freudigkeit auf. Wie das eine Huhn gegessen war und der Herr immer noch nicht kam, sah Gretel das andere an und sprach: „wo das eine ist, muss das andere auch sein, die zwei gehören zusammen. Was dem einen recht ist, das ist dem andern billig; ich glaube, wenn ich noch einen Trunk nehme, so sollte es mir nicht schaden." Also tat sie noch einen herzhaften Trunk und ließ das zweite Huhn schnell zum andern laufen.

Wie sie so im besten Essen war, kam der Herr daher und rief: „eil dich, Gretel, der Gast kommt gleich nach." „Ja, Herr, will's schon zurichten", antwortete die Gretel. Der Herr sah indessen, ob der Tisch wohl gedeckt war, nahm das große Messer, womit er die Hühner zerschneiden wollte, und wetzte es auf dem Gang. Indem traf der Gast ein, klopfte sittig und höflich an der Haustüre.

Gretl lief und schaute, wer da war, und als es den Gast sah, hielt es den Finger an den Mund und sprach: „still! Still, macht geschwind, dass Ihr wieder fortkommt, wenn euch mein Herr erwischt, so seid Ihr unglücklich; er hat euch zwar zum Nachtessen eingeladen, aber er hat nichts anders im Sinn, als euch die beiden Ohren abzuschneiden. Hört nur, wie er das Messer dazu schon wetzt."

Der Gast hörte das Wetzen und floh so schnell er konnte die Stiegen wieder hinab. Gretel war nicht faul, lief schreiend zu dem Herrn und rief: „da habt Ihr einen schönen Gast eingeladen." „Ei, warum, Gretel? was meinst du damit?" „Ja", sagte es, „der hat mir beide Hühner, die ich eben auftragen wollte, von der Schüssel genommen und ist damit fortgelaufen." „Das ist feine Weise,", sprach der Herr, und es ward ihm leid um die schönen Hühner, „wenn er mir dann wenigstens das eine gelassen hätte, damit mir was zu essen geblieben wäre."

Er rief ihm nach, er soll doch bleiben, aber der Gast tat, als hörte er es nicht. Schnell lief er deshalb hinter ihm her, das Messer noch immer in der Hand, und schrie: „nur eins, nur eins", und meinte, der Gast sollte ihm nur ein Huhn lassen und nicht alle beide nehmen. Der Gast aber meinte nicht anders, als er sollte eines von seinen Ohren hergeben, und lief, als wenn Feuer unter ihm brennen würde, damit er sie beide nach Hause brächte.

Jacob und Wilhelm Grimm

Wahrheit und Lüge

Laut einer Legende aus dem 19. Jahrhundert treffen sich die Wahrheit und die Lüge eines Tages. Die Lüge sagt zur Wahrheit: "Heute ist ein wunderbarer Tag"! Die Wahrheit blickt in den Himmel und seufzt, denn der Tag war wirklich schön. Sie verbringen viel Zeit miteinander und kommen schließlich neben einem Brunnen an. Die Lüge erzählt die Wahrheit: "Das Wasser ist sehr schön, lass uns zusammen baden!" Die Wahrheit, erneut verdächtig, testet das Wasser und entdeckt, dass es wirklich sehr nett ist. Sie ziehen sich aus und beginnen zu baden.

Das weltberühmte Gemälde "Die Wahrheit kommt aus dem Brunnen" Jean-Léon Gérôme, 1896.

Plötzlich kommt die Lüge aus dem Wasser, zieht die Kleider der Wahrheit an und rennt davon. Die wütende Wahrheit kommt aus dem Brunnen und rennt überall hin, um die Lüge zu finden und ihre Kleidung zurückzubekommen. Die Welt, die die Wahrheit nackt sieht, wendet ihren Blick mit Verachtung und Wut ab.

Die arme Wahrheit kehrt zum Brunnen zurück und verschwindet für immer und versteckt darin ihre Scham. Seither reist die Lüge um die Welt, verkleidet als die Wahrheit, befriedigt die Bedürfnisse der Gesellschaft, denn die Welt hat auf keinen Fall den Wunsch, der nackten Wahrheit zu begegnen.

Leser-Information zu Walter W. Braun

Der Autor, Jahrgang 1944, ist Kaufmann mit abgeschlossenem BWL-Studium. Bis zum Ruhestand war er als Handelsvertreter beratend aktiv. Um dem Tag Sinn und Struktur zu geben, begann er Bücher zur eigenen Biografie oder Fiktionen zu unterschiedlichen Themen - teils mit realem Hintergrund - zu schreiben. Es ist ein Zeitvertreib und spannend, wie sich aus einer Idee, der Bogen zwischen fiktiver Geschichte hin zu einer schlüssigen Story entwickelt. Wichtig ist es dem Autor, dem Leser ohne große Schnörkel und literatursprachlichen Raffinessen, Unterhaltung zu bieten, oft ergänzt mit seiner subjektiven Meinung. Er will durch seine

Erzählungen Hintergrundwissen vermitteln, Hinweise auf landschaftliche oder historische und geschichtliche Besonderheiten geben und mit informativ bildhafter Darstellung an reale Plätze führen, an denen sich die dargestellte Handlung zutrug. Wenn es den Leser anregt, sich selbst vom Handlungsort, den Schauplätzen, ein Bild zu machen, ist das Ziel erreicht.

www.schwarzwaldautor.de

Weiterlesen? Im Handel erhältliche Titel des Autors:

Alle Bücher sind kurzfristig bei BoD, Buecher.de (versandkostenfrei), Amazon und anderen im Internethandel erhältlich, ebenso im örtlichen Buchhandel, sowie als E-Books. **www.schwarzwaldautor.de**

Leben ist Glück genug - Vom Schwarzwald zur Seefahrt bei der Marine
Paperback, 280 Seiten, 8 Farbbilder, ISBN-13:9-783-735-743-411
Aufwärts ist längst nicht oben
Paperback, 356 Seiten, 35 Farbseiten, ISBN-13:9-783-735-739-056
Top-Touren im Südwesten - für geübte und konditionsstarke Wanderer
Paperback, 160 Seiten, 45 Farbseiten, ISBN-13: 9-783-750-431-430
Zu Fuß dem Südwesten hautnah 111 Tipps und mehr
Paperback, 260 Seiten, 46 Farbbilder, ISBN-13: 9-783-738-628-814
Deutsch-Französische Liaison - C'est la vie
Paperback 116 Seiten, 13 Farbbilder, ISBN-13: 9-783-739-223-629
Zwei ungleiche Brüder im Fadenkreuz des Schicksals
Paperback, 140 Seiten, 9 Farbseite, ISBN-13: 978-375-266-046-3
Drama am Breithorn
Paperback, 108 Seiten, 6 Farbbilder, ISBN-13: 9-783-734-765-131
Mord in Hintertux - Tatort Zillertal
Paperback 104 Seiten, 18 Farbbilder, ISBN-13: 9-783-739-215-136
Der Spieler - Ein ungewöhnlicher Kriminalfall
Paperback, 132 Seite und 6 Farbbilder, ISBN-13: 9-783-734-776-199
Zu fit für den Ruhestand - zu alt für einen Job
Paperback, 108 Seiten, 11 Farbbilder, ISBN-13: 9-783-735-743-213
Im Banne des Moospfaff - Nordracher Unternehmer-Saga
Paperback, 120 Seiten, 10 Farbseiten, ISBN-13: 9-783-751-923-866
Dunkel überm Eulenstein – Tragödie auf der Bühlerhöhe
Paperback, 144 Seiten, 12 Farbseiten, ISBN-13: 9-783-741-299-490
Reflexion des Lebens in Lyrik und Prosa
Paperback, 140 Seiten, 23 Farbseiten, ISBN-13: 9-783-741-276-576
Neues aus Resis Gedichte-Werkstatt - Poesie in Dur und Moll

Paperback 168 Seiten, 12 Farbseiten, ISBN-13: 978375437420-7

Glauben ist einfach - oder einfach glauben

Paperback, 420 Seiten, 24 Farbseiten, ISBN-13: 9-783-754-309-322

Lach mal wieder - Eine Sammlung von 163 Liedern, Vorträgen und Sketchen

Paperback, 292 Seiten, 17 Farbbilder, ISBN-13: 9-783-741-228-766

Über Grenzen gehen - Wenn einer eine Reise tut...

Paperback, 360 Seiten, 26 Farbseiten, ISBN-13: 9-783-734-746-925

Sabotage im Weinberg - Tatort Durbach

Paperback, 124 Seiten, 12 Farbseiten, ISBN-13: 9-783-741-297-250

Mein Freund der Alkohol - Kritische Betrachtung eines ambivalenten Genussmittels

Paperback, 204 Seiten, 16 Farbseiten, ISBN-13: 9-783-755-727-705

Der Eremit vom Wilden See - Ein entschlossener Aussteiger

Paperback, 288 Seiten, 24 Farbseiten, ISBN-13: 9-783-753-464-275

Der Seppe-Michel vom Michaelishof - Eine Schwarzwald-Saga

Paperback, 304 Seiten, 23 Farbseiten, ISBN-13: 9-783-746-026-308

Michaelishof - Eine Tochter muss sich behaupten
Schwarzwald-Saga Teil 2

Paperback, 336 Seiten, 23 Farbseiten, ISBN-13: 9-783-744-840-392

Gottes Wesen verstehen

Paperback, 256 Seiten, 14 Farbseiten, ISBN-13: 9-783-751-972-734

Der Selfmademan - Eine Unternehmer-Saga

Paperback, 348 Seiten, 18 Farbseiten, ISBN13: 9-783-754-325-667

Leben im Corona-Nebel

Paperback, 220 Seiten, 9 Farbbilder, ISBN-13: 9-783-752-610-161

Leben ist lebensgefährlich - vom ersten Tag an

Paperback, 212 Seiten, 14 Farbseiten, ISBN-13: 978-375-437

Mit achtundsiebzig Jahren auf dem Westweg von Pforzheim nach Basel

In 11 Etappen von Nord nach Süd längs des Schwarzwaldes –
ein Teilstück des European long distanze path E 1

Paperback, 208 Seiten, 62 Farbseiten, ISBN-13: 9783756820382